Die Frau in der Literatur

Elizabeth von Arnim

ELIZABETH VON ARNIM

Die Glücksammlerin

›Introduction to Sally‹

Roman

Aus dem Englischen übersetzt von
Andrea C. Busch

Ullstein

Die Frau in der Literatur
Ullstein Buch Nr. 30374
im Verlag Ullstein GmbH,
Frankfurt/M – Berlin

Deutsche Erstausgabe

Umschlaggestaltung:
Theodor Bayer-Eynck
Illustration:
James Abbot McNeill Whistler,
Symphony In White/MAURITIUS – Superstock

Frontispiz:
Vorlage: Elizabeth von Arnim-Privatarchiv Pöthe

Printed in Germany 1995
Gesamtherstellung:
Ebner Ulm
ISBN 3 548 30374 9

Mai 1995

Die Deutsche Bibliothek – CIP-Einheitsaufnahme

Arnim, Mary A. von:
Die Glücksammlerin : Roman / Elizabeth von Arnim.
Aus dem Engl. übers. von Andrea C. Busch. – Dt. Erstausg. –
Frankfurt/M ; Berlin : Ullstein, 1995
(Ullstein-Buch ; Nr. 30374 : Die Frau in der Literatur)
ISBN 3-548-30374-9
NE: GT

1

Mr. Pinner war ein gottesfürchtiger Mann, der vor allem Angst hatte, nur nicht vor der Ehrbarkeit. Er heiratete Mrs. Pinner, als sie beide zwanzig waren, und als sie dreißig waren, hätte er dieselbe Entscheidung nicht noch einmal so getroffen, denn Mrs. Pinner hatte ihre Schattenseiten. Zum einen war sie streitsüchtig und zwang dadurch Mr. Pinner, der seinen Frieden schätzte, sich ebenfalls zu streiten, zum anderen schien sie keine Kinder bekommen zu können, und Mr. Pinner, der Kinder liebte, mußte demzufolge auch auf Kinder verzichten. Und ein weiterer Nachteil kam noch hinzu, der, solange er andauerte, der schlimmste von allen war: Sie war ausgesprochen hübsch.

In einem Laden war das besonders mißlich. Es rückte Mr. Pinner fortwährend in ein falsches Licht. Und dieser Zustand erstreckte sich über einen sehr langen Zeitraum. Die Jahre von Mrs. Pinners Schönheit schienen kein Ende nehmen zu wollen. Aber schließlich endeten sie doch: Mit Mitte Dreißig war sie erschöpft von ihrem eigenen unruhigen Geist und von der Arbeit im Laden ihres Mannes und im Haushalt, da sie alles selbständig erledigen mußte. Sie begann durch Gottes Gnade schließlich zu verblühen.

Mr. Pinner war zufrieden. Zwar war ihr Benehmen immer über jeden Zweifel erhaben gewesen und sie hatte stets jede Vertraulichkeit der männlichen Kundschaft im Zaum gehalten, dennoch waren diese Kunden zweifellos zahlreicher gewesen als die anderen, und das hatte Mr. Pinner mißfallen. Es war in höchstem Maße unnatürlich für einen Herrn, das war Mr. Pinner klar, auf dem Weg vom Büro nach Hause zum Beispiel Reis zu kaufen, während am selben Tag bereits seine Frau oder seine Mutter die Einkäufe erledigt hatte. So etwas war mit Heimlichkeiten verbunden; Mr. Pinner war ein ehrlicher und furchtsamer Mensch, der sich nicht wohl fühlte, wenn auf seine Seele auch nur der Schatten eines Zweifels an der Ehrenhaftigkeit seiner geschäftlichen Unternehmungen fiel. Er konnte sich an diese Art von Einkäufen nie gewöhnen und war froh, als mit dem langsamen Verblassen von Mrs. Pinners Schönheit auch diese besonderen Kunden langsam weniger wurden. Zugegeben, finanziell war es ein Verlust, aber er verzichtete lieber auf das Geld als an etwas zu verdienen, das seiner Meinung nach von zweifelhafter Natur war.

Als Mrs. Pinner verblühte und das Geschäft nachließ, blieb ihnen mehr Zeit, und sie gingen früher zu Bett. Mrs. Pinners in wachem Zustand unermüdliche Zunge verwickelte ihren Mann in viele Streitereien; im Schlaf jedoch ergab sie sich und schwieg. Mit dem Vorwand, es sei wegen der Gasrechnung, schickte er sie stets früher zu Bett. Außerdem wünschte er sich mehr denn je, daß sie ein Kind bekommen sollte; es würde vielleicht ihre Aufmerksamkeit von ihm ablenken. Aber er sehnte sich auch wirklich nach einem Kind, war er doch ein warmherziger Mann ohne Leidenschaft, und es war seine heimliche Meinung – alle seine Meinungen waren heimliche Meinungen, denn wenn er sie verlauten ließ, fing Mrs. Pinner an, sich mit ihm zu zanken –, daß gerade solche Männer die geborenen Väter sind. Sie waren einfach gezwungen, noch etwas in die Welt zu setzen, damit sie zeigen konnte, was in ihnen steckte. Aber Mrs. Pinner war nicht in der Lage gewesen, das Gewünschte zu produzieren. Sie war leidenschaftlich – ohne Warmherzigkeit. Mr. Pinner empfand das als ziemlich schockierend. Manchmal jagte sie ihm im Bett Angst ein, und er war davon überzeugt, daß dies für eine Frau kein angemessenes Benehmen war, zumal sie ihn am nächsten Tag offensichtlich nicht lieber mochte als zuvor.

Allerdings konnte er nicht ohne sie Vater werden. In dieser einen Sache war er ganz und gar auf sie angewiesen; auch wenn sie glaubte, durch und durch über ihn zu bestimmen, war Mr. Pinner in jeder anderen Angelegenheit heimlich, im tiefsten Inneren seines Herzens, sehr selbständig. Nur hier war er hilflos. Wenn sie nicht schwanger wurde, er konnte es nicht. Kein Weg ging an Mrs. Pinner vorbei.

Daher gingen sie, sozusagen als ersten Schritt, an den Abenden nach einem Tag mit viel freier Zeit um neun ins Bett anstatt um elf oder zwölf, wie sie es sich in den geschäftigen, ermüdenden Jahren zur Gewohnheit gemacht hatten. Dort wälzten sie sich aufgrund der frühen Stunde hin und her, oder, besser gesagt, Mrs. Pinner wälzte sich, während er ruhig dalag, wie es seiner Natur entsprach. Ob es an diesem regelmäßigen Ablauf lag oder ob Gott, der Familien bevorzugt, Mitleid mit den Pinners hatte: gerade als Mr. Pinner den Entschluß gefaßt hatte, sich mit der Kinderlosigkeit abzufinden, da er und seine Frau auf die Vierzig zugingen, geschah mit Mrs. Pinner aus unerklärlichen Gründen das, was schon zwanzig Jahre früher hätte geschehen sollen. Sie machte genau wie im Lehrbuch alle körperlichen Veränderungen durch (eine nach der anderen), die letzten Endes, auch wenn Mr. Pinner es viele Monate kaum zu glauben wagte, mit der Geburt eines Mädchens oder eines Jungen enden sollten; oder vielleicht – das war seine heimliche Hoffnung – mit der Geburt von beiden.

Sie endeten mit einem Mädchen.

»Was für ein Segen«, sagte sich Mr. Pinner, als er die völlige, leidenschaftliche Hingabe seiner Frau sah. »Wenn das Kind nicht meine Rettung ist!«

Deshalb wollte er es auf den Namen Salvation taufen, aber Mrs. Pinner war dagegen, weil es überhaupt kein Mädchenname war, sagte sie; doch da ihr zu diesem Zeitpunkt nicht zum Streiten zumute war, einigten sie sich auf Salvatia.

*

So wurde also Salvatia, aus der später Sally wurde, in die Welt gesetzt. Ihre Eltern wehrten sich gegen den Namen Sally, weil er ihnen so gewöhnlich vorkam. Dieser Widerstand war jedoch vergeblich. Die Leute waren unbelehrbar. Das Kind selbst bestand von dem Augenblick an, in dem es reden konnte, auf Sally.

Sie wuchs zu einer solchen Schönheit heran, daß es schon bald zum Hauptanliegen der Pinners wurde, sie zu verstecken. Diese Schönheit, die anfangs ihr ganzer Stolz gewesen war, machte ihnen schon bald Sorgen. Als Sally etwa zwölf war, versteckten sie

sie schon ständig. Das war nicht besonders schwierig, denn sanftmütig ging sie, wohin man sie schickte, und blieb auch dort. Sie hatte nicht nur die sanfte Güte ihres Vaters geerbt, sondern auch ein ausgeprägtes Bedürfnis, andere zufriedenzustellen und zu tun, was ihr aufgetragen wurde. Dieses Erbe stammte nur zum Teil von ihm und zu einem größeren Teil von einem unbekannten Vorfahren, denn dieses Verhalten war bei ihr viel ausgeprägter als bei ihrem Vater in seinen entgegenkommendsten Momenten. Außerdem hatte sie nichts von der Schläue der Schwachen, die bei Mr. Pinner so ausgeprägt war. Im Inneren ihres Herzens war sie nicht anders, als sie sich nach außen zeigte. Im Gegensatz zu Mr. Pinner hatte das Leben sie noch nicht zu Heimlichkeiten gezwungen; es hatte noch keine Zeit dafür gehabt. Schließlich, sagte sich Mr. Pinner, war sie ja auch nicht verheiratet.

Von ihrer Mutter hatte sie nur das Aussehen geerbt, aber aus deren dunkler Schönheit war bei Sally heller, strahlender Liebreiz geworden. Wo ihre Mutter hübsch gewesen war, war sie schön. Sie war von dieser authentischen, unbestreitbaren Schönheit, die auch dem unachtsamsten Beobachter auffiel. Mr. Pinner war hin- und hergerissen zwischen Stolz und Furcht. Mrs. Pinner konzentrierte sich voll und ganz auf ihr Kind und war die umsichtigste aller Mütter. Sie bewahrten ihren geheimen Schatz im Hinterzimmer auf, und wie alle Schätze verursachte auch dieser Besitz Freude und Leid. Bis zu ihrem zwölften Lebensjahr war sie wie andere Kinder und ging jeden Morgen alleine zur Schule, wobei sie Islington wie eine Flamme erleuchtete, während sie durch seine Straßen ging. Doch dann überfiel die Pinners ein Schreck: Sie wurde verfolgt. Nicht einmal oder zweimal, sondern immer wieder; und eines Tages kam sie glücklich nach Hause, die Hände voll mit Süßigkeiten, die ihr ein fremder Herr geschenkt hatte.

Die Pinners versteckten sie. Mrs. Pinner brachte sie jeden Tag persönlich zur Schule und holte sie auch wieder ab, und in der freien Zeit verbargen sie Sally im Hinterzimmer. Mr. Pinner übernahm die Aufgaben von Mrs. Pinner, wenn sie unterwegs war. Er schaffte es gerade so, aber auch nur, weil seine Frau gut zu

Fuß war und den Großteil des Weges rannte; anderenfalls wäre er unter der Belastung zusammengebrochen, da er sich das Gehalt für einen Angestellten nicht leisten konnte und nur über ein geringes Durchhaltevermögen verfügte. Nachts, wenn das kostbare Objekt ihrer Liebe und Furcht schlief, diskutierten sie im Bett ernsthaft darüber, wie sie für Sally die größtmögliche Sicherheit und das größtmögliche Glück sicherstellen konnten. Diese gemeinsame Sorge und Liebe hatte Harmonie in ihre Beziehung gebracht. Wenn es um das Kind ging, waren sie einig. Mrs. Pinner spottete nicht mehr, und nach einer Weile wünschte sie ausdrücklich, Mr. Pinners Meinung zu hören. Er wurde auch nicht mehr gegen seinen Willen in irgendwelche Streitereien verwikkelt. Frieden gewann die Oberhand und mit ihm die Zuneigung, die aus einem starken, gemeinsamen Interesse entsteht.

»Liegt alles an Sally«, sagte Mr. Pinner, der mit seinem Eheleben zufrieden und nicht in der Lage war, seine Gefühle leidenschaftlicher auszudrücken, denn er verfügte nur über einen begrenzten Wortschatz.

*

Als Sally sechzehn wurde, starb Mrs. Pinner. Sie starb innerhalb von ein paar Tagen an einer Erkältung, die im Grunde nicht schlimmer war als Dutzende von anderen Erkältungen, die sie sich im Laufe ihres Lebens zugezogen hatte und die ihr nichts hatten anhaben können.

Mr. Pinner hatte nun niemanden mehr, der ihm beistehen konnte, weder im Geschäft noch mit Sally. Das war ein großes Unglück, und er wußte weder ein noch aus. Er war finanziell nicht abgesichert. In Islington gab es viele Lebensmittelgeschäfte; er führte eines der kleinsten und hatte immer nur den Wunsch verspürt, damit seinen Lebensunterhalt zu erwirtschaften und seinen Frieden zu haben. Er konnte das Geschäft unmöglich ohne Hilfe führen, und ohne das Geschäft würden Sally und er bald Hunger leiden. So sah er keine andere Möglichkeit, als Sally auf den Platz ihrer Mutter zu stellen. Innerhalb einer Woche verdoppelte sich die Zahl der Kundschaft, und so ging es weiter und weiter, bis sämtliche Männer der Gegend zu ihrer Kundschaft gehörten.

Im Grunde wiederholte sich das gleiche wie vor zwanzig Jahren, nur in gesteigertem Maße. Mr. Pinner war kreuzunglücklich. Wann immer jemand Sally anlächelte, mußte sie einfach zurücklächeln – es entsprach nun einmal ihrer Natur; und da jeder, der sie ansah, sofort zu lächeln begann, strahlte sie unaufhörlich, und das Geschäft war von hellem Licht erfüllt. Mr. Pinner verwirrte das. Als er genug Geld verdient hatte, stellte er einen Verkäufer ein, gab bekannt, daß er seine Tochter auf ein Internat geschickt habe, und verbarg sie wieder im Hinterzimmer. Die Kundschaft blieb aus, und der Verkäufer wurde entlassen. Doch kaum erschien Sally wieder, war auch die Kundschaft wieder da. Es war eine ebenso unangenehme und anstrengende Situation, und Mr. Pinner war es leid, ein Auge auf Sally zu haben und gleichzeitig Kaffee und Schinken abzuwiegen. Die Verantwortung war einfach zu groß für ihn. Die einzige Lösung für seine Probleme schien darin zu bestehen, das Mädchen mit einem zuverlässigen Burschen zu verheiraten. Der würde sich dann um sie kümmern. Unter seinen Kunden konnte er allerdings keinen zuverlässigen Burschen ausmachen, außer solchen, die bereits verheiratet waren. Und die konnten so zuverlässig auch wieder nicht sein, denn sonst würden sie nicht Sally umgarnen. Schließlich konnte man einen verheirateten Mann kaum zuverlässig nennen, der begierig darauf wartete, daß Sally ihm irgendwelche Lebensmittel verkaufte, die er dann zu Hause vor seiner Frau verstecken mußte. Und der Rest bestand aus einem traurigen Haufen überarbeiteter und unterbezahlter junger Büroangestellter, die sich eine Heirat wahrscheinlich gar nicht leisten konnten. Sally lächelte ihnen allen zu. Sie hatte nichts von der abweisenden Bis-hierher-und-nicht-weiter-bitte-Haltung ihrer Mutter.

»Um Gottes willen«, pflegte Mr. Pinner ihr ins Ohr zu zischen, wenn er im Vorübergehen an ihrem Ellbogen zupfte, »hör auf, diese Leute so freundlich anzusehen.«

Aber wie sollte sie sie denn sonst ansehen? Was für ein Gesicht sie auch immer machte, für den Betrachter sah es immer freundlich aus; selbst wenn sie unter großer Anstrengung und ganz gegen ihre Natur jemanden mit gerunzelter Stirn anblickte, starrten die Leute nur noch interessierter und fragten, ob sie das bitte wiederholen könne.

Mr. Pinner war verwirrt. Selbst der Klerus kam in sein Geschäft. Sie kamen mit windigen Geschichten über ihr Pantoffelheldendasein und tyrannische Frauen, die sie nach Korinthen schickten; selbst der Doktor kam. Dabei ist er alt genug, dachte Mr. Pinner, um sich zu schämen. Rennt hinter einem Mädchen her, dem er selbst auf die Welt geholfen hat, und behauptet dabei, es ginge ihm um eine Schachtel Kekse. Was er wirklich wollte, waren eindeutig nicht die Kekse, genausowenig wie die Pfarrer Korinthen wollten. Jeder einzelne von ihnen war hinter Sally her. Mr. Pinner, der an Sonntagen mit dem Klingelbeutel herumging, war entsetzt, daß sein gutes und bescheidenes Kind für seine Mitmenschen der unschuldige Anlaß zur Sünde sein sollte. Daß sie sich nach der Sünde sehnten, war für Mr. Pinner, den der geringste Verdacht bereits in Schrecken versetzte, nur zu offensichtlich. Alle diese verheirateten Männer – was könnten sie außer Sünde sonst im Kopf haben? Sie wünschten sich, mit Sally zu sündigen, die Sünde der Sünden zu begehen, mit seiner Sally, seinem unbefleckten Lamm, einem Kind Gottes, einer Erbin des Himmelreiches.

Ein Jahr lang ertrug Mr. Pinner das alles, kämpfte mit seiner Verantwortung und mit seinen düsteren Vermutungen. Die Milch der frommen Denkungsart und des Respekts für Höhergestellte wurde sauer. Er haßte die Leute mehr und mehr. Sein ängstlicher Gesichtsausdruck wurde zu einem Dauerzustand. Die anderen Lebensmittelhändler schimpften untereinander auf ihn; sie warfen ihm vor, seine Tochter als Lockvogel zu benutzen, und natürlich erfuhr er davon. Unfähig, diesen Vorwurf zu ertragen, und erschöpft von der ständigen Vorstellung, daß alles noch schlimmer werden würde, daß eines Tages vielleicht irgendein junger unbedeutender Lord durch die Straßen von Islington strolchen und dabei den Laden betreten und Sally sehen würde, dachte er: Na, dann gute Nacht, Tugend! Gibt es denn überhaupt ein Mädchen, das gut und bescheiden genug ist, um den Angriffen eines Lords standhalten zu können? fragte sich Mr. Pinner, der noch nie in seinem Leben bewußt einem Lord begegnet war und deshalb eine hohe Meinung von diesem Stand hatte. Mr. Pinner beschloß umzuziehen.

Er zog um. Nach einigen fruchtlosen und schlecht organisierten Sonntagsausflügen in die Vororte hörte er zufällig von einem verlassenen Nest in einer Gegend, die ihm, dessen Vorstellung von England aus Hampstead Heath, Hampton Court und Southend bestand, wie ein wilder und unbevölkerter Bezirk in Cambridgeshire vorkam. Der Besitzer des einzigen Ladens am Ort hatte die Einsamkeit satt und wollte sich möglichst nahe an London niederlassen. Und was könnte näher an London sein als London selbst? Mr. Pinner eilte also nach Woodles und ließ Sally mit der strikten Anweisung zurück, ihre Nase, die ungeheure Komplikationen verursachen konnte, nicht aus der Tür zu stecken.

Er glaubte, nie zuvor einen solchen Ort gesehen zu haben. Er war an Straßen und Menschenmengen gewöhnt und hätte deshalb nie gedacht, daß es irgendwo so leer und einsam sein könnte. Es regnete, und niemand befand sich auf der Straße. Ein paar kleine Häuser, der Laden, eine Kirche, das Pfarrhaus und ein trauriges, nasses Schwein, das in einem Graben wühlte – das war alles. Der nächste Bahnhof lag drei Meilen entfernt, der Ort selbst eingebettet in ein Netz schmutziger Landstraßen, und der Vikar – Mr. Pinner erkundigte sich danach – war achtundsiebzig Jahre alt und hatte keine Söhne. Somit schien Mr. Pinner mit Woodles den idealen Ort für sich und Sally gefunden zu haben. Bei einer Flasche Ingwerbier freundete er sich mit dem Ladenbesitzer an und vereinbarte, daß dieser sich Islington anschauen und über einen Tausch nachdenken sollte. Er kam, und das Geschäft war perfekt. Nach einigen bedauernswerten Vorfällen im Zusammenhang mit Sally, die das Ganze beinahe zum Scheitern gebracht hätte, kehrten die Pinners an Weihnachten Islington den Rücken.

*

Die ersten paar Wochen in Woodles verliefen ohne Zwischenfälle. Es war ein Dörfchen, stellte Mr. Pinner erfreut fest, das fast ausschließlich von Damen bewohnt wurde. Diese Damen wurden von der Baufälligkeit der Häuser angezogen, da sie gleichzeitig pittoresk und billig waren; die Damen waren entweder nie verheiratet gewesen oder verwitwet und demzufolge, wie es unter solchen Umständen durchaus üblich ist, arm. Aber das machte Mr. Pinner nichts aus. Er wollte nur leben. Er hatte gar nicht den Wunsch, mehr zu verdienen, als er brauchte, um Sally ernähren zu können. Mehr bedeutet nur mehr Verantwortung und mehr Sorgen, und davon hatte er wegen Sally sowieso schon mehr, als er verkraften konnte. Er ließ sich nieder, zufrieden und sicher inmitten seiner Kundschaft aus Witwen und Jungfern, verbrachte ein dankbares Weihnachtsfest und begann das neue Jahr voller Hoffnung.

Dann, an einem Tag Ende Januar, störten zwei junge Männer den Frieden eines sonnigen Nachmittags mit dem Lärm ihrer Motorräder. Wahrscheinlich können sie nicht anders als rasen, dachte Mr. Pinner, der selbst diesen beiden noch freundlich gesonnen war. Eine Kundin, die gerade bei ihm im Laden war, meinte: »Es hat angefangen.«

Mr. Pinner fragte höflich, was denn angefangen habe.

»Das Semester«, erwiderte die Dame.

Mr. Pinner verstand nicht, was sie meinte, wollte aber seine Unwissenheit nicht zugeben und sagte deshalb: »Es war auch höchste Zeit.«

Danach verging kaum ein Nachmittag, an dem nicht junge Männer durch Woodles eilten. Manchmal kamen sie mit Motorrädern, manchmal auf Pferden, manchmal mit Autos, aber immer hatten sie es eilig. Wo kamen sie nur alle her? Mr. Pinner war erstaunt und fragte sich unbehaglich, ob nicht Sally wieder die Ursache dafür war. Aber sie konnte es gar nicht sein, weil die jungen Männer noch nicht einmal einen Blick auf das Schaufenster des Ladens warfen, von wo aus Sally und er sie, hinter Gläsern mit verschiedenen Bonbons versteckt, beobachteten.

Dann nahm er langsam Cambridge zur Kenntnis. Er hatte keinen Gedanken daran verschwendet, als er nach Woodles gezogen war. Cambridge war zehn Meilen entfernt – ein Ort, so wußte er, an dem feine junge Herren unterrichtet wurden; aber ein Ort, der zehn Meilen weit weg lag, hatte ihn nicht beunruhigt. Dort war er bei seinem ersten Besuch in den Zug umgestiegen, der ihn auf einer Nebenlinie bis auf drei Meilen an Woodles heranbrachte. Das Dorf, verschlafen unter einer Regendecke, war völlig verlassen gewesen, der letzte Punkt in feuchter, nebliger Isolation. Und als er in den Weihnachtsferien hierhergezogen war, schlief das Dorf immer noch und wurde nur gelegentlich von schwachen Lebensäußerungen unverheirateter Damen wachgerüttelt. Es lag so weit entfernt von allem, daß sein Schlaf niemals gestört worden wäre, hätte nicht Cambridge in der Nähe gelegen. Aber junge Männer sind ruhelos und kommen überallhin. Voller Energie rasten sie durch Woodles, wie sie alle Orte in durchrasbarer Entfernung auch durchrasten. Andererseits: Sie rasten durch und hielten nicht an; und Mr. Pinner beruhigte sich mit diesem Gedanken und mit seinem neuerworbenen Wissen, daß die Gefahr nur ein paar Monate dauerte – man konnte beinah sagen, es waren nur ein paar Wochen im Jahr.

Er bat Sally, am Nachmittag im Haus zu bleiben, und hoffte das Beste.

*

Dann, an einem stürmischen Nachmittag Anfang März, als der Dreck auf den Straßen sich in Staub verwandelt hatte und in Wolken durch die Straßen wirbelte, wurde die Tür durch den Wind hart aufgestoßen, und ein junger Mann wehte herein; er mußte seine ganze Kraft aufwenden, um die Tür wieder zu schließen.

Kein Motorengeräusch hatte ihn angekündigt, und Sally war im Laden.

Sie stand auf einer Leiter und räumte oben in einem Regal die Dosen von Huntley und Palmer um. Er sah sie nicht sofort und wandte sich an Mr. Pinner.

»Haben Sie Benzin?« fragte er.

»Nein, Sir«, erwiderte Mr. Pinner schnell und hoffte, er würde gleich gehen, ohne Sally zu bemerken. »Das führ'n wir nich'.«

»Wissen Sie vielleicht, wo ich . . .«

Der junge Mann brach mitten im Satz ab und starrte nach oben. »Du lieber Himmel«, flüsterte er atemlos. »Du lieber Himmel . . .«

»Na, na«, sagte Mr. Pinner ausgesprochen gereizt, denn es war ihm nur zu bewußt, was geschehen war. In seiner Angst schlug er mit der knochigen Hand auf den Ladentisch. »Bitte keine Gotteslästerung, Sir . . .«

Aber er hätte gar nicht so ängstlich und ärgerlich sein müssen, denn mit diesem jungen Mann hatte er – ohne es zu wissen – seinen zukünftigen Schwiegersohn vor sich; den Menschen, der alle seine Probleme lösen würde, indem er die Verantwortung für Sally übernahm. Kurz gesagt, es war, wie Mr. Pinner ihn später immer nannte, Mr. Luke.

2

Damals, als er auf der Suche nach Benzin den Laden in Woodles betrat, war der junge Luke, der auf den Vornamen Jocelyn hörte, ein pflichtbewußter junger Mann voller Erfindungsreichtum und Forscherdrang und mit einem Wissensdurst, den seine Freunde im College Ananias sich nicht erklären konnten. Er war der Naturwissenschaft zugetan, besonders der Chemie. Er wollte abwiegen und vergleichen, experimentieren und beweisen. Dazu mußte man ein ruhiges, ungestörtes Leben führen, in dem man Tag für Tag regelmäßig und ohne Unterbrechung arbeiten konnte. Seine Hoffnung war darauf gerichtet, ein Forschungsstipendium in Ananias zu erhalten. Statt dessen bekam er Sally.

Im nachhinein war es Jocelyn klar, daß sein Hauptproblem zu diesem Zeitpunkt seine Jugend gewesen war. Die Natur hatte ihn fest im Griff. Sosehr er auch seinen Kopf benutzen wollte, um sich der wissenschaftlichen Erkenntnis zu verschreiben, die Natur beschloß, den Rest zu beherrschen, und das tat sie auch. Er war jeder Versuchung gewachsen gewesen, aber gegen Sally war er machtlos; und alles, was er geglaubt und gehofft und wofür er sich bis dahin interessiert hatte, kam ihm wie Unrat vor, kaum daß er Sally erblickte. Wie im Fieber war er nur noch von dem Wunsch erfüllt, dieses Wunder sicherzustellen, bevor ein anderer es entdeckte. Das brachte ihn fast um den Verstand. Er brannte vor Leidenschaft, litt Höllenqualen vor Angst. Er wußte, daß er als Bräutigam keine gute Partie war, denn er verfügte nur über wenig Geld und war sicher, daß er abgelehnt würde, und dann – was dann?

Seine Befürchtungen waren unbegründet. Beim Wort »Heirat« fiel Mr. Pinner ihm beinahe um den Hals. Mr. Pinner hatte ihn bei seinen Besuchen immer wie ein alter Hund angeknurrt, der schlecht behandelt wurde und nun von jedem das Schlimmste erwartet. Sally hielt sich im Hinterzimmer auf. Mr. Pinner hatte sie jedesmal dorthin geschickt, sobald Jocelyn Luke den Laden betrat, und war dann dem jungen Mann herausfordernd gegenübergetreten: Beide Hände auf den Ladentisch gestützt, hatte er ihn von unten gemustert, alle seine schwachen Stacheln aufgestellt und ärgerlich gefragt: »Und was kann ich 'eute für Sie tun, Sir?«

Nach einer Woche war Jocelyn verrückt vor Angst, daß ein anderer Student der Colleges in Cambridge, das für Autos und Fahrräder so gefährlich nah bei Woodles lag, das Mädchen entdecken und ihm zuvorkommen könnte, und so bat er Mr. Pinner um die Hand seiner Tochter.

»Ich möchte Ihre Tochter heiraten«, stammelte er mit trockener Kehle und brennenden Augen. »Ich muß sie sehen. Ich muß mit ihr reden – nur um herauszufinden, ob es ihr etwas ausmachen würde. Es ist absurd, einfach absurd, daß ich nie ein Wort mit ihr reden darf . . .«

Und Mr. Pinner, statt Jocelyn hinauszuwerfen, wie dieser es wegen seiner Armut erwartet hatte, fiel ihm um den Hals. »Sie 'eiraten? Sie 'aben 'eiraten gesagt, Sir, oder?« fragte er mit zitternder Stimme und errötete bis zu seinen besorgten freundlichen blauen Augen.

Er konnte kaum glauben, was er da gehört hatte. Gegen diesen jungen Herrn, er besaß sogar ein Auto, schien nichts zu sprechen, soweit Mr. Pinner sehen konnte, und er hoffte, er konnte so weit sehen wie die meisten Leute, nichts außer seiner Jugend ... Aber wenn er nicht so jung wäre, würde er Sally vielleicht nicht unbedingt heiraten wollen, sagte sich Mr. Pinner. Er betrachtete das eifrige Gesicht des Freiers voller Respekt und Ehrfurcht; schließlich wußte er aus Erfahrung, daß jeder mit Sally hatte sündigen wollen, aber an Heirat hatte dabei wohl kaum einer gedacht.

»Wenn Sie ehrliche Absichten 'aben ...«, fing Mr. Pinner an.

»Ehrlich! Du großer Gott. Als ob ...«

»Immer mit der Ruhe, Sir«, unterbrach Mr. Pinner freundlich und hob abwehrend die Hand. »Kein Grund, ausfällig zu werden. Über'aupt kein Grund.«

»Nein, nein – natürlich nicht. Ich bitte um Verzeihung. Aber ich muß sie sehen – ich muß mit ihr sprechen dürfen –«

»Richtig, Sir. Kommen Sie 'ier rein«, sagte Mr. Pinner und öffnete die Tür zum Hinterzimmer.

*

Da saß Sally mit einer Flickarbeit unter der Lampe.

»Wir 'aben 'nen Gast«, sagte Mr. Pinner stolz und aufgeregt. »Was für ein Segen, Sir«, wandte er sich an Jocelyn. »Wie war der Name?«

»Luke – Jocelyn Luke«, murmelte der junge Mann wie im Traum; seine Augen ruhten auf Sally.

»Mr. Luke«, stellte Mr. Pinner ihn vor. Der Name gefiel ihm, weil er ihn an das Lukasevangelium erinnerte. »Und sie 'eißt Salvatia. Is' jedenfalls ihr Taufname«, fügte er wegen des Blickes hinzu, den Sally ihm zuwarf. »Manche Leute sagen auch Sally zu ihr, aber das muß nich' sein, Mr. Luke, das muß wirklich nich' sein. 'olst du noch 'ne Tasse, Salvatia? – Und bring den Tee mit.«

Und während sie eine Tasse aus einem Küchenschrank kramte und sich fragte, wieso sie auf einmal wieder Salvatia hieß, flüsterte ihr Vater dem Freier zu: »Reden Sie nur, Sir, wenn sie wiederkommt. Gar nich' auf mich achten.«

Jocelyn achtete nicht auf ihn, denn er vergaß Mr. Pinners Existenz in dem Moment, als Sally zurückkehrte. Aber er konnte nicht reden. Er saß stumm da und starrte sie an. Das Mädchen war so außergewöhnlich. Sie war die Schönheit in Person. Von ihrem kleinen Kopf mit dem flammenfarbenen Haar und den breiten, niedrigen Augenbrauen über verschleierten Augen, die wie brauner Bernstein schimmerten, von den schlanken Linien ihres schmalen Körpers bis zu den zarten Füßen, die in abgetragenen Schuhen steckten, war sie sicher vollkommen. Er konnte keinen Makel an ihr entdecken. Es war, als erhellte sie das Zimmer. Es war, dachte der junge Luke – zum erstenmal im Angesicht wirklicher Schönheit –, als ob man Gott sähe. Er wollte weinen. Sein Mund, normalerweise fest verschlossen, zitterte. Er saß nur stumm da. So war es also Mr. Pinner, der die Unterhaltung bestritt, denn Sally gehörte zu einer sozialen Schicht, in der die Frauen den Mund hielten, wenn der Vater jemanden zum Tee mitbrachte; sie sagte nichts.

Ihre Aufgabe war es, Tee einzuschenken, und das erledigte sie würdevoll; ihre Wimpern, deren Anblick den Wunsch auslöste, sie zu küssen, waren düster gesenkt, das Gesicht ernst. Sie war so ernst, weil der Besucher sie bisher nicht angelächelt hatte; so hatte sie nicht zurücklächeln können, und Jocelyn kannte ihr Lächeln noch nicht; Mr. Pinner war ganz rot vor Aufregung und fürchtete, das alles könne nicht wahr sein, war aber gleichzeitig sicher, daß es wahr war. Er unterhielt den Freier, so gut er konnte, scherzte, um ihm das Gefühl der Befangenheit zu nehmen und ihn zu ermutigen, und versuchte gleichzeitig Sally mitzuteilen, daß sie seine Zustimmung habe, um bei diesem speziellen jungen Herrn ein freundliches Gesicht zu machen.

Der Freier blieb jedoch stumm, und Sally begriff nichts. Ihr Vater hatte sich noch nie zuvor so benommen, und sie hatte nicht die leiseste Ahnung, worum es eigentlich ging. Für Mr. Pinner war es ein hartes Stück Arbeit, denn er hatte keine Übung in gesellschaftlichen Situationen, die Takt und Erfahrung verlangten, und er schwitzte. Deshalb war er erleichtert, als seine Tochter den Tisch abräumte, in die Küche ging, um abzuwaschen, und ihn mit seinem jungen Gast allein ließ. Dessen Kopf war auf die Brust gesunken, und er folgte dem Mädchen mit den Augen, bis sich die Tür hinter ihr schloß. Dann wandte er sich ihrem Vater zu. In seinem schmalen Gesicht arbeitete es, und er sprudelte das ganze Elend seiner Befürchtungen über seine Wertlosigkeit und Unerwünschtheit hervor.

»Da«, sagte Mr. Pinner und schob dem Besucher eine Dose des besten Tabaks hin, den er im Lager hatte. »Bedien' Sie sich, Sir.«

Der junge Mann nahm den Tabak gar nicht zur Kenntnis, und Mr. Pinner, der seinem Wortschwall aufmerksam zuhörte, konnte beim besten Willen nicht erkennen, was an ihm wertlos und unerwünscht war.

»Sie is'n braves Mädchen«, sagte Mr. Pinner und verzichtete aus Höflichkeit darauf, seine Pfeife zu stopfen. »So gut, wie man sich's nur wünschen kann. Und ich sag' immer, ein guter Mann verdient das beste Mädchen. Isses nich' so? Muß ja auch brav sein, nich'? Verzei'en Sie, Sir, aber darf ich fragen«, er senkte seine Stimme zu einem Flüstern und warf einen Blick auf die Küchentür, »ob sie ein guter Mann sind, Sir? Ein 'err, sollt' ich sagen. Es is' 'ne 'eikle Frage, die ich da stellen muß, das weiß ich, Sir, aber ihre Mutter 'ätt' nich' gewollt . . .«

»Ich trinke nicht, ich spiele nicht, und ich habe keine Liebschaft mit einer anderen Frau«, sagte Jocelyn. »Ist es das, was sie wissen wollten?«

»Warum glaub'n Sie dann, daß Sie nich' erwünscht sind?« fragte Mr. Pinner verblüfft.

»Ich bin arm«, sagte der Freier kurz und knapp.

»Arm. Das is' schlecht«, stimmte Mr. Pinner zu, schüttelte den Kopf und schürzte die Lippen. Mit Armut kannte er sich aus. Die hatte er zur Genüge kennengelernt.

Mr. Pinner fühlte sich verpflichtet, dem jungen Mann weitere Fragen zu stellen. Dabei stellte sich heraus, daß er finanziell doch recht gut dastand. Er hatte ein sicheres Einkommen von 500 Pfund im Jahr, unabhängig davon, ob er arbeitete oder nicht, und Mr. Pinner, der gewohnt war, jeden Penny umzudrehen, hielt das für ausreichend, um einer Frau und einer Familie nicht nur Bequemlichkeit, sondern auch ein vornehmes Leben zu bieten.

*

Sally kam zurück, und Mr. Pinner hatte eine Eingebung. Er hob einen Finger und sagte »Ah«, womit er den beiden zu verstehen geben wollte, daß er einen Kunden gehört hatte – ohne dies ausdrücklich zu sagen, denn das wäre eine Lüge gewesen. Er ging nach vorne in den Laden.

Sally stand im Zimmer und fühlte sich unbeholfen. Jocelyn war aufgestanden, als sie hereingekommen war, und sie nahm an, er wolle ihr einen schönen Abend wünschen und gehen; aber das tat er nicht. Sie stand daher zuerst auf dem einen Fuß und dann auf dem anderen und fühlte sich unwohl.

»Wollen Sie«, hauchte Jocelyn und streckte voll zitternder Erwartung die Hand aus, weil er fürchtete, sie könne wieder verschwinden, »wollen Sie sich nicht wieder setzen?«

»Gut«, sagte Sally scheu. »Ich 'ätt' nix dagegen . . .« Zum erstenmal hörte Jocelyn den Satz, den er später noch so oft hören sollte, und den Akzent, gegen den er so hartnäckig ankämpfen würde, weil er ihre Herkunft aus der Unterschicht offenbarte.

Sie setzte sich auf die Kante des Stuhles auf der anderen Seite des Tisches. Sie war es nicht gewohnt, ohne Beschäftigung zu sein, und wußte nicht, wo sie mit ihren Händen hin sollte, aber sie war sicher, daß es sich nicht gehörte, in Anwesenheit eines Herrn Socken zu stopfen.

Auch Jocelyn nahm wieder Platz. Zwischen ihnen stand der Tisch, und das Licht der Petroleumlampe an der Decke schien direkt auf Sallys Kopf.

»Und die Schönheit wurde Fleisch und wohnte unter uns«, murmelte er mit brennenden Augen.

»Wie bitte?« sagte Sally höflich und wünschte, ihr Vater käme zurück.

»Du schönes, wunderschönes Wesen, du wunderschönes«, flüsterte Jocelyn heiser; seine Augen glühten wie Kohlen.

Nun bekam es Sally mit der Angst zu tun, und sie sah ihn erschrocken an.

»Haben Sie keine Angst. Ihr Vater weiß Bescheid. Er hat mir gestattet . . .«

»Vater?« wiederholte sie sehr erstaunt.

»Ja, ja, ich habe ihn gefragt. Er hat es mir gestattet. Er hat mir gestattet – mit Ihnen zu reden, mich mit Ihnen anzufreunden. Das heißt«, stammelte er, überwältigt von ihrem Liebreiz, »wenn Sie es mir erlauben – oh, wenn Sie es mir nur erlauben . . .«

Sally wunderte sich über ihren Vater. »So was 'ab' ich nie nich' getan«, murmelte sie höflich. »Was Vater sich da bloß bei denkt.«

»Warum? Warum denn? Möchten Sie denn nicht? Würden Sie – möchten Sie denn nicht?«

»Das tät' ich nich' sagen«, sagte Sally. Sie rutschte in ihrem Stuhl herum und suchte nach höflichen Worten. »Ich tät' nich' direkt sagen, daß ich nich' möcht'.«

»Dann darf ich – darf ich mit Ihnen ausgehen? Darf ich Sie zum Tee einladen? Darf ich Sie mit dem Auto abholen – ich darf doch, oder? Morgen?« fragte Jocelyn. Er lehnte sich weiter über den Tisch und streckte ihr flehend die Arme entgegen.

»Vater . . .«

»Aber er hat es mir gestattet. Es ist mit seiner Erlaubnis . . .«

»Auch das mit dem Tee?« fragte Sally, die aus dem Staunen nicht mehr herauskam. »Sieht ihm aber gar nich' ähnlich«, fügte sie zweifelnd hinzu.

Daraufhin sprang Jocelyn ungestüm auf, kam um den Tisch herum und wollte sich ihr zu Füßen werfen, um sie auf Knien anzuflehen, mit ihm auszugehen; er, der in seinem ganzen Leben noch vor niemandem in die Knie gegangen war!

»O Salvatia!« rief er und kam mit ausgestreckten Armen auf sie zu.

Sie schob rasch ihren Stuhl zurück und schlüpfte aus seiner Reichweite, denn so etwas gehörte sich nicht. Kein Herr hatte das Recht, ein Mädchen bei ihrem Vornamen zu nennen, ohne vorher um Erlaubnis gefragt und sie erhalten zu haben; in diesem Punkt war sie ganz sicher. Salvatia, fürwahr. Das freundliche Geschöpf mußte sich dadurch kompromittiert und verletzt fühlen.

»Was woll'n Sie, Sir?« fragte sie, wie sie es für ihre Pflicht hielt, wenn sie sich zu großer Vertraulichkeit gegenübersah.

»Dich – dich!« keuchte Jocelyn, folgte ihr in die Ecke, in die sie sich zurückgezogen hatte, und fiel ihr zu Füßen.

*

Mr. Pinner war der Ansicht, daß die Hochzeit so bald wie möglich stattfinden sollte. In Mr. Lukes Augen liegt was, sagte er sich, das nur durch Heirat verlorengehen wird; nur die Kirche konnte die Gefühle des jungen Herrn für Sally in die richtigen Bahnen lenken.

Vor lauter Besorgnis trieb er die Sache genauso eifrig voran wie Jocelyn. Wenn nun etwas geschähe, ehe die beiden verheiratet waren, und Mr. Luke, wie es bei Herren unter solchen Umständen durchaus vorkam, plötzlich abkühlte? Nach dem ersten Ausflug mit dem Auto, bei dem Jocelyn Sally um ihre Hand gebeten hatte, ließ er die beiden keinen Augenblick mehr miteinander allein. Sally war gehorsam gewesen und wollte alle zufriedenstellen; ihr Vater hatte am Abend zuvor mit ihr gesprochen und sie seines Segens und seiner Zustimmung versichert. Er hatte gesagt, daß es sowieso ihre Pflicht sei und der Himmel Mr. Luke geschickt habe, und so hatte sie auf seinen Antrag liebenswürdig geantwortet, daß sie nichts dagegen habe.

Danach war es Mr. Pinners einziges Bestreben, sie nicht miteinander alleine zu lassen, ehe sie Mann und Frau waren. Er lebte in fieberhafter Wachsamkeit. Er war besessen von der Sorge um Sallys Jungfernschaft. Seine Tage waren schlimmer als in der schlimmsten Zeit in Islington. Mrs. Pinner wurde verzweifelt vermißt und betrauert, und er brach unter der Last beinahe zusammen: der Hektik, der Beklemmung, der ständig nagenden Furcht und den Heimlichkeiten, auf denen sein zukünftiger Schwiegersohn bestand.

»Warum woll'n Sie alles so ge'eim 'alten, Mr. Luke?« fragte er, immer auf der Hut, wenn es um Sally ging, und ein düsterer Verdacht trübte seine von Natur aus sanften und vertrauensvollen Augen.

»Sie wollen doch keine heulende Meute von Studenten hierhaben, oder?« erwiderte Jocelyn.

»Du liebe Güte, das möcht' ich wirklich nich', Mr. Luke«, sagte Mr. Pinner und hob voller Entsetzen seine kleinen Hände. »Sie hat richtig Talent, meine Sally, die Massen anzuzieh'n.«

»Also«, sagte Jocelyn gereizt; seine Nerven lagen bloß, »ist es dann nicht unsere Aufgabe, ihr die Massen vom Halse zu halten?«

»Das is' jetzt Ihre Aufgabe, Sir – oder jedenfalls bald«, sagte Mr. Pinner. Er konnte nicht umhin, sich die Hände zu reiben beim Gedanken an das Ende seiner Verantwortlichkeit.

»Wenn Sie nur aufhören wollten, mich Sir zu nennen«, sagte Jocelyn barsch. »Ich habe Sie *gebeten*, das zu unterlassen. Ich bitte Sie *noch mal* darum.«

Vor Anstrengung und Müdigkeit kamen ihm beinahe die Tränen. Es war unglaublich; er hatte noch nicht einmal Gelegenheit gefunden, Salley zu küssen – jedenfalls nicht richtig, wie ein Liebender küssen sollte. Immer war dieser verfluchte Pinner dabei – so dachte er von seinem zukünftigen Schwiegervater; was konnte er da schon tun? Er konnte noch nicht einmal mit ihr reden; jedenfalls nicht richtig reden, nicht die Ströme der Bewunderung ausgießen, die ihn verbrannten, während dieses Bild der Wachsamkeit unerschütterlich neben ihm stand. Wovor hatte der Mann denn Angst? Als Jocelyn klar wurde, wie sehr Mr. Pinner an ihnen klebte, hatte er ihn zuerst ganz direkt gebeten, sie allein zu lassen. Die Antwort war, daß die Verlobungszeit anständig und über jeden Zweifel erhaben sein sollte und daß er an dem armen Mädchen Vater- und Mutterstelle vertreten müßte.

»Anständig und über jeden Zweifel erhaben! Gütiger Himmel!« dachte Jocelyn, als er nach Cambridge zurückraste; mit einem heftigen, nervösen Lachen warf er den Kopf zurück. Sein Schwiegervater – dieser kleine Mann in den viel zu langen Hosen, die sich wie eine Zieharmonika um seine Beine wanden. Sein Schwiegervater . . .

Aber das war noch lange nicht so grotesk wie die Vorstellung, daß er ihr Vater war. Hier lag in der Tat das Geheimnisvolle: Ein solcher Liebreiz jenseits aller Vorstellungskraft sollte tatsächlich Mr. Pinners kleinen unbedeutenden Lenden entsprungen sein?

*

Die Witwen und Jungfern von Woodles entwickelten eine ungeheure Neugier anläßlich Jocelyns täglicher Besuche, und sie versuchten herauszufinden, wie er hieß und zu welchem College er gehörte. Sie hegten nicht den geringsten Zweifel am Grund seiner Besuche, da sie mittlerweile alle Sally gesehen hatten. Deshalb wollten sie Mr. Pinner zur Vorsicht mahnen.

So kamen sie in seinen Laden und mahnten ihn.

Mr. Pinner, der kleiner und mehr in seine Hosen versunken wirkte als je zuvor, bedankte sich ausgiebig und versicherte ihnen, er sei vorsichtig.

»Mit einer mutterlos aufwachsenden Tochter muß man auf der Hut sein«, sagten sie.

Mr. Pinner versicherte, das sei er.

»Und da ihre Tochter eines Tages ein recht hübsches Mädchen zu werden verspricht . . .«

»Da gibt's nich' viel zu versprechen, Madam. Sally tut immer brav und anständig ihre Pflicht, immer nur ihre Pflicht, seit sie ein kleines Mädchen gewesen is'.«

»Nun ja – vielleicht ist es doch nicht ganz so schlimm«, sagte die Dame, an die Mr. Pinner seine Worte gerichtet hatte, und lächelte nachsichtig. »Dennoch glaube ich, daß aus ihr einmal ein recht hübsches Mädchen wird, und hier in der Nähe von Cambridge muß man vorsichtig sein. Ihr Besucher ist natürlich ein Student?«

Und Mr. Pinner, der sich vor Jocelyn fürchtete, vor dessen

Drohung, daß Horden von jungen Männern in den Laden einfallen würden, sollte die Verlobung bekanntwerden, rettete sich mit einer Unwahrheit, die gerade noch als Wahrheit durchgehen konnte. »Kann ich nich' sagen, Madam.«

Sie zwang ihn dazu – diese Frau zwang ihn. »Was?« rief sie. »Sie können es nicht sagen? Heißt das, Sie wissen es nicht?«

Und dann sagte er es, ohne mit der Wimper zu zucken. »Nein, Madam.« Seine gehetzten blauen Augen starrten ihr ins Gesicht. »Ich glaub' nich', daß der junge 'err seinen Namen erwähnt 'at.«

Im Innersten flehte er sein Gewissen an. Wenn sie mir zwingen, was soll ich denn machen?

*

Zwischen diesen beiden Männern, die sich in einem Zustand angespannter Nervosität befanden, verbrachte Sally ihre letzten Tage unter dem Dach ihres Vaters, angenehm ruhig und in allen Ehren. Sie tat, was ihr aufgetragen wurde; sie hatte schon immer getan, was ihr aufgetragen worden war. Es war ihr zur Gewohnheit geworden. Ihr gefiel der junge Mann, der so unerwartet ihr Ehemann werden sollte, und sie war zufrieden, daß es sich um einen Herrn handelte. Sie wußte nichts über Herren, aber sie mochte den Klang ihrer Stimmen. In Islington waren ihr deshalb die geistlichen Kunden die liebsten gewesen – allein schon wegen ihrer Stimmen. So wäre sie in den vierzehn Tagen zwischen dem Kennenlernen und der Hochzeit mit Jocelyn völlig glücklich gewesen, wenn es in dieser Zeit nur ein bißchen mehr Gelegenheit zum Lächeln gegeben hätte.

Aber es wurde überhaupt nicht gelächelt. Ihr Vater machte alles in fieberhafter Eile fest, als sei sie ein Paket, das man schleunigst loswerden müsse. Das Gesicht ihres Liebsten war abgehärmt, und seine Mundwinkel zeigten in die einem Lächeln entgegengesetzte Richtung. Dumpf starrte er sie unter seinen buschigen Brauen an, und ab und zu brach er in einen kurzen Redeschwall aus, von dem sie kein Wort verstand und auch keine Ahnung hatte, wie sie damit umgehen sollte; manchmal schob er seine zitternde Hand unter dem Tischtuch entlang, wo ihr Vater sie nicht sehen konnte, und berührte ihr Kleid. Er sieht aus wie die Leute in einem Kinofilm, dachte Sally, mit seinem dunklen Gesicht, den tiefliegenden Augen – sehr blauen Augen, trotz der dunklen Haare und der Haut. Sie mochte ihn sehr. Sie mochte jeden sehr. Wenn jetzt noch ab und zu jemand gelächelt hätte, wie schön wäre alles gewesen, denn dann hätte sie mit Sicherheit gewußt, daß sie glücklich waren und bekamen, was sie haben wollten. Sally war gerne ganz sicher, daß alle glücklich waren und bekamen, was sie haben wollten. Aber in diesen vierzehn Tagen konnte niemand aus den Gesichtern lesen, ob diese beiden zufrieden waren. Manchmal am Abend, wenn ihr Liebster gegangen und die Tür hinter ihm verschlossen und verriegelt worden war, wenn die Fensterläden alle überprüft und gesichert waren, beruhigte ihr Vater sich, und seine Laune wurde besser; ihr Liebster jedoch beruhigte sich nie, und seine Laune blieb, wie sie war.

Sally, die solche Dinge eher intuitiv als mit dem Verstand erfaßte, war sich dessen bewußt, ohne es in Worte zu fassen. Vielleicht würde ihr Bräutigam sich ändern, wenn er am Ziel seiner Wünsche war, und dieses Ziel war – auch dessen war sie sich genau bewußt – sie selbst. Sie hegte keinerlei Zweifel daran, daß er sie wollte. Alle wollten nur sie. Natürlich nicht in einer solch massiven Form, aber bisher hatte sich auch keiner ihrer Bewunderer – also jedes männliche Wesen, dem sie begegnet war – als ihr Verlobter betrachten dürfen. Sie wußte von ihrem Vater, daß man so den Mann bezeichnete, den man heiraten würde und der deshalb Dinge sagen und tun durfte, die sonst niemand durfte. Das war ein klarer Unterschied zu den Personen, mit denen man ins Kino ging, die man nicht heiratete und die nur eine vorübergehende Erscheinung im Leben waren. Sie wußte das, obwohl sie selbst nur in Begleitung ihrer Mutter und ihres Vaters im Kino gewesen war, aber die anderen Mädchen hatten in der Schule darüber berichtet, wie sie mit ihren »Flammen«, so nannten sie diese zeitweisen Begleiter, ausgingen – Mädchen, die alle ihre Freundinnen gewesen waren, bis sie heranwuchsen und dann aus ihrem Leben verschwanden – laut weinend und mit gräßlichen Beschimpfungen auf den Lippen.

Als ob sie etwas dafür könnte, als ob es ihre Schuld sei, daß sie ein Gesicht hatte, das die anderen zur Weißglut trieb.

»*Ich* kann doch nix für mein blödes Gesicht«, klagte sie unter Tränen der letzten ihrer Freundinnen, die sie am meisten mochte, weil sie es am längsten ausgehalten hatte, die es aber schließlich nicht ertragen konnte, wie die Augen des Jungen, den sie den »ihren« nannte, aufleuchteten, als er einmal zufällig Sally begegnet war.

»Nein. Du kanns' natürlich nix für, Sally Pinner«, erwiderte die Freundin wütend. »Aber du 'ätt'st es genauso 'aben wollen, wenn du es dir aussuchen 'ätt'st können, also bist du auch bloß 'ne 'euchlerin.«

Und die Freundin vergaß sich und fügte hinzu, Sally sei sogar eine erbärmliche Heuchlerin; und das waren, wie Mr. Pinner es genannt hätte, schlimme Wörter.

*

So hatte Sally in ihrem kurzen Leben schon immer für Ärger und Unfrieden gesorgt, obwohl sie so sorgfältig unter Verschluß gehalten worden war.

Wo immer sie auf Menschen traf, starrten sie Sally an und folgten ihr; wenn sie sie nicht mit den Füßen verfolgen konnten, so verfolgten sie sie wenigstens mit ihren erstaunten, neugierigen Augen, bis sie außer Sichtweite war. Mr. Pinner gestattete Sally in Woodles lediglich, einen der Sonntagsgottesdienste zu besuchen: den, in dem die heilige Kommunion ausgeteilt wurde, denn dieser Gottesdienst war nur spärlich besucht, und bei den Gläubigen handelte es sich ausschließlich um Frauen. Aber selbst während dieser ernsten Messe hatte der achtundsiebzigjährige Vikar Schwierigkeiten, das liebreizende Wesen aus seinem Bewußtsein zu verbannen, dessen Anmut seine dunkle kleine Kirche wie das Morgenlicht erhellte. Genau wie alle anderen, die Sally irgendwo begegneten, hatte auch er sie am ersten Sonntag, als sie zur Messe kam, sofort wahrgenommen. Sie hatte auf den alten Mann die gleiche Wirkung wie auf Jocelyn, als der sie zum erstenmal sah –

er hielt den Atem an und war einen Augenblick lang den Tränen nahe. Denn hier, so erkannte der alte Mann am Ende seines Lebens, erblickte er Schönheit – frisch aus dem Paradies, noch mit dem Tau des Himmlischen benetzt. Der Vikar, der lange wie ein Einsiedler gelebt hatte, allein mit seinen sentimentalen poetischen Erinnerungen, verbeugte sich im Geist vor dem jungen, strahlenden Glanz, der so in seiner Kirche Einzug hielt, wie vor der leibhaftigen Gegenwart Christi.

*

So stand es um Sally, als Jocelyn sie heiratete – in ihrem Inneren war sie von mildem Wesen, immer bemüht, die anderen zufriedenzustellen; äußerlich war sie ein Kind des Lichts. So wie Mr. Pinner sie hatte verbergen wollen, wollte auch Jocelyn sie verbergen. Deshalb beabsichtigte er, in London zu heiraten, dem unverdächtigsten aller Orte. Technische Schwierigkeiten standen dem jedoch im Wege, da er außerdem schnell heiraten wollte; er zog den Vikar ins Vertrauen, erhielt eine Sondergenehmigung und wurde unter Umgehung des Aufgebots und jedes öffentlichen Aufsehens an einem hellen Märzmorgen getraut, während ganz Woodles noch mit dem Abwasch des Frühstücksgeschirrs beschäftigt war.

Zu diesem Zeitpunkt hatte Jocelyn sich schon daran gewöhnt, daß Sally keine Frage direkt beantworten konnte, und er rechnete fast damit, daß sie auf die Frage des Vikars, ob sie ihn zu ihrem angetrauten Manne nehmen wolle, mit »Ich 'ätt' nix dagegen«, antworten würde. Aber das tat sie nicht; hätte sie es jedoch getan, hätte das weder ihn noch dem Vikar irritiert. Was immer sie auch tat, für diese beiden geblendeten Männer war jede Geste, jedes Wort vollkommen.

Aber Sally war jung und scheu und sprach nur wenig. In der kurzen Zeit, in der Jocelyn sie umworben hatte, brachte sie kaum ein Wort heraus. Sie wagte fast nicht, vor dem Vikar und der Würde seines Amtes die Augen aufzuschlagen, geschweige denn die Stimme zu erheben. Und doch genügte es; der alte Mann war in ihren Bann geschlagen. Jocelyns Entscheidung, die Bücher, das College und seine vielversprechende Karriere an den Nagel zu hängen, Sally zu heiraten und nach London überzusiedeln, um dort sein Brot als Journalist zu verdienen – ein Beruf, für den er nicht die geringste Begabung mitbrachte –, hatte den Vikar nicht überrascht; er verstand den jungen Mann nur zu gut. Die Leitung des Colleges dagegen kannte den Grund für seine Entscheidung nicht und wunderte sich sehr über diesen begeisterten Selbstmord. Sie hatten ja auch Sally nicht gesehen. Der Vikar hatte und war davon überzeugt, daß der junge Mann das einzig Richtige tat – indem er alles aufgab und dem Wahren folgte.

»Schön ist das Wahre nur, das Wahre nur ist liebenswert«, meinte der Vikar. Er war zu alt, um sich noch Gedanken über materielle Dinge zu machen.

Jocelyn und er waren sich einig.

*

In der zweiten und letzten Woche seiner Verlobungszeit war der Vikar für Jocelyn wirklich eine große Stütze, denn Mr. Pinner war überhaupt keine. Nicht, daß Jocelyn in diesem wunderbaren Augenblick eine Stütze gebraucht hätte; aber er brauchte Verständnis, jemanden, mit dem er reden konnte, jemanden, der intelligent zuhören konnte und das auch tat. Mr. Pinner konnte nicht intelligent zuhören, er hörte überhaupt nicht zu. Er sagte nur jedesmal herzlich »Stimmt«, wenn Jocelyn etwas sagte, und eine solche Kritiklosigkeit war eher lästig. Deshalb tat es ihm von Herzen wohl, Mr. Pinner hinter sich zu lassen und ins Pfarrhaus hinüberzugehen. Dort konnte er mit dem alten Mann langsam den sonnigen Pfad mit den Osterglocken auf und ab spazieren und sich mit jemandem austauschen, der ihn verstand.

Aus der Häufigkeit, mit der sein junger Freund ihn aufsuchte, um ihn um Rat zu fragen, schloß der Vikar, daß er es mit einer Waise zu tun hatte, aber er stellte ihm keine Fragen, weil er schon lange aus dem Alter des Fragenstellens heraus war. Er hatte das Alter der Stille erreicht, des leisen Sichausruhens auf geernteten

Lorbeeren, des letzten Aufwärmens im Sonnenlicht, bevor er fortgehen und nicht mehr zu sehen sein würde. Zu diesem Zeitpunkt war sein Blick schon leicht getrübt; er brachte Sally mit *Nunc Dimittis* in Verbindung, dankte Gott laut und zu Sallys Verwirrung – sie verstand nicht, wovon der alte Mann überhaupt redete – dafür, daß er sie sehen durfte, bevor er in Frieden ging: sie, den perfekten Liebreiz, den er, in Anlehnung an ihren Namen Salvatia, die Rettung des Herrn nannte. Der Vikar fand die Einstellung des jungen Mannes richtig und angemessen; nämlich alles hinter sich zu lassen und diesem anmutigen Kind zu folgen.

Für diese lebensfremde Einstellung war Jocelyn zutiefst dankbar; er wußte nämlich, auch wenn er in diesen vierzehn Tagen der Liebe und Bewunderung auf Armeslänge nicht daran gedacht hatte, daß zu dem, was er hinter sich ließ, auch seine Mutter gehörte.

Er hatte es nicht erwähnt, aber er hatte eine Mutter.

3

Er ließ keinen Vater zurück, denn dieser war schon vor langer Zeit gestorben, aber eine Mutter, deren einzige Freude und einziger Stolz Jocelyn war. In seiner Hochzeitsnacht saß sie zu Hause am Feuer und dachte an ihn. Keine halbe Stunde verging am Tag, ohne daß sie an Jocelyn dachte. Ihr einziges Kind; so brillant, so ernsthaft, so fleißig, so gut. Sie schätzte Intelligenz. Und sie schätzte Fleiß. Sie schätzte es, wenn der Mann des Hauses ganz in seiner Arbeit aufging. Jocelyn war ihr Heiligenschein. Jeder in ihrer Umgebung wußte, daß es ihn gab. Jeder wußte von seinen Erfolgen. »Mein Sohn, der am College Anasias studiert . . . Mein Sohn, der Preisträger seiner Universität . . . Mein Sohn, der dieses Jahr den Rutherford Prize bekommen hat . . .« Er war ihr großer Lohn dafür, daß sie ihm und seiner Ausbildung ihr Leben geweiht hatte und daß sie den Freiern gegenüber taub gewesen war, die sie als junge Witwe hatten heiraten wollen. Selbst jetzt, zwanzig Jahre später, war sie noch keine alte Witwe, sondern lediglich eine nicht mehr ganz junge.

Sie wohnte in einem dieser Vororte, die viele geistige Anregungen boten. Sie war dort beliebt, und man sah zu ihr auf. Sie war sogar eine der führenden Persönlichkeiten, kultiviert, durch und durch eine Dame, belesen, kunstverständig und an allen neuen Strömungen interessiert. Und sie war ein ausgesprochen angenehmer Anblick: schlank in einem Alter, in dem es die anderen Mütter junger Erwachsener längst schon nicht mehr waren, dunkelhaarig unter den Grauen, glatt unter den Faltigen; ihre Augen waren ruhig, wunderschön klar und ohne Krähenfüße.

Sie war vollkommen glücklich. Ihr Umfeld paßte ihr wie maßgeschneidert. Vor zwanzig Jahren war sie nach dem Tod ihres Mannes von Kensington nach South Winch gezogen – aus dem richtigen Kensington, nicht Kensington West oder Nord, sondern aus dem Viertel um die Albert Hall –, weil sie sparen mußte; sie hatte aber bald festgestellt, daß dies genau der richtige Ort für sie war. Es war weitaus angenehmer, so stellte sie einsichtsvoll fest, eine führende Persönlichkeit in einem Vorort zu sein, alle zu kennen und von allen erkannt zu werden, als mitten in London unsichtbar und im Schatten zu leben. Außerdem machte sich der Frühling in den Vororten auf eine Art bemerkbar, die man in London nie erlebte, und in South Winch, wo alle entschlossen waren, sich mir hehren Gedanken zu beschäftigen, dachte man traditionell vom Frühling besonders hehr. Am Ende ihres Grundstücks trennte nur ein eiserner Zaun sie von einer richtigen Wiese, die zu der großen Villa eines reichen Mannes aus der Stadt gehörte. Der Frühling, so sagte sie dem Pfarrer, der auch Kanonikus war, hatte auf diese Weise eine Wirkung, wie er sie in der Nähe der Albert Hall niemals entfalten würde.

»Sehen Sie sich nur diesen Löwenzahn an«, sagte Mrs. Luke. »Ich glaube, das geringste Blümchen in seiner natürlichen Umgebung ist schöner als alle diese künstlich angelegten Beete in Kensington Gardens.«

Und der Pfarrer – der Kanonikus – antwortete darauf: »Wie

recht Sie haben« und bemerkte, sie sei wohl eine Anhängerin des Dichters Wordsworth.

»Oh.« Mrs. Luke lächelte; sie fühlte sich keineswegs geschmeichelt, denn Wordsworth war ihrem Gefühl und der augenblicklich herrschenden Meinung nach auch nicht mehr das, was er einmal gewesen war.

Das junge Paar hatte die Reise nach Cornwall, wo Jocelyn in aller Abgeschiedenheit seine Flitterwochen verbringen wollte, in Exeter unterbrochen. Sie saßen im Nebenraum eines Hotels, den er reserviert hatte. Über den Eßtisch hinweg betete er Sally an, die sich keinerlei Reim auf das machen konnte, was er sagte und tat, und der deshalb von Minute zu Minute unbehaglicher wurde.

Währenddessen saß Jocelyns Mutter in der trügerischen Sicherheit der Ahnungslosen in Almond Tree Cottage am Feuer, in einem Haus, das früher einmal, vor ihrer Zeit des sparsamen Wirtschaftens, den gänzlich unpassenden Namen Beulah getragen hatte.

»Ein kleines Häuschen«, bemerkte sie ihren mitleidvollen Freunden gegenüber, »ist genau das Richtige für mich. Ich bin eine arme Frau. Mit fünfhundert im Jahr« – bloß keine Geheimnisse – »kommt man nach Abzug der Steuern heutzutage nicht mehr weit. Jocelyn hat seine eigenen fünfhundert, sonst wären wir wirklich sehr schlecht dran. Aber so komme ich gerade zurecht.«

Das gelang ihr auch; unter ihren geschickten Händen schien Einfachheit nur ein bißchen weniger Komfort zu bedeuten, und niemand bat sie um eine Spende.

Das Haus war klein und sehr weiß; es hatte einen ebenfalls kleinen, sehr grünen Garten mit einer Zeder auf dem Rasen hinter dem Haus und einem Mandelbaum im Vorgarten. Ein doppelflügeliges Eingangstor schwang nach innen auf, und es gab einen halbmondförmigen Wagenstellplatz. Gitterzaun, Sträucher. Der Weg bestand aus gelbem Sand. Gegenüber standen Häuser mit Mandelbäumen oder, weniger hübsch anzusehen, Schuppentannen in den Vorgärten der Geschmacklosen. Die Eingangstür war blau, und alle Vorhänge, die man gleichzeitig mit der Tür erblikken konnte, waren ebenfalls blau. Es gab keine Jahreszeit, in der nicht wenigstens eine farbenfrohe Blume in einer schlanken Vase am Wohnzimmerfenster stand. Im Wohnzimmer hing an den sonst nackten Wänden ein einzige Bild, eine gute Kopie eines fröhlichen Tiepolo-Gemäldes – Mrs. Luke war die erste in South Winch gewesen, die sich auf Tiepolo verlegt hatte. Auf dem Bild waren trotz einer Kreuzigungsszene in der Ecke alle glücklich; gutgelaunte fette kleine Engel streuten Rosen in das silbrige Licht eines offensichtlich vollkommenen Sommernachmittags. In diesem Zimmer gab es auch Bücher; nicht viele, aber die richtigen. William Blake stand hier, John Donne und Sir Thomas Brown. Und Marcel Proust auf französisch. Auf einem kleinen Tisch am Feuer lag gewöhnlich ein Roman, meist ein Galsworthy, und mit ihren Freunden hatte sie einen Lesezirkel organisiert, der die besseren Wochenblätter regelmäßig ins Haus brachte.

In Jocelyns Hochzeitsnacht saß sie also in einem Sessel am Feuer, und ihr dunkles Haar hob sich von dem hellen Kissen ab, das der erholsamen Schlichtheit des Raumes den nötigen Farbtupfer verlieh. Auf ihrem Schoß lagen Rezensionen der besten neuen Bücher und Stücke, die sie lesen wollte, um sie mit ihm sachverständig zu diskutieren, wenn er in den Osterferien nach Hause kam – nur noch wenige Tage mußte sie auf ihn warten. Ihre Augen wanderten von ihren Studien zu dem brennenden Feuer aus Holzscheiten und gleichmäßigen Torfblöcken; ihre Gedanken kehrten wie nistende Vögel immer wieder in das behagliche Nest zurück, in dem sie ruhten: Jocelyn; Jocelyn, wie er jetzt war und was einmal aus ihm werden würde.

Andere Mütter hatten Sorgen; sie hatte nie welche gehabt. Andere litten unter Enttäuschungen; für sie gab es nur Triumphe. Er war zurückhaltend, das war richtig, und er verbrachte die meiste Zeit in seinem Arbeitszimmer im Dachgeschoß, wenn er zu Hause war. Er ging auch nicht aus – höchstens einmal in ein Beethoven-Konzert. Gemeinsam hatten sie alles gelesen, was sie über Beethoven in Erfahrung bringen konnten, und sie plante, mit ihm gemeinsam ihre Kenntnisse auf Bach auszudehnen oder lange Wanderungen mit ihm zu unternehmen, bei denen sie unterwegs in einem Gasthof Brot und Käse essen und sich zwischen den einzelnen Bissen vorlesen würden. Es war so beruhigend, einen *guten* Sohn zu haben, einen Sohn, der sich nicht einmal aus den sogenannten harmlosen Zerstreuungen etwas machte! Wenn sie sich nach den Söhnen anderer Leute umsah, die Sorgenfalten auf deren Väter Stirn betrachtete und das gefürchtete Wort »Schulden« wispern hörte – und sie wußte, woher die Schulden kamen: wetten, spielen, trinken, Frauen, und das alles steigerte sich schließlich zu einem grauenerregenden Crescendo –, wie konnte sie jemals dankbar genug dafür sein, daß Jocelyn so ein guter Sohn war? Er hatte nicht ein einziges Mal gewettet, gespielt, getrunken oder – sie lächelte über ihre Wortschöpfung – geweibt; sie würde einen Eid darauf schwören. Kannte sie ihn nicht in- und auswendig? Er verbarg nichts vor ihr; selbst wenn er gewollt hätte, hätte er es nicht gekonnt, Gott segne ihn. Denn sie, die ihn schon lange beobachtet hatte, bevor er sich seiner selbst bewußt war, kannte ihn weitaus besser, als er sich womöglich je kennenlernen würde.

Sie war wirklich reich gesegnet. Sie war rundherum zufrieden und sich dessen auch bewußt. Ihr dunkles Haar auf dem lebhaften Kissen war voll strahlender – warum es nicht sagen? – »Selbstbeglückwünschung«, ein anderes Wort für Dankbarkeit. Und wie sollte sie sich auch nicht zu diesem geliebten, begabten Sohn beglückwünschen? Dazu kam noch, daß der Nachbar, dessen Wiese mit den Butterblumen sie an bunten Maimorgen so freizügig und kostenlos über ihren Zaun hinweg genießen durfte, deutlich zu erkennen gab, daß er sie zu heiraten wünschte. Sein Trauerjahr war vor kurzem zu Ende gegangen, und in der Woche darauf hatte er etwas begonnen, was sie nur mit den Worten »den Hof machen« beschreiben konnte. Auch diese Feder konnte sie sich ans Revers heften, stellte sie dankbar fest, an dieses Revers, das schon so viele Federn trug. Arm? Ja, sie war arm. Aber was bedeutete das schon? Überhaupt nichts, wenn man sich nichts daraus machte.

Erneut lächelte sie und schüttelte ihren Kopf vor den gleichmäßigen Torfblöcken, als spräche sie mit ihrem Nachbarn. »Aber mein lieber Freund – in unserem Alter«, hörte sie sich mit sanftem, gutmütigem Spott sagen – er schien mindestens zwanzig Jahre älter zu sein als sie –, wenn der Moment einmal kommen sollte. Aber es war angenehm, in ihrem schön beleuchteten Zimmer zu sitzen – sie fertigte sehr geschickt Lampenschirme an – und zu wissen, daß sie Tür an Tür mit einem Mann wohnte, der trotz seiner sechzig Jahre gut etabliert war und der sie begehrenswert fand; wie angenehm zu wissen, daß sie nur die Hand ausstrecken mußte, um wohlhabend zu werden.

Und wer wollte behaupten, daß es nicht auch für Jocelyn das beste wäre, einen seriösen Stiefvater im Rücken zu haben, der ihn finanziell unterstützen konnte? Sie hatte in dem kleinen weißen Haus glückliche Jahre verbracht, und sie hatte sich wirklich Sorgen darüber gemacht, daß es eines Tages ungeheure Anstrengung kosten würde zu verbergen, wie mager es um ihre Finanzen bestellt war. Mit zunehmendem Alter wurde sie vielleicht müde, und Jocelyn würde später vielleicht heiraten und ein eigenes Heim haben wollen – schließlich wäre das nur natürlich –, und dann wäre sie einsam, und in zehn Jahren – sie dachte, daß er vielleicht in zehn Jahren würde heiraten wollen – wäre sie weniger attraktiv als jetzt; mit jedem Jahr, nahm sie an, würde sie nicht nur einsamer, sondern auch weniger attraktiv werden. Sicher sollte man nicht so verfahren, wenn Geist und Seele . . .?

Wenn sie hingegen den Nachbarn heiratete . . .

*

In diesem Augenblick kam der Nachbar mit dem Vorwand herein, ihr ein Buch zurückzubringen, das sie ihm geliehen hatte. Er hatte es zwar nicht gelesen, hatte noch nicht einmal vorgehabt, es zu lesen; er war ein einfacher Mann und hielt den Inhalt für hochtrabendes Geschwätz. Das sagte er natürlich nicht, denn wenn ein Mann einer Frau den Hof macht, kann er nicht aufrichtig sein, und er war sich durchaus bewußt, daß er ihr den Hof machte. Er war allerdings nicht sicher, ob sie es auch wußte. Bei Frauen wußte man das nie; die besten ließen sich nichts anmerken.

An diesem Abend besuchte er sie mit der Absicht, jeden Zweifel daran auszuräumen. Sie war eine charmante Frau und wirkte viel jünger, als sie war. Seiner Berechnung nach mußte sie mit einem zweiundzwanzigjährigen Sohn ungefähr zweiundvierzig sein, und er hatte immer ihren Mut bewundert, mit dem sie bewältigte, was ihm wie bittere Armut erschien. Sie war außerdem genau die Frau, die man sich am Kopf einer Tafel wünschte, wenn man Freunde zum Essen bat – gutaussehend, geschmackvoll gekleidet, sicher in der Konversation und eine vollkommene Dame. Und wenn die Freunde sich verabschiedet hatten und es Zeit war, sich zurückzuziehen – in diese verhüllenden Worte kleidete er seine Gedanken –, wäre sie immer noch eine begehrenswerte Gefährtin, obwohl sie – und das war wieder seine eigene Formulierung – zu sehr auf der dünnen Seite stand. Das würde sich jedoch bald legen, wenn er ihr erst all die Leckerbissen auftischen ließ, die sie sich bisher nicht hatte leisten können. Und außerdem war sie Jahre jünger als die arme Annie, mit der er fast gleichaltrig war. Das war zwar anfangs nicht schlecht gewesen, verlor aber auf die Dauer immer mehr. Außerdem war Annie immer gewöhnlich geblieben.

So kam es also, daß Mr. Thorpe um neun Uhr an Jocelyns Hochzeitsabend mit dem Vorsatz im kärglichen Wohnzimmer in Almond Tree Cottage erschien, seine ernsthaften Absichten zu erklären. Er war gar nicht auf den Gedanken gekommen, er könnte abgewiesen werden, denn er hatte ja viel zu bieten. Er war bei weitem der reichste Mann in der Pfarrgemeinde, seine beiden Töchter waren verheiratet und aus dem Haus – sein Haus und seine Autos waren größer als die aller anderen –, und er züchtete Ananas. Er glaubte ganz sicher, er wußte ganz sicher, daß er für eine Frau über vierzig ein guter Fang war, und er ging mit stolzgeschwellter Brust an dem Dienstmädchen vorbei, das ihm mit ehrfurchtsvollem Blick die Tür geöffnet hatte. Ein ärmlicher kleiner Raum, stellte er immer wieder fest, mit völlig wertlosem Inhalt – mit Ausnahme der Dame selbstverständlich.

Ja, mit Ausnahme der Dame. Aber was für eine Dame. Kein graues Haar war in ihrem Schopf zu sehen, den er sich in einem unbeobachteten Moment ganz genau angesehen hatte, und er würde darauf wetten, daß alle Zähne in ihrem Mund noch ihre eigenen waren. Und sie hatte schlanke Fesseln und schöne Handgelenke. Und sie trug Rüschen an den Ärmeln. Er mochte Rüschen am Handgelenk einer Frau. Und sie war sicher in der Konversation. Die arme Annie hatte ihn immer blamiert, wenn seine Freunde zum Essen kamen. Diese würde die schönste der Federn sein – dankbar stellte er fest, daß es eine beachtliche Anzahl in seinem Leben gab –, mit der er sich schmückte.

»So ganz alleine?« sagte er fröhlich. »Das ist aber gar nicht gut.«

»Ich bin das gewohnt«, lächelte Mrs. Luke und streckte ihm die schlanke Hand entgegen, an der ein einzelner Rubin – oder war es ein Granat? Wahrscheinlich ein Granat – das Licht einfing. Sie trug ein weinfarbenes weiches Wollkleid, das Jocelyn gefiel, und Ring und Kleid paßten gut zueinander.

Ein schönes Bild; eine vollkommene Dame. Mr. Thorpe war entschlossen, seine Absichten ohne jede Zeitverschwendung darzulegen; er beugte den Kopf und küßte ihre Hand.

»Wenn man an etwas Schlechtes gewöhnt ist, wird es davon nicht besser – im Gegenteil«, sagte er, nahm sich den einzigen bequemen freien Stuhl – Jocelyns Stuhl – und setzte sich dicht zu ihr.

Er wollte sofort mit seinem Antrag herausplatzen, denn er haßte jede Art von Verschwendung, und so ging er auch mit der Zeit um, und Mrs. Luke zog instinktiv zu ihrer Verteidigung die Schultern bis an die Ohren, denn sie hätte gern etwas mehr Zeit gehabt, um alles in Ruhe zu überdenken. Sie wollte herausfinden, ob seine ausgeprägte Unwissenheit – sie war zu deutlich, um als charmant durchzugehen – ihr später eine Quelle der Freude oder des Kummers sein würde, ob die Freude darüber, seine geistige Leere aufzufüllen, größer wäre als die Qual, die ihr eine solche Anstrengung bereiten würde; kurz gesagt, sie überlegte, ob sie ihn nicht besser zurückweisen sollte. Da brachte das Mädchen einen Brief auf einem Silbertablett herein, so wie sie es gelernt hatte, und hielt ihrer Herrin das Tablett hin.

»Post, was?« sagte Mr. Thorpe, den diese Unterbrechung verärgerte. »Ich würde die Anweisung geben, sie in der – na, Eingangshalle kann man es ja kaum nennen, sagen wir, im Flur abzulegen.«

Alarmiert schlängelte sich das Dienstmädchen aus dem Zimmer.

»So halte ich das normalerweise auch, aber einen Brief von Jocelyn muß ich immer sofort lesen«, sagte Mrs. Luke, die den Absender gesehen hatte und den Brief fest an sich preßte. »Das würden Sie doch sicher auch tun«, fuhr sie fort und lächelte dabei noch viel strahlender als sonst; allein die Berührung mit dem Brief hatte sie strahlen lassen, »wenn man jemanden so liebt.«

»Nein«, sagte Mr. Thorpe entschlossen und nahm sein Anliegen wieder auf. »Nein, das würde ich nicht. Und deshalb bin ich hier . . .«

Aber sie hörte ihn nicht. »Sie entschuldigen mich sicher, lieber Freund«, murmelte sie und öffnete den Umschlag mit einem emaillierten Brieföffner, um den teuren Inhalt nicht zu beschädigen, »aber ich habe schon über vierzehn Tage nichts von dem Jungen gehört und habe schon angefangen, mich zu fragen . . .«

»Ja, ja. Nehmen Sie auf mich keine Rücksicht«, sagte Mr. Thorpe gekränkt. »Aber denken Sie an meine Worte«, fügte er hinzu. »Man sollte das mit den Söhnen nicht so übertreiben.«

Sie hörte ihn nicht. Ihr Blick glitt über die Zeilen des Briefes, während sie murmelte, sie wolle nur sehen, ob es ihm gutgeht.

»Verdammt eingebildeter junger Schnösel«, sagte Mr. Thorpe gerade zu sich selbst, während er grollend ihre Versunkenheit beobachtete, als ihn eine alarmierende Veränderung im Verhalten der Dame aus seinen Gedanken riß.

Es schüttelte sie heftig; der Brief fiel zu Boden, als könnten ihre zitternden Hände ihn nicht mehr halten; dann starrten ihre großen grauen Augen in seine, sie öffnete den Mund und gab einen Klagelaut von sich.

Er starrte sie an. Er konnte sich nicht vorstellen, was geschehen war.

»Krank, was?« fragte er und starrte zurück.

»Oh, *oh* . . .« war alles, was sie herausbrachte; dann wandte sie ihr Gesicht von ihm ab und verbarg es im Kissen.

*

Was fängt man nur mit einer Frau an, die ihr Gesicht in einem Kissen verbarg? Trösten natürlich, dachte Mr. Thorpe und ergriff die günstige Gelegenheit. Der junge Schnösel konnte nicht tot sein, sonst hätte er nicht geschrieben. Aber vielleicht . . .

Mr. Thorpe hielt bei diesem Gedanken inne und zog die Hand zurück, die er schon tröstend ausgestreckt hatte. Ja, das war es. Lieber noch nicht trösten. Denn dieser junge Narr hatte sich zweifellos in Schulden gestürzt, ihm drohte jetzt der Prozeß, und er versuchte seine Mutter dazu zu überreden, seine Schulden zu begleichen. Mr. Thorpe wollte seine Verlobung nicht gleich damit beginnen, daß er für den Taugenichts von Sohn seiner Verlobten zahlen mußte. Seine Hand zog sich also langsam wieder bis zu seinem Knie zurück und blieb dort regungslos liegen, während er die Gestalt im Sessel betrachtete. Schöne Gestalt. Hübsche Figur. Graziös, selbst in ihrem Kummer noch. Sie braucht nur ein winziges bißchen aufgepäppelt zu werden. Aber sie hätte diesen Sohn nicht so verwöhnen sollen. Frauen machen sich zum Narren, wenn es um ihre Söhne geht.

Dann bemerkte er, daß der Brief zu seinen Füßen lag und die Dame immer noch den Kopf im Kissen verbarg und nicht sehen konnte, was er tat. Er setzte seine Brille auf, nahm den Brief ganz vorsichtig, damit er nicht raschelte, sagte sich, daß in der Liebe und im Krieg alles erlaubt sei, und fing an zu lesen.

Als er fertig war, legte er den Brief genauso vorsichtig wieder auf den Teppich, nahm die Brille ab und fing an, die Dame zu trösten.

Es ging nämlich gar nicht um Schulden, es ging um eine Heirat; von Mr. Thorpes Standpunkt aus das beste, was passieren konnte – der Sohn räumte das Feld, und die Mutter konnte sich einer neuen Bindung widmen. Das hatte er wirklich fein hingekriegt; der junge Schnösel hatte völlig den Kopf verloren. Was für ein Brief. Er sollte sich schämen, seiner Mutter solch wirres Zeug zu schreiben: Heute geheiratet. Cambridge aufgegeben. Seine Karriere an den Nagel gehängt. Seine Ambitionen aufgegeben. Will sein Geld in London verdienen. Mutter müßte das Mädchen einfach lieben – nein, er hatte es noch viel schlimmer formuliert – verehren, denn sie sei schöner als jeder Engel . . .

Tz, tz. Heißblütiger junger Dummkopf, von der ersten hübschen Schlampe gleich eingefangen.

»Am besten ist, Sie erzählen mir alles«, sagte Mr. Thorpe, lehnte sich vornüber und legte freundlich und ohne Zögern die Hand auf Mrs. Lukes Schulter. »Man muß sich diese Dinge einfach von der Seele reden. Zählen Sie auf mich. Was immer Ihr Sohn auch getan hat, ich werde helfen. Ich werde alles tun – wirklich alles, glauben Sie mir.«

Jocelyns Mutter war völlig überwältigt von dem plötzlichen schrecklichen Zusammenbruch ihrer Welt, und als sie in ihrer Verzweiflung diese ruhige männliche Stimme hörte, wandte sie sich Mr. Thorpe zu wie eine Ertrinkende dem rettenden Ast. Mit merkwürdigen kurzen Lauten bückte sie sich und versuchte, den Brief aufzuheben.

Aber ihre Hände zitterten so sehr, daß er den Brief für sie aufheben mußte.

»Lesen Sie . . .«, flüsterte sie, immer noch schluchzend. Also setzte er seine Brille auf und las den Brief noch einmal.

*

»Sie müssen sich«, sagte Mr. Thorpe, faltete den Brief ordentlich zusammen und legte ihn auf den kleinen Tisch, »damit abfinden, daß es nun mal passiert und nicht mehr rückgängig zu machen ist.«

Mrs. Luke, die ihr Gesicht wieder im Kissen vergraben hatte, stöhnte.

»Das«, sagte Mr. Thorpe, eine Hand auf jedem Knie und den Blick auf Mrs. Luke gerichtet, »ist das einzig Richtige.«

»Ich weiß – ich weiß«, stöhnte Mrs. Luke. »Aber zuerst – der Schock . . .«

»Schock, was? Ich weiß nicht, was an einer Heirat so schockierend ist«, sagte Mr. Thorpe. »Jedenfalls sollte daran nichts Schokkierendes sein.«

»Aber so plötzlich – so unerwartet . . .«

»Leute heiraten eben, wissen Sie«, sagte Mr. Thorpe. »Vor

allem Männer. Wenn sie es sich einmal in den Kopf gesetzt haben, hält sie nichts auf.«

»Ich weiß – ich weiß – aber Jocelyn – er ist doch noch ein Junge . . .«

»Ein Junge, was? Mit dem Alter hat das nicht allzuviel zu tun«, sagte Mr. Thorpe nachdrücklich. »Eigentlich überhaupt nichts.«

»Aber seine Aussichten – seine Karriere – alles weggeworfen – ruiniert . . .«

»Die Ehe hat noch keinem Mann geschadet«, sagte Mr. Thorpe noch nachdrücklicher und wider besseres Wissen. Er drückte sich ungenau aus, aber niemand kann einer Frau den Hof machen und sich dabei exakt ausdrücken. Genauigkeit, wußte Mr. Thorpe, kam erst nach der Hochzeit, nicht vorher.

»Denken Sie an meine Worte«, fuhr er fort. »Ihr intelligenter Sohn ist doch nicht weniger intelligent, weil er verheiratet ist. Wer soll ihm denn seinen Verstand rauben? Eine liebende Frau bestimmt nicht. Eine gute Frau, eine liebende Frau, verdoppelt und verdreifacht die Anstrengungen eines Mannes.«

»Sie sind so freundlich«, murmelte Mrs. Luke, die seine Ausführungen beruhigend fand. »Aber Jocelyn – mein Junge – es mir zu verheimlichen . . .«

»Ein Mann muß vor seiner Mutter auch Geheimnisse haben«, sagte Mr. Thorpe. »Mütter sind eine gute Einrichtung, und ein Mann braucht sie, um ins Leben zu starten, aber es kommt der Tag, wo sie in den Hintergrund treten müssen. Wohlgemerkt nur, was ihre Kinder betrifft«, fügte er noch hinzu. »Eine Frau hat noch viele andere Eisen im Feuer und ist schließlich nicht nur Mutter.«

»Oh, aber wir haben uns gegenseitig alles, wirklich alles bedeutet«, klagte Mrs. Luke, deren Wunden erneut aufbrachen, als Mr. Thorpe vom Hintergrund sprach. »Immer, immer war es so. Er hat keine andere Frau auch nur *angesehen* . . .«

Dämlicher Schnösel, dachte Mr. Thorpe. Und sagte laut: »Dann wurde es ja höchste Zeit.« Er drückte fest ihre Hand, die lose ein Taschentuch hielt und schlaff herunterhing; ihr Gesicht hatte sie immer noch abgewandt.

»Wenn man eine Frau wie Sie in seiner Nähe hat«, fügte er hinzu, »sieht man natürlich sonst keine mehr. Sie sind eine wundervolle Frau, wissen Sie – eine bemerkenswerte Frau.« Seine Stimme veränderte sich. Sie nahm den unmißverständlichen Unterton an, auf den unverzügliches Liebeswerben folgte.

»Ich – ich glaube, ich muß mich hinlegen«, sagte Mrs. Luke schwach. Sie hatte den Unterton erkannt und fühlte sich heute abend keiner weiteren Belastung mehr gewachsen. »Ich – ich muß mich wirklich hinlegen. Mein Kopf . . .«

Sie versuchte aufzustehen.

Er half ihr. Er half ihr, indem er sie an den Handgelenken packte und hochzog, ganz dicht an sich heran.

»Der Kopf, was?« sagte er mit glitzernden Augen.

»Wie freundlich, wie freundlich . . .«, murmelte sie verwirrt, weil sie Mr. Thorpe so nahe war, der immer noch ihre Handgelenke festhielt.

Sie wollte ihren Brief haben. Hilflos hielt sie nach ihm Ausschau und versuchte, ihren Kopf so weit wie möglich von Mr. Thorpe wegzudrehen. Dort auf dem Tisch lag ihr Brief; sie wollte schnell danach greifen, wollte so schnell wir möglich hier weg, wollte sich in ihr Schlafzimmer verkriechen.

»Freundlich, was? Freundlich nennen Sie das?« sagte Mr. Thorpe durch die Zähne. »Ich kann noch viel freundlicher sein.« Er legte die Arme um sie und zog sie energisch an seine Brust.

»Das im Tausch gegen Jocelyn«, zog es durch Mrs. Lukes unglücklichen und widerstrebenden Geist.

Aber trotz ihres Unglücks und ihres Widerstands spürte sie an Mr. Thorpes Brust etwas Solides, Festes; es war wie ein Fels, an den sie sich in der gegenwärtigen Katastophe klammern konnte, während die Strudel bitterer Enttäuschung um ihre Füße wirbelten.

4

Während diese Ereignisse in Almond Tree Cottage ihren Lauf nahmen, verhielt sich Jocelyn im Nebenraum des Exeter-Hotels nach Sallys Meinung ausgesprochen merkwürdig.

Sie fragte sich, wieso es noch verheiratete Frauen gab, wenn alle verheirateten Männer sich so benahmen. Das ist genug, um sie wie die Fliegen sterben zu lassen, dachte Sally, die sich hilflos und ununterbrochen alarmierenden Umarmungen ausgesetzt sah. Aber sie dachte auch daran, was ihr Vater ihr am Abend zuvor gesagt hatte, bevor sie ins Bett gegangen war.

»Sally«, hatte ihr Vater gesagt und sie mit ernstem Gesicht einen Augenblick lang zurückgehalten. »Wenn Mr. Luke ers' mal dein Mann ist, nimms' du am besten keine Notiz von dem, was er da so macht. E'emänner sind keine 'erren, vergeß das nich' – jedenfalls keine normalen 'erren, so wie du dir das denkst, bis du's besser weißt. Und du sagst dir immer, daß deine Mutter das alles auch durchgemacht hat, bevor du geboren wurdest, und mit ihr war alles in Ordnung, nich'? Also denk immer dran, mein Kind, wenn du irgendwie nervös wirst.«

Sie dachte daran, obwohl es Mr. Luke war – so nannte sie ihn –, der nervös wurde. Er konnte nicht einmal zwei Minuten lang stillsitzen, sein Abendessen zu sich nehmen und sie in Ruhe essen lassen. So ein leckeres Abendessen – und was für ein Jammer, es kalt werden zu lassen. Wozu sollte man ein so gutes warmes Abendessen bestellen, wenn man es überhaupt nicht essen wollte?

Je später es wurde, desto ernsthafter wünschte sie sich in das friedliche Hinterzimmer des Ladens zurück; immer weniger konnte sie sich mit dem Gedanken trösten, daß ihre Mutter das auch alles durchgemacht hatte, denn sie konnte das von Minute zu Minute weniger glauben. Im ganzen Leben hatte ihr Vater sich nicht so benommen, wie Mr. Luke sich aufführte. Sally, die nur an kurze Morgen- und Abendküsse auf die Wange gewöhnt war, konnte sich über die Anzahl und Länge von Mr. Lukes Küssen nicht beruhigen. Es verwunderte sie auch sehr, daß ein Herr sein Abendessen unterbrach – noch dazu ein so gutes Abendessen –

und um den Tisch rannte, sich auf die Knie warf und ihre Schuhe küßte – neue Schuhe natürlich, aber trotzdem nichts, was man küssen sollte. Es verwunderte sie so sehr, daß sie sich jedesmal ganz seltsam fühlte.

Sie war dankbar dafür, daß er die Tür abgeschlossen hatte, denn so konnte der Oberkellner nicht herein, der sie Madam genannt und die ganze Zeit angestarrt hatte, während er ihr das Geschirr reichte. Auf seine Art hatte er sie genauso in Alarm versetzt wie Mr. Luke; andererseits funktionierte das Schloß ja in beiden Richtungen, und wenn der Oberkellner ausgeschlossen war, so bin ich selbst eingeschlossen, dachte Sally. Sie wünschte, Mr. Luke würde sie endlich das Baiser essen lassen, das der Oberkellner auf ihren Teller gelegt hatte. Aber jedesmal, wenn sie es versuchte, mußte Mr. Luke wieder geküßt werden.

Und wie Mr. Luke sie immer anstarrte, wenn er dann endlich eine Minute ruhig auf seinem Stuhl saß, und was er alles zu ihr sagte! Obwohl er so viel vom Himmel und den Engeln redete, schien er doch kein bißchen glücklich zu sein. Wenn er glücklich gewesen wäre, hätte Sally das alles nicht soviel ausgemacht, denn dann hätte wenigstens einer etwas davon gehabt. Aber er sah so aufgewühlt aus, als würde er krank werden – vielleicht war ihm von irgend etwas übel geworden, schloß sie. Lange Zeit konnte sie ihre Fassung bewahren; sie klammerte sich an das, was sie gelernt hatte, und versuchte angestrengt, im richtigen Moment ja oder nein zu sagen. Das war aber sehr schwierig, weil er so merkwürdige Dinge sagte und sie die meiste Zeit gar nicht wußte, wovon er sprach. Lange Zeit lächelte sie höflich, wenn auch ein bißchen ärgerlich, sobald ihr Blick auf seine finsteren, brennenden Augen traf, aber ganz plötzlich, ständig daran gehindert, das Baiser zu essen, wurde ihr heiß und unbehaglich von den Küssen, und sie konnte nicht mehr lächeln, sagte nein, wenn es ja hätte heißen müssen, verlor die Fassung und fing zu ihrer eigenen Überraschung an zu wimmern, wofür sie sich entsetzlich schämte.

Sie wimmerte leise und sehr anmutig; ihr Kopf auf dem anbetungswürdigen kleinen Hals sank graziös nach unten, und sie gab das Baiser, das in der letzten Viertelstunde so gerne hatte essen wollen, endgültig auf. Die teure Sahne zerfloß langsam auf ihrem Teller.

Jocelyn war entsetzt.

»O Sally – o mein Engel, mein göttliches, göttliches Kind!« rief er und warf sich ihr erneut zu Füßen. Und wieder zog sie rasch ihre Füße unter den Rock, wie sie es bisher jedesmal getan hatte.

Sie bat demütig um Verzeihung. Sie schämte sich wirklich fürchterlich – weil er so gut zu ihr war und soviel Geld für das Abendessen ausgegeben hatte.

»'ab bisher nur einmal geweint«, erklärte sie und suchte nach ihrem Taschentuch. Die Tränen quollen weiter aus ihren bezaubernd schönen Augen. »Wie meine Mutter gestorben is', war das, aber sonst 'ab ich noch nie nich' geweint. Weiß auch nicht, wieso auf einmal, Mr. Luke . . .«

»Nur einmal in deinem Leben! Als deine Mutter starb! Und jetzt an deinem Hochzeitstag! O Sally, es ist meine Schuld. Ich habe dich dazu gebracht; ich, der ich tausend Tode sterben würde, um ein einziges perfektes Haar deines göttlichen kleinen Kopfes zu retten . . .«

»Sag das nich', Mr. Luke – bitte, sag so was nich'«, bat Sally ernst. Die ständige Anhäufung von Tod und Engeln beunruhigte sie. Immerhin hatte sie jetzt ihr Taschentuch gefunden und wollte sich gerade dezent die Augen trockentupfen, als er ihr das Taschentuch wegnahm und ihre Tränen wegküßte.

»Du 'ast es aber mit der Küsserei, Mr. Luke«, murmelte Sally unglücklich. Hilflos mußte sie zulassen, wie ihre Tränen diesem schrecklichen Schicksal entgegensahen. Und am Ende auch noch meine Augen, sagte sie sich mit resigniertem unglücklichem Erstaunen.

*

Drei Tage später sagte Jocelyn zum erstenmal im Befehlston: »Sag das nicht, Sally.«

Er hatte ihr schon oft gesagt, sie solle ihn nicht Mr. Luke nennen, eindringlich, zärtlich und spielerisch hatte er ihr gesagt, daß er ihr Ehemann Jocelyn sei und kein »Mr.« je wieder über ihre wundervollen Lippen zu kommen brauchte. Immer wenn sie es vergaß – Sally legte alte Gewohnheiten nur schwer ab –, hatte er sie lächelnd und liebend daran erinnert.

Aber diesmal, nach drei ganzen Tagen Flitterwochen und drei ganzen Nächten, befahl er; und in einem Ton echter Verärgerung fügte er hinzu: »Und sieh um Himmels willen die Leute nicht so an, wenn sie an uns vorbeigehen.«

»Ich 'ab gar nich' geguckt«, protestierte Sally errötend. Sie wollte niemanden ansehen und hatte außerdem von den besorgten Pinners gelernt, daß ein anständiges Mädchen so etwas nicht tat. »Sie gucken mir an.«

Es stimmte. Jocelyn wußte, daß es stimmte, aber dennoch war er verärgert; er nahm sie am Arm und führte sie vom Meer weg eine Seitenstraße entlang, die zu einem weniger bewohnten Hügel auf der Rückseite des Dorfes führte.

Sie waren in St. Mawes, diesem kleinen abgelegenen Fischerdorf in South Cornwall. Jocelyn hatte sich immer wieder an das Dorf erinnert, seit er es vor zwei Jahren auf einer Fahrradtour während der Ostertage mit seiner Mutter hinter einem Hügel entdeckt hatte. Sie hatten das Dorf erst wahrgenommen, als sie schon am Ortsrand standen – so gut versteckt lag es in der Landschaft. In seiner Erinnerung war es besonders schwierig zu erreichen gewesen und daher möglicherweise auch das einsamste Dorf, das er je kennengelernt hatte. Es war meilenweit von der Eisenbahnlinie entfernt, meilenweit entfernt von der nächsten Stadt und von der Landseite nur über eine schwierige unwegsame Straße zu erreichen, an deren Ende ein steiler Abhang hinunter zu einer Fähre führte. Die Fähre brachte ihr Gäste über den Fal auf die andere Seite und entließ sie am Fuße eines weiteren Abhangs – zumindest wirkten die Hügel auf Jocelyn und seine Mutter so, da sie ihre Fahrräder hinaufschieben mußten. Jocelyn hielt dieses Dorf für den geeignetsten Ort schlechthin, um seine Flitterwochen im verborgenen zu verbringen und vor allem seine teure, auffällige Sally zu verbergen.

In seiner Erinnerung gab es in dem Dorf nur eine Straße entlang des Meeres, einen oder zwei Gasthöfe, ein oder zwei Geschäfte, einen oder zwei Fischer, und tagsüber war dort alles einsam und verlassen. Der ideale Ort!

Zitternd vor Aufregung schrieb er an das dortige Postamt und bat um Reservierung zweier Zimmer für seine Frau und sich – seine Frau; o mein Gott! dachte Jocelyn, der noch eine Woche bis zum Hochzeitstag warten mußte.

Das Postamt besorgte ihm die Zimmer – ein winziges Schlafzimmer, beinahe vollständig von einem Bett ausgefüllt, und ein winziges Wohnzimmer, beinahe vollständig von einem Tisch ausgefüllt –, und der Fischer und seine Frau, die den Rest des kleinen Hauses bewohnten, sorgten für sie.

Am ersten Tag waren sie den ganzen Tag mit dem Boot draußen; der Fischer zeigte ihnen die Höhlen, starrte Sally dabei die ganze Zeit an, und immer, wenn sie umkehren wollten, brachte er sie statt dessen zu einer neuen Höhle. Tägliche Bewegung war schon früh ein Teil von Jocelyns körperlichem Training gewesen, und so fühlte er sich am zweiten Tag bemüßigt, auch für Sallys Bewegung zu sorgen. Während der Stunden nach dem Mittagessen verließ er mit ihr für einen Spaziergang am Meer das Haus.

Sie hatte auf seine Frage, ob sie ausgehen wolle, bereits geantwortet, sie habe nichts dagegen. Er hatte das ignoriert, denn als sie es sagte, hatte er sie gerade angesehen, und niemand, der Sally gerade ansah, während sie etwas sagte, konnte dabei auch noch auf ihre Worte achten. Jocelyn jedenfalls konnte es nach drei Tagen Ehe nicht. Am Meer, als sie Seite an Seite gingen und sein Blick in wachsendem Erstaunen auf die vielen Menschen gerichtet war, die plötzlich von überallher kamen, um so wie sie selbst einen Spaziergang zu machen, bemerkte er, daß dieser Ort wohl mehr Einwohner hatte als erwartet. Und als sie daraufhin »'at er wirklich, Mr. Luke«, erwiderte, da schnauzte er sie an.

Schnauzte sie an. Schnauzte seinen Engel an, sein Kind des Lichts, sein Wesen von einem anderen Stern. Welches – wie er ihr zu ihrem größten Unbehagen gesagt hatte, denn was meinte er damit nur wieder? – immer und ewig auf einem Saphirthron sitzen sollte, mit Sternen gekrönt, und welches nur in Beethovens Sprache der Symphonien angesprochen werden durfte. Aber dann tauchten plötzlich aus dem Nichts überall diese Leute auf. Und wie sie Sally ansahen! Das war doch genug, um jeden Mann dazu zu bringen, jemanden anzuschnauzen. Wo kamen sie nur alle her? Wo gingen sie hin? Was wollten sie überhaupt? Jocelyn packte Sally und eilte mit ihr einen Seitenweg hinauf, der über den Hügel in das ruhige Hinterland führte. Er war völlig erschöpft. Er hetzte seine junge Frau, die bereitwillig ihre schnellste Gangart einlegte, derart den steilen Pfad hinauf, daß sie trotz ihrer Leichtfüßigkeit atemlos oben ankam und kein Wort herausbrachte.

Nicht daß sie etwas hätte sagen wollen. Sie war nie besonders gut in dem gewesen, was ihre Freundinnen – als sie noch welche hatte – als schlagfertigen Wortwechsel bezeichneten. Die kurze Zeit der Flitterwochen hatte sie gelehrt, wie sicher und heimelig Stille war, verglichen mit den stürmischen Gefahren des Sprechens. Sie spürte auch bereits, daß die Ehe, in der sie vorsichtig tastend ihren Weg suchte, mit nichts zu vergleichen war, was sie bisher kennengelernt hatte. Der Boden war trügerisch. Man marschierte los, und alles war in bester Ordnung. Ehemänner – offensichtlich war es schwer zu sagen, woran man mit ihnen war. Einmal lagen sie vor einem auf den Knien, als wäre man eine Kirche, und im nächsten Augenblick scheuchten sie einen mit einem so verärgerten Gesicht den Hügel hinauf, daß man es nicht glauben würde, hätte man es nicht selbst erlebt. Verärgert? Warum eigentlich? Sally war niemals verärgert.

»Es liegt an deinem Haar«, sagte Jocelyn, als er oben auf dem Hügel ankam. Er stand einen Augenblick still, denn auch er japste nach Luft.

Sally sah ihn verständnislos an. Er schaute mit gerunzelter Stirn aufs Meer und auf den Teil der Straße, der unter ihnen sichtbar war und auf dem noch ein paar schwarze Flecken krabbelten.

»'aar?« fragte Sally leichtsinnigerweise, aber immerhin war das nur ein Wort – sie hatte ganz vorsichtig wirklich nur ein Wort gesagt.

Aber eines genügte schon.

»Haar, Sally – Haar, HAAR. Du mußt wirklich lernen, Haar zu sagen«, sagte Jocelyn erzürnt.

»'Ab doch 'aar gesagt«, erklärte Sally sanft.

»Ja. Das hast du. Genau das«, erwiderte er.

»Sagt man nich' 'aar?« fragte sie wißbegierig.

»Hast du denn überhaupt kein Ohr dafür?« Jocelyn drehte sich mit einem Satz zu ihr hin.

Sally kam aus dem Staunen nicht mehr heraus. Was für eine Frage. Natürlich hatte sie ein Ohr. Zwei sogar. An jeder Seite vom Kopf eines. Gerade als sie ihm das mitteilen wollte, veränderte sich seine Mimik, und er zeigte den Gesichtsausdruck, mit dem er immer vom Himmel und den Engeln sprach. Denn wie hätte Jocelyn mit einem solchen Geschöpf böse sein können? Er brauchte sich nur umzudrehen und sie anzuschauen, schon löste sich sein dummer Zorn in Wohlgefallen auf. Was war er nur für ein elender Wurm, gemessen an ihrem Liebreiz, mit seiner peniblen Sprache und seinem bißchen Bildung, das er ihr voraus hatte. Als ob das etwas bedeuten würde, als ob es irgend etwas bedeuten würde, dachte Jocelyn.

»Ach, Sally, es war nicht so gemeint«, sagte er, nahm ihre Hand und küßte sie. Sie wurde verlegen und schämte sich, weil jemand so etwas mit ihrer Hand machte, noch dazu am hellichten Tag und in aller Öffentlichkeit.

»Aber du solltest wirklich versuchen, dein Haar besser zu verbergen – so, siehst du.« Er nahm sanft ihren Hut ab und steckte ihr Haar zusammen, bevor er ihr den Hut wieder aufsetzte. »Siehst du«, erklärte er, »es wirkt sonst wie ein Blickfang, mein schöner, flammender Serafim – o mein Gott«, fügte er atemlos hinzu, »wie schön du bist!«

»Is' kein Unterschied nich'«, sagte Sally resigniert.

»Was denn?«

»Ob man's reinsteckt oder nich'. Die se'en mir immer an. Wir 'aben zu 'ause alles versucht, mit Vater und Mutter, aber die se'en mir immer an.«

Ihre Stimme klang mißbilligend und entschuldigend zugleich.

Besser, wenn er das Schlimmste gleich erfahren würde. Sie war sich ihrer Unzulänglichkeiten und der endlosen Schwierigkeiten, die sie ihren Eltern bereitet hatte, durchaus bewußt. Klangen ihr die Schelte, die Ermahnungen und die dunklen Andeutungen, was ihr alles Böses geschehen könnte, nicht schon seit ihrem zwölften Lebensjahr in den Ohren? Aber was sollte sie denn tun? Sie war nun einmal, wie sie war. Sie war so geboren, was konnte sie denn daran ändern?

Was sie auch nicht ändern konnte – sie war sich dieser Angewohnheit noch nicht einmal bewußt – war ihr Lächeln, das immer einsetzte, sobald ihr Blick dem freundlichen Blick eines Fremden begegnete, und sie hatte noch nie einen Fremden getroffen, der sie unfreundlich anblickte. Sie lächelte nur ein wenig, es war nur ein unwillkürlicher Dank für den freundlichen Blick. Und da sie Grübchen hatte, die ansonsten unsichtbar waren, breitete sich über ihr ohnehin schönes Gesicht ein ganz wunderschönes Lächeln. Darauf folgten dann die Komplikationen, ärgerliches Schelten der erschöpften Pinners und auf Sallys Seite resignierte Überraschung.

Sie versuchte gerade, Jocelyn zu erklären, daß die Leute sie immer ansehen würden, gleichgültig, was er mit ihrem Haar veranstalten mochte, und schüttelte es zurück, damit er es besser ordnen konnte – vor dem grauen Hintergrund von Meer und Himmel wirkte es erstaunlich lebendig –, als ein junger Mann mit Namen Carruthers um die Kurve des Weges bog. Er hatte sich nach einem schweren Mittagessen im Familienkreis mit seinem Hund zu einem Spaziergang aufgemacht, pfiff vor sich hin und schwang seinen Spazierstock. Als er Sally sah, blieb er wie angewurzelt stehen.

Sein Hund rannte allerdings weiter, umkreiste die Geistererscheinung, schnüffelte und wedelte offensichtlich erfreut mit dem Schwanz. Die Gestalt war also aus Fleisch und Blut, kein Geist; sein Hirn fing nicht an, ihn mit flammenden Halluzinationen zu quälen.

Er stand immer noch am selben Fleck und starrte. Nie zuvor hatte er so etwas gesehen – gütiger Himmel, nein, und die meisten anderen Menschen wohl auch nicht.

»Oh, ich meine, nicht, nein, setzen Sie ihn noch nicht auf!« schrie er beinahe, als er den Hut in den dunklen, südländisch wirkenden Händen des jungen Mannes sah, der ihr schnell die Kopfbedeckung aufdrückte und dabei von dem unerwünschten Hund gestört wurde. Carruthers wußte, daß im nächsten Augenblick die Erscheinung verschwinden und das Licht verlöschen würde.

Die Bewegungen des Südländers waren rasch und entschlossen; er setzte ihr den Hut nicht nur auf, sondern zog ihn ihr fast an – kräftig drückte er ihn so weit wie möglich auf den Kopf, so daß er bis zu den Augen hinunterreichte. Dann sah der Mann sich stirnrunzelnd um, zog ihre Hand unter seinem Arm hindurch und eilte mit ihr in die entgegengesetzte Richtung davon.

Carruthers blieb nichts weiter übrig, als seinen Hund zu rufen – ein schönes Tier, aus dem ein Sealyhamterrier hätte werden können, wenn da nicht einst ein Fehltritt seiner Mutter gewesen wäre. Es war nicht Carruthers Schuld, daß der Hund zufällig Sally hieß.

»Sally! Sally!« rief er daher ganz selbstverständlich so laut, wie er nur konnte, und das war sehr laut. »Sally! Komm her! Sally! Kommst du wohl hierher!«

Die Hügel um St. Mawes hallten wider von der Aufforderung, Sally möge kommen.

Sie kam auch, seine Sally kam, aber dicht hinter ihr kam der Südländer gerannt. Das Mädchen war um die nächste Ecke verschwunden und nicht mehr zu sehen. Der junge Carruthers sah der Ankunft ihres Begleiteres mit Befremden entgegen, das sich noch steigerte, als er den Ausdruck auf seinem Gesicht sah.

»Wie können Sie es wagen! Wie können Sie es nur wagen!« schrie Jocelyn, als er nahe genug herangekommen war. Carruthers Befremden wurde zur Verblüffung.

»Was ist los?« wollte er wissen.

»Wie können Sie es wagen, Sally nachzurufen, sie soll kommen? Wie? Was meinen Sie damit? Sie . . .«

»Einen Augenblick«, unterbrach Carruthers rasch und hob

abwehrend seinen Arm. »Einen Augenblick, bitte. Sehen Sie hier – das ist Sally.« Er zeigte auf die wedelnde Sünderin.

Jocelyns erhobene Faust fiel schlaff an seiner Seite herab. Er wurde rot und sah sehr verlegen aus. »Es tut mir leid«, murmelte er.

»Keine Ursache«, sagte Carruthers mit höflichem Sarkasmus.

»Das – das ist der Name meiner Frau«, stammelte Jocelyn. »Und ich dachte, Sie kennen sie und wollten sich eine Frechheit erlauben . . .«

Carruthers starrte in das nervös zuckende Gesicht; er lachte nicht, sondern nickte nur. Nachdem er Sally gesehen hatte, nickte er nur.

»Das ist schon in Ordnung«, sagte er ernst und fügte aus irgendeinem Grund impulsiv »alter Junge« an.

Er beobachtete die dünne Gestalt, die davoneilte. Eine ganz schöne Verantwortung, dachte er. Der arme Kerl sieht schon ziemlich mitgenommen aus.

Es war offensichtlich, daß sie noch nicht lange verheiratet sein konnten, denn sie waren beide zu jung, als daß irgend etwas lange zurückliegen konnte. Carruthers, der nach außen so solide und sachlich wirkte, was durchaus nicht seinem Charakter entsprach, kehrte um, um die beiden nicht noch einmal zu unterbrechen, und ging über die Felder nach Hause, wobei er Lieder in traurigem Moll pfiff. Ein unvorstellbar wunderbarer Gedanke, mit einer solchen Schönheit verheiratet zu sein, aber bei Gott, man müßte die ganze Zeit über auf der Hut sein, und die Sorgen nähmen kein Ende. Aus dieser Erkenntnis schloß er letztendlich, daß Jocelyn ein armer Teufel war.

*

Wahrscheinlich hätte er das noch viel stärker empfunden, wenn er ihm hätte nachgehen können und gesehen hätte, was sich hinter der Kurve abspielte, wo Jocelyn Sally einen Augenblick alleine gelassen hatte. Nur einen Augenblick, mit Verlaub, dachte Jocelyn indigniert, als er um die Ecke bog und sie in der Mitte einer ins Gespräch vertieften Gruppe fand.

Sie lächelte zwei Männer und eine Frau an, die sie ihrerseits anlächelten und mit ihr sprachen und dabei alle Anzeichen von eifrigem Interesse zeigten. Genaugenommen, war Sally nur höflich, eine Gewohnheit, vor der Mr. Pinner sie immer und immer wieder vergeblich gewarnt hatte; vergeblich, weil es sich nämlich gar nicht um eine Gewohnheit handelte, sondern um ihre natürliche Unfähigkeit, ein Lächeln nicht zu erwidern.

Diese Leute hatten den Hügel von der anderen Seite erklommen und fanden sie hier alleine vor. Mit lächelnden Gesichtern und vor Staunen und Entzücken großen Augen hatten sie sie nach dem Weg gefragt, und sie hatte lediglich höflich geantwortet, daß sie hier fremd sei. Sie hatten nur noch ein paar freundliche Fragen gestellt, auf die sie dann wiederum mit »Bin 'ier auf 'ochzeitsreise« geantwortet hatte. Sie waren gerade dabei, ihr eine schöne Zeit zu wünschen, als Jocelyn zu der Gruppe stieß: rasch, mager und rachsüchtig.

»Ja«, knurrte Jocelyn in die Runde. »Ja?«

»Mein Gatte«, stellte Sally ihn mit einer Geste umfassender Freundlichkeit vor.

Aber ihre Freundlichkeit verpuffte. Jocelyn war grob. Wie hätte er auch anders reagieren können, wenn diese Männer dastanden, daß ihnen vor lauter Glotzen beinahe die Augen aus dem Kopf fielen?

»Ich lebte bis eben in dem Glauben«, sagte er und musterte sie von oben bis unten, von der Spitze ihrer schäbigen Hüte über die schlaffen, in warme Mäntel gehüllten Körper bis zu ihren unvollkommenen Füßen, »ich lebte bis eben in dem Glauben, daß man eine Dame in England zwei Minuten allein lassen könnte, ohne daß sie gleich belästigt wird.«

»Ich versichere Ihnen . . .«, begann die Frau aus der Gruppe und wurde rot; die beiden Männer sahen einfältig und verängstigt aus.

»Mach'n Sie sich nix draus«, sagte Sally liebenswürdig; sie wollte die Wogen gerne glätten.

»Im Gegenteil, ich versichere Ihnen, daß Sie sich sehr wohl etwas daraus machen sollten«, erklärte Jocelyn wild. Wieder zog er Sallys Hand unter seinem Arm hindurch und drängte sie weiter.

»Also wirklich«, sagte er, als sie außer Sichtweite waren und nur noch grüne Felder und Wiesen mit Kühen vor sich hatten. »Wirklich.«

»Was?« wagte Sallys ängstlich, aber voller Mitgefühl zu fragen.

»Daß man dich keine Minute allein lassen kann!« rief er.

»Die 'aben bloß nach dem Weg gefragt«, erklärte sie.

»Sicher«, sagte Jocelyn. »Sicher. Und was hast du geantwortet, wenn ich fragen darf?«

»'ab gesagt, ich weiß nich'.«

»Sicher«, sagte Jocelyn. »Sicher.«

»Kenne mich 'ier ja sozusagen nich' aus«, erklärte Sally weiter, denn dieses ständige »sicher« machte sie unsicher.

»Sicher«, sagte Jocelyn. »Sicher.«

»Sag' das doch nich' dauernd, Mr. Luke – sag' das doch nich'«, bat sie.

»Vielleicht könntest du für deinen Teil etwas weniger ›Mr. Luke‹ zu mir sagen«, sagte Jocelyn. »Ein dutzendmal am Tag ist nämlich völlig ausreichend.«

Sally schwieg. Sie durfte ihn in Gedanken nicht mehr Mr. Luke nennen, aber mit seinem seltsamen Vornamen konnte sie sich nicht anfreunden; also nannte sie ihn in Gedanken Gatte. Gatte ist ärgerlich, dachte sie und fiel in besonnenes Schweigen.

Schließlich krabbelte er mit ihr durch eine Hecke und ging mit ihr über eine Wiese, entfernte sie so weit wie möglich vom Weg. Er setzte sie mit dem Rücken zu einer anderen Hecke und versuchte, ihr ein paar nebensächliche Kleinigkeiten beizubringen.

»Sally«, fing er an, legte sich neben sie ins Gras und nahm ihre Hand. »Du weißt doch, daß ich dich liebe, nicht wahr?«

Sally unterbrach ihr Schweigen zögernd und vorsichtig wie jemand, der einen Zeh ins kalte Wasser steckt und ihn sofort wieder zurückzieht. »Ja, Mr. . . .« Sie unterbrach sich gerade noch rechtzeitig und verbesserte sich hastig. »Ich mein' ja.«

»Und du weißt, daß ich einzig und allein an dich und an dein Glück denke?«

Ja, das weiß ich wohl, dachte Sally nervös, denn obwohl diese Stimme und das Auftreten zu Mr. Luke gehörten, hatten sie doch einen Beigeschmack, der sie an ihren Vater erinnerte; er benahm sich immer so, wenn er das tat, was in der Familie als »ihr eine Lektion erteilen« bekannt war.

»Weißt du das nicht?« hakte Jocelyn nach. »Weißt du das nicht?«

Er sah ihr antwortsuchend ins Gesicht, und seine Stimme schwankte; er vergaß ganz und gar, was er hatte sagen wollen, und flüsterte: »Oh, ich bete dich an!« Er bedeckte die Hand, die er hielt, über und über mit Küssen, nahm dann die andere und küßte sie ebenfalls, und seine Ohren wurden dabei hochrot; Sally konnte das gut sehen, denn sein Kopf lag in ihrem Schoß.

Und Sally, die bereits herausgefunden hatte, daß Jocelyn sie immer dann, wenn er hochrote Ohren bekam, ausschließlich küßte und unverständliche Worte murmelte, wußte, daß sie diesmal noch davongekommen war.

5

Für den Rest des Tages blieb er mit ihr im Haus und beschloß, daß sie in Zukunft das Auto benutzen und es in irgendeinem Dorf stehenlassen würden, um sich ungestört die nötige Bewegung verschaffen zu können. Zwar hätten sie sich gut mit dem Boot von St. Mawes entfernen können, aber der Fischer bestand darauf mitzufahren, und auch er starrte Sally ständig an. Er trug den lächerlichen Namen Cupp. Geschieht ihm recht, dachte Jocelyn, der ihn aus tiefstem Herzen verabscheute.

Diese Schwierigkeiten störten den Frieden der Flitterwochen nicht unerheblich. Jocelyn empfand es als ungeheuerlich, daß er einen Plan ausarbeiten und Vorkehrungen treffen mußte, um so einfache Dinge zu tun wie spazierenzugehen. Obwohl er sich dagegen sträubte, neigte er dazu, Sally die Schuld daran zu geben. Er wußte, wie unfair es war, sie zu beschuldigen, aber er konnte sich beim besten Willen nicht vorstellen, wieso eine anständige Frau, wie schön sie auch sei, in England nicht ihren alltäglichen Angelegenheiten nachgehen konnte, ohne belästigt zu werden. Irgend etwas in Sallys Benehmen, so dachte er, muß das auslösen; aber er wußte einfach nicht, was es war.

Am nächsten Morgen nahm er sie für einen Tagesausflug mit dem Auto mit. Den Wagen ließ er an einem einsamen Gasthof am Straßenrand stehen und brach zu einem Spaziergang auf, den sie beide nötig hatten. Er brauchte die Bewegung, das wußte er, denn er setzte langsam schon etwas an. Das gleiche galt für sie, wagte er zu behaupten, obwohl das so wahrscheinlich war wie ein Speckbauch bei einer frisch erblühten Blume. Auf jeden Fall brauchte sie Bewegung; ihre Gesundheit lag jetzt in seiner Obhut, sagte sich Jocelyn. Dieses wunderbare Kind war ihm vom Schicksal geheimnisvollerweise übergeben worden – so hoch ordnete er Mr. Pinner ein –, und nun war er derjenige, der sie beschützen, leiten und lehren mußte. Kein anderer durfte es wagen, sagte sich Jocelyn; allein bei dem Gedanken fletschte er die Zähne wie ein knurrender Hund, der einen neuen Knochen verteidigt.

Aber es war schwierig, sie so verstecken zu müssen. Und er mußte sie wohl verstecken, wenn er etwas Frieden finden wollte. Wenn er sie nach London mitnähme und sich dort irgendwo dauerhaft niederließe, gäbe es bestimmt nicht diesen Ärger, weil er in die Slums ziehen wollte. Natürlich nicht in den lebensgefährlichen Teil, aber in eine dieser dunklen Straßen, in der die Leute viel zu sehr mit ihrer Armut beschäftigt sind, um sich für die Schönheit eines jungen Mädchens zu interessieren. Um sich darum zu kümmern, glaubte Jocelyn zu wissen, brauchte man die Sicherheit einer täglichen sättigenden warmen Mahlzeit. Keine warmen Mahlzeiten, keine Liebe. Mit ein bißchen Nachdenken mußte man darauf kommen. Wie friedlich würde es bei ihnen zugehen, wenn sie in einer solchen Straße wohnten: er säße in seinem Zimmer und schriebe, sie in einem anderen und schriebe nicht. Auch mit Dienstboten würden sie keine Probleme haben, denn Sally war an Hausarbeit gewöhnt und kannte es nicht anders, als alles selbst zu erledigen. Sie würden ein einfaches Leben führen, das von ihrem entzückenden Liebreiz überstrahlt würde; und bald, wenn er ihr erst einmal die Kunst des korrekten Sprechens beigebracht hatte, wäre sie eher eine Gefährtin für ihn, eher in der Lage, eine Konversation zu bestreiten.

Im Augenblick, mußte er sich selbst eingestehen, war sie kaum in der Lage, eine Unterhaltung zu führen. Man war überrascht, wenn man sie anschaute, ihren erstaunlich edlen kleinen Kopf, der alles vorzuweisen hatte, woraus man auf Geistesgaben schließen konnte: den breiten Schwung der Brauen, die wunderschön geformten Schläfen und die strahlenden Augen – und dann das Licht, das auf dem lebhaften Gesicht mit der rasch wechselnden Mimik zu spielen schien – jeder Gesichtsausdruck lieblicher als der vorherige. Das ganz erstaunliche Geschöpf war ein Gedicht zarter Farben, nur an einer Stelle hatte die Farbe Feuer gefangen und sich in das flammende Wunder ihrer Haare verwandelt. Dieser Anblick – und dann die dürftigen, sogar mehr als dürftigen und fehlerhaften Bemerkungen zu hören, die sie äußerte, das war eine wirkliche Überraschung. Eine stets größer werdende Überraschung. Ehrlich gesagt: eine immer schmerzhaftere Überraschung. Irgendwie hatte er es vorher nicht so bemerkt, aber jetzt empfand er einen von Stunde zu Stunde deutlicher spürbaren Widerspruch zwischen Sallys Schein und Sein. Oder war etwa das, was er sah, ihr Sein, und das, was er hörte, nur der Schein?

Nachts war er davon überzeugt. Am nächsten Morgen fürchtete er, es sei doch anders. Auf jeden Fall paßte es nicht zusammen.

*

Erstaunlich, dachte Jocelyn zwei Tage später, wie stark dieser Widerspruch war. Vielleicht wurde er mürrisch und voreingenommen gegen Sally. Das würde ihn nicht wundern, wenn man in Betracht zog, wie sehr sich seine Gewohnheiten durch die Ehe verändert hatten. Bisher hatte sein Leben aus extremer intellektueller Aktivität und extremer sexueller Inaktivität bestanden. Nun war es genau andersherum. Ihm war, als lebte er ausschließlich seinen Gefühlen und Bedürfnissen, sei nur mit dem Lieben beschäftigt und faßte keinen einzigen Gedanken, der auch nur des

Weiterlebens wert gewesen wäre. Diese Gedanken über Sallys Widersprüchlichkeit zum Beispiel – was bedeuteten schon die Widersprüche eines Mädchens im Vergleich zu der Wichtigkeit und seinem Interesse an der geistigen Arbeit, mit der er bis zu ihrer Begegnung beschäftigt gewesen war?

Er würde in ausgesprochen kritischer Stimmung zum Frühstück herunterkommen, konfrontiert mit den nüchternen Tatsachen von gebratenem Speck und grauem Morgenlicht, und sich sehr alt und weise und reif fühlen und natürlich – darüber konnte man einfach nicht geteilter Meinung sein – in allem Sally überlegen sein, bis auf ihre Schönheit. Dann würde sie herunterkommen, vorsichtig schweigen und ihn anlächeln. Wenn er sie dann mit frischem Erstaunen ansähe, wäre er gezwungen, sich zu fragen, ob irgend etwas auf der Welt solcher Schönheit überlegen sein konnte. Ich selbst natürlich nicht, dachte er, mit meinen kleinen Tintenkleckser-Ambitionen, meinem Bedürfnis, mich auszudrücken und zu beeindrucken, meiner Sehnsucht, etwas herauszufinden und zu schaffen. Sally hatte keine Sehnsüchte, die er entdecken konnte; sie war die liebreizende Ergebenheit schlechthin, zufrieden zu existieren, und das mit einer solchen Vortrefflichkeit!

Nun konnte man in dieser Welt aber nicht immer nur still, ernst und wunderschön herumsitzen; und sobald die Umstände sie zwangen, etwas zu sagen, beunruhigten ihre Widersprüche ihn wieder. Es war wirklich erstaunlich: die reine Vollkommenheit außen und innen – er dachte es nur ungern, aber fürchtete mehr und mehr, daß es so war – eine reine Pinner. Er mußte das Problem in die Hand nehmen. Er mußte sie unterrichten, sie das Benehmen lehren, das man in ihren neuen Kreisen von ihr erwartete.

Er nahm sich zusammen und nahm alles in die Hand. In der zweiten Woche ihrer Flitterwochen war sie beinahe ständig unter seiner Fuchtel. Und gegen Ende der zweiten Woche hatte Jocelyns Bewußtsein seiner Pflicht und Verantwortung, das sich anfangs gegen Abend noch zu verflüchtigen begann und bei Nacht gänzlich verschwand, sich wie ein langer Schatten weiter und weiter ausgedehnt, bis es in sein Bett hineinreichte. Er hatte das Bild seiner Mutter vor Augen, anfangs verschwommen, aber dann wurde es deutlicher. Seine Mutter, die er in der ersten Leidenschaft vergessen hatte, aber der er Sally bald würde zeigen müssen. Sie zeigen? Nichts leichter als das. Sie zu zeigen hatte sicher den gewünschten Effekt, aber je länger die Flitterwochen dauerten und je objektiver Jocelyn Sally zu betrachten lernte, desto mehr dachte er darüber nach, was passieren würde, nachdem er Sally vorgezeigt hatte.

Er hatte keine Zeit zu verlieren. Er fing an, sie zu unterrichten. Er fing mit ihren »h« an, deren Auslassung ihn bereits früh mit Sorge erfüllt hatten. Jeden Tag nach dem Frühstück widmete er sich diesem Problem eine Stunde lang. Zu ihrem Bedauern mußte Sally sich dann mit ihm unterhalten. Sie wußte schon ganz genau, daß dabei nichts Gutes herauskommen konnte. Jedesmal, wenn sie ein »h« fallenließ, hob er es sozusagen geduldig wieder auf und gab es ihr mit einer vorsichtigen Randbemerkung zurück.

Sie schien nur mühsam zu lernen. Eine normale Unterhaltung genügte nicht. Er mußte Sätze erfinden, ganz spezielle Übungssätze, die sie auswendig lernte; Sätze mit eingebauten Fallen, die Sally vermeiden sollte.

Sie schien nicht in der Lage, irgend etwas zu vermeiden. Sally tappte zwangsläufig in jede Falle hinein; Jocelyn wollte nicht glauben, daß sie die Fallen nicht umgehen konnte, wenn sie sich wirklich anstrengte, und wiederholte die Sätze immer und immer wieder, störrisch darauf beharrend, daß sie es lernen müsse.

Der hurtige Harry hastet hinter seinem Hut her. Sally holte tief Luft und ließ sie am Anfang jedes Wortes in der Hoffnung wieder ausströmen, der Luftstrom möge sich in ein »h« verwandeln. Sie konnte beim besten Willen keinen Unterschied zwischen Jocelyns *hurtigem Harry* und ihrem eigenen erkennen.

Eheleute hausen im Himmel. Das war noch einer dieser Sätze, und noch dazu ein viel schlimmerer als der *hurtige Harry*. Hier genügte es nämlich nicht, die Luft am Anfang des Wortes hinauszulassen, man mußte es auch noch in der Mitte tun. Außerdem hausten Eheleute erst im Himmel, wenn sie tot waren, und Jocelyns ständiges Gerede vom Himmel beunruhigte sie sehr. Bevor man in den Himmel kam, mußte man sterben, und seit Sally am Sterbebett ihrer Mutter gesessen hatte, hatte sie von der ganzen Sache eine denkbar schlechte Meinung.

Während des Unterrichts gab Jocelyn sich alle Mühe, aus dem Fenster zu sehen, denn dies hier war eine wichtige, ernste Sache, und Sallys Gesicht durfte ihn nicht davon ablenken. Hier saß er also, geduldig und entschlossen, hielt ihre Hand, um ihr Mut zu machen, und sprach ihr die Sätze langsam und deutlich vor, während Sally, verschwitzt von der Anstrengung, einen nach dem anderen verpatzte. Warum war das nur so wichtig? fragte sie sich vage. Er liebte sie anscheinend sehr, besonders abends, und sagte ihr immer und immer wieder, wenn seine Ohren rot waren, wie glücklich er war. Was wollte er denn sonst noch? Was für einen Sinn hatte es, sich über »hs« aufzuregen, von denen er behauptete, sie seien da, die sie aber nirgendwo erkennen konnte? Sie und ihr Vater hatten sich über so etwas nie Gedanken gemacht, und sie waren wunderbar zurechtgekommen. Aber Sally war fügsam, Sally war gehorsam und gutmütig; Sally wollte den Menschen ernsthaft das geben, was sie wollten. Und wenn ihr Gatte unbedingt »hs« wollte, würde sie ihr Bestes tun, ihm alle zu nennen. Wenn sie nur wüßte, worum es dabei ging! Aber wenn sie nur ordentlich büffelte, würde sie es eines Tages vielleicht herausfinden.

Sie büffelte, und das Äußerste an Kritik, was sie an dieser neuen Entwicklung in ihrem Leben äußerte, war gelegentlich, aber wirklich nur gelegentlich, ein gemurmeltes »Diese h's«, wenn Jocelyn sie nach dem Frühstück zu den beiden Stühlen am Fenster hinüberrief, die er extra für den Unterricht dort hingestellt hatte, und die Jalousien bis auf Schulterhöhe herabließ.

*

Aber es waren nicht nur ihre »hs«, es war die Art, wie sie die wenigen Wörter aussprach, die anscheinend zu ihrem Wortschatz gehörten; je mehr Jocelyn aus der ersten wilden Anbetung ihrer

Schönheit erwachte, desto mehr Dinge entdeckte er, die ihn beunruhigten. Ob innerhalb oder außerhalb des Hauses, ständig tat sich eine steigende Anzahl von Schwierigkeiten auf. So war es zum Beispiel nicht möglich, aus dem Haus zu gehen, ohne sofort zum Mittelpunkt der Aufmerksamkeit von ganz St. Mawes zu werden. Das schmerzte Jocelyn ganz besonders, denn bereits in seinen frühen Jahren im bescheidenen Almond Tree Cottage war ihm der unerschütterliche Glaube anerzogen worden, daß wirklich guterzogene Menschen niemals Aufsehen erregten. Wie unangenehm, wie außerordentlich unangenehm, wenn er nach der morgendlichen Unterrichtsstunde mit dem dringenden Wunsch nach Bewegung zur Garage ging und den Wagen holte und dann bei seiner Rückkehr feststellen mußte, daß es an der Mauer vor ihrer Unterkunft von erwartungsvollen Schaulustigen nur so wimmelte. Wie unangenehm, wie ausgesprochen unangenehm, wenn er Sally in den Wagen scheuchen mußte, als verließe sie als Hauptfigur eines *Cause célèbre** das Gericht. Hinzu kam, daß der Wagen alt und aus zweiter Hand war und manchmal nicht anspringen wollte – zweimal war das schon vorgekommen. Dann erwachten die Schaulustigen zum Leben und kamen in Massen herbeigeeilt, um zu helfen! Jocelyn war daran gewöhnt, daß er unbemerkt kommen und gehen konnte und niemand sein Treiben zur Kenntnis nahm, daß er also so wenig Aufsehen erregte, wie seine Mutter es von Menschen mit guter Erziehung erwartete. Nun kam er sich vor, als sei er eine Zirkusattraktion.

Dazu kamen häusliche Schwierigkeiten, denn abgesehen vom und zusätzlich zu den Schwierigkeiten beim Unterricht zeigte Sally eine leichte, aber unmißverständliche Tendenz, mit den Cupps zu fraternisieren. Sie wollte Mrs. Cupp morgens beim Bettenmachen helfen und versuchte, das Frühstück abzuräumen, um ihr einen Weg zu sparen, wie Sally das nannte. Einmal hatte sie Jocelyn sogar im Wohnzimmer allein gelassen und war in die Küche gegangen, wo Jocelyn sie nach einer

* cause célèbre: Rechtsstreit (Anm. d. Ü.)

Weile fand, während sie gerade ein fettes und häßliches Kind, zweifellos eines der Cupps, küßte.

Der Gerechtigkeit halber mußte Jocelyn zugeben, daß Mrs. Cupp Sally in keiner erkennbaren Weise ermutigte. Im Gegenteil – sie war offensichtlich eine besonders abweisende Frau, die nicht nur ihren eigenen, sondern auch Sallys Platz kannte und daran keinerlei Veränderung wünschte. Leider war sich Sally dieser Tatsache gänzlich unbewußt.

Jocelyn tat sein Bestes, um es ihr begreiflich zu machen. »Sally, du gehörst jetzt zu mir«, erklärte er ihr. »Mein Platz und meine Kreise sind auch dein Platz und deine Kreise, meine Bekannten und Freunde sind deine Bekannten und Freunde. Weder sitze ich in Küchen herum, noch schließe ich Freundschaft mit den Cupps, die gesellschaftlich unter uns stehen. Ich tue es nicht, und deshalb darfst du es auch nicht tun.«

War das snobistisch? Er hoffte nicht, er glaubte nicht. Er verabscheute Snobismus. Seine Mutter hatte ihn das sorgfältig gelehrt. Sie schauderte schon allein bei dem Wort, und dieser Schauder steckte ihm seit seinen Kindertagen in den Knochen.

Sally schaute ihn aufmerksam an, während er sprach, und bemühte sich angestrengt, ihn zu verstehen. Sie kam letztendlich zu dem Schluß, daß Gatte ihr sagen wollte, sie habe ruhig zu sitzen und daran zu denken, daß sie jetzt eine Dame sei. Sie saß ruhig und dachte daran. Sie machte keinen Versuch mehr, sich von ihrem Platz zu rühren – nicht einmal, als Mrs. Cupp ein paar Sachen von einem übervollen Tablett vor ihre Füße fallen ließ und es Sally in den Fingern juckte, sie aufzuheben. Sie beherrschte sich; sie beherrschte sich und nahm keine Notiz davon, sondern beugte den Kopf über das Blatt Papier, auf dem Jocelyn mit seiner schönen, runden Handschrift ihre Lektion notiert hatte, vergrub sich darin, sagte sie laut auf, so wie er sie gebeten hatte, und lernte sie auswendig.

Der Raum hallte vom *hurtigen Harry* wider und vom tiefen Einatmen und Herauspressen der Luft, das zu einem »h« werden sollte und nicht wurde.

6

Nachdem er einen Blick auf Sally hatte erhaschen können, war es dem jungen Carruthes unmöglich, keinen zweiten Versuch zu wagen. Er wurde von ihr angezogen wie von einem Magneten. Seit jenem Sonntag führten seine Spaziergänge täglich nach St. Mawes, wo er mit raschen Schritten und schwingendem Stock rasch durch den Ort schritt, um dann eine Weile – so lange, wie er es ohne aufzufallen wagte – an der Schutzmauer zu lehnen, zu rauchen, scheinbar den Horizont zu beobachten und dabei jeden zu registrieren, der die Straße entlangging oder -fuhr. Seinen Sealyhamterrier Sally hatte er zu Hause gelassen, aber er nahm andere Hunde mit, weil Hunde es den Menschen so leicht machten, Kontakte zu knüpfen. Der Weg zu Bekanntschaften, wußte der junge Carruthers, ist mit netten Hunden gepflastert.

Er war sich nicht sicher, ob es etwas nützen würde, wenn er die Flitterwöchner kennnenlernte und mit ihnen ins Gespräch kam – wahrscheinlich nicht; aber er konnte nicht anders, er mußte es einfach versuchen. Schon bald entdeckte er, in welchem Haus sie wohnten, denn die anderen Bummler und Spaziergänger, die rauchten und aufs Meer hinausblickten, bestanden normalerweise aus vereinzelten Figuren, spärlich über eine Viertelmeile verteilt; jetzt aber hatte sich ihre Zahl deutlich erhöht, und sie bildeten an einem ganz bestimmten Punkt ein Knäuel. Genau dort, schloß Carruthers ohne Zögern, mußte sie wohnen.

Er wollte nicht gern bei einem solchen Tun gesehen werden, hielt sich abseits von dem Haufen und rauchte seine Pfeife in angemessener Entfernung. Dennoch entging ihm nichts, was sich an der Tür oder den Fenstern des kleinen Hauses abspielte. Seine Familie lebte seit vielen Jahren in dieser Gegend, und so wußte Carruthers, daß dieses Haus dem Fischer Cupp gehörte. Wie glücklich mußte Mr. Cupp sein, dachte er, und Mrs. Cupp erst, die dauernd in das Zimmer hineingehen könnte, um Sally anzusehen. Nein, er wollte, er konnte sie nicht Sally nennen; nicht, wenn gleichzeitig seine eigene vierbeinige Sally diesen Namen so lächerlich entweihte.

Was die Cupps betraf, irrte er sich im übrigen auf der ganzen Linie. Sie waren überhaupt nicht glücklich. Zumindest Mrs. Cupp war es nicht, und wenn Mrs. Cupp nicht glücklich war, konnte auch Cupp nicht glücklich sein, obwohl er selbst diesen Sachverhalt nur vage begriff und eine ganze Reihe anderer, unzutreffender Gründe für sein Unbehagen angeführt hätte. Mrs. Cupp, die Sally bei ihrer Ankunft mit Erstaunen betrachtet hatte – schließlich war in St. Mawes noch nie jemand gesehen worden, der Sally auch nur im entferntesten glich –, fing sehr bald an zu zweifeln, ob ihre Logiergäste überhaupt miteinander verheiratet waren. In St. Mawes waren alle verheiratet, außer denen, die bald heiraten würden oder verheiratet gewesen waren. Mrs. Cupp, die ihr ganzes Leben lang den Kopf hoch getragen und den Leuten ins Gesicht gesehen hatte, gefiel der Gedanke nicht, vielleicht eine Person zu beherbergen und zu verköstigen, die weder Jungfrau noch Ehefrau, noch Witwe war.

Für kurze Zeit - so kurz, daß man die Stunden an einer Hand abzählen konnte – hatte Sallys Nachthemd sie beruhigt, denn es war ein Nachthemd, wie es tatsächlich Verheiratete trugen. Es war von einer Art, wie es auch Mrs. Cupp getragen hätte, eines, das auch der sittenstrengsten Waschfrau nicht die Röte ins Gesicht getrieben hätte. Oben hochgeschlossen bis zum Kinn, reichte es unten bis zu den Zehen, hatte lange Ärmel, war fest und solide und schloß an Hals und Ärmeln mit einfachen Bündchen ab. Dieses Nachthemd ließ Mrs. Cupp zuerst hoffen, daß mit ihren Logiergästen alles in Ordnung war, aber ihre Zweifel kamen wieder, diesmal verstärkt durch ihre Beobachtung, wie Cupp die Erscheinung dieser jungen Person registrierte und, obwohl er nichts sagte, anfing, sich hinterhältig zu benehmen. Zur Gewißheit wurden ihre Zweifel, als sie der steigenden Zahl der Spaziergänger gewahr wurde, die gegenüber von ihrem Haus ständig herumlungerten. Sogar der junge Carruthers. Oh, sie durchschaute ihn leicht und wußte genau, worauf er aus war. Schließlich war sie nicht umsonst in Falmouth im Kino gewesen. Daher wußte sie, daß um diese Sorte Mädchen die Männer herumschwirrten wie Bienen um einen Honigtopf. Cupp sollte das aber nicht tun.

Cupp sollte nicht herumschwirren. Cupp war fünfzehn Jahre lang ein zuverlässiger Ehemann gewesen, und sie würde ihn nicht herumschwirren lassen. Jedenfalls nicht lange, dachte Mrs. Cupp, während sie ihre Küche energisch schrubbte.

Sie sagte nichts zu ihm, wollte ihm jedoch bald beweisen, daß man dieses hinterhältige Spiel auch zu zweit spielen konnte. Nach vierzehn Tagen Aufenthalt bei den Cupps zog Jocelyn eines Morgens seine Geldbörse, als Mrs. Cupp hereinkam, um das Frühstück abzuräumen. Er wollte ihr wie gewohnt die nächste Woche im voraus zahlen; sie jedoch teilte ihm kurz und bündig mit, die Zimmer seien vermietet.

»Vermietet?« fragte Jocelyn überrascht.

»Alles 'at mal ein Ende«, sagte Mrs. Cupp geheimnisvoll und räumte mit ausladenden Bewegungen den Tisch ab.

»Aber«, protestierte Jocelyn, gleichermaßen verärgert wie überrascht, »wir wollten noch mindestens eine Woche bleiben.«

»Ich sag', alles 'at mal ein Ende«, wiederholte Mrs. Cupp mit Nachdruck und stapelte laut klappernd die Teller auf das Tablett. »Auch meine Geduld.«

Jocelyn starrte sie an. Sally hob den Kopf von ihrer täglichen Übung, mit der sie gerade beschäftigt war, und sah Mrs. Cupp mit dem milden Ausdruck eines desinteressierten Engels an.

»Was um alles in der Welt ist denn geschehen? Was ist los?« fragte Jocelyn.

»Sie müssen mal da raussehen, dann wissen Sie, was los ist«, sagte Mrs. Cupp und zeigte mit dem Ellbogen in Richtung Fenster. »*Die* tauchen nicht auf, wo anständige Leute sind.«

Während sie aus dem Zimmer rauschte, fielen die Gabeln von dem überladenen Tablett herunter.

Jocelyn drehte sich schnell zu Sally um. »Siehst du?« sagte er.

»Was denn?« fragte Sally. Sie wollte sich gerade bücken, um die Gabeln aufzuheben, erinnerte sich aber rechtzeitig daran, daß sie das nicht sollte.

Ja, was denn eigentlich? Daß es ihre Schuld war? Daß sie es war, die ihm Schande bereitet hatte? War es das, fragte Jocelyn sich, schockiert über den Sturm der Ungerechtigkeit, der ihn gerade einen Augenblick lang aus dem Gleichgewicht gebracht hatte; war es das, was er ihr zeigen wollte?

»Ich meinte nur«, begann er, beschämt über seine Ungerechtigkeit, »hörst du das? Hast du gehört, was diese schreckliche Frau gesagt hat?«

Sally nickte. »Denkt, wir sind nich' ver'eirat'«, sagte sie. Der Gedanke schien sie nicht zu stören. »Blöd von ihr, wo wir's doch sind«, bemerkte sie.

»Dummerweise ist sie sicher, daß wir es nicht sind, und deshalb werden wir hinausgeworfen«, sagte Jocelyn und ließ ihre Hand los, die er zu seiner eigenen Beruhigung ergriffen hatte. Es schien ihm ein Zeichen seiner Unfähigkeit, mit der Situation fertig zu werden, und machte ihn erneut wütend, statt ihn zu beruhigen.

Er ging zum Fenster und zog die Jalousie weiter nach unten. Wie ungeheuer demütigend, hinausgeworfen zu werden, wie unerträglich, daß Leute glaubten, Sally sei kein anständiges Mädchen und er, ausgerechnet er, würde sich mit einem Mädchen einen so unmoralischen Scherz erlauben.

»Blöd von ihr, wenn sie sicher is', wo ich doch einen Trauschein 'ab'«, sagte Sally mit gleichbleibender Ruhe. »Und meinen E'ering.« Nach einer Minute fügte sie zufrieden hinzu: »Oben in meiner Schachtel.« Und nach einer weiteren Minute: »Den Trauschein, mein' ich.«

Dann nahm sie an, daß die Unterrichtsstunde weiterginge und von ihr erwartet wurde, mit ihrer Lektion fortzufahren. Mit Fleiß und Geduld machte sie sich wieder an ihre Aufgabe.

»H-e'eleute h-ausen im H-immel«, begann sie erneut unverdrossen und falsch.

»O mein Gott«, flüsterte Jocelyn.

*

Sie verließen St. Mawes zur Essenszeit. Als Jocelyn ihr mitteilte, daß sie gleich abfahren würden und sie besser packen sollte, sagte Sally nur »Is' recht« und ging nach oben, um gleich anzufangen.

Is' recht, dachte Jocelyn. Is' recht. Keine Frage, kein Kommentar. Das war natürlich auf eine Art bequem, aber war das Gemeinschaft? Konnte hinter solch widerspruchslosem Gehorsam überhaupt Charakter stecken? Hätte sie jedoch Fragen gestellt oder ihre Meinung gesagt, wäre er auf sie losgegangen; er war also wieder unfair und unvernünftig, und er haßte sich dafür.

Ich bin eigentlich nicht unfair oder unvernünftig, dachte er, als er vor dem kalten Kamin stand und die Ansammlung von Schaulustigen auf der anderen Straßenseite zornig beobachtete. Bisher hatte er Zorn, diese Störung des inneren Gleichgewichts, immer als Zeichen schlechter Erziehung betrachtet. Die Ungebildeten wurden vom Zorn übermannt, nicht die Wissenschaftler, die Denker! Nun erlebte er es genau umgekehrt: Die ungebildete Sally blieb ruhig, während er mit ständig wechselnden Gefühlszuständen zu kämpfen hatte. Die Ehe, dachte er finster; die Ehe. Die Invasion des Geistes durch das Fleisch. Und so lächerlich, das Ganze – o Gott, wie lächerlich, wenn er sich am Morgen an die verzehrende Leidenschaft der vorherigen Nacht erinnerte. Lächerlich, einfach lächerlich, diese nächtliche Abdankung des Geistes, diese kriecherische Verbeugung des Höheren vor dem Niederen . . . Das schlimmste war, daß er es nicht verhindern konnte. Mochte er auch tagsüber die fundiertesten Theorien aufstellen, mochte er sich auch noch so kritisch distanzieren, sobald er Sally nachts nahe kam . . .

Und anstatt wenigstens tagsüber seine Ruhe und Ausgeglichenheit wiederzuerlangen, schien ihm ein Ärgernis nach dem anderen zu widerfahren. Waren Flitterwochen immer so? Unmöglich. Andere verbrachten ihre Flitterwochen nicht mit Sally. Es war Sally, die . . .

Die Tür ging auf, und sie war wieder da, kaum zehn Minuten nachdem sie nach oben gegangen war. Sallys wenige Habseligkeiten ließen sich schnell packen; sie war bereits fertig und wieder unten, noch ehe er sich hatte Gedanken darüber machen können, daß sie ihn sicher warten lassen würde. Auch das nahm er ihr übel, denn niemals gab sie ihm einen konkreten und legitimen Anlaß, böse auf sie zu sein. Er wollte gern eine legitime Entschuldigung haben, um ihr zu zürnen, weil es ganz allein ihre Schuld sein mußte, daß man sie beleidigt und hinausgeworfen hatte. Natürlich mußte es ihre Schuld sein. Wäre er mit seiner Mutter hier, hätte sich Mrs. Cupp als Ehrerbietung in Person erwiesen, und die Mauer draußen wäre leer. Es lag nur an Sally. So, wie sie aussah. So anders als alle anderen. So ganz anders, als man sich die Frau eines ehrbaren Mannes vorstellte. Außerdem müßte sie eigentlich mehr Gepäck haben. Ihr kleiner Blechkoffer war ihm ein Dorn im Auge. Entwürdigend. Ein gräßliches Ding; wie er ihn verabscheute. Ganz gelb. Er mußte ihr einen ordentlichen Koffer samt angemessenem Inhalt kaufen, bevor er sie nach Almond Tree Cottage mitnehmen konnte. Es hatte auch seine Schattenseiten, wenn man sozusagen eine im Hemd heiratete, wie das früher hieß.

Doch als sie reisefertig hereinkam, sah sie erstaunlich korrekt aus, Blechkoffer hin oder her; es lag nicht an ihrem Gesicht. Sie sah einfach korrekt aus, auch ihre Kleider. Sie könnte eine junge Herzogin sein, dachte Jocelyn, der in seinem ganzen Leben noch keine Herzogin gesehen hatte. Er hatte keine Vorstellung davon, wie dieses Wunder vollbracht worden war. Nicht durch die Raffinesse des Schneiders, soviel war sicher, denn die Familie Pinner war arm und hatte die Kleider von der Stange kaufen müssen. Vielleicht lag es daran, daß sie lang und schlank wie ein Schilfrohr war. Vielleicht lag es an der Art, wie sie sich bewegte. Vielleicht lag es daran, daß Sally so schlank war, daß kaum etwas in ihren Kleidern zu stecken schien, so daß sie gar nicht anders konnten, als sich in anmutigen Falten um sie zu legen. Er aber wußte genau, was in ihnen steckte – der zarte junge Liebreiz, gerade im Erblühen begriffen; und bei diesem Gedanken verflog sein ganzer Zorn. Weder die Cupps noch die Mauer kümmerten ihn noch; ihn überkam ein Gefühl der Demut, wie jedesmal, wenn er ihre Schönheit sah. Er ging zu ihr und nahm ihre kleinen roten Hände, die einzigen Körperteile, die vom Leben sichtbar gezeichnet und verdorben waren, küßte sie und sagte: »Vergib mir, Sally.«

»Wes'alb?« fragte sie erstaunt.

»Weil ich dich nicht genug liebe«, erwiderte Jocelyn und küßte ihre Hände wieder.

»Nein«, sagte Sally ernst. »Nein, so was darfst du nich' denken . . .« Sie war während dieser Reise beinahe mehr geliebt worden, als sie verkraften konnte, und hätte es sicher nicht ausgehalten, wenn sie nicht gewußt hätte, daß es sich dabei um Pflicht und Schuldigkeit handelte. Der Gedanke, daß Mr. Luke glauben könnte, sie müsse noch viel mehr geliebt werden, versetzte sie in einen Zustand der Alarmbereitschaft.

*

Ihre Abreise verlief nicht ohne weiteres Aufsehen. Als das Gepäck heruntergebracht worden war, war Cupp nirgendwo zu finden, und Mrs. Cupp beschäftigte sich so intensiv mit einem Kochtopf, daß sie keinerlei Auskunft geben konnte. Sally hatte ihre Hilfe angeboten, denn sie war daran gewöhnt anzupacken, wo es etwas anzupacken gab, aber Jocelyn hatte ihr Angebot in scharfem Ton zurückgewiesen und schleppte den Blechkoffer und seinen Schrankkoffer selbst hinunter. Er fluchte sehr laut, als er sich am Treppenabsatz den Kopf stieß.

Sally hörte das und war gleichermaßen erschrocken und schokkiert. Das war ein Fluch. Man hatte ihr sorgfältig beigebracht, daß Fluchen Sünde sei. Kein anderes Erlebnis in ihren Flitterwochen hatte sie schockiert, denn von Ehegatten wußte sie nur das, was ihr Vater ihr gesagt hatte – daß sie nur tagsüber Herren waren –, und daß sie ihrem Gatten in der Kirche Gehorsam gelobt hatte. Aber über das Fluchen wußte sie alles. Es war falsch. Es war in der Heiligen Schrift streng verboten. Fluchen und Trinken waren die beiden Sünden, von denen in ihrem Elternhaus am meisten und mit der größten Mißbilligung gesprochen worden war. Sie gingen Hand in Hand. Trinken verdarb die Menschen, und auf dem Weg ins Verderben – und wenn sie dort angekommen waren – fluchten sie.

Mit diesen Grundsätzen war Sally großgeworden, und als sie im Flur des Hauses stand, um Jocelyn eine helfende Hand zu reichen, als er mit ihren beiden Koffern die Treppe hinunterbalancierte, sah sie, wie er sich den Kopf stieß, und hörte ihn laut und deutlich »verdammt« sagen. Sie war entsetzt. Ihr Gatte fluchte. Dabei hatte er noch nicht einmal getrunken. Nur seinen Tee zum Frühstück; seither waren sie die ganze Zeit zusammen gewesen, und sie wußte ganz genau, daß er nichts getrunken haben konnte. Als nächstes würde er vielleicht auch noch Gott lästern. Bei diesem Gedanken stieg ihr das ganze Blut der Pinners, dieser stranggläubigen, bibeltreuen Familie von Sonntagsgottesdienstbesuchern, in die Wangen.

»Mr. *Luke*!« rief sie und vergaß dabei alle seine Ermahnungen, ihn nicht mit diesem Namen anzureden.

»Was gibt's?« fragte Jocelyn. Ihr Tonfall ließ ihn auf der Treppe innehalten, wo er – um den Blechkoffer herum – zu ihr hinuntersah.

»Du sollst nich' fluchen«, sagte Sally mit rotem Gesicht; sie nahm ihren ganzen Mut zusammen. »Es gibt keinen Grund dafür, und du sollst nich' fluchen – du *weißt,* daß du nich' fluchen sollst.«

»Aber ich hab doch bloß ›verdammt‹ gesagt«, sagte Jocelyn. »Würdest du das etwa nicht tun, wenn du dir den Kopf an diesem verflixten Mauervorsprung gestoßen hättest?«

»Mr. *Luke*!« rief Sally erstaunt; ihre Augen füllten sich mit Tränen. Er benutzte nicht nur selbst diese schlimmen Wörter, er traute das sogar ihr zu . . . Zwar hatte sie sich schon oft über Dinge gewundert, die er tat und sagte, aber jetzt sah sie in völligem Unverständnis unter Tränen zu ihm auf. Ihr war, als sei sie hinter eine große, dicke Mauer gestoßen oder durch einen breiten Fluß von ihm getrennt worden und befände sich allein auf einer Insel mitten im Fluß, während er weit weg und unerreichbar am anderen Ufer stand. Sie mußte ihn irgendwie erreichen, dicht bei ihm bleiben, weil er doch ihr Gatte war. Undeutlich zogen diese Bilder durch ihre Gedanken, undeutlich und verschwommen, aber sie hinterließen dennoch ein unübersehbares Gefühl von Besorgnis und Unbehagen.

»Es tut mir leid«, sagte Jocelyn, kam vorsichtig die letzten Treppenstufen herunter und stellte seinen Schrankkoffer, der für einen Koffer dieser Art erstaunlich schmal war, in einem sehr engen Durchgang ab. Als er Sally ansah, wurde er rot, denn ihm war gerade eingefallen, daß er niemals in Gegenwart seiner Mutter oder einer der anderen Damen in South Winch geflucht hatte, weil man dort einfach nicht fluchte, wie sehr und wie unerwartet man sich auch verletzt haben mochte. Ließ er sich in Sallys Gegenwart so gehen, weil sie keine Dame war oder weil sie seine Frau war? Beide Möglichkeiten gefielen Jocelyn nicht, und deshalb war er nun an der Reihe, rot zu werden.

»Verzeih mir, Sally«, sagte er zum zweitenmal in einer halben Stunde.

Dieses Mal hatte sie keinen Zweifel, was sie ihm verzeihen sollte. »Versprech mir, das nich' mehr zu machen«, bat sie inständig. »Versprech mir das – jetz' gleich.«

»O Sally, ich verspreche dir alles, alles.« Jocelyn starrte sie an und wurde beim Anblick ihres schönen, traurigen Gesichtes erneut von einem Sturm der Gefühle übermannt.

»Vater sagt immer«, meinte Sally, die ihn immer noch durch einen Tränenschleier ansah, »wenn einer flucht, dann trinkt er auch. Und wenn sie trinken, dann fluchen sie. Und das geht 'and in 'and und immer weiter, und die 'ören nie damit auf, und am Schluß fahr'n sie alle –

Sie brach ab und schaute ihn schweigend an. Der Gedanke war so entsetzlich, sie konnte ihn kaum zu Ende denken.

»Wohin fahren wir alle, mein Engel, mein wunderschöner Engel?« fragte Jocelyn, küßte sie sanft und hörte nicht mehr zu.

»Zur 'ölle«, flüsterte Sally.

»Jetzt fluchst du aber«, murmelte Jocelyn verträumt, nicht mehr ganz bei Bewußtsein, und schloß ihre Augen mit Küssen. »Diese süßen, süßen Augen«, murmelte er und küßte sie immer und immer wieder.

Nein, Sally wurde aus Mr. Luke einfach nicht schlau. Am besten, sie versuchte es erst gar nicht. Am besten, sie gab es auf. *Sie* sollte geflucht haben?

*

Sie sehnte sich nach der Gesellschaft von Mr. Pinner.

Vater, dachte sie, während Jocelyn den Wagen holte. Sie stand allein im Durchgang und paßte auf das Gepäck auf, denn ihre Eltern hatten ihr immer eingeschärft, daß man Gepäck keinen Augenblick allein lassen durfte. »Vater – er würd' es bestimmt wissen.«

Was genau sie von Mr. Pinner wissen wollte, war ihr gar nicht so klar, aber sie wußte, daß er es ihr sagen würde, wenn er könnte. Jocelyn dagegen konnte es mit Sicherheit, würde es aber nicht tun. Sollte sie tatsächlich den Mut aufbringen, ihn etwas zu fragen, würde Mr. Luke, so spürte sie in allen Knochen, böse mit ihr sein, weil sie es noch nicht wußte. Wie aber konnte sie es wissen, wenn es ihr niemand jemals gesagt hatte? Zu Hause gingen sie einem nicht gleich an die Gurgel, wenn man etwas fragte. Gemütlich, dachte Sally wehmütig. Sie ließ bei der Erinnerung matt den Kopf hängen; mit der Spitze ihres Regenschirmes strich sie zärtlich über die Seiten ihres Blechkoffers. Gemütlich da'eim im Laden, gemütlich da'eim in dem kleinen Laden. Wie immer es auch sein mochte, mit einem Herrn verheiratet zu sein, gemütlich war es nicht.

Die Ehe mit einem Herrn – da wußte man im einen Moment nicht, wo man im nächsten sein würde; nichts, woran man sich festhalten konnte; kein Gefühl von Heimat; nur Höhen und Tiefen, kein Mittelteil, wenn man das so nennen konnte; immer nur böse Blicke oder – ohne Vorwarnung – rote Ohren, Küsse und »O Sally«-Gestammel. Es war, als bekämen Worte eine andere Bedeutung, sobald ein Herr sich ihrer bemächtigte. Sie schienen sich irgendwo aufzulösen. Merkwürdig, dachte Sally und strich nachdenklich über den Blechkoffer.

Sie tastete sich durch ihre verschwommenen Gedanken. Sie war in einem fremden Land, es war neblig, und sie mußte noch irgendwohin. *Sie* sollte geflucht haben?

*

Der Wagen bog um die Kurve, und Jocelyn kam wieder ins Haus. »Ist Cupp immer noch nicht aufgetaucht?« fragte er.

Sally schüttelte den Kopf.

»Er soll mir helfen, das Gepäck aufzuladen«, sagte Jocelyn und zwängte sich zwischen ihr und dem Schrankkoffer durch.

»Ich kann doch 'elfen«, sagte Sally.

»Nein, kannst du nicht«, schnauzte Jocelyn, rauschte auf die Küchentür zu und öffnete sie.

»Ist Mr. Cupp hier?« fragte er die Gestalt, die sich über den Kochtopf gebeugt hatte, herrisch. Er brauchte wirklich die Hilfe von Mr. Cupp, sonst hätte nichts auf der Welt ihn bewegen können, noch einmal mit Mrs. Cupp zu sprechen.

»Nein«, sagte Mrs. Cupp und rührte weiter, aber sie war eine gute Frau und bemühte sich, immer die Wahrheit zu sagen. Deshalb erläuterte sie ihre Aussage etwas. »Irgendwo in der Nä'e muß er sein, aber nicht 'ier.«

Wenn es um ihren Ehemann ging, machte Mrs. Cupp kurzen Prozeß. So hatte sie heute morgen das Schlafzimmer abgeschlossen, als Cupp noch schlief. Sie wußte ganz genau, daß er es nicht wagen würde, an die Tür zu hämmern und zu schreien, weil ihn sonst die Nachbarn hören könnten, und die durften nicht erfahren, daß seine Frau ihn eingeschlossen hatte; das wäre ihm zu peinlich. Außerdem kannte er den Grund und würde sich still verhalten, denn seine Frau hatte ihm am Abend vorher die Leviten gelesen.

Cupp war vernichtend geschlagen gewesen.

»Glaub nich', in deinem Alter und nach fünfzehn anständigen E'ejahren kannst du noch mal nebenraus gehen«, sagte Mrs. Cupp.

»Wer geht 'ier nebenraus?« knurrte Cupp. Ihn stärkte das Bewußtsein, daß er sich nichts hatte zuschulden kommen lassen, aber die Erkenntnis, daß er es nur zu gern getan hätte, schwächte ihn wieder.

»Tief innen im 'erz 'ast du's getan, Cupp«, erwiderte Mrs. Cupp, die die Heilige Schrift in- und auswendig kannte. »In der Bibel steht, es ist dasselbe.«

Cupp seufzte tief, denn er kannte den Unterschied ganz genau.

»In der Bibel« – Mrs. Cupp setzte sich gerade im Bett auf und sprach zum Rücken ihres Mannes, der sprachlos neben ihr lag –, »in der Bibel steht, daß wer nach 'nem andern Weib schaut und es begehrt im 'erz schon E'ebruch begeht. Und du 'ast dem Mädchen 'inter'ergeguckt und es begehrt. Oder vielleicht nicht? Ich 'ab's *gese'en.* 'ab gese'en, wie du um die Türen und aus dem Fenster schielst. Du bist nur so am E'ebrechen. Ich werd' dir zeigen . . .«

Und als sie am nächsten Morgen hinunterging, schloß sie ihn ein.

Deshalb mußte Jocelyn das Gepäck selbst hinaustragen. Er bat Sally, stehenzubleiben, wo sie war, und ruhig zu warten, bis er sie rief; dann verschnürte er alleine das Gepäck und lehnte schroff die Hilfe der Leute ab, die an der Schutzmauer herumlungerten.

Das Gepäck seiner Mutter war auf ihren kleinen Ausflügen immer ordentlich, leicht zu handhaben und in zwei Minuten zu verstauen gewesen. Aber der Blechkoffer erwies sich als Problem und war auch sonst ein schändliches Objekt. Er sieht aus wie Dienstbotengepäck, dachte er, während er mit dem zu hohen und zu kurzen Koffer kämpfte, der sich nicht mit seinem zusammenbinden lassen wollte.

»Geht's los?« fragte einer der Schaulustigen leutselig.

»Sieht so aus«, sagte Jocelyn. Er zog an der Schnur. Was für eine Frage. Idiot. »Würden Sie vielleicht ein bißchen zurücktreten?« fragte er mit vor Zorn eisiger Stimme. »Wenn Sie so dicht neben mir stehen, kann ich das Gepäck« – er zog an der Schnur –, »das Gepäck nicht richtig« – er zog wieder an der Schnur und fletschte die Zähne – *»verstauen . . .«*

Niemand rührte sich vom Fleck, weder der Mann, mit dem er sprach, noch einer von den anderen.

»Auf mein Wort, Sir«, sagte Jocelyn und wirbelte wütend herum, bereit, es mit allen aufzunehmen.

Aber sie schenkten ihm gar keine Beachtung. Ihre Blicke waren auf das Wohnzimmerfenster gerichtet, an das sich Sally verstohlen herangeschlichen hatte, um zu sehen, wie weit Jocelyn war – sie wollte ihn keine Minute warten lassen und nicht das Risiko eingehen, ihm ungehorsam zu sein.

Da stand sie nun, beinahe in voller Größe; die Jalousie war hochgezogen, da sie ja abreisten, und die Sonne strahlte Sally an. St. Mawes hatte noch nie zuvor so viel Glück genossen. Bisher hatte man nur rasche Blicke auf sie werfen können. Und niemals in seiner Geschichte war St. Mawes von einer Schönheit besucht worden. Hübsche Mädchen waren gekommen und wieder gegangen, oder sie waren geblieben, und ihre Schönheit war vergangen, weil sie alt wurden. Es hieß, daß im letzten Jahrhundert der Doktor eine Frau hatte, die eine kurze Zeit schön gewesen sei und in dieser kurzen Zeit für beachtlichen Aufruhr gesorgt habe. Aber es war niemand mehr am Leben, der sie gekannt hatte; seit der letzten Generation war alles nur noch Hörensagen. Dies hier am Fenster aber war nicht Hörensagen. Dies war eine seltene, himmlische Schönheit und ein ganz außergewöhnlicher Augenblick. Kein Wunder also, daß die Leute Jocelyn nicht beachteten. Einmütig richteten sie den Blick auf Sally und saugten gierig ihren Anblick in sich ein.

Jocelyn zog ein letztes Mal heftig an der Schnur, verknotete sie irgendwie und lief ins Haus.

»Warum um alles in der Welt mußt du dich ans Fenster stellen und hinaussehen!« rief er aufgebracht, als er in den Raum eilte und sie am Arm nahm. »Ich hätte dich jeden Augenblick abgeholt. Komm also, laß uns fahren, laß uns bloß wegfahren aus diesem verflixten Ort. Fertig? Hast du alles? Ich möchte draußen keine Verzögerungen . . .«

Mit gehetztem Blick sah er sich in dem Zimmer um; hier war nichts mehr. Mit dem gleichen gehetzten Blick musterte er Sally; sie schien reisefertig zu sein. Dann hastete er mit ihr zum Auto, beide mit gesenktem Kopf, als müßten sie in etwas ganz besonders Unangenehmes hineinspringen, ehe sie in die Freiheit fliehen konnten.

Ungeheuerlich, ungeheuerlich, sagte Jocelyn zu sich. Das Ganze ist so grauenhaft wie phantastisch. Als wäre ich der Impresario einer Primadonna oder eines Kinostars. Und dann erinnerte er sich an die Worte seines Schwiegervaters, dieses grotesken Geschöpfes, dem er damals nie richtig zugehört hatte.

Mr. Pinner hatte ihm gesagt, Sally habe die Gabe, die Massen anzuziehen.

Wie schrecklich und wie wahr, dachte Jocelyn und tauchte in die draußen versammelte Menschenmenge. Was für eine bedauerliche Gabe. Von allen Gaben war es genau diese, auf die er bei jedem, mit dem er es zu tun hatte, liebend gern verzichten konnte. Er haßte Menschenmengen, haßte öffentliche Aufmerksamkeit, er war dünnhäutig und sensibel, und schon die geringste Kleinigkeit riß ihn aus der glücklichen Versunkenheit seiner Arbeit. So weit, wie er im Leben bisher gekommen war, und ihm kam es wie ein weiter Weg vor, fand er es am besten, in einer sichtgeschützten Zelle zu sitzen, unsichtbar für die sogenannte Welt und unbeeinflußt von allem, was dort vorging, und dort zu forschen, zu entdecken, zu beweisen.

Aber es hatte keinen Sinn, jetzt darüber nachzudenken. »Steig ein, steig ein«, drängte er flüsternd und half Sally dabei mit solchem Nachdruck, daß sie sich ungeschickter anstellte als sonst. »Laß das mit der Decke – das kannst du nachher richten. Hier – ich halte so lange den Schirm . . .« Sie fuhren ab. Er war ein sehr guter Fahrer, aber dennoch kamen sie erst nach einer Reihe ruckartiger Bewegungen voran, und einmal setzte der Motor sogar aus. Aber sie fuhren schließlich doch – durch die Menge; an Fenstern vorbei, aus denen viele Köpfe schauten; um die scharfe Kurve hinter den Häusern; den besonders steilen Hügel hinauf.

Sally hielt den Atem an. Dieser Hügel machte ihr angst. Was wäre, wenn der Wagen, der jedesmal beinahe oben stehenzubleiben schien, tatsächlich stehenblieb und nicht mehr weiterfuhr und sie rückwärts rollten, hinunter, hinunter, direkt ins Meer?

Aber sie erreichten den Gipfel ohne Schwierigkeiten. Es war nicht das Auto, das an diesem Tag rückwärts rollte; es war der Blechkoffer, Seite an Seite mit Jocelyns Schrankkoffer.

Sie fuhren weiter nach Truro, ohne das Unglück zu bemerken.

7

Sie fuhren in tiefem Schweigen. Jocelyn mußte über vieles nachdenken, und um nichts in der Welt hätte Sally den Mund aufgemacht, wenn Mr. Luke seine Lippen in einer strengen Linie aufeinandergepreßt hielt. Sie wußte, daß seine Stimmung wieder umgeschlagen und er am anderen Ende dessen war, was sie einen O-Sally-Zustand nannte. Außerdem sprach sie im Auto nie, auch wenn er sich noch soviel Mühe gab, denn sie hatte sich von Anfang an gefürchtet, auch wenn es keine Berge gab. Mr. Pinner hatte niemals mit Autos zu tun gehabt, und außer der ersten Fahrt mit Jocelyn am ersten Tag seines Werbens hatte sie keine Erfahrung damit sammeln können.

An diesem hier hatte sie keine Freude. Es war so furchtbar schnell; es schaffte nur um Haaresbreite die Kurven; es hatte bereits zwei Hühner überfahren und dadurch Wortwechsel mit anderen, zornigen Herren verursacht. Innen, wo sie sitzen mußte, war es voller wichtiger, gefährlich aussehender Kurbeln und Pedale, in die sich weder die Decke noch ihr Kleid, weder ihre Füße noch ihr Regenschirm verheddern durften. Sonst gäbe es, was sie im stillen mit ängstlich angehaltenem Atem als »'nen Unfall« bezeichnete.

Jocelyn hatte einmal sehr bestimmt und mit heftigen Bewegungen seiner linken Hand zu ihr gesagt: »Um Gottes willen, paß auf, daß die Decke der Gangschaltung nicht ins Gehege kommt« – denn der Wagen war ein Morris-Cowley. Die Kurbeln, an die Sally mit großer Besorgnis dachte, waren zwischen ihr und Jocelyn angebracht, und diese eine Warnung war genug gewesen. An seinem Tonfall konnte sie erkennen, daß ein Verheddern der Decke und der Gangschaltung, und damit auch ihres Kleides oder ihrer Füße oder ihres Regenschirms und der Gangschaltung, eine sofortige Katastrophe nach sich ziehen würde. Er mußte es ihr nicht zweimal sagen.

Während der restlichen Flitterwochen drückte sie sich so weit wie möglich von diesen gefährlichen Dingen entfernt in eine Ecke des Wagens, die Füße eingezwängt und die Decke sorgfältig so eng wie möglich um ihre Beine geschlungen. Sie saß sehr unbequem, aber das machte Sally nichts aus. Selbst wenn sie keine Angst vor einem Unfall gehabt hätte, würde sie an ihre eigene Bequemlichkeit keinen Gedanken verschwenden, wenn es darum ging, die Wünsche Älterer oder Höherstehender zu erfüllen. Die Pinners waren nun einmal so. Ihre Demut und Geduld wären selbst für einen Heiligen außergewöhnlich, und was ihre Anlage zur Ehrfurcht betraf, die war so groß, daß ein von vielen Pinners bevölkertes Land wahrhaft leicht zu regieren wäre.

Die verstorbene Mrs. Pinner war natürlich keine echte Pinner, sondern entstammte aus einer stürmischeren Familie namens Skew aus Tottenham; sie hatte diese Eigenschaften an Mr. Pinner mißbilligt und ihm des öfteren gesagt, daß ein Ladenbesitzer sich auf keinen Fall so verhalten sollte. Die Aufgabe eines Ladenbesitzers, erklärte sie ihm häufig, sei in erster Linie, die Armut so schnell wie möglich hinter sich zu lassen, und Mr. Pinner ließ dieses Stadium niemals hinter sich. Und das alles, weil er, wie Mrs. Pinner behauptete, keinen Biß hatte. Keinen Biß haben war ihre Beschreibung von Demut und Geduld. Als diese Eigenschaften sich bei Sally zeigten, förderte sie diese jedoch, weil sie zur Sicherheit des Kindes beitrugen. Sie sorgte dafür, daß es gehorsam war und keine Fragen stellte, sich zufrieden schlafen legte, während andere Mädchen ins Kino gingen, und daß es sich im Hinterzimmer des Ladens stundenlang glücklich und zufrieden mit einfachen Aufgaben beschäftigte. Und außerdem zeigten sich Demut und Geduld bei Sally in anderer Form als bei Pinner, auch wenn es Mrs. Pinner ausgesprochen schwergefallen wäre, den Unterschied in Worte zu fassen. In Sally kamen diese Eigenschaften zum Blühen. Sie hatten nichts von Demut an sich. Obwohl Mrs. Pinner nie so weit gekommen war, dies in Worte zu fassen, konnte sie doch spüren, daß diese Eigenschaften an Sally nichts Kriecherisches hatten, sondern mit Würde und einem Lächeln gepaart waren.

Die bescheidene Sally, der das alles in Fleisch und Blut übergegangen war, machte sich also so klein wie möglich und klammerte sich in dem Morris-Cowley fest, der sie Truro näher brachte. Glücklich auf dem Hügel angekommen, stand ihr schon die nächste Angststrecke bevor: die gewundene, rutschige, enge und steile Straße zur Fähre hinunter, und auf der anderen Seite wieder eine gewundene, rutschige, enge Straße hinauf; danach fürchtete sie jede Kurve, weil sie sicher war, daß dahinter ein breiter Kremser lauern würde. Jocelyn wollte die Nacht in Truro verbringen. Dort gab es Hotels, und er konnte in Ruhe überlegen, was sie als nächstes tun sollten.

Er jagte den kleinen Wagen so schnell über die Straße, wie der Motor es zuließ; Jocelyn war von dem Gefühl beseelt, wenn er nur schnell genug hier wegkäme, käme er ganz und gar davon. Aber wovor wollte er fliehen? Ganz sicher von St. Mawes und Mrs. Cupp und den Schaulustigen, die natürlich auch alle angenommen hatten, daß Sally und er nicht verheiratet seien. Das war die erste, dringlichste Notwendigkeit. Er war nicht einfach nur hinauskomplimentiert worden, sondern, so sagte er sich, man hatte ihn schmachvoll hinausgeworfen. Schmachvoll. Es hatte keinen Zweck, mit Sally darüber zu sprechen, denn sie wüßte noch nicht einmal, was dieses Wort bedeutete, und Jocelyn kam es völlig absurd vor, mit jemandem herumzureisen, der nicht einmal wußte, was Schmach war.

Es war natürlich nicht ihre Schuld, aber sie war die Ursache für den Hinauswurf, den schmachvollen Hinauswurf; daran ging kein Weg vorbei. Seine Mutter würde immer noch in diesen Zimmern logieren und wäre die am meisten Geschätzte und Verehrte unter den Gästen. Es lag ganz offensichtlich an Sally, obwohl er durchaus zugab, daß sie nichts daran ändern konnte. Aber das machte es nur noch schlimmer, weil es ihm jedes Vertrauen in die Zukunft nahm und außerdem jedes unfreundliche Wort zu einer unfairen Bemerkung werden ließ.

Er spürte, daß er nur zu leicht etwas Unfreundliches sagen könnte; deshalb hielt er den Mund und fuhr in völligem Schweigen. Sally warf ihm aus den Augenwinkeln einen Blick zu, wann immer die Straße einigermaßen gerade war und für einen Moment unbeobachtet bleiben konnte. Sie hatte Mitleid mit dem Gatten, weil er wieder so aus dem Gleichgewicht geworfen schien.

»Der Magen«, schloß Sally, die für Jocelyns Gemütsschwankungen keine andere Erklärung finden konnte. Sie fragte sich, ob sie es jemals wagen würde, ihm ein einfaches Mittel zu empfehlen, das ihr Vater immer bei sich hatte, weil er manchmal auch unter Magenbeschwerden litt, wenn er es auch nicht so deutlich zeigte.

Ein Gutes hat die Sache jedenfalls, dachte Jocelyn, dessen finsterer Blick unter den dunklen Brauen starr geradeaus gerichtet war, während er den Wagen über die Straße zur Fähre hetzte – jedenfalls war er jetzt erwacht. Endlich. War auch höchste Zeit. Seit dem Tag, an dem er Sally zum erstenmal gesehen hatte, hatte er sich nach einigen Augenblicken bedenklicher geistiger Verwirrung in einer Art Fiebertraum befunden. Mrs. Cupps Benehmen hatte ihn aufgerüttelt. Er hatte nun die Phase hinter sich, in der er nur an die Gegenwart dachte und sich nicht um die Zukunft sorgte. Jetzt mußte er nachdenken. Ihm wurden Entscheidungen abverlangt. Die Ferien gehen zu Ende, aber das Leben geht weiter; Flitterwochen verfliegen im Nu, Ehefrauen nicht. Hier stand er nun also mit seiner Frau und, so dachte Jocelyn, es gab sehr wenig, was er sonst vorweisen konnte: kein Beruf, keine Pläne, keine Unterkunft.

Was für eine Ausgangsposition. Die Unterkunft war noch das geringste Problem, aber wie dieser Hinauswurf an ihm nagte! Sein Leben war immer so würdevoll gewesen. Nie waren er und seine Mutter einem Mitglied der Unterschicht begegnet, das sich im Ton vergriffen hätte. In South Winch gab es nur Ordnung, Anstand und Hochachtung in ihrer eigenen Schicht und Respekt von allen anderen. Und in Ananias, welche Ordnung, welch Anstand, welche Ehrerbietung herrschten dort. Wie bescheiden man auch immer sein mochte, in Ananias wußte man, daß man als Stolz der Gegenwart und Zierde der Zukunft betrachtet wurde. Das spürte man von ganz unten, von den beinahe liebevollen Aufmerksamkeiten der ergebenen Aufwärter bis hinauf zum Rektor, der jeden einzelnen mit Namen kannte und wohlwollend lächelte. Auch konnte er nicht umhin zu bemerken – auch wenn dies lediglich der Freude seiner Mutter diente und keine weiteren

Konsequenzen hatte –, daß South Winch an seiner Laufbahn Anteil nahm. All diese Dinge hatten Jocelyn nicht aus dem Gleichgewicht gebracht, waren ihm nicht zu Kopf gestiegen, weil er so tief in seiner Arbeit versunken war. Aber sie waren da – ein angemessener und passender Hintergrund, eine sonnige Mauer, in deren Schutz er sicher und in aller Stille seinen Ambitionen nachgehen konnte.

Nun war er hier, auf die Straße gesetzt – darauf lief es hinaus – von einer äußerst zweifelhaften Person namens Cupp. Fasse es endlich! Fasse es, daß du dich in eine Position gebracht hast, in der eine Cupp dich demütigen kann! Er machte seinen Gefühlen mit einem Faustschlag auf die elektrische Hupe Luft. Sie quietschte kurz und war dann still.

»Die Hupe ist kaputt«, sagte er, drückte mehrmals kräftig darauf, hörte aber keinen Ton mehr.

Sallys Herz machte einen Satz. Daß in einem solchen Augenblick etwas kaputtgehen mußte! Sie waren an dieser Kurve am Hang, eng, gewunden, rutschig und steil, der auf der Seite von St. Mawes nach unten durch einen Wald zur King-Harry-Fähre führte und an diesem späten Märznachmittag mit der milden Sonne, die durch blasse graugrüne Äste kahler Bäume auf Flecken mit Primeln schien, von ganz besonderem Reiz war. Weiter untern auf ihrer Seite hätte Sally, wenn sie es denn gewagt hätte, hinabzusehen, das ruhige Wasser des Fal sehen können, das dort in seinem tiefen Bett unbeeindruckt von dem Wind dahinfloß, der oben auf den Bergkuppen blies. Ihre furchtsamen Augen waren jedenfalls nicht auf die Landschaft gerichtet – sie hatte wirklich keinen Blick dafür –, sondern auf jede neue Kurve, die in Sicht kam. Einmal waren sie nämlich direkt in einer dieser Kurven auf einen Kremser gestoßen, ein großes weißes Ungetüm, das beinahe die ganze Straßenbreite einnahm. Zum Glück waren sie da jedoch bergauf gefahren und hatten die Spur auf der Bergseite und nicht die ungeschützte, furchteinflößende Außenseite gehabt. Diesmal fuhren sie auf der Außenseite, und wenn jetzt . . .

»Die Hupe ist kaputt«, sagte Jocelyn noch einmal, während Sally diesen Gedanken nachging.

Machte das denn etwas aus? fragte sie sich auf der Suche nach Trost und Beruhigung. Sie versuchte zu hoffen, daß es nichts ausmachte. Hupen waren nicht so wichtig wie Räder. Man benötigte sie nicht, um vorwärts zu kommen. Sie machten nur Geräusche. Nützlich, so wie die eigene Stimme nützlich war, aber nicht wesentlich wie die Beine.

Nein, es machte offensichtlich nicht viel, denn Gatte sagte, er würde das auf der Fähre in Ordnung bringen. Und dann machte ihr Herz einen noch größeren Satz, sprang ihr beinahe bis in den Mund hinauf, um sich dort zitternd zusammenzukauern, denn hinter der nächsten Kurve war ein weiterer Kremser.

Ach du meine Güte, dachte Sally. Die Farbe wich aus ihrem Gesicht; sie saß noch steifer als zuvor auf ihrem Platz und hielt sich noch fester. Ach du *meine* Güte . . .

Aber der Kremser war ebenfalls auf dem Weg nach unten; Gott sei Dank war er auf dem Weg nach unten – genauso wie sie auf dem Weg zur Fähre.

Jocelyn schlug wieder auf die Hupe, die erneut ein Quietschen von sich gab und verstummte.

Oh, will er über'olen? Will er etwa über'olen? fragte sich Sally und klammerte sich an der Seite des Wagens fest.

Der Kremser hatte jedoch nicht bemerkt, daß noch etwas hinter ihm kam, und fuhr deshalb weiter in der Mitte der Straße. Zu Sallys Erleichterung fuhr Jocelyn nur dicht auf und hielt sich ruhig hinter ihm, weil er meinte, die Fahrgäste würden Sally nicht sehen, wenn er nur dicht hinter dem Pferdewagen blieb und keinen Krach machte. Er würde nicht tatenlos in seinem Wagen sitzen und mit ansehen müssen, wie dieser ihm mittlerweile wohlbekannte Ausdruck sich beim Anblick von Sally auf ihren Gesichtern ausbreitete.

Es ging alles gut, bis sie auf die Fähre kamen. Der Kremser fuhr bis zur vorderen Kante durch, und Jocelyn glitt direkt auf den Platz dahinter. Immer noch unbemerkt, stieg er aus, öffnete die Motorhaube und begann mit der Reparatur der Hupe.

Er hatte keine manuelle Hupe dabei. Irgendein Idiot, der alles mögliche lustig fand, was sonst niemand amüsierte, und der in

Ananias im selben Stockwerk wohnte wie er, hatte sie entfernt. Er fand es lustig, Jocelyns Hupe abzumontieren, und obwohl er sie nach ernsthaftem Protest Jocelyns wieder repariert hatte, war sie noch nicht komplett montiert worden, weil Jocelyn kurz nach der Reparatur Sally kennengelernt und alles andere aus seinen Gedanken gestrichen hatte. Nun erinnerte er sich wieder daran und verfluchte den Idioten, der für das Fehlen der Hupe verantwortlich war. Er würde jedoch die elektrische wieder reparieren; viel konnte ja nicht kaputt sein.

Mit dem Kopf unter der Motorhaube arbeitete er weiter an der Reparatur, und Sally, die sich mit Jocelyn außerhalb des Wagens ein bißchen sicherer fühlte, schaute ihm teilnahmsvoll zu. Sie wollte gerne helfen, wenn auch nur, indem sie etwas hielt, aber sie wußte, daß sie sich nicht rühren durfte. Die Rückwand des großen Kremsers ragte über ihrem kleinen Zweisitzer auf wie der Bug eines Ozeanriesen über einem Schleppdampfer. Dort oben war alles ruhig. Die Köpfe der Fahrgäste in der letzten Reihe bewegten sich nicht; ihre Besitzer waren zweifellos damit beschäftigt, die Landschaft um den Fal zu betrachten.

Dann plötzlich fing die Hupe unter Jocelyns Händen an, laut zu tönen, und die ganze Reihe von Köpfen drehte sich herum und blickte über die Rückwand des Kremsers hinunter, von diesem unerwarteten Tuten direkt unter ihnen zur Aufmerksamkeit gezwungen. Dann sahen sie Sally, und ihre Blicke waren gefesselt.

Aber Jocelyn hatte jetzt dafür keine Zeit; wichtig war im Moment, daß die Hupe nicht mehr aufhören wollte. Sie tutete ununterbrochen, und obwohl er ständig zwischen dem Teil der Hupe unter der Motorhaube und dem hinter dem Steuer hin- und herlief und an beiden Stellen rasch und energisch zupackte, quietschte sie immer weiter.

Das mußte natürlich ausgerechnet einem Mann passieren, dessen einziges Ziel war, unbemerkt zu bleiben, dachte Jocelyn. Gut, daß der Lärm der Hupe übertönte, was er sagte. Das ersparte Sally den Schock, ihn sein Versprechen brechen zu hören. Die Überraschung über die Reaktion der Hupe riß sie aus ihrer sonstigen wohlüberlegten Schweigsamkeit, so daß sie Jocelyns Aufmerksamkeit bei einem seiner Blitzbesuche am Steuer auf die Hupe lenkte und bemerkte, daß sie sehr laut sei.

»Oh, sei bloß still!« rief Jocelyn außer sich; und wer weiß schon, ob er Sally oder die Hupe meinte?

Sally ging davon aus, daß die Hupe gemeint war und stellte mitfühlend fest, daß die Hupe wohl nicht wollte.

»Wenn ich nur einen kleinen Schraubenzieher hätte!« rief Jocelyn und räumte auf der Suche nach dem Unauffindbaren verzweifelt den gesamten Inhalt seiner Werkzeugkiste aus. »Ich habe keinen kleinen Schraubenzieher – einen *kleinen* Schraubenzieher – hat jemand einen *kleinen* Schraubenzieher?«

Der Fährmann hatte keinen Schraubenzieher, weder große noch kleine, und der Fahrer des Kremsers, der extra von seinem Platz heruntergeklettert war, um nach dem Rechten zu sehen, hatte keinen, der klein genug war. Die Fahrgäste, die mittlerweile alle auf ihren Sitzen standen und sich die Hälse verrenkten, waren so davon beansprucht, Sally anzustarren, daß von ihnen nichts zu erwarten war.

»Eine Schere ginge auch – eine Schere, eine Schere!« rief Jocelyn, den das unaufhörliche Tuten in den Wahnsinnn zu treiben drohte.

Niemand hatte eine Schere, außer Sally, die erfreut aufsprang, weil sie nun endlich helfen konnte – die Hälse der Fahrgäste wurden immer länger –, und verkündete, sie habe eine unten in ihrem Koffer.

»Nein, nein«, sagte Jocelyn. Eher konnte er das unaufhörliche Tuten der Hupe ertragen als den Gedanken, daß sie ihren furchtbaren Blechkoffer vor den ganzen Fahrgästen auspacken würde. »Bleib sitzen, Sally . . .«

Er fing an, mit der Faust auf die Teile zu schlagen, die der Geräuschquelle am nächsten lagen.

»*Das* nützt auch nichts«, grinste der Fahrer des Kremsers. Das Grinsen sprang auf das Gesicht des Fährmanns über und breitete sich auf den Gesichtern aus, die über der Rückwand des Kremsers aufgereiht waren.

Jocelyn sah das und erstarrte sofort zu eisiger Passivität. Was diese verdammte Hupe auch immer veranstalten würde, konnte Jocelyn nicht dazu bringen, den Clown für einen verfluchten Haufen von Ausflüglern zu spielen. Außerdem – verlor er etwa die Nerven? Er, der jahrelang geglaubt hatte, er habe überhaupt keine?

Er schlug krachend die Motorhaube zu, warf das Werkzeug in die Kiste zurück und kletterte in den Wagen. Mit völlig ausdruckslosem Gesicht wartete er darauf, die Fähre verlassen zu können. Sally ließ sich von dieser Ruhe zu der Annahme verleiten, er glaube, mit der Hupe sei alles in Ordnung. Sie wartete einen Augenblick besorgt, und als sie sah, daß er nichts weiter unternahm, stupste sie ihn sanft an und sagte ihm, die Hupe tute immer noch.

»Ach ja?« sagte Jocelyn. Etwas an dem Blick, den er ihr zuwarf, machte ihr deutlicher als je zuvor klar, daß es ein Fehler war, mit Gatte zu reden.

Die Hupe tutete den ganzen Weg bis nach Truro. Dort war die nächste Werkstatt, wo sie zerschlagen werden konnte, falls es keinen anderen Weg gab, sie zum Schweigen zu bringen. Zehn Meilen lang tutete sie ununterbrochen. Sie schossen mit schrillem Getute über die Wege und auf die Hauptstraße. Die Fahrt war ein Alptraum: erstaunte Gesichter, Leute, die aus den Häusern gelaufen kamen, kreischende Kinder, vorbeifliegendes Gelächter, die sich mehr und mehr steigerten, bis Meile um Meile zu einem einzigen Aufschrei wurde.

Sally drückte sich schreckerfüllt in ihre Ecke. Eine solche Geschwindigkeit hätten weder sie noch der Morris-Cowley jemals für möglich gehalten. Sie konnte nur hoffen und sich festklammern. Der Lärm war ohrenbetäubend. Der kleine Wagen wurde bei jeder Unebenheit der Straße in die Luft geschleudert. Jocelyns Gesicht war wie eine Marmormaske. Der Kremser wollte nach Falmouth und bog an der Hauptstraße nach links ab. Die Fahrgäste standen wie ein Mann auf und winkten zum Abschied mit ihren Taschentüchern. Sally war selbst in einem solchen Moment zu keiner Unhöflichkeit fähig und ließ die Seite des Wagens los, um mit zitternden Fingern nach ihrem Taschentuch zu suchen und zurückzuwinken.

*

In Truro hielt Jocelyn an der ersten Werkstatt an, die er finden konnte, einem kleinen Betrieb in einem der äußeren Stadtteile, wo nur wenige Passanten vorbeikamen. Die wenigen, die da waren, versammelten sich jedoch sofort um den Wagen, der hupend den Hügel herunterfuhr und immer weiter hupte, nachdem er längst angehalten hatte.

Wie einfach wäre es gewesen, wenn seine Mutter bei ihm wäre: Er hätte sie bitten können, zum nächsten Hotel oder in eine Konditorei zu gehen und dort auf ihn zu warten, bis er die Hupe hatte reparieren lassen. Sie wäre unbemerkt und unbelästigt durch die Stadt gegangen und im Hotel oder in der Konditorei ohne Aufsehen angekommen und respektvoll bedient worden. Oder sie hätte im Wagen gewartet, wo sie ebenfalls weder Interesse erregt noch Kommentare provoziert hätte. Eine Dame. Eine Dame, die wie ein solides italienisches Haus ihre schlichte, ausdruckslose Seite der Öffentlichkeit auf der Straße zeigte und ihre andere Seite, ihre ganz private, reizende Seite, für die Familie und die Freunde reservierte.

Jocelyn eilte mit Sally in den hintersten Teil der Werkstatt. Ihr war es nicht vergönnt, ruhig alleine durch die Straßen zu spazieren und ohne Aufsehen in einem Hotel unterzukommen; und ihm war keine Gefährtin gegönnt, um die man sich in einer Krisensituation nicht zu kümmern brauchte, die ganz von selbst in den Hintergrund treten würde. Nichts ließ Sally in den Hintergrund treten. Ihre bedauerliche Auffälligkeit machte es ihr unmöglich, ohne ihn irgendwohin zu gehen. Sie mußte so aufmerksam begleitet und beschützt werden, als ob es sich um Kronjuwelen handelte. Ja, oder um einen Kinderwagen mit einem Baby, das keinen Augenblick allein gelassen werden durfte und immer von jemandem geschoben werden mußte. Und dieser Jemand war er, Jocelyn Luke; Jocelyn Luke, der noch vor einem Monat voller Hoffnung in seiner Arbeit aufgegangen war, versunken in hochinteressanten, wichtigen Studien, unabhängig, ohne Fesseln und Hemmschuh – im Gegenteil: der sogar alles und jedes versuchte, sich Fesseln und Hemmschuh vom Leibe zu halten. Und was war er jetzt? Natürlich die Kinderschwester für den Kinderwagen. Nichts weiter: die aufmerksame Kinderschwester für den Kinderwagen.

Das kam Jocelyn so absurd vor.

»Warte hier, ja?« sagte er, führte sie schnellen Schrittes in die Werkstatt und stellte sie wie ein Paket in der hintersten Ecke ab. »Rühr dich nicht von der Stelle, bis ich dich abhole . . .«

Er ließ sie hier – soweit er sehen konnte – an einem sicheren Ort zurück und ging wieder zu seinem hupenden Wagen. Sie setzte sich dankbar auf einen Stapel leerer Benzinkanister. Wenn sie doch nur für längere Zeit hier sitzen bleiben könnte, wenn sie doch nur den Rest des Tages hier verbringen könnte . . .

»Rühr dich nicht von der Stelle«, hatte Gatte gesagt. Als ob sie das vorhätte! Allerdings war sie sehr hungrig; jetzt, nachdem ihre Angst vergangen war, fühlte sie sich wirklich sehr, sehr hungrig, denn es war bereits zwei Uhr mittags, und sie hatte noch kein Mittagessen gehabt. Ansonsten wäre sie glücklich gewesen, den ganzen Nachmittag in dieser Ecke hier zu bleiben, ohne sich zu rühren. Diese ruhige Ecke, weit entfernt von der Gefahr, raten zu müssen, was sie zu Gatte sagen sollte, und weit von seinem Blick entfernt, den er ihr zuwarf, wenn sie etwas gesagt hatte, diese ruhige Ecke schien ihr beinahe ideal. Ganz ideal wäre sie Sally vorgekommen, wenn es etwas zu essen gegeben hätte.

Und als sollte ihr Wunsch erhört werden, öffnete sich hinten die kleine Tür zum Schuppen, und ein junger Mann kam herein, verschmutzt und blaß, wie man das oft bei denen findet, die viel in einer Werkstatt arbeiten, und er trug in seiner Hand ein rotes Taschentuch, in das ein Behälter eingeschlagen war.

Es handelte sich um den jungen Mr. Soper, den vielversprechendsten aller in der Werkstatt beschäftigten Mechaniker, der in dieser Ecke täglich sein Mittagessen einnahm. Er konnte dort ruhig auf den leeren Benzinkanistern sitzen, war außer Sicht-, aber in Hörweite, falls jemand unerwartet seine Dienste benötigen sollte. An diesem Morgen hatte in seiner Firma Hochbetrieb geherrscht, so daß er sich später als gewöhnlich in den Schuppen begab, um dort das Mittagessen abzuholen, das ihm der Sohn seiner Vermieterin gebracht hatte. Als Jocelyn Sally in die Ecke brachte, war die also leer, weil Mr. Soper gerade sein Essen holte, statt es wie an anderen Tagen um diese Zeit bereits in seiner Ecke zu verzehren.

»Verzei'ung, Miss«, sagte er und starrte Sally an. Sein Mund stand offen. »Verzei'ung, ich bin sicher, Miss –«

Er griff nach hinten durch die Öffnung des Türrahmens, durch den er gerade gekommen war, und brachte einen Stuhl zum Vorschein. »Wollen Sie nich' – wollen Sie sich nich' ein bißchen bequemer 'insetzen, Miss?«

»Ich 'ätt' nichts dagegen«, sagte Sally, stand auf und lächelte höflich.

Mr. Sopers blasses Gesicht wurde bei diesem Lächeln leuchtend rot. Er säuberte die Sitzfläche des Stuhls vom Staub, indem er mit dem Taschentuch samt dem Essensbehälter darüber hin- und her rieb. Dann starrte er die junge Dame an; der Behälter baumelte seitlich in seiner Hand, achtlos zusammengehalten von den geknoteten Enden des Taschentuchs, und etwas von der Brühe tropfte heraus.

»Riecht aber 'errlich, nich'?« stellte Sally fest. Sie setzte sich und sog die Luft ein.

»Was riecht, Miss?« fragte Mr. Soper, der mit ungeheurer Freude feststellte, daß Sallys Akzent ihm vertraut war.

»Das in dem Be'älter da«, sagte Sally. Auch sie stellte erfreut fest, daß die Sprechweise des jungen Mannes ihr vertraut war und sie an zu Hause erinnerte.

Sie lächelte ihm so freundlich zu, wie sie nur konnte. Mr. Soper glaubte, seinen Augen nicht trauen zu können.

»Das is' mein Mittagessen«, sagte er und starrte diese Erscheinung weiter an.

»Na, ich 'ab es nich' für Ihren Sonntags'ut ge'alt'n«, erwiderte Sally zufrieden, daß sie – wenn sie die Gelegenheit erhielt – durchaus auch eine geistreiche Bemerkung machen konnte. »Merk' ich am Geruch, daß es kein 'ut is'.«

Mr. Soper hielt dies offensichtlich auch für geistreich, denn er lachte, wie Sally das im stillen nannte, wie sonstwas.

»Stew?« fragte sie. Ihre zierliche kleine Nase beschrieb schnuppernd fragende Halbkreise.

»Stimmt«, sagte Mr. Soper. »Irisches.«

»Dacht' ich mir«, und Sally fügte seufzend hinzu: »Das beste.«

Da Mr. Soper ein intelligenter Mann war – wenn er auch im Moment von dem Gefühl beeinträchtigt wurde, seinen Augen nicht trauen zu können –, verstand er dies als eine deutliche Ermunterung zum Aufknoten seines Taschentuchs. Er stellte den Behälter zu Füßen der jungen Dame ab und packte ihn aus. Sie schaute auf den leckeren Inhalt des randvollen Behälters: schmale Kartoffelscheiben, die durch die Brühe schimmerten, kleine Enden zarter Rippenstücke, glänzende Möhrchen, perlmuttfarbene Zwiebeln, die üppig aus köstlichen Tiefen lockten. Sie schaute so sehnsüchtig, daß er Mut faßte und sie bat, es ihm zu Gefallen zu kosten und ihm ihre Meinung dazu zu sagen.

»Bei 'nem Stew gibt es so'ne und solche, Miss«, sagte er und breitete hastig alles in passender Höhe auf einer leeren Packkiste vor ihr aus. »Aber die Frau, bei der ich wohn', is' wirklich nich' zu schlagen.«

Er lief in den kleinen Schuppen, aus dem er gekommen war, und kehrte nach einer kurzen Suche mit einem Löffel und einem Teller zurück. Seinen eigenen Löffel hatte er in der Tasche. Er brauchte keinen Teller.

Sally kostete, und nachdem sie gekostet hatte, kostete sie weiter und weiter. Schon bald bestand die Gefahr, daß Mr. Sopers Mittagessen so ausgiebig gekostet würde, daß nichts mehr übrigbliebe, aber das machte ihm nichts aus. Wenn er hundert Portionen Stew gehabt hätte und am Verhungern gewesen wäre, hätte er sie dennoch alle der jungen Dame gegeben.

Sally bemühte sich, nicht zu ausgiebig zu kosten, aber sie war so hungrig, und das Stew schmeckte so gut. Außerdem forderte der junge Mann sie auf, weiterzuessen. Von allen Menschen, die sie bisher getroffen hatte, kam er einem Freund am nächsten. Daß er sie nicht aus den Augen ließ, störte sie nicht im geringsten, denn daran war sie ihr Leben lang gewöhnt; er sprach ihre Sprache, er machte sie nicht nervös, und sie wußte instinktiv, daß sie in seinen Augen nichts falsch machen konnte. Sie redete in der halben Stunde, in der sie gemeinsam sein Stew aßen – sie hatte schließlich doch darauf bestanden, daß er noch einen Teller holte und ihr Gesellschaft leistete –, mehr mit ihm als mit Jocelyn in der ganzen Zeit, in der sie sich kannten. Sie redete tatsächlich mehr mit ihm, als sie in ihrem ganzen Leben mit jemandem geredet hatte, außer mit ihren Freundinnen, als sie klein war, aber diese Freundinnen fielen ja später weg.

Wie erstaunlich, wie herrlich die Leichtigkeit, mit der sie sich mit Mr. Soper unterhielt; und was ihr alles zu sagen einfiel! Sie war doch recht klug, recht aufgeweckt und auch schlagfertig. Und der junge Bursche brachte sie zum Lachen, so daß sie sich kaum zurückhalten konnte. In ihrem ganzen Leben hatte sie noch nicht so gelacht. Ein heller Kopf war er. Mr. Soper konnte sogar noch viel heller sein, wurde aber zum Glück von der Wirkung, die die Schönheit dieser fremden jungen Dame hatte, etwas gebremst und griff auf seine einfacheren Scherze zurück; dabei war er in seinen Kreisen in Truro als der witzigste der Witzigen und der begehrteste unter den Favoriten der Damen bekannt. Er scherzte vorläufig so sanft und zahm mit Sally wie ein neugeborenes Lamm, das zum erstenmal die schöne, fremde Welt erobert, die es so plötzlich entdeckt hat.

*

Jocelyn fand sie dort vor, mit einem leeren Essensbehälter, aus dem zwei Löffel emporragten, zwischen ihnen auf dem Fußboden.

»Mein Gatte«, stellte Sally vor. Sie war leicht hochgeschreckt, denn sie hatte Jocelyn völlig vergessen. Mr. Soper erlebte, was er später als die Wende in seinem Leben beschreiben sollte.

Sie hatte einen Ehemann? Sie, die – wenn man ihn fragte – kaum alt genug war, um einen Vater zu haben? War die ganze Zeit verheiratet und aß sein Stew. Er mißgönnte ihr das Stew nicht, aber er fand, sie hätte ihm sagen müssen, daß sie verheiratet war. Was für eine Art, sein Stew zu essen und die ganze Zeit zu wissen, daß sie verheiratet war! Es schien ihm unfair. Ihm war, als hätten falsche Voraussetzungen vorgelegen. Und noch dazu einer dieser geschniegelten Herren; einer dieser Ha-ha-Typen, die immer laut lachen und das Hirn eines Kaninchens haben, dachte Mr. Soper und musterte Jocelyn von oben bis unten, ohne daß dieser Notiz davon nahm. Das sieht man ihm doch gleich an, dachte Mr. Soper, der seinen Trost im Spott suchte. Ein einfältiger Narr, der noch nicht einmal seine eigene Hupe reparieren konnte. Sünde, nannte er das, Sünde, dieses Mädchen aus ihren eigenen Kreisen herauszureißen, bevor sie überhaupt wußte, was sie wollte; sie ihren natürlichen Gefährten zu rauben, aufstrebenden Burschen wie zum Beispiel er selbst einer war, obwohl es doch Tausende weiblicher Kaninchen in seiner eigenen Schicht gab, die ihm so gut gepaßt hätten wie ein verdammter Handschuh.

»Jede Schicht sollte unter sich bleiben«, sagte sich Mr. Soper, der Mitglied von mindestens vier Organisationen war, die sich massiv dafür einsetzten, daß alle Menschen nur noch einer einzigen sozialen Schicht angehören sollten, und zwar zu der von Mr. Soper.

Jocelyn ignorierte ihn. Ha, ha, dachte Mr. Soper höhnisch und verletzt. Er schob das Kinn vor, und auch das bemerkte niemand. Jocelyn verschloß die Augen vor dem gräßlichen Tatbestand der zwei Löffel in dem Eßbehälter; darauf würde er später zurückkommen. Er nahm Sally am Arm und eilte mit ihr nach draußen zu dem jetzt stillen Morris-Cowley. Eigentlich hatte er das nicht vorgehabt, als er in die Werkstatt ging. Er wollte ihr eigentlich sagen, daß er gerade den Verlust des Gepäcks bemerkt hatte und sich sofort auf die Suche danach begeben wollte. Sie sollte hier, wo sie ungestört und sicher war, auf seine Rückkehr warten.

Der Anblick des Essensbehälters und der Löffel zwangen ihn zu einem anderen Vorgehen. Ganz offensichtlich war sie hier weder sicher noch ungestört. Er sagte überhaupt nichts, griff mit möglicherweise unnötiger Heftigkeit – schließlich ging sie ohne jeden Widerstand mit – nach ihrem Arm, scheuchte sie aus der Werkstatt und half ihr, wieder mit möglicherweise unnötiger Heftigkeit, auf ihren Platz. Er schlug die Tür hinter ihr zu und eilte um den Wagen herum auf seine Seite.

Mr. Soper war ihnen jedoch hart auf den Fersen. Fix war er

entschlossen, sie bis zum Schluß zu betrachten; das erste menschliche Wesen, das er traf, vor dem er in die Knie gehen würde, das aber auch – so vermischten sich Romanze und Realität in seinem Denken – im Moment mindestens drei Viertel seines Irish Stew intus hatte. Das sicherte ihm wohl einen gewissen Anspruch auf sie. Er selbst hatte sich das übrige Viertel einverleibt, und das schien sie zu vereinen. Gekränkt, wie er war, betrogen, wie er sich fühlte, konnte er doch nicht umhin, in Gedanken einen Scherz über diese Vereinigung zu machen. Der Scherz – der hier nicht wiedergegeben zu werden braucht – gefiel ihm so gut, daß er ihn an diesem Abend seinen Freunden beim Whirtspielen erzählen wollte. Er war ein so außergewöhnlich fixer, ein so cleverer junger Mann, immer zur Stelle und auf der Suche nach einer Gelegenheit. Es gelang ihm tatsächlich, in dem kurzen Augenblick, in dem Jocelyn um den Wagen herumrannte, sich neben Sally zu beugen, als wolle er den Reifen begutachten, und ihr ins linke Ohr zu flüstern: »Was 'aste dir dabei gedacht, so 'nen 'a-'a-Kerl zu 'eiraten, wo es doch . . .«

Aber das Ende des Satzes hörte Sally nicht mehr, weil in diesem Moment der Wagen mit einem Satz ansprang und Mr. Soper am Straßenrand allein zurückließ.

Da stand er dann und schaute dem Wagen hinterher; äußerlich nur ein blasser Mechaniker voller Verachtung für einen schäbigen, vier Jahre alten Zweisitzer – er konnte ihn genau einordnen –, aber in Wahrheit ein verwirrter junger Mann, der sich zum erstenmal in seinem Leben leidenschaftlich verliebte, und sofort in seine Schranken verwiesen wurde und einen Strich durch die Rechnung erhielt.

*

Jocelyn brachte sie ins Hotel Thistle and Goat. Es war das erste Hotel, das er entdeckte. Er mußte sie irgendwo absetzen; er konnte sie bei der Suche nach dem Gepäck nicht mitnehmen. Wenn sie dabei wäre, während er das Gepäck einsammelte und wieder festknotete, würde sie mit jedem Freundschaft schließen, der in der Zwischenzeit des Weges kam. Würde sie ihm gehorchen und auf dem Zimmer bleiben, oder würde er sie etwa einschließen müssen? Die verschiedenen Mißgeschicke des Tages hatten ihn so aufgewühlt, daß er sich beinahe jeden Unsinn zutraute. So wäre er zum Beispiel bereit gewesen, sich mit diesem Flegel in der Werkstatt zu prügeln; es hatte ihn nur so gejuckt, den Kerl niederzuschlagen, und nur die Vorstellung der Menschenmenge, die er damit anlocken und die dann Sally bestaunen würde, hatte ihn davon abgehalten. Er gab zu, daß es etwas Gewalttätiges hatte, sie einzuschließen, und er war in dem Glauben aufgewachsen, daß Gewalt immer vulgär und lächerlich war, aber ein solches Vorgehen wäre wenigstens effektiv. Strikte, ganz einfache Maßnahmen waren, so hatte er bemerkt, in Sallys Fall nötig, besonders wenn man es eilig hatte. Wenn das Gepäck irgendwo auf der Straße zwischen Truro und St. Mawes lag, möglicherweise aufgeplatzt und mit indiskret verstreutem und für alle sichtbarem Inhalt, konnte er doch jetzt nicht anfangen, Sally zu erklären, was sie auf keinen Fall tun durfte, während er das Gepäck einsammelte. Ganz sicher würde er es ihr erklären; alles und ganz deutlich. Die Sache mit dem Essensbehälter und den Löffeln war einfach ungehörig, und er würde diesen Dingen ein für allemal Einhalt gebieten, aber nicht jetzt – erst wenn er genug Zeit hatte, ihr wenigstens die Spur eines Gefühls dafür zu vermitteln, was sich für eine Dame gehörte. Er war so zornig, daß er seinen Satz korrigierte und das Wort »Dame« durch »die Frau eines Herren« ersetzte.

Er schloß sie ein.

»Wenn jemand klopft«, sagte er ihr, bevor er ging, »rufst du, daß du die Tür abgeschlossen hast, weil du nicht gestört werden möchtest. Hast du mich verstanden, Sally? Das wirst du sagen – sonst nichts. Genau das und nur das.«

»Is' recht«, sagte Sally ein wenig niedergeschlagen, denn sein Ton und Gesichtsausdruck ermutigten sie nicht gerade zur Fröhlichkeit. Sie machte Anstalten, die Tür hinter ihm abzuschließen.

Aber zu ihrer Überraschung war er es, der die Tür abschloß, der flink den Schlüssel innen aus dem Schloß zog und ihn außen wieder einsteckte, bevor sie überhaupt merkte, was er tat. Sie hörte, wie er den Schlüssel im Schloß drehte, ihn abzog und ging.

Ja, sie war tatsächlich eingeschlossen.

Was 'at ihn denn . . ., fing Sally in Gedanken einen Satz an; dann gab sie es auf, setzte sich geduldig auf die Kante des Korbsessels und harrte der Dinge, die auf sie zukommen mochten.

»Wenigstens 'ab ich das Stew im Magen«, überlegte sie.

»Meine Frau«, erklärte Jocelyn der Dame an der Rezeption, »möchte bis zu meiner Rückkehr nicht gestört werden.«

Er hatte immer noch die Stirn gerunzelt, weil ihm aufgefallen war, daß er Sally keinen Grund für seinen plötzlichen Aufbruch genannt und daß sie nicht danach gefragt hatte – war das Gemeinschaft?

»Aha«, sagte die Dame mit einer Betonung, die auf Neugier schließen ließ. Sie wollte sich gerade nach dem Gepäck erkundigen, weil man im Thistle and Goat immer gern wußte, wo das Gepäck der Gäste war, als er davoneilte.

Was sollte dieses Aha, fragte sich Jocelyn. Niemand hatte jemals mit einem solchen Aha auf eine Anweisung reagiert, die er während der Reisen mit seiner Mutter erteilt hatte. Die Betonung war deutlich gewesen. Es klang, dachte er, gleichzeitig mißtrauisch und frech. Er ging hinaus zu seinem Wagen und erstickte den Wunsch, zurückzugehen und sie zu fragen, wie sie das gemeint hatte. Dachte sie etwa auch, er sei gar nicht verheiratet? Nein, nein – Unsinn. Wahrscheinlich meinte sie gar nichts. Er wurde wirklich so empfindlich, daß es schon unwürdig war, überlegte er und machte sich auf den Weg, um diese schwierige und unangenehme Aufgabe zu bewältigen.

Aber die Dame an der Rezeption hatte sich nur falsch ausgedrückt. Was sie beunruhigte, war, daß sie weit und breit kein Gepäck entdecken konnte. Wie alle Hotels schätzte das Thistle and Goat Gepäck. Man bewahrte dort lieber Gepäck auf als Damen. Jetzt war der Herr verschwunden, ohne ein Wort darüber zu verlieren, und sie versuchte sich mit der – berechtigten – Hoffnung zu trösten, daß er es holen ginge und sie im Augenblick nichts weiter zu tun bräuchte. Kaum hatte sie sich zu einem Täßchen

Tee ins Büro zurückgezogen, als das Gepäck eintraf. Es wurde von einem anderen Herrn gebracht, den sie zu ihrer großen Erleichterung kannte – von dem jungen Mr. Carruthers von Trevinion Manor.

Im Thistle and Goat war die Familie Carruthers seit Generationen bekannt, und man hatte dort großes Vertrauen zu ihr. Keine Anordnung eines Touristen auf der Durchreise konnte einer Bitte standhalten, die von einem Carruthers geäußert wurde. Als der junge Mr. Carruthers also hörte, daß Mr. Luke mit dem Wagen unterwegs war, bat er darum, Mrs. Luke sprechen zu dürfen, um ihr das Gepäck persönlich zu übergeben. Auch bat er darum, seine Karte nach oben zu senden. Ungeachtet der Anweisungen von Mr. Luke wurde die Karte nach oben gesandt und die Nachricht überbracht, und Sally nahm beides entgegen, denn als das Zimmermädchen die Tür verschlossen fand und keine Antwort erhielt – Sally dachte, wenn sie gar nichts sagte, würde sie auch nicht lügen –, öffnete sie die Tür mit dem Hauptschlüssel. Sally empfing die Nachricht und die Karte und eilte beflissen nach unten. Natürlich tat sie das. Gatte hatte nichts davon gesagt, daß sie das Zimmer nicht verlassen sollte. Sie wollte ihren Blechkoffer wiederhaben und endlich auspacken. Außerdem kam sie immer, wenn jemand nach ihr verlangte.

Der junge Carruthers war auf seinem üblichen Spaziergang vor dem Mittagessen gewesen, der ihn über die Felder zum Meer führte. Das Wohnzimmerfenster der Cupps hatte weit offen gestanden, und Mrs. Cupp war dabei gewesen, den Kaminvorleger heftig auszuschütteln. Offensichtlich waren ihre Logiergäste abgereist; er ging hinein, fragte nach ihnen und brachte schnell in Erfahrung, daß der magere junge Mann Jocelyn Luke war – Luke von Ananias, wie Carruthers, selbst ein Oxford-Mann, rasch feststellte. Es konnte kaum zwei Jocelyn Lukes geben, und sein Ruf war bis nach Oxford gedrungen, wo man ihm durchaus wohlgesinnt war und ihn im großen und ganzen als *den* Cambridge-Mann betrachtete, der noch am ehesten Anlaß zur Hoffnung bot. Und gerade als Mrs. Cupp Carruthers ihre Meinung über die angebliche Mrs. Luke sagen und ihm erzählen wollte, warum Cupp jetzt erst aus dem Schlafzimmer kommen und sein Essen einnehmen konnte, hörten sie die Nachricht von dem auf dem Berg verlorenen Gepäck.

Carruthers glaubte, der richtige Mann für diese Angelegenheit zu sein. Er raste davon, stieß alle anderen zur Seite, sammelte ehrfürchtig das Gepäck ein – der Blechkoffer war tatsächlich aufgegangen und hatte seinen bescheidenen Inhalt auf die Straße verstreut. Von geradezu rührender Schicklichkeit, dachte Carruthers, als er vorsichtig Dinge einpackte, die sich wie Flanell anfühlten. Dann holte er seinen Wagen und brachte das Gepäck nach Truro.

An der Abzweigung nach Falmouth war es leicht, herauszufinden, wo die Lukes hingefahren waren. Es war auch leicht, in Truro ihr Hotel zu finden. Er mußte sie nur beschreiben. Alle hatten sie bemerkt. Auf der Straße hatten alle die Hupe gehört, und alle hatten die wunderschöne junge Dame gesehen. Er fuhr auf der Hauptstraße nach Truro hinein. Jocelyn dagegen fuhr auf einem Umweg aus der Stadt, der erst auf der anderen Seite der Werkstatt wieder auf die Hauptstraße stieß; er wollte vermeiden, daß ihm der verhaßte Flegel noch einmal unter die Augen kam, der dort beschäftigt war, weil er fürchtete, er könnte sich nicht beherrschen und würde ihn niederschlagen. So verpaßten sich die beiden. Jocelyn war den ganzen Weg nach St. Mawes zurückgefahren und hatte dort erfahren, was geschehen war. Gegen fünf kam er erschöpft und sehr hungrig zurück und fragte sich, wie um alles in der Welt er diesen aufdringlichen Menschen finden sollte, der angeblich unterwegs war, ihm seine Habseligkeiten wiederzubringen. Beim Eintreffen im Hotel wurde ihm sofort mitgeteilt, daß der junge Mr. Carruthers gleich eingetroffen war, nachdem Mr. Luke das Hotel verlassen hatte, und nun im Salon auf ihn wartete.

Gott sei Dank, daß ich sie eingeschlossen habe, dachte Jocelyn und tastete nach dem Schlüssel in seiner Tasche. Er ging in den Salon, und dort, an einem Ecktisch beim Kamin, saß sie, und vor ihr auf dem Tisch standen die Überreste einer offensichtlich reichhaltigen und ausgesprochen leckeren Mahlzeit, dem Nachmittagstee.

*

Carruthers – er erkannte ihn sofort als den Mann mit dem Hund namens Sally – himmelte sie an. Auf anständige Weise, denn Carruthers war gewöhnlich ein anständiger Bursche, aber er himmelte sie an; man konnte es an jeder seiner Bewegungen sehen, während er sich eifrig vornüberbeugte und ihr Geschichten erzählte. Offensichtlich waren es amüsante Geschichten, denn er redete viel, und sie hörte zu und lächelte.

Mit mir lächelt sie nie, dachte Jocelyn; jedenfalls nicht so, nicht dieses Lächeln reiner Freude. Vom ersten Tag an, dem Tag in Pinners Wohnzimmer, schien sie sich vor ihm zu ängstigen. Aber so verängstigt konnte sie andererseits nicht sein, denn schließlich saß sie hier, mißachtete seine Befehle und war irgendwie aus dem verschlossenen Zimmer herausgekommen. Für Jocelyn sah das kein bißchen verängstigt aus; es erschien ihm im Gegenteil furchtlos und erfinderisch. Und wie unvereinbar mit ihrer augenscheinlichen Scheu und Zurückhaltung, daß sie sich zweimal an einem Tag von fremden Männern zum Essen einladen ließ.

Blaß und grimmig erreichte er ihre Ecke. Nach diesem verdrießlichen Tag war er todmüde und sehr hungrig; seit dem Frühstück hatte er nichts mehr gegessen. Carruthers hatte natürlich nur auf eine Gelegenheit gewartet – irgendwo gewartet, bis er ihn gehen sah, dann das Gepäck hineingetragen und nach Sally gefragt. Und Sally, die irgendwie aus dem Zimmer gekommen war, hatte sich seiner Anordnung widersetzt und war hinuntergegangen. Nun, im Moment konnte er da gar nichts machen. Er war zu müde, um aufzubrausen. Außerdem – Szenen! Er konnte ihr nicht ständig Szenen machen! Was für ein entsetzliches Benehmen, das ihm da aufgezwungen wurde! Aber die Dinge, die er ihr beibringen mußte, damit sie ein Gefühl für das richtige Benehmen bekam – und nur so wäre ein Zusammenleben erträglich –, waren so zahlreich, daß sein übermüdetes Hirn sich weigerte, darüber nachzudenken.

Sie sah ihn zuerst. Zufrieden mit allem, mit dem wunderbaren Tee, mit Mr. Carruthers lustigen Geschichten und dem angenehmen Nachmittag im allgemeinen, lächelte sie weiter, aber jetzt ihm zu, und sagte zu Carruthers: »'ier kommt Mr. Luke.«

Carruthers stand auf und Jocelyn trat an den Tisch. Sally stellte sie vor.

»Mein Gatte«, sagte sie. Jocelyn erklärte sie Carruthers Anwesenheit mit den Worten: »Der 'err 'at unsere Siebensachen gebracht.«

Jocelyn konnte Carruthers nicht böse sein; der sah ihn so freundlich an, und sein Händedruck war voller echter Herzlichkeit. Und obwohl er von Sally überwältigt war – natürlich, dachte Jocelyn, er hatte ja auch nur den Spaß und nicht die Verantwortung –, lag in seinem Verhalten gegen Jocelyn merkwürdigerweise so etwas wie Mitgefühl, und etwas auch so Seltsames wie Verständnis.

Sally, seine Frau, sagte zum Beispiel: »'ast du schon deinen Tee ge'abt?« Nur das, aber sie machte keine Anstalten, ihm etwas anzubieten.

Aber Carruthers klingelte rasch nach dem Personal und sagte: »Bestimmt haben Sie das nicht. Sie hatten heute einen furchtbaren Tag, an dem man zu nichts Zeit hat außer zum Fluchen. Die bringen Ihnen gleich frischen Tee. Der Tee hier ist wirklich ausgezeichnet, nicht wahr, Mrs. Luke?«

»'*imm*lisch«, sagte Sally. Sie drehte sich zu Jocelyn um und sagte in schüchternerem Ton: »Mußte aus dem Schlafzimmer 'eraus. Das Zimmermädchen . . .«

»Oh, das macht nichts«, unterbrach Jocelyn hastig. Er wollte auf keinen Fall, daß Carruthers erfuhr, daß er Sally eingeschlossen hatte. Häusliche Angelegenheiten wirkten in den Augen Dritter immer ganz anders, besonders, wenn sie mit den Begleitumständen nicht vertraut sind, wußte Jocelyn.

Er ließ sich in seinen Stuhl fallen. Wie angenehm, nach vierzehn Tagen mutterseelenallein mit Sally diese kultivierte Stimme zu hören. Es war für ihn wie Musik. In Cambridge hatte er nicht viel vom Oxford-Akzent gehalten, aber nachdem er den Pinner-Akzent kannte, schien er ihm wunderbar. Er wollte nur noch die Augen schließen und zuhören. Reden Sie, reden Sie nur weiter, wollte er sagen, als Carruthers für einen Augenblick in seiner angenehmen Unterhaltung innehielt; Jocelyn saß einfach da, aß und trank und lauschte in Ruhe, und Carruthers kümmerte sich um ihn, gab ihm zu essen, sprach freundlich mit ihm und sprach freundlich mit Sally und bestritt in der Tat die gesamte Unterhaltung alleine. Jocelyn hatte etwas an sich, das in Carruthers eine Art mütterlicher Gefühle weckte. Er war so dünn. Seine Schulterblätter standen weit hervor, und sein mageres Gesicht zuckte nervös. Armer Teufel, dachte Carruthers genau wie beim erstenmal, nur diesmal mit zehnmal mehr Überzeugung, weil er wußte, wer Jocelyn war und aus welcher Schicht Sally stammte. Aber er, mit dem Blick auf dieses liebreizende Wesen in der Ecke – er hatte sich mit ihr in den hintersten Winkel des Salons zurückgezogen, den sie erhellte wie eine weiße Blume die Abenddämmerung, und auch er hatte sofort versucht, sie zu verstecken –, fügte in seinen Gedanken hinzu: Armer Engel.

*

Ja, sie war ein Engel, und ein bedauernswerter dazu. Davon war er überzeugt. Carruthers, der im Innern so romantisch und nach außen so nüchern und sachlich war, hielt sie für einen verlorenen kindlichen Engel, herausgerissen aus ihrem Himmel, in dem es offensichtlich kein »h« gab und in dem alles etwas fragwürdig war, aber dafür gemütlich und anspruchslos. Sie war in eine fremde Welt hineingeschleudert worden, deren Sprache und Benehmen sie nicht verstand.

Nach zwei Stunden *Tête-à-tête* mit Sally, zwei Stunden, die ihm wie zehn Minuten schienen, so interessiert war er, war er zu diesem Schluß gekommen. Sie war nicht besonders scheu gewesen, nicht, nachdem er den Schock überwunden hatte, der ihn beim Anblick ihrer Schönheit aus der Nähe für einen oder zwei Augenblicke befangen gemacht hatte. Er hatte sich aber schnell wieder gefangen und Tritt gefaßt, und da er sie nur glücklich und zufrieden sehen wollte, konnte sie leicht mit ihm Schritt halten.

Es war nicht schwer, Sally glücklich und zufrieden zu machen; man durfte ihr nur keine Angst einjagen. Mr. Soper hatte ihr keine Angst eingejagt, er hatte ihr zu essen gegeben – immer ein guter Anfang, wenn man eine Frau kennenlernt. Carruthers wußte das und bestellte sofort den Nachmittagstee, obwohl es erst drei Uhr war. Das Thistle and Goat war für seinen Nachmittagstee berühmt, und demzufolge war die Mahlzeit, die man ihnen brachte, von ganz hervorragender Qualität: viele verschiedene Törtchen und faszinierende kleine Sandwichs, außerdem eine Schüssel mit Buttercreme, die für Sally das beste war, was sie bisher in ihren Flitterwochen kennengelernt hatte, und so fühlte sie sich bei Carruthers bald so wohl und geborgen wie bei Mr. Soper.

Sie war immer noch ein Kind. Buttercreme genügte, um sie glücklich zu machen. Und sie war nicht an große Mengen gewöhnt. In ihrem genügsamen Leben hatte es nie große Mengen von Lebensmitteln gegeben, und diese Mengen hier versetzten sie in Aufregung. Große Mengen an Leckereien in Verbindung mit so viel Freundlichkeit – was könnte schöner sein? Sie glaubte nicht, irgend etwas jemals so genossen zu haben wie diese Mahlzeit. Es handelte sich um reinen Genuß, nicht um Hunger, denn den hatte Mr. Sopers Stew gestillt; dies hier war die große Auswahl, die entzückende Vielfalt des Überflüssigen, ein Gefühl von Freiheit, Abenteuer und Macht. Und sie mußte keinen Gedanken daran verschwenden, die Reste für den nächsten Tag aufzuheben.

Als Carruthers schließlich mit der Schlichtheit, die seine Mutter glauben ließ, daß es keinen wie ihren Gerry gab, zu ihr sagte: »Ich habe noch nie jemanden gesehen, der so schön ist wie Sie, und ich wußte auch nicht, daß es das überhaupt gibt«, war Sally, gelöst und entspannt von all der Sahne, gern bereit, ihr Äußeres oder alles mit ihm zu diskutieren, soweit sie mit ihren begrenzten Fähigkeiten überhaupt diskutieren konnte. Zu seiner großen Überraschung stellte er fest, daß sie sich für ihre Schönheit entschuldigte, sie als traurige Tatsache betrachtete, genau wie eine Mißbildung, aufgrund derer sie immer auffiel und den Menschen, die sie liebte und von denen sie geliebt wurde, nichts als Kummer bereitete. Sie konnte nichts daran ändern, nichts dagegen machen; alles, was ihr blieb, war Bedauern.

»Vater«, sagte sie, »Vater kriegte Zustände – Sie stell'n sich das nich' vor. Immer, wenn mir einer angese'en 'at. Und sie 'aben mir immer angese'en.«

Carruthers nickte. Genau das hatte er bei ihrer ersten Begegnung auf dem Hügel hinter St. Mawes gedacht, als Luke sie zu verbergen suchte, sie unter ihrem Hut verstecken wollte – diese Verantwortung, diese Sorgen . . . Aber daß sie es selbst ebenso betrachtete, verblüffte ihn. Sicher würde jede Frau . . .

»Und Mr. Luke – er 'at auch Angst. Versteckt mich, genau wie Vater und Mutter immer.«

»Sie sind also wirklich eine Gefangene«, sagte Carruthers und starrte sie an. »Eine Gefangene ihrer Schönheit.«

Er sah den verwirrten Ausdruck in ihren Augen und wechselte schnell das Thema, erzählte Geschichten, unterhielt sie. Schließlich war es Luke gegenüber nicht fair, sie hinter seinem Rücken auszuhorchen. Sie war zu naiv. Sie war ein Kind, das mit jedem Fremden sprach, der nett zu ihr war. Er konnte sich alles selbst zusammenreimen, was er wissen durfte, konnte selbst die Gabe sehen, die sie in den Händen hielt, die höchste Gabe einer Frau, die Gabe der Gaben, für die kurze Zeit, die sie Bestand hatte. Und er konnte erkennen, daß sie sich des Wertes dieser Gabe nicht bewußt war und keinen Schimmer hatte, wie sie sie einsetzen konnte, wenn sie nur wüßte wie. Und jedesmal, wenn sie ihren anrührend schönen Mund zu schnellem Lächeln und beflissener Antwort öffnete, regnete es »hs« auf ihn herab.

Wen störte das schon? Sie könnte sagen, was sie wollte, und es würde nichts ausmachen; mit welcher Stimme, mit welchem Akzent auch immer – es würde nichts ausmachen. Nicht einmal, wenn sie schüchtern oder gar schelmisch Allgemeinplätze von sich geben würde, wie er beinahe erwartet hatte, als sie zu sprechen begann und er hörte, aus welcher Schicht sie stammte. Nicht einmal dann würde es etwas ausmachen. Man brauchte ja nicht zuzuhören. Man konnte immer noch einfach dasitzen und sie anschauen. Ja – wen störte das schon?

Aber die Antwort auf diese Frage lautete nicht einfach niemand, sondern Jocelyn Luke. Luke würde es stören. Es störte ihn ganz offensichtlich jetzt schon, obwohl sie nicht mehr als zwei oder drei Wochen verheiratet sein konnten. Sie spürte es dunkel, da war Carruthers sich sicher. So lange sie mit ihm allein gewesen war, war sie eifrig bemüht, das Gefängnis ihrer Unwissenheit zu durchbrechen und so viel mit ihm zu reden, wie sie konnte. Als Luke erschien, zog sie sich in eine Art ängstlicher Wachsamkeit zurück, sah zu ihm hin, bevor sie auf eine Frage antwortete, und sagte kaum mehr als ja und nein.

»Er hat sie unterrichtet«, dachte Carruthers. »Er versucht, ihr die »hs« anzutrainieren. Sie geht ihm auf die Nerven, und sie weiß es – nein, sie weiß es nicht, aber sie fühlt es. Sie *weiß* im Moment noch gar nichts, aber ich könnte schwören, sie fühlt eine ganze Menge.«

Sehr interessant, diese Lukes. Wie würde ihr Schicksal wohl aussehen, fragte er sich.

*

Nachdem Carruthers gegangen war, um in der blassen Abenddämmerung des Frühlings nach St. Mawes zurückzufahren, fühlte sich Jocelyn von dem angenehmen Gespräch und der offenkundigen Freundlichkeit besänftigt. Er wollte Sally keine Vorhaltungen mehr machen. Er wollte sie noch nicht einmal mehr fragen, wieso sie aus dem Schlafzimmer herausgekommen war. Er schämte sich dafür; schämte sich, weil er sie eingeschlossen hatte, sie zu Gott weiß was für einem Grad der Unmündigkeit degradiert hatte, zur Sklavin oder sogar zu irgendeinem Haustier, das streunen könnte – einem Hund, zum Beispiel. Er schauderte, sah sie dann flehend an, lehnte sich über den Tisch und nahm ihre Hand, um sie zu küssen.

»Sally«, murmelte er und fühlte sich zum erstenmal in seinem Erwachsenenleben sehr jung – und wie quälend jung, um verheiratet zu sein!

Ehe. Das bedeutet nicht nur lieben, dachte er, als er ihre Hand küßte; lieben, und dann war es vorbei und man arbeitete weiter. Eine Ehe bedeutete dauerhafte, bleibende Verantwortung, nicht nur für dieses andere Leben, das so merkwürdig und plötzlich und dauerhaft mit dem eigenen verbunden war, sondern auch eine ganz neue Art der Verantwortung für einen selbst, eine Art, die man bis dahin nie in Betracht gezogen hatte.

Er küßte wieder ihre Hand.

Der Tee hat ihm gutgetan, dachte Sally.

Aber es war die halbe Stunde mit seinesgleichen gewesen, die ihm gutgetan hatte – noch dazu mit einem, der so charmant zu ihm war und doch Sally mit einer gewissen Ehrfurcht bewunderte. Das hatte ihn seine Ruhe wiederfinden lassen; er fühlte sich wieder normaler und glücklicher – er rechnete die Augenblicke wilder Verzückung nicht zu den glücklichen –, als er seit den scheinbar wo weit zurückliegenden Tagen gewesen war, bevor er sie kennenlernte. Carruthers hatte ihn beruhigt. Sein Verhalten Sally gegenüber hatte ihn ganz besonders beruhigt. Die Welt war im großen und ganzen doch anständig. Sie bestand nicht nur aus übelmeinenden Cupps und aufdringlichen jungen Männern in Werkstätten. Genauso, wie es mehr Gesunde als Kranke gab, gab es mehr hilfsbereite und freundliche Menschen als andere. Carruthers hatte außerdem über ihn Bescheid gewußt. Jocelyn hatte Oxford so viel intelligente Aufmerksamkeit gar nicht zugetraut. Das war ein besonders erfreuliches Erlebnis für ihn, nach vierzehn Tagen mit Sally, so wunderbar sie auch war. Und er gab offen zu, sie war einzigartig und wunderbar, aber sie hatte nicht den leisesten Schimmer davon, was er bis jetzt getan hatte und noch zu tun hoffte – ja, bei Gott, noch zu tun hoffte. Warum nicht? Warum Cambridge eigentlich aufgeben? Warum es nicht mit Sally in Angriff nehmen und sie unterrichten? Er wußte, daß sie folgsam war und nur die richtige Anleitung brauchte. Sicher konnte sie lernen, sich so zu benehmen, daß niemand in Cambridge es wagen würde, lästig zu fallen? Besonders erfreulich war für Jocelyn gewesen, nach diesen vierzehn Tagen mit jemandem zusammenzutreffen, der alles über ihn wußte. Er war mit seiner Arbeit natürlich nicht sehr weit gekommen; niemand wußte das besser als er. Aber für den Anfang reichte es, daß Carruthers und Oxford von ihm gehört hatten. Der Wunsch weiterzumachen, weiterzuschreiten auf dem Pfad des Erfolgs, überflutete ihn wie eine gewaltige Welle, als er im Salon des Thistle and Goat saß. Sein anderes Begehren war befriedigt und schien in Zukunft den angemessenen Platz in seinem Leben einzunehmen.

Wenn er Sally auch noch ihren angemessenen Platz zuweisen könnte, würde das Leben vielleicht doch noch ein Triumph werden.

*

Nachdem Sally an diesem Abend zu Bett gegangen war, schrieb er seiner Mutter. Er hatte Sally früh und mit erneut aufflammender Reizbarkeit zu Bett geschickt; die Leute im Speisesaal und anschließend im Salon, wo sie in einer ruhigen Ecke saßen und er seinen Kaffee trank, hatten sich ungehörig benommen. Es war wirklich empörend. Zum erstenmal aß er wieder mit ihr in der Öffentlichkeit. Und es nützte nichts, wenn er diese Leute ebenfalls anstarrte, denn sie gönnten ihm nie auch nur einen einzigen Blick.

Also schickte er Sally zu Bett und schrieb seiner Mutter. Es war besser, nach Hause zu fahren. Es war besser, jetzt nach South Winch zurückzukehren und nicht weiter in teuren Hotels abzusteigen, wo abscheuliche alte Männer in Smokings und fette Frauen mit Perlenketten sich die Augen aus dem Kopf stierten. In Hotels konnte er mit Sally unmöglich wohnen, und in Privatquartieren, vielleicht mit einer neuen mißtrauischen und beleidigenden Vermieterin, sah es nicht besser aus. Außerdem waren vierzehn Tage für eine Hochzeitsreise auch ausreichend, noch dazu für eine, die unter solch erschwerten Bedingungen stattfand. Es zog ihn nach Hause. Almond Tree Cottage und der Frieden dort! Er wollte nach Hause. Er wollte nach Hause zu seiner Mutter und es hinter sich bringen, ihr Sally vorzustellen, wollte in dem kleinen Arbeitszimmer oben im Haus sitzen, wo niemand ihn sehen konnte, und darüber nachdenken, was er als nächstes tun sollte.

Seine Mutter würde ihm beistehen. Sie hatte ihn immer verstanden, ihm immer geholfen. Noch nie hatte sie ihn im Stich gelassen. Sie würde ihm auch dabei helfen, sich um Sally zu kümmern – sie ihm manchmal abnehmen und ihr vielleicht bald beibringen, wie ein zivilisiertes Wesen zu sprechen.

Mit Sally zu seiner Mutter zu ziehen war das letzte, was er ursprünglich beabsichtigt hatte. Sie vorstellen, natürlich; einen Tag auf Besuch fahren; aber nicht dort wohnen, denn er wußte nur zu gut, daß seine Ehe ein harter Schlag für seine Mutter sein und ihr Herz brechen würde. Aber seither hatten sich die Dinge verändert. In seiner Eile, seiner blinden Leidenschaft, hatte er ihr geschrieben, daß er Cambridge aufgeben wolle, und jetzt, da seine Leidenschaft nicht mehr blind war und er Cambridge nicht mehr aufgeben wollte – nein, er sollte verflucht sein, wenn er das täte; jedenfalls nicht, bevor er es dort mit Sally ausprobiert hatte –, war er begierig darauf, seine Mutter aufzusuchen und wenigstens eine der Wunden zu lindern, die sein Brief ihr geschlagen haben mußte. Sobald sie Sally gesehen hatte, würde er sie fragen, was sie von seiner Idee hielt, mit ihr in Cambridge zu leben. Vielleicht – es durchzuckte seine Gedanken wie wie ein Blitz – würde seine Mutter auch dorthin übersiedeln; sie könnte Almond Tree Cottage aufgeben und mit ihnen in Cambridge leben. Was für eine Lösung. Dann konnte sie sich um Sally kümmern und wäre auch für ihn solch ein Trost, solch ein Segen und eine Stütze. Was für eine einfache, großartige Lösung.

Er warf den Federhalter weg und starrte vor sich hin. Sie wären dann alle glücklich – er konnte seine Arbeit fortsetzen, Sally würde von seiner Mutter unterrichtet, und seine Mutter wäre nicht von ihm getrennt.

Als er zu Bett ging, räkelte Sally sich im Schlaf, als wolle sie aufwachen. Er nahm sie in die Arme und fragte sie, ob sie gerne in Cambridge leben wolle.

»Ja«, murmelte Sally, die selbst im Halbschlaf darauf achtete, möglichst einsilbig zu antworten.

»Dort wird es schöner sein als in London«, sagte Jocelyn und drückte sie an sich. »Viel schöner, meine Liebste. Meinst du nicht, meine *wunderschöne* Liebste?« fügte er flüsternd hinzu; Sallys Haar, gegen das er sein Gesicht drückte, war so weich, so zart . . .

»Und vielleicht wird meine Mutter dort mit uns leben. Das würde dir gefallen, nicht wahr, mein Schatz?«

Nach einer kurzen Pause murmelte Sally: »Ja.«

Er küßte ihr wundervolles Haar. »Schatz«, sagte er zärtlich und erfreut darüber, daß es wohl keine Schwierigkeiten gab. »Du schläfst ja halb«, murmelte er in ihr Ohr und schob das Haar darüber mit dem Mund zur Seite.

Schlief sie wirklich? Denn nach einer weiteren kurzen Pause, sie hatte das Gesicht immer noch von ihm abgewandt, sagte sie etwas, das sich wie Vater anhörte.

»Ja, Schatz?« sagte Jocelyn, als sie nicht weitersprach.

»Vielleicht kann er auch zu uns zie'en«, murmelte Sally.

»Was?« Jocelyn war nicht sicher, ob er richtig gehört hatte, und beugte sich dichter über sie. »Dein Vater?«

»Ja«, murmelte Sally.

»Dein Vater?« fragte Jocelyn wieder.

»Ja«, murmelte Sally. »Dann – täten wir's richtig nett 'aben – du 'ast sie, und ich 'ab' ihn.«

»Du mußt jetzt schlafen, Sally.« Jocelyn wurde plötzlich autoritär. »Weißt du eigentlich, wie spät es ist? Schon beinahe elf.«

8

In Almond Tree Cottage war Jocelyns Mutter in der Zwischenzeit für Mr. Thorpe Margery geworden, und er war für sie Edgar.

Der Gedanke, mit dem sie gespielt hatte, die Möglichkeit, mit der sie kokettiert hatte, war nun Wirklichkeit geworden. Sie hatte sich als Reaktion auf Jocelyns Heirat rasch und gründlich mit Mr. Thorpe eingelassen. Ohne genau zu wissen, wie, und ohne richtig zu bemerken, wann, hatte sie sich mit ihm verlobt. Er hatte sie in dem Augenblick eingefangen, in dem sie sich blind vom Schock an alles geklammert hätte, was Unterstützung bot.

Wie sollte sie South Winch ohne Unterstützung entgegentreten? Sie mußte schließlich nicht nur ihre innere Demütigung ertragen, den Untergang ihrer Liebe und ihres Stolzes und den Zusammenbruch ihrer glorreichen, ehrgeizigen Träume – der Traum einer Mutter von der zukünftigen Größe ihres Sohnes ist sicher der natürlichste und ehrenvollste aller ehrgeizigen Träume –, sondern auch das Mitleid von South Winch. Nein, Mitleid könnte sie nicht ertragen, und schon gar kein Mitleid wegen Jocelyn. Wegen Jocelyn, der ihr zweites glorreicheres Selbst gewesen war; wegen Jocelyn, der alles hätte werden sollen, was sie geworden wäre, wenn sie nur gekonnt hätte. South Winch aber konnte sie nicht bemitleiden, wenn sie das reichste Gemeindemitglied heiratete. Reichtum in ausreichender Menge brachte sogar Kultur zum Schweigen. Jeder wußte von Mr. Thorpes Haus, seinem Grundbesitz, seinen Autos und Treibhäusern. Daher fiel sie wie eine reife Frucht, die sich nicht mehr länger halten konnte, in die ausgestreckten Hände von Mr. Thorpe.

Jocelyn wollte sie nicht; Mr. Thorpe dagegen schon. Es war bedauerlich, dachte sie in den Augenblicken, in denen sie trotz ihrer Verwirrung und ihres Kummers zum Nachdenken fähig war, daß eine Frau nicht glücklich sein konnte, keinen Frieden finden konnte, wenn sie nicht von jemandem gebraucht wurde, und zwar ausschließlich; aber so war es nun mal. Wirklich bedauerlich, denn es trieb sie jetzt voreilig in die Arme von Mr. Thorpe, ohne daß sie Zeit gehabt hätte, gründlich darüber nachzudenken. Sicher wäre sie irgendwann in seine Arme gesunken, aber noch nicht, nicht in den nächsten Jahren. Jetzt ließ sie sich aus reinem Selbstschutz fallen. Sie brauchte jemand, an dem sie sich festhalten konnte. Ihr war schwindelig, und sie taumelte von dem Schlag, der ihr versetzt worden war. Jocelyn, ihr Junge, ihr wundervoller Liebling, in dessen Karriere sie so leidenschaftlich aufgegangen war, für den sie alles getan hatte, immer nur ihn im Blick; Jocelyn wollte sie so wenig, daß er sie zur Seite stieß, sie ohne Zögern wegwarf und mit ihr seine ganze Zukunft, für die sie seit Jahren angestrengt gearbeitet hatte, und das alles für ein Mädchen, das er erst vierzehn Tage kannte. So hatte er es ihr geschrieben. Er kannte sie erst seit vierzehn Tagen. Was waren lumpige vierzehn Tage gegen zweiundzwanzig ihm gewidmete Jahre!

Wer war dieses Mädchen bloß, wer war diese Person, für die er alles in einem Augenblick aufgab? Mrs. Luke suchte schaudernd Trost in Mr. Thorpes Armen; denn was Jocelyn ihr in seinem Brief kurz vor der Hochzeit nicht mitgeteilt hatte, schien ihr beinah noch schlimmer als das, was er mitgeteilt hatte – merkwürdigerweise hatte er mit keiner Silbe die Familie des Mädchens erwähnt, ihre Erziehung, ihre Herkunft. Kaum, daß er ihren Namen mitteilte. Ganz am Ende des Briefes, in einem Postscriptum, als schäme er sich aus tiefstem Herzen, schrieb er, sie heiße Salvatia. Salvatia! Ihr Vater heiße Pinner, aber er glaube wirklich nicht, daß dies von irgendeiner Bedeutung sei; es sei ihm ohnehin gleichgültig, und jedem anderen, der sie sähe, wäre es auch gleichgültig, selbst wenn sie hundert Namen hätte. Und dann hatte er, besorgniserregend trotzig und unnötig vulgär, geschrieben, er – und auch jeder andere, der sie gesehen hätte – hätte sie im Hemd geheiratet; und weiter unten, noch seltsamer und vulgärer, hatte er mit zitternder Hand, als habe er den Brief noch einmal aufgerissen und in einer Art ekstatischer Leidenschaft eingesteckt, die Worte gekritzelt: Mein Gott – ihr Hemd!

Mrs. Luke suchte Trost in Mr. Thorpes Armen. Für Vulgäres war in Almond Tree Cottage nie Platz gewesen, es sei denn, es war ein Zeichen der Zeit, wie in der elisabethanischen Epoche zum Beispiel. Daran durfte ein intelligenter Mensch sich nicht stoßen. Aber Jocelyn vulgär? Wo hatte ihr Junge das nur her, diese Tendenz zu plötzlichen gewalttätigen, verderblichen Ausbrüchen? Von ihr ganz sicher nicht. Es mußte dieses heißblütige Erbe der Spanierin sein, die der Urgroßvater von Mrs. Lukes Ehemann gegen den Willen seiner Eltern geheiratet hatte. Bis dahin war Mrs. Luke mit diesem Urgroßvater sehr zufrieden gewesen, weil es in ihrer eigenen Familie statt der üblichen vier gar keinen gegeben hatte. Sie suchte Trost in Mr. Thorpes Armen. Aber – Das im Tausch gegen Jocelyn? fragte sie sich im stillen am ersten Tag immer und immer wieder. Sie versuchte, die Augen zu schließen, geistig wie körperlich, versuchte, ihre Gedanken von Mr. Thorpes Verlobungszärtlichkeiten abzulenken. Sogar in dieser Krise erinnerte sie sich daran, wie Dr. Johnson sich in unangenehmen Situationen abzulenken pflegte.

Mr. Thorpe war sauber und gesund, und dafür war sie dankbar. Dennoch litt sie am ersten Tag sehr. Dann, ganz unmerklich, gewöhnte sie sich an ihn. Erstaunlich, wie schnell man sich an einen Mann gewöhnt, dachte sie. Bei ihrer ersten Umarmung hatte sie einen ausgesprochen unangenehmen Eindruck von seiner äußeren Erscheinung gehabt. Am Ende der Woche fiel ihr der merkwürdig weiche, kompakte Körper von Mr. Thorpe nicht mehr auf, der ihr, die sie an die magere Zerbrechlichkeit ihres verstorbenen Mannes gewöhnt war, bei der ersten Umarmung so überreichlich vorgekommen war. Außerdem bekam sie die warme Welle seines Reichtums sofort zu spüren. Sie hatte nicht gewußt, wie angenehm so etwas sein konnte. Sie hatte ja keine Ahnung gehabt, wie besänftigend so etwas in allen Lebenslagen wirken konnte, selbst wenn man verletzt und unglücklich war. Reichtum, hatte sie immer behauptet, verderbe den Charakter; jetzt spürte sie dunkel, daß das nur für den Reichtum anderer Leute galt. Der eigene dagegen – zu welch noblen Zwecken konnte Reichtum in den Händen derer dienen, die den richtigen Nutzen daraus zogen? Wenn sie erst mit Mr. Thorpe verheiratet wäre, würde sie dem Reichtum genausoviel Schönheit und Glanz verleihen wie vorher ihrer Armut. Es besänftigte Mrs. Luke und half ihr durch diese Tage des Zusammenbruchs, so daß ihr karges und hartes Leben nun von Stunde zu Stunde in jeder nur erdenklichen angenehmen Art immer mehr gepolstert, weicher und üppiger wurde.

Denn wenn sie auch für Jocelyn nicht länger von Wert war, für Mr. Thorpe war sie kostbar, und er setzte seinen Stolz daran, die Kargheit ihrer Umgebung mehr und mehr zu polstern. Auch wenn sie sich jeden Abend um Jocelyns willen in den Schlaf weinte, so wachte sie jeden Morgen um Mr. Thorpes willen getröstet wieder auf. Wenn sie Mr. Thorpe einen halben Tag nicht gesehen hatte, konnte sie viel besser erkennen, wie gut sie es mit ihm getroffen hatte, als am Ende eines langen gemeinsamen Abends. Ein anständiger, ehrenhafter Mann. Nicht jede Frau in den Vierzigern findet genau im richtigen Moment einen anständigen, ehrenhaften Mann, der noch dazu reich ist. Wo wäre sie jetzt ohne Mr.

Thorpe? Er war ihr Fels, ihre Zuflucht; er war das Pflaster auf ihrem verwundeten Stolz, stellte ihre Selbstachtung wieder her.

Auf ihn kann ich mich wenigsten *verlassen*, sagte sie sich jeden Morgen vor dem Spiegel, wenn sie ihr dickes, schwarzes Haar bürstete. Wenn sie es abends bürstete, sagte sie nichts. Ich kann ihm ganz und gar vertrauen. Was ist denn schon Bildung? Was hat die Bildung denn für Jocelyn getan? Was letzten Endes zählt, ist Charakter.

Und wenn sie herunterkam, fand sie auf ihrem Frühstückstisch frische Zeichen von Mr. Thorpes Liebe, frisch aus dem Gewächshaus.

*

In der ganzen Zeit erhielt sie kein Wort von Jocelyn, kein Zeichen. Er könnte tot sein, dachte sie; und das würde ihr weniger weh tun. Denn tot wäre er immer noch ihr Junge; niemand könnte ihn berühren, ihn ihr wegnehmen. Gebrochen und verbittert rückte sie noch näher an Mr. Thorpe heran. Ihm gefiel es. Ihm gefiel es, wenn jemand ihm so nahe rückte. Er war durch und durch zufrieden mit dem, was er mit dem Sinn eines Geschäftsmannes als seinen Handel bezeichnete.

Ihm gegenüber erwähnte sie Jocelyn nie, und auch das gefiel ihm. »Ein junger Narr«, sagte er, als er eines Abends unerwartet früh kam und sie weinend vorfand. »Sinnlos, sich um einen Narren zu sorgen.«

Es deprimierte Mrs. Luke noch mehr, daß er Jocelyn einen Narren nannte, denn das zwang sie zu der Erkenntnis, daß sie einen Narren hervorgebracht hatte – ja, es stimmte, trotz seiner Intelligenz. Sie konnte sich nur noch mehr an Mr. Thorpe klammern und schweigen.

Ihm gefiel es. Ihm gefiel es, wenn sich jemand an ihn klammerte, und auch gegen ein gewisses Maß an Schweigen hatte er bei einer Frau nichts einzuwenden. Mrs. Lukes verstorbener Mann wäre erstaunt gewesen, wenn er sie so hätte sehen können: Zu seiner Zeit hatte sie sich nirgendwo angeklammert und war in

Sachen Konversation ganz besonders gut gewesen. Aber etwas an Mr. Thorpe erstickte die Konversation. Selbst vor ihrer Verlobung, als er ihr nach dem Tod seiner Frau zum erstenmal seine Aufmerksamkeit schenkte, hatte Mrs. Luke es schwierig gefunden, das Gespräch in Gang zu halten, wenn er vorbeikam; und damals war sie noch ganz sie selbst, im vollen Glücksgefühl ihrer Zufriedenheit. Konversation, wie sie sie mit dem Rest von South Winch pflegte, war mit ihm undenkbar. Man konnte mit ihm keine Meinung austauschen, da er seine nicht tauschte, sondern lediglich äußerte und dabei blieb. Und er kleidete seine Ansichten in so wenige Worte, daß sie Mrs. Luke, die ihn mit spöttischem, amüsiertem Blick beobachtete – ah, diese distanzierten Tage, als man nur zuschaute und nicht betroffen war –, oft geradezu nackt vorkamen. Jetzt sank ihr der Mut. Sie neigte den Kopf.

Mr. Thorpe gefiel das. Es gefiel ihm, wenn eine Frau den Kopf neigte. Es gefiel ihm, wenn eine Frau sanft war: sanft, weich und rund. Margery war durchaus sanft, und in einigen Punkten war sie auch weich, zumindest beim Reden. Rund war sie allerdings nicht. Noch nicht. Später, wenn erst der Koch in Abergeldie – so hieß sein Haus – sie in die Finger bekam, würde sie sich nicht wiedererkennen. Und in der Zwischenzeit floß, um der Unterernährung ein sofortiges Ende zu bereiten, ein reicher Strom von Nahrungsmitteln über die blumenreiche Wiese, die Abergeldie von Almond Tree Cottage trennte: Austern, Hummer, Kiebitzeier, Ananas und Erdbeeren aus eigenem Anbau, seine eigene Butter und frische Eier und einmal sogar ein Spanferkel.

Das kleine Dienstmädchen wurde gelb im Gesicht und stand nachts immer häufiger auf, um sich zu übergeben. Mrs. Luke, die es gleichermaßen falsch wie lächerlich fand, Hummer im Garten zu vergraben, konnte den Strom weder aufhalten noch selbst damit fertig werden. Sie war gezwungen, das meiste davon an ihre Freunde weiterzugeben. Auf diese Art erfuhr South Winch, was geschehen war, denn niemand außer Mr. Thorpe züchtete Ananas und kaufte Kiebitzeier, und niemand verschenkte solche Mengen davon an eine Frau ohne die Absicht, sie zu heiraten.

Nun, dachte Mrs. Luke, es ist nicht die schlechteste Möglichkeit, es bekanntzugeben, als sie still neben Mr. Thorpe saß. Er hatte den Arm um sie gelegt und fühlte ab und zu verstohlen, ob sich schon irgend etwas rundete. Anstelle von *billets de faire part** verschickte sie Hummer. Eigentlich recht originell, dachte sie und war einen Augenblick lang so distanziert und amüsiert wie früher. Glaubt er wirklich, daß ich das alles essen kann? fragte sie sich.

Und das kleine Dienstmädchen, in deren Küche immer noch das meiste zurückblieb, fiel von einer Gallenkolik in die nächste.

*

Man gratulierte ihr wärmstens. Diese neue Wichtigkeit, die man ihr plötzlich beimaß, besänftigte sie zusätzlich. Geld – sie seufzte, fand sich aber damit ab –, Geld war ein großer Machtfaktor, vielleicht der größte überhaupt. Selbst hier, wo die Menschen sich wirklich bemühten, sich auf die geistigen Dinge zu konzentrieren. Sie seufzte. So sollte es nicht sein, aber wenn es nun so war? Und wer wäre Edgar nicht dankbar, wirklich zutiefst dankbar, und nähme alle seine kleinen Eigenheiten in Kauf, da er so großzügig war, so freundlich und so anhänglich? Außerdem war sie sicher, daß sich seine kleinen Eigenheiten später schon abschwächen ließen. Eine Ehefrau konnte so viel bewirken. Eine gut erzogene, intelligente Ehefrau – es wäre wirklich lächerlich, diese Tatsache nicht zuzugeben – konnte alles bewirken. Wenn sie erst verheiratet war . . .

Und dann stellte sie fest, wie sie vor diesem Gedanken zurückschreckte. Wenn sie erst verheiratet war . . . Sie konnte seinen Zärtlichkeiten jetzt Grenzen setzen; das war ihr Privileg. Aber wenn sie erst verheiratet war, wäre es sein Privileg, hier keine Grenzen mehr gesetzt zu bekommen. Und für die Zärtlichkeiten eines Mannes schien es keine Altersgrenze zu geben. Edgar war schon gut über sechzig und immer noch voller Zärtlichkeit. Also

* billets de faire part: Familienanzeigen; hier: Verlobungsanzeigen (Anm. d. Ü.)

wirklich, dachte Mrs. Luke, die selbst in ihren leidenschaftlichsten Tagen nur mit ihrer Seele geliebt hatte.

Und eines Abends, etwa drei Wochen nachdem Jocelyns Brief dies alles ins Rollen gebracht hatte, fragte Mr. Thorpe: »Wann soll es denn jetzt sein?«

»Wann soll was sein?« schreckte sie hoch.

»Schüchtern, was?« antwortete er nur, während er mit den Händen auf den Knien dasaß und sie stolz und liebevoll anschaute.

Mrs. Luke fühlte sich von diesem Wort verletzt und erwiderte rasch in ihrem kältesten Tonfall: »Du meinst unsere Hochzeit? Sicher haben wir da noch reichlich Zeit.«

»Zeit, was? Wetten, daß wir keine haben. Weder du noch ich. Wir sind keine Küken mehr, beide nicht.«

Mrs. Luke zuckte zusammen. Sie hatte in ihrem Leben bisher weder das Bedürfnis verspürt, als Küken zu gelten, noch irgend etwas unternommen, um den Eindruck eines Kükens zu erwekken. Und doch brachte es sie aus der Fassung, zu hören, daß sie keines war. Wenn es nur um die Küken ging – im Vergleich zu Edgar war sie sicher eines. Das war alles relativ. Aber was war das für eine Art . . .

Und dann kam, genau wie zuvor, das kleine Dienstmädchen mit einem Brief herein. Mr. Thorpe war, genau wie zuvor, von dieser Störung verärgert. Warum konnte dieses Dienstmädchen – na, man konnte ein so winziges Wesen eigentlich kaum ein Dienstmädchen nennen; dann eben dieses beschürzte Etwas – die Post nicht draußen liegen lassen, bis man nach ihr verlangte? Aber er nahm sich zusammen und fragte: »Ein Brief, was?«

»Von Jocelyn«, sagte Mrs. Luke. Ihr Gesicht war feuerrot geworden, und die Hände mit dem Brief darin zitterten.

»Dachte ich mir schon«, sagte Mr. Thorpe angewidert.

*

Mit ausgesprochenem Mißfallen nahm er zur Kenntnis, daß Jocelyn mit seiner Braut nach Almond Tree Cottage kommen würde.

Er wollte hier keine Bräute haben – jedenfalls keine außer seiner eigenen. Er fürchtete, daß ihr vergötterter Sohn, der sich so schlecht benommen hatte, wie ein Sohn sich seiner Mutter gegenüber nur benehmen konnte, ihre Aufmerksamkeit von ihren eigenen Angelegenheiten ablenken würde. Dann wäre sie noch zurückhaltender als jetzt, wenn es darum ging, den Hochzeitstermin festzulegen.

»Wird dich anschnorren wollen«, war sein Kommentar.

Das Wort ließ sie zurückweichen.

»Jocelyn ist nicht so«, sagte sie schnell.

»Pah«, meinte Mr. Thorpe.

Auch dieses Wort ließ sie zurückweichen. Sie wußte und akzeptierte weitgehend, daß Edgar ein einfacher Mann und ein Rohdiamant war, aber ein Mann sollte nicht zu einfach sein und ein Diamant nicht zu roh. Außerdem war dieser Ausdruck sicher unpassend.

»Mein lieber Edgar«, protestierte sie sanft.

Mr. Thorpe blieb bei seiner Meinung. »Pah ist schon richtig«, erwiderte er. »Junge Männer mit Ehefrauen im Hemd« – er erinnerte sich an jedes Wort des ersten Briefes – »und gerade mal fünfhundert Pfund im Jahr schnorren immer. Oder versuchen es.« Instinktiv legte er die Hände schützend auf seine Taschen. »Müssen ja irgendwie leben. Müssen irgendwo wohnen.«

»Er wird in London leben«, sagte Mrs. Luke. »Erinnerst du dich? Das hat er in seinem ersten Brief geschrieben. Er wird dort wohnen und vom – vom Schreiben leben.«

»Blech«, erwiderte Mr. Thorpe.

Dieses Wort schien ihr, wenn möglich, noch viel unpassender als »pah«.

Aber jetzt war nicht die Zeit, sich über Wörter Gedanken zu mache. Was sollte sie tun? Wo sollte sie Jocelyn und seine Frau unterbringen? Wie sollte sie sie empfangen? Und wollte sie in South Winch so tun, als hätte sie von der ganzen Sache nichts gewußt, bis die beiden auf der Türschwelle standen und sie mit den Neuigkeiten überraschten? Sollte sie so tun, als habe Jocelyn Cambridge aufgegeben, weil man ihm in London eine Stelle angeboten hatte, die er einfach nicht ausschlagen konnte? Oder sollte sie die beiden im Haus verstecken, bis sie eine Wohnung in London gefunden hatten und abreisen konnte, ohne gesehen zu werden? Sollte sie in der Zwischenzeit so tun, als wäre nichts geschehen?

Sie verlor den Kopf. Wie sie so dastand, mit dem Brief in den zitternden Händen und vor Mr. Thorpe, der sich vor ihr aufgebaut hatte und nicht gehen wollte, verlor sie ihren sonst so kühlen, praktisch veranlagten Kopf. Sie wußte einfach nicht, was sie tun sollte. Eines war allerdings klar: Sie würde leiden. Und sogleich wurde ihr etwas anderes klar, etwas Absurdes, aber peinlich Schwieriges und Unangenehmes. Sie hatte kein freies Zimmer, und in Jocelyns Zimmer stand nur das kleine Feldbett, in dem er so gerne geschlafen hatte (ihr selbst hatte das Bett gefallen, weil sie ihn gerne als spartanisch betrachtete). In diesem Haus war nur Platz für sie und Jocelyn. Ach, warum hatte sie nur Mr. Thorpe nicht gleich geheiratet? Dann wäre sie jetzt schon in Abergeldie heimisch und hätte dem jungen Paar Almond Tree Cottage überlassen können.

Abergeldie. Das Wort brachte Licht ins Dunkel ihrer Verwirrung. Natürlich. Dort mußten sie hin. Abergeldie, von majestätischer Größe und mit vielen ungenutzten Zimmern, umgeben von prächtigen Ländereien, mit seinen Bädern und den vielen Dienstboten. Wie es sich gehört, war sie dort herumgeführt worden; war auf den dicken Teppichen gewandelt, hatte die mit Schnitzereien verzierten Kleiderschränke, die Waschtische mit den Marmorplatten und die riesigen Betten bewundert; hatte aus zahlreichen Fenstern die Aussicht genossen, war in den Gewächshäusern beinahe in Ohnmacht gefallen, hatte vom Abschreiten der Rasenflächen Schmerzen bekommen und kannte es in- und auswendig. Das ganze Anwesen. Das Wissen, daß sie unmöglich mehr als eine Person außer ihr selbst unterbringen konnte, und der Gedanke an das winzige Zimmer und das spartanische Bett oben verliehen ihr den Mut, Mr. Thorpe einen Vorschlag zu machen.

Sie brachte ihn nervös hervor, weil sie fürchtete, daß allein die beiläufigste Erwähnung von etwas Ähnlichem wie einem Bett die

Seite an Mr. Thorpe hervorbringen würde, die sie als öbszön erkennen mußte. Das tat es auch. Er sagte genau das, was sie zu ihrem großen Bedauern hatte erwarten müssen. Aber er war gutmütig; ihm gefiel der Gedanke, Margery aus der Klemme zu helfen. Außerdem war der junge Narr dann von seiner Mutter getrennt, und man konnte ihm vielleicht ein bißchen Verstand eintrichtern. Wenn man etwas Verstand in seinen Kopf hineinbekam, trieb man damit gleichzeitig die Flausen aus. Zum Beispiel die Illusion, daß er, Edgar Thorpe, die Sorte Mann sei, dem man längere Zeit auf der Tasche liegen konnte. Außerdem war er stolz auf Abergeldie, und kaum jemand hatte es je gesehen; als Annie noch lebte nicht und nach ihrem Tod auch nicht.

Das war also abgemacht, und er ging früher als sonst, um seiner Haushälterin entsprechende Anweisungen zu geben. Mrs. Luke kroch mit entsetzlichen Kopfschmerzen ins Bett, lag Stunden wach und starrte ins Nichts, wobei sie versuchte, Mr. Thorpes Abschiedsworte zu vergessen.

Nachdem er sie besonders zärtlich umarmt hatte, so zärtlich, daß sie glaubte, eine ihrer Sehnen sei gerissen, hatte er gesagt: »Er braucht gar nicht zu glauben, daß er *mich* melken kann, weißt du.«

Ihn melken?

Sie lag auf dem Bett und starrte in die Dunkelheit. Zählte Charakter denn wirklich mehr als Bildung?

*

Der Kanonikus bejahte diese Frage, und seine Frau schloß sich ihm an. Am nächsten Tag in Mrs. Lukes kleinem Garten, auf dem winzigen Rasenstück um die Zeder, nahe dem niedrigen Zaun, auf dessen anderer Seite Mr. Thorpes Kühe grasten, nahmen sie zu dritt den Tee ein und waren sich in dieser Frage einig. Wunderbar, wie das Tageslicht und gewöhnliche Dinge wie Mahlzeiten, Teetassen und Besucher die Zweifel vertrieben.

»Am besten ist es natürlich, wenn man beides hat«, sagte der Kanonikus, während er Mr. Thorpes Treibhauserdbeeren mit Sahne überhäufte, die sich noch vierundzwanzig Stunden zuvor in den erwähnten Kühen befunden hatte. »Aber wenn man sich entscheiden muß, dann wähle ich Charakter. Das *zählt*. Es ist das einzige, was *langfristig* zählt.«

»O ja – das ist wohl gar keine Frage«, sagte Mrs. Luke. »Nur rein theoretisch, wenn man so darüber nachdenkt . . .«

Sie unterbrach sich, um Mrs. Walker Tee nachzugießen.

»Angenommen«, fuhr sie fort, »angenommen, ein Mann hat eine Köchin von bewundernswertem Wesen. Wenn er sie heiraten würde, könnte er glücklich werden? Ich meine, ein gebildeter Mann. Sagen wir, ein *sehr* gebildeter Mann.«

»Sicher, wenn sie gut kocht«, sagte der Kanonikus. Er konnte sich des Gefühls nicht erwehren, daß irgendwo im Hintergrund der Überlegungen seines reizenden Gemeindemitglieds Mr. Thorpe lauerte, und wollte sich nicht in die Nesseln setzen.

Er wußte, wie wichtig es war, im falschen Moment aufkommenden Ernst mit einem Lächeln zu entkräften. Einen Mann, der so reich war und so von Nutzen sein konnte wie Mr. Thorpe, sollte man nicht zu ernst nehmen, sollte ihn nicht unter dem Mikroskop betrachten und herumzerren. Seine Hülle würde das einfach nicht aushalten. Man sollte ihn gnädig betrachten, dachte der Kanonikus, der genau wußte, welch wunderbare Gabe Mr. Thorpes Reichtum in den Händen von Mrs. Luke für South Winch sein würde. Er schlang seine Erdbeeren dankbar hinunter, ohne den Teller zwischendurch abzusetzen.

Mrs. Luke hatte die Walkers nicht zum Tee eingeladen. Im Gegenteil; als sie an der Hintertür auftauchten, wo sie von dem kleinen Dienstmädchen eingelassen wurden – (die beim Anblick der Gamaschen des Kanonikus jedesmal wieder von tiefer Ehrfurcht erfaßt wurde) –, war sei beinahe verärgert. Den ganzen Tag lang hatte sie vergeblich versucht, ihre Gedanken zu sammeln, ihre Nerven zu beruhigen und sich auf den Abend vorzubereiten, für den Jocelyn sich angekündigt hatte – zum Abendessen, schrieb er, etwa gegen acht Uhr. Sie hatte sich noch nicht entschieden, wie sie ihm und dem Mädchen mit dem völlig lächerlichen Vornamen gegenübertreten sollte. In der vagen Hoffnung, in der Natur Ruhe und Sammlung zu finden, hatte sie angekündigt, den Tee im Garten einzunehmen.

Die Natur ist einem sie liebenden Herzen immer gewogen.

Eine solche Idee trieb sie hinaus in das bißchen Natur von South Winch, das sie ihr eigen nannte: das kleine Rasenstück, die Zeder, die Kerria japonica an der Mauer neben dem Küchenfenster, die Wiese jenseits des Geländers, voller Kühe und Gänseblümchen, und an diesem schönen, sonnigen Frühlingsnachmittag den Wind mit dem frischen und süßen Duft junger Blätter.

Aber als die Walkers dann da waren, stellte sie fest, wie gut ihr das tat. Sie lenkten sie ab. Und sie mochten sie so sehr. Es war immer erholsam und angenehm mit Menschen, die einen mochten. Der Kanonikus gab ihr ebenfalls das Gefühl, gut auszusehen und wichtig zu sein, und seine Frau gab ihr das Gefühl, wichtig zu sein. Außerdem halfen sie ihr dabei, die Erdbeeren aufzuessen. Nach vierzehn Tagen Erdbeeren zu jeder Mahlzeit hatte sie sie eine Weile nicht mehr sehen können. Später, wenn sie wieder allein war, blieben immer noch ein paar Stunden Zeit, in denen sie entscheiden konnte, wie sie Jocelyn gegenübertrat. Das war lange genug, wenn man bedachte, daß sie allein bei dem Gedanken an das Zusammentreffen zu zittern anfing.

Oh, er hatte sich ihr gegenüber schändlich benommen – ihr, seiner Mutter gegenüber, die ihr Leben für seines aufgegeben hatte. In den vergangenen Jahren hatte es Männer gegeben, die sie hätte heiraten können, Männer ihres eigenen Alters und ihrer Schicht, mit denen sie weitere Kinder haben und mit denen sie in dieser ganzen Zeit glücklich hätte sein können. Und sie hatte sie abgewiesen, hatte sie rücksichtslos zurückgestoßen wegen Jocelyn, weil sie sich nur Jocelyn, seiner Begabung und seiner Karriere mit ganzer Liebe und Hingabe widmen wollte. War es nicht eine Schande, war es nicht eine Schande, sie so zu behandeln? Sich zu benehmen, als wäre sie seine Feindin, eine Spielverderberin, der man nichts erzählte und die man nicht um Rat fragte, die man eher unwissend hielt und ausschloß? Und warum mußte er, wenn er schon nach einem Mädchen verrückt war, noch verrückter werden und seine Karriere ruinieren, indem er Cambridge aufgab?

Eine neue Welle des Elends schwappte über sie hinweg. »Reden Sie doch weiter – *bitte*«, sagte sie schnell, als die Walkers, mehr als satt, einen Moment in Schweigen verfielen.

Erstaunt sahen sie auf, und ihr Erstaunen wuchs noch, als sie in ihr Gesicht sahen, das anstatt der gewohnten zarten Blässe ganz rot war; Tränen standen in ihren Augen.

Der Kanonikus war freundschaftlich besorgt, seine Frau war ebenfalls besorgt.

»Geht es Ihnen nicht gut, liebe Mrs. Luke?« wollten sie wissen.

»Liebe Freundin«, sagte der Kanonikus, stellte seine Tasse ab, wischte sich den Mund und nahm dann ihre Hand. »Liebe, *liebe* Freundin – was haben Sie denn?«

Dann brach es aus ihr heraus. »Es ist Jocelyn. Er hat geheiratet und gibt Cambridge auf.«

Bittere Verzweiflung und das Gefühl der Demütigung überwältigten sie, und sie fing hilflos an zu weinen.

»Meine Liebe, meine Liebe. Du meine Güte. Oje, oje«, sagte der Kanonikus.

»Liebe Mrs. Luke«, sagte seine Frau.

Sie schaute ihre Gastgeberin hilflos an. Dic ausgeglichene, nüchterne, sachliche Mrs. Luke so heftig schluchzen zu sehen war in höchstem Maße beunruhigend. Man sollte sich nicht so gehenlassen, wie unglücklich man auch immer sein mochte, dachte die Frau des Kanonikus, die sich schrecklich unwohl fühlte. Und selbst der Kanonikus fühlte etwas, das ihm gar nicht gefiel, so als würden Feigenblätter abgerissen und weggeworfen.

Nachdem sie sich so benommen hatte – ihre Nerven waren wirklich völlig mit ihr durchgegangen –, blieb ihr nichts anderes übrig, als den beiden die Lage zu erklären. Nach einigen qualvollen Augenblicken, in denen sie versuchte, ihren Kummer herunterzuschlucken, erzählte sie ihnen alles.

Sie waren entsetzt. Jocelyns Benehmen schien den Walkers, die selbst Söhne hatten, die beinahe erwachsen waren, in höchstem Grade schändlich. Ganz offensichtlich mußte man sich für das Mädchen schämen; warum hätte er sonst freiwillig auf Cambridge verzichten wollen? Eine Heirat als solche hinderte einen Studenten nicht daran, das Studium fortzusetzen. Er war ruiniert. Er würde nie ganz nach oben kommen. Und als Repräsentant von South Winch, das in seiner Geschichte noch keinen berühmten Mann hervorgebracht hatte, spürte der Kanonikus die enttäuschte Hoffnung des Ortes besonders stark, eines Tages als Heimat von Sir Jocelyn Luke, vielleicht von Lord Luke – warum nicht? Hatte es nicht auch Kelvin gegeben? – genannt zu werden.

Die arme Mutter. Die arme, arme Mutter.

Der Kanonikus nahm ihre Hand, führte sie ehrerbietig an die Lippen und küßte sie. Seine Frau hatte dagegen keine Einwände, denn in Kummer und Krankheit ist kein Platz für Wollust. Niemand küßte gerne die Hand der Kranken. Sie hatte gegen nichts Einwände, was der Kanonikus tat, solange er keinen Spaß daran hatte.

»Und – und heute abend bringt er sie her«, stieß Mrs. Luke hervor und versuchte, einen neuerlichen Ausbruch im Zaum zu halten.

»Hierher? Er bringt sie hierher? Ohne Sie vorher um Zustimmung und Verzeihung gebeten zu haben?« rief der Kanonikus. »Schändlich. Empörend. Unverzeihlich.«

»Nicht wahr, nicht wahr . . .«, schluchzte Mrs. Luke in ihr Taschentuch.

Niemals, niemals könnte sie Jocelyn vergeben. Nein, niemals, niemals würde sie das tun. Sollte er nun doch sehen, wie er auf sich gestellt zurechtkam. Sollte er sich doch so gut es ging auf das erbärmliche Lager betten, das er sich selbst bereitet hatte. Das würde sie ihm einfach sagen. Auch wenn sie nicht verhindern konnte, daß er heute abend herkam, würde sie darauf bestehen, daß er am nächsten Morgen ihr Haus verließ und niemals, niemals zurückkehrte . . .

Und dann sah sie ihn über den Rand ihres Taschentuchs an der Hintertür stehen und sie anschauen: Jocelyn, das Licht ihrer Augen; das einzig Wichtige in ihrem Leben.

»Jocelyn – o *Jocelyn*!«

Sie gab eine Mischung aus Schluchzen und Seufzen von sich und kam mühsam auf die Füße; einen Augenblick lang hielt sie sich schwankend am Tisch fest; dann rannte sie einfach auf ihn zu.

»Mutter . . .«

»Oh – *Jocelyn*!«

Er umarmte sie fester, als er es je zuvor getan hatte, so sehr wühlte ihn die Freude auf, wieder daheim zu sein. Und daß sie ihm entgegenrannte – sie, die sonst niemals rannte, die niemals Gefühle zeigte!

»Du bist mir nicht böse, Mutter?« fragte er und betrachtete das vom Weinen gerötete und noch nasse Gesicht, das zu ihm emporsah.

»Entsetzlich böse«, erwiderte sie und schenkte ihm ein merkwürdig dünnes und verklärtes Lächeln.

»O Mutter – ich wußte, du würdest mich nicht im Stich lassen!« rief er unendlich erleichtert, unendlich weich gestimmt und dankbar.

»Dich im Stich lassen?«

»O Mutter . . .«

Und sie umarmten sich erneut. Die Liebe seiner Mutter war ein wahres Wunder. Ihre Stimme war wie ein Zauber. Nur die Worte zu hören, diese kostbaren, richtigen Worte, hervorgebracht in diesem kostbaren, richtigen Tonfall . . .

Der Kanonikus und seine Frau saßen am Teetisch und gaben sich Mühe, nicht hinzusehen, sahen es aber doch. Sie waren schockiert. Es kam ihnen so vor, als habe Mrs. Luke sie über ihre wahren Gefühle hinters Licht geführt, als habe sie ihr Mitgefühl und Verständnis unter falschen Voraussetzungen bekommen.

»Sollten wir nicht besser nach Hause gehen, John?« fragte Mrs. Walker ihren Mann.

»Das sollten wir«, sagte der Kanonikus, der aber nicht wußte, wie sie das anstellen sollten.

Er sah sich nach einem Fluchtweg um.

Es gab keinen; die einzige Möglichkeit war, zu den Kühen hinüberzuklettern, wodurch sie sich des unbefugten Betretens schuldig machen würden. Außerdem sollte es ein würdevoller Rückzug werden.

»Aber wo . . .?« flüsterte Mrs. Luke, ihre Wange an der ihres Sohnes, einen Arm noch um seinen Hals geschlungen. »Salvatia . . .?«

»Im Wohnzimmer«, flüsterte Jocelyn. »Ich habe sie dort gelassen, weil ich dich erst allein sprechen wollte. Warum um alles in der Welt sind ausgerechnet heute die Walkers hier?«

Er betrachtete die Szene auf dem Rasen, wo der Kanonikus und seine Frau, von Mrs. Luke im Stich gelassen, am unabgeräumten Teetisch saßen und sich offensichtlich in etwas vertieft hatten, was sich über ihren Köpfen in der Zeder gar nicht abspielte.

»Du hast dich zum Abendessen angekündigt . . .«

»Ich bin gerast, um so schnell wie möglich bei dir zu sein.«

»Dann brauchst du mich also?«

»O Mutter!«

Er umarmte sie erneut, und die Walkers sahen sich erneut nach einem Fluchtweg um und fanden auch diesmal keinen.

Süß, süß, köstlicher als jeder ihrer Träume war dies; sie stellten nicht nur ihre alte Beziehung wieder her, er zeigte ihr auch auch stärker als je zuvor, daß er sie liebte und brauchte. Wenn das die Wirkung war, die die Ehe auf ihn hatte, war sie froh über seine Heirat. Wie konnte sie auf eine Frau böse sein, die ihn noch enger, noch entschiedener zu seiner Mutter brachte? So, dachte sie, muß sich der Vater des verlorenen Sohnes gefühlt haben; statt seine Sünden zu verabscheuen, mußte er beinahe dankbar gewesen sein.

»Du wirst doch versuchen, sie gern zu haben, Mutter?« sagte Jocelyn. »Sie ist – sehr liebenswert.«

Er nahm seine Mutter an der Hand und führte sie ins Wohnzimmer.

*

Dort stand die außergewöhnliche Sally; sie stand, weil sie es nicht wagte, sich zu setzen. Sie hatte den neuen Umhang, den Jocelyn ihr unter anderem auf dem Weg durch London gekauft hatte, dicht um ihren schlanken Körper gezogen; Jocelyn hatte sie angewiesen, ihn erst abzulegen, wenn er es ihr sagte. Der Umhang war grau, um sie so unscheinbar wie möglich wirken zu lassen, und hatte weder Ärmel noch Schließen oder Knöpfe. Sally, die niemals zuvor so etwas getragen hatte, hielt den Umhang folgsam und ängstlich umklammert.

Dieser Umhang war wie durch Zauberei in die elegantesten Falten gefallen, sobald Sally ihn umlegte. Sie wirkte außergewöhnlich schlank in diesem Kleidungsstück, und so stand sie da, zu schön, um wahr zu sein, die Lippen ängstlich geöffnet, und starrte auf die eintretende Mrs. Luke.

»*Oh* . . .«, sagte Mrs. Luke und hielt den Atem an. Sie hatte Gedichte gelesen, hatte Musik gehört, kannte den Aprilmorgen im Wald, wenn die Sonne durch die Blätter schien und die Vögel jubilierten.

Sallys Knie zitterten. Sie zog den grauen Umhang noch fester um sich. Mr. Lukes Mutter war ihm so furchtbar ähnlich. Zwei von der Sorte. Mit zweien von der Sorte hatte sie nicht gerechnet. Und sie war schlimmer als er, denn sie war eine Dame. Herren waren schon schwierig genug, aber ab und zu warfen sie sich einem zu Füßen und gaben einem das Gefühl, man könne ein bißchen tun, was man wollte. Aber eine Dame würde das nicht tun; eine Dame blieb immer eine Dame.

Allein das Wort jagte Sally einen Schauder über den Rücken. Was machte man nur mit einer Dame? Noch dazu mit einer, die kaum älter als ihr Sohn zu sein schien und außerdem – da war Sally sicher – so hellwach und auf Draht, wie man es sich nur vorstellen konnte. Sie hatte angenommen, Jocelyns Mutter sei alt und dick und weißhaarig, vielleicht auch noch schwerhörig oder halb blind und deshalb angenehm langsam, wenn es darum ging, irgend etwas zu bemängeln. Aber jetzt kam da diese dünne, wache, beinahe noch junge Dame. Mit der ist bestimmt nicht gut Kirschen essen, dachte Sally und umklammerte ihren Umhang.

Ihr Herz, das schon so tief gesunken war, wie sie es für möglich hielt, sank tatsächlich noch weiter. Sie starrte Mrs. Luke mit der

Faszination eines Kaninchens an, das eine Schlange vor sich hat. Aber ihr Blick, der sich genauso schrecklich und ängstlich anfühlte, wirkte von außen wie der wunderbarste Ausdruck anmutiger Scheu, so daß Mrs. Luke zurückstarrte und einen Augenblick sprachlos war.

Wer war sie? Hatte Jocelyn die wunderbare Tochter einer Adelsfamilie eingefangen und geheiratet? War er im Olymp gewesen und hatte die junge Aphrodite geholt, als sie an diesem Rosenmorgen dem Schaum des Meeres entstieg?

Sie errötete tief. Anmut und Jugend in Vollendung, traumhafter Liebreiz . . .

»Wieso«, flüsterte sie, »wie *wunderschön* . . .« Sie trat einen Schritt nach vorne und streckte beide Hände aus.

»Bist du meine neue Tochter?« sagte sie leise. »Du?«

Mit großer Anstrengung gelang es Sally, stehenzubleiben und nicht vor dieser beängstigenden Person zurückzuweichen. Sie wußte nicht, was sie mit den ausgestreckten Händen anfangen sollte, denn um sie zu schütteln, mußte sie den Umhang loslassen; zweifellos würde er dann zu Boden fallen, und Jocelyn hatte ihr eingeschärft, daß sie das auf keinen Fall zulassen durfte.

Daher stand sie bewegungslos, und ihre Zunge klebte am Gaumen.

Mrs. Luke kam näher. »Du wunderbares Mädchen – *du* bist Salvatia?« murmelte sie.

Mit großer Anstrengung blieb Sally stehen, wo sie stand; mit großer Anstrengung löste sie die Zunge vom Gaumen.

»Stimmt«, sagte sie und umklammerte den Umhang.

Ein Wort nur, aber es genügte. Wie oft hatte Jocelyn ihr schon gesagt, daß sie nicht »stimmt« sagen sollte? Aber dasselbe hatte er ihr bei so vielen anderen Dingen auch gesagt; sie konnte unmöglich alles behalten, was sie nicht sagen durfte, sosehr sie sich auch anstrengte. Sally war froh und dankbar, daß sie in der Aufregung nicht noch »Madam« hinzugefügt hatte. Es hatte ihr auf der Zunge gelegen, beim Anblick einer Dame, und sie hatte sich gerade noch rechtzeitig zurückgehalten.

Mrs. Luke hielt einen Augenblick bestürzt inne. Sie war sich ganz und gar nicht sicher, ob sie wirklich gehört hatte, was sie gehört zu haben glaubte – es kam ihr einfach unmöglich vor. Aber dann ging sie auf Sally zu und küßte sie. Sie mußte sich zu ihr emporstrecken, da Sally einen halben Kopf größer und außerdem steif vor Schreck war.

»Sally, küsse meine Mutter und mach dich bekannt«, sagte Jocelyn.

»Ja, Mr. Luke . . .«, sagte Sally und beugte den Kopf schnell nach unten.

»Aber Sally – *bitte*«, protestierte Jocelyn. »Sie kann sich einfach nicht daran gewöhnen, mich bei meinem Vornamen zu nennen«, fügte er, an seine Mutter gewandt, hinzu.

»Verzei'ung«, sagte Sally. Sie spürte eine solche Hitze, daß sie überzeugt war, sogar ihr Bauch würde erröten.

Mrs. Luke sah sie an und versuchte zu lächeln. Sie wußte nun alles. Jocelyn brauchte keine weiteren Worte zu machen, nichts zu erklären. Sie wußte es, und sie verstand es. Es war nun ihre Sache, sich gut zu benehmen; es war ihre Sache, sich großartig zu benehmen und ihm mehr als je zuvor das Gefühl zu geben, daß es niemanden gab wie seine Mutter.

»Sie wird es noch lernen«, sagte sie und lächelte, so gut es ging. »Nicht wahr – Salvatia?«

Wenn ich nur wieder in Woodles wäre, dachte Sally. Wenn ich doch nur wieder ruhig und sicher bei meinem Vater in Woodles wäre.

»Es war unvermeidlich«, sagte Mrs. Luke an Jocelyn gewandt. »Absolut unvermeidlich.«

Er griff nach den Händen seiner Mutter. Daß sie das erkennen konnte, daß sie sofort verstanden hatte . . .

»Und ich gratuliere dir von ganzem Herzen, mein lieber Sohn, meine liebe Tochter«, fuhr Mrs. Luke in ihren großartigen Manieren fort. »Ihr seid beide meine lieben, teuren Kinder.«

Jocelyn beugte den Kopf über ihre Hand und küßte sie voller Inbrunst, Dankbarkeit und Erleichterung.

Und Sally, die Gatte in diesem neuen Licht betrachtete, dachte: »Was für ein Segen.«

9

Von Sallys Schönheit und ihrer Sprechweise gleichermaßen schockiert, fand Mrs. Luke zu ihrem eigentlichen Selbst zurück. Ihre Tränen trockneten, ihre aufgewühlte Seele beruhigte sich, und sie fing an, klar und rasch nachzudenken. Hier mußte gehandelt werden. Und die einzige Person, die in dieser Lage überhaupt mit Hoffnung auf Erfolg handeln konnte, war sie selbst. Sie würde dieses Manko sofort anpacken und es stolz wie einen Orden tragen. Ja, das war die richtige Einstellung. Es stolz wie einen Orden tragen.

Deutlicher, als wenn Jocelyn ihr stundenlang etwas erkärt hätte, erkannte sie, was geschehen war, was hatte geschehen müssen, nachdem das Glück ihn Salvatia hatte erblicken lassen. Von den wenigen Worten, die Sally gesprochen hatte, rekonstruierte sie die Familie Pinner und ihre Verhältnisse, und während sie Sally anschaute und dabei Jocelyns Hand noch immer hielt, ordnete sie der ganzen Pinner-Sippe das einzige Wort »Gosse« zu. Jocelyn hatte Schönheit in der Gosse entdeckt und aufgelesen. Die Gosse war genauso offensichtlich wie die Schönheit und genauso unmöglich zu verbergen. Also mußte man sie akzeptieren; man mußte sie akzeptieren und erreichen, daß South Winch sie auch akzeptierte. Schließlich hatte sie auch erreicht, daß South Winch Tiepolo akzeptierte, obwohl es dazu keineswegs bereit gewesen war – und wenn man bedenkt, in welche Begeisterung es sich nun hineingesteigert hatte! Genauso würde sie erreichen, daß sie Salvatia akzeptierten; ohne Unterlaß, jede Stunde, jede Minute, würde sie selbst das Mädchen unterrichten, geduldig mit ihr üben und sie sanft zu ordentlicher Sprechweise und ebensolchem Benehmen zwingen. Siebzehn war sie? Mrs. Luke meinte, mit siebzehn sei noch alles möglich. Ein Kind. Wachs. Und sie war wirklich so außergewöhnlich, ihre Formen, Farben und Bewegungen beinahe perfekt, so daß Mrs. Luke sich darauf freute, zu beobachten, wie sich Sally zu einer jungen Frau entwickelte, die zumindest den Anschein erweckte, eine Dame zu sein.

Salvatia, die Gesunde, die Keusche: »Nein, nein, liebster Jocelyn – nicht Sally, nicht Sally«, bat sie ihn eindringlich, denn sie glaubte an die Theorie, daß Namen die Fähigkeit besaßen, ihre Träger nach ihrer Bedeutung zu formen, und einer Sally konnte nur unwiderrufliche Gewöhnlichkeit bestimmt sein. Salvatia sollte Lehrer aus London haben (vielleicht wären Lehrerinnen besser), wenn Mrs. Luke erst mit Mr. Thorpe verheiratet war und sich das leisten konnte. Richtige Lehrer, die sie zu festgelegten Stunden unterrichteten, während sie selbst sie zu allen anderen Zeiten unterrichten würde. Und sie würde Salvatia überallhin mitnehmen, zu jedem Fest in South Winch, ob Tee-Party oder Diskussion, ob Vortrag, Konzert oder Theaterstück, und wo immer sie mit ihr hinginge, wäre Salvatia ihre ganz besondere Zierde. Es war nicht nur ganz und gar unmöglich, sie zu verbergen, es wäre auch ein taktischer Fehler. Sie sollte stolz vorgezeigt werden. Denn, so erinnerte sich Mrs. Luke, wenn man einem Stier gegenüberstand, war es das beste, ihn bei den Hörnern zu packen.

So schnell rasen Gedanken durch Köpfe wie den von Mrs. Luke, daß sie ihr Verhalten Sally gegenüber bereits in den wenigen Augenblicken im Wohnzimmer durchgeplant hatte, während sie Jocelyns Hand hielt und Sally anschaute.

»Wir werden sicher gute Freundinnen, nicht wahr, Salvatia?« sagte sie und legte ihre freie Hand auf die zarte kleine Schulter ihrer Schwiegertochter.

Gute Freundinnen? Sie und diese Dame? Allein die Vorstellung löste in Sally eine physische Reaktion aus, die in der Familie Pinner als »kurz vor dem Umkippen« bekannt war.

Da sie jedoch direkt angesprochen worden war, mußte sie antworten; schwach sagte sie: »Is' recht.«

Mrs. Luke lächelte kunstvoll und tätschelte ihr die Schulter. »Du drolliges kleines Mädchen«, erwiderte sie. Trotz der augenscheinlichen Unangemessenheit dieser Adjektive angesichts des edlen jungen Engels, der vor ihr stand, war sie entschlossen, Sally gegenüber im wesentlichen die damit verbundene Haltung einzunehmen.

»Jetzt werden wir gemeinsam den Tee einnehmen«, sagte sie und wurde plötzlich fröhlich und geschäftig. Diese Kinder – es war ihre Aufgabe, die beiden an die Hand zu nehmen. Keine weiteren Gefühlsausbrüche mehr, beschloß sie. Ihr geliebter Jocelyn brauchte wieder einmal ihre Hilfe, schaffte es nicht ohne sie . . . »Nicht wahr, Jocelyn? Nicht wahr, Salvatia? Ich hatte zwar schon meinen Tee, aber heute bin ich gierig und trinke noch einmal. Jocelyn, geh bitte und sage Hammond« – Hammond war der Nachname des kleinen Dienstmädchens, die immer nur Lizz gerufen worden war und zu ihrem großen Erstaunen seit dem Eintritt in Mrs. Lukes Dienste mit ihrem Nachnamen angesprochen wurde –, »sie möge frischen Tee kochen und ihn hereinbringen. Ihr müßt beide ja schon ganz wild darauf sein. Und dann kannst du den Walkers für mich auf Wiedersehen sagen, ja?« rief sie ihm nach. »Sage ihnen, ich habe eine ganz wundervolle Überraschung für sie – sehr bald, vielleicht schon morgen. *Du* bist die wundervolle Überraschung, Salvatia«, sagte sie und wandte sich lächelnd Sally zu, die plötzlich einen Schritt nach vorne gemacht hatte, als wolle sie Jocelyn folgen. Daß er den Raum verließ und sie hier mit seiner Mutter allein zurückblieb, versetzte sie so sehr in Alarmbereitschaft, daß sie den Eindruck hatte, diesmal sorge ihr Magen für etwas, was man in der Familie Pinner »weiß wie die Wand werden« nannte.

»Du weißt doch sicher, daß du wunderschön bist?« sagte Mrs. Luke. Geschäftig rückte sie den kleinen Tisch vor, der als Teetisch diente, solange der richtige Tisch im Garten stand; sie räumte ein Buch von Thomas Browne und eine durchsichtige Glasvase mit zwei Tulpen ab. »Das hat man dir doch sicher gesagt, soweit du dich zurückerinnern kannst.«

»Aber ich kann's nich' ändern«, sagte Sally ängstlich. Ihr Blick war auf die Tür gerichtet.

»Ändern? Du drolliges Mädchen. Warum solltest du es ändern wollen? Es ist eine wundervolle Gabe, und du solltest Gott danken, der sie dir geschenkt hat, und diese Gabe einsetzen, um – nun, um seinen Ruhm zu mehren.« Mrs. Luke war überrascht über ihre eigenen Worte, denn sie war alles andere als religiös, und doch kamen sie ihr glatt über die Lppen. Das lag bestimmt an der Inspiration durch den Kanonikus im Garten, dachte sie.

»Ja, M . . .«

»Nein, nein, halt«, rief Mrs. Luke. Sie hob eilig die Hand und lächelte. »Du wolltest gerade Madam zu mir sagen, nicht wahr, Salvatia? Das darfst du nicht. Nicht zu mir. Zu niemanden. Außer natürlich«, fügte sie hinzu, weil sie glaubte, sie könne gar nicht früh genug damit anfangen, dem Kind etwas beizubringen, »außer natürlich zur Queen und anderen adeligen Damen.«

Vor ihrem geistigen Auge erschien die Vision, die sie so oft schon von Sir Jocelyn Luke gehabt hatte, von Lord Luke, nur daß sie diesmal auch Lady Luke mit einschloß; die liebenswerte Lady Luke, die bei Hofe vorgestellt würde und bis dahin in allem genauso perfekt sein würde wie in ihrer äußeren Erscheinung. Wenn man es richtig anfing, würde Jocelyns Heirat zu einem seiner größten Erfolge werden, anstatt ihn ins Elend zu stürzen.

»Setz dich, Kleines.«

Wie erschossen fiel Sally in den nächsten Stuhl. Es war der von Mrs. Luke.

»Nicht dahin – nicht in diesen«, lächelte Mrs. Luke. »Nein, liebes Kind, auch in den nicht«, fügte sie hinzu, als Sally hastig aufgestanden war und sich in den nächsten Stuhl fallen lassen wollte, nämlich in Jocelyns. Es war besser, wenn Sally die kleinen Eigenheiten gleich kennenlernte. »Du kannst *jeden* Stuhl nehmen, Salvatia, meine Liebe, bis auf diese beiden. Ja – dieser ist sehr bequem. Ist es nicht merkwürdig, wenn man bedenkt, daß wir uns gestern um diese Zeit noch gar nicht kannten und nicht die geringste Ahnung hatten . . .«

Sally saß sehr vorsichtig auf der Kante des dritten Stuhls und fand das überhaupt nicht merkwürdig, sondern ganz normal und gut so. Es hatte in ihrem Leben viele Tage ohne diese Dame gegeben, und sie alle waren ihr ganz normal erschienen. Wirklich komisch war, daß diese normalen Tage endgültig vergangen sein sollten und sie hier gelandet war – allein mit jemandem, den sie zum Glück bisher nicht gekannt hatte. Jetzt, nachdem die ganze Vorstellerei vorbei war, wünschte sich Sally an einen Ort, an dem die Dame nicht war; denn Mrs. Luke jagte ihr mehr Angst ein als jeder Mensch, dem sie bisher in ihrem kurzen Leben begegnet war. Diese lächelnde Dame, die sie tätschelte, erschreckte sie mehr, viel mehr noch als ihre Eltern, wenn sie ihr zu ihrem eigenen Wohl eine Lektion erteilt hatten, und sogar mehr als Mr. Luke, wenn er sich nur umdrehte und sie wortlos ansah, nachdem sie eine Bemerkung gemacht hatte. Sie konnte den Blick nicht von Mrs. Luke abwenden, beobachtete sie mit faszinierter Besorgnis und fragte sich, an welcher Stelle sie wohl das nächstemal getätschelt werden würde.

Sally saß seitlich auf der äußersten Stuhlkante, hatte ihren Umhang immer noch fest umklammert und folgte mit den Augen jeder von Mrs. Lukes Bewegungen. Bei jeder anderen Person wäre es ein Starren gewesen, und Mrs. Luke hätte ihr erklärt, daß sie das nicht tun dürfe, aber an Sallys Blick war nichts auszusetzen. Überhaupt gab es an nichts, was Sally tat, irgend etwas auszusetzen, solange sie den Mund nicht aufmachte, dachte Mrs. Luke, während sie die nötigen Vorbereitungen traf, damit alle es bis zum Tee bequem hatten.

Mrs. Luke wußte, daß sie beobachtet wurde, aber offensichtlich nur mir liebenswerter, anmutiger Aufmerksamkeit. Sie wußte auch, daß Sally auf der Stuhlkante saß und die Beine unter sich hochgezogen hatte, als wolle sie verhindern, in etwas Unangenehmes hineinzutreten; aber es gab für Mrs. Luke keinen Anlaß, diese Haltung zu bemängeln, die doch wie reine Anmut wirkte. Was für ein Jammer, was für ein Jammer, schoß es ihr blitzartig durch den Kopf, daß das Mädchen nicht stumm geboren war! War das etwa ein boshafter Gedanke? Nein, das glaubte sie nicht. Sie konnte sich gut vorstellen, als Stumme sehr glücklich zu sein, wenn man viele Bücher hatte und sich nicht mit Langweilern unterhalten mußte.

»Möchtest du nicht deinen Hut abnehmen, Salvatia?« fragte sie und zog Jocelyns Stuhl näher an den kleinen Tisch heran. Sally fuhr hoch. »Nein, danke, bitte . . .«, sagte sie hastig.

»Nimm ihn ab«, sagte Mrs. Luke. »Ich möchte es so.«

»Ja, M . . . ja, Mrs. Luke«, sagte Sally und gehorchte sofort.

»Nicht Mrs. Luke, meine Liebe – Mutter. Du sollt mich Mut . . .«

Ihre Stimme erstarb, und sie starrte Sally stumm an. Wie wunderbar. Wie erstaunlich und wunderbar. Wie ein Sonnenaufgang. Und das Mädchen, verschönt mit dieser strahlenden Krone aus wogendem Licht – wie ein Kind von königlichem Geblüt!

Sie stand nur da und starrte Sally an; ihre Hände hingen schlaff herunter. »Was für eine *Verantwortung*«, flüsterte sie.

»Wie bitte?« fragte Sally nervös.

*

Jocelyn kam stirnrunzelnd zurück; die Walkers war er losgeworden. Sie hatten ihn gescholten; ihn, den seine Mutter, die einzige Person, die Recht und Grund hätte, ihm böse zu sein, voll und ganz verstand und dem sie nichts vorwarf. Daß die Walkers ihn kannten, seit er drei Jahre alt war, galt in seinen Augen nicht als Entschuldigung; und es war dumm, ihn dafür zu rügen, daß er Cambridge aufgeben wollte, da er das doch gar nicht vorhatte. Er versuchte nicht, es ihnen zu erklären; er stand nur da, funkelte sie an und wartete darauf, daß sie zum Ende kamen. Was konnte der alte Walker schon darüber wissen, wie man auf Schönheit reagieren mußte? Wahrscheinlich hatte er noch nie in seinem Leben richtige Schönheit gesehen. Und was die leidenschaftliche Liebe anging, die feurige Liebe, deren Flammen ihn in den vergangenen Wochen verzehrt hatten – man mußte sich doch nur Mrs. Walker anschauen, um zu wissen, daß er so etwas nie gefühlt haben konnte.

Als der Kanonikus einen Augenblick Pause machte, wiederholte Jocelyn deshalb einfach nur, daß seine Mutter ihn gebeten hatte, die Gäste stellvertretend für sie zu verabschieden, und diesmal fügte er noch hinzu: »Sie kann nicht selbst kommen, weil sie bei meiner Frau ist.«

Aufgeblasener junger Affe, dachte Mrs. Walker. Sie kannte ihn noch in Spielhöschen, und selbst damals hatte er schon vornehm getan. Seine Frau, aha. Mrs. Walkers Söhne hatten alle beide keinerlei Begabungen.

»Ihre Mutter ist ein Engel, Sir«, sagte der Kanonikus streng.

»Genau wie meine Frau«, funkelte Jocelyn zurück.

»Zweifellos, zweifellos«, sagte der Kanonikus, ohne auch nur eine Sekunde daran zu glauben. Engel heiraten nicht so überstürzt. Junge Teufelinnen dagegen, glaubte der Kanonikus zu wissen, taten das häufig. Bekamen sie einen erst zu fassen, dann war es zu spät. Jocelyn hatte man zu fassen bekommen – bedauerlich, katastrophal.

Der Kanonikus schnappte sich seinen Hut. »Komm, Margaret«, sagte er unwirsch und zog die Schultern hoch.

Und Margaret kam; gemeinsam marschierten sie den Flur entlang, an der geschlossenen Wohnzimmertür vorbei aus dem Haus, begleitet von einem schweigenden Jocelyn.

Er hatte mit keinem Wort die angenehme von Mrs. Lukes Nachrichten erwähnt, in der es hieß, sie habe vielleicht morgen eine wunderbare Überraschung für die Walkers, denn er hatte sich zu sehr über sie geärgert. Die Walkers verließen das Haus noch aufgebrachter über ihn als zuvor und mit dem Gefühl, von ihrer bis jetzt lieben Freundin Mrs. Luke treulos behandelt worden zu sein. Als sie draußen auf der Straße waren, meinte Mrs. Walker, daß er sich wirklich zu einem unangenehmen jungen Mann entwickelt hätte, und der Kanonikus gab seiner Hoffnung Ausdruck, Mr. Thorpe werde ihn schon zurechtstutzen. Jocelyn, der nichts von Mr. Thorpe ahnte, ging stirnrunzelnd zu seiner Mutter zurück, die gerade dabei war, Sallys Haar zu streicheln, als er die Tür öffnete.

Er vergaß die ermüdenden Walkers, und sein Herz schwoll vor Dankbarkeit. Daß Sally von seiner Mutter sofort mit offenen Armen empfangen würde, hatte er in seinen kühnsten Träumen nicht zu hoffen gewagt. Eigentlich hatte er gar nichts gehofft und sich auch keine genauen Vorstellungen gemacht. Die Last der Schwierigkeiten, die durch Sally bei den einfachsten Dingen auftraten, hatte ihn nach Hause getrieben, wo er sich seiner Mutter zu Füßen warf wie der Sünder seinem Gott; seiner Sünden müde oder durch sie verängstigt. Die Analogie stimmte natürlich nicht ganz, denn man konnte die brave und wunderschöne Sally nicht mit der Sünde vergleichen. Aber er wurde von diesem überwältigenden, beinahe kindlichen Drang getrieben, sich seiner Mutter zu Füßen zu werfen, so daß sie ihn treten konnte, wenn sie wollte. Er hatte sie schlecht behandelt. Er wußte nur zu gut, daß er es verdient hatte. Sollte sie ihn tadeln und strafen, wie sie wollte, wenn er nur zu ihren Füßen liegen durfte, wenn er nur sich und seine Last sicher bei ihr ablegen durfte. Ich will mich aufmachen und zu meiner Mutter gehen, war ihm immer wieder durch den Kopf geschossen, während er den Morris-Cowley in Richtung London und South Winch steuerte. Natürlich hatte er das nicht laut gesagt. Sally war nicht einmal in der Lage, einfache Gedankengänge zu verstehen. Die seinen waren nun aber derartig kompliziert, daß sie Sally völlig verwirren würden. Wie sollte er ausgerechnet ihr, der Ursache für all diese Gedankengänge, klarmachen, was in ihm vorging?

Aber wie glücklich, wie ungeheuer erleichtert war Jocelyn in dem Augenblick, als er die Tür öffnete und Sally und seine Mutter bei diesen Gesten gegenseitiger Zuneigung beobachtete. Der Knoten war geplatzt, die Last abgeworfen. Hier war dieses ruhige Zimmer, in dem alles genau zusammenpaßte, einfach so – seine Zurückhaltung, seine Braun- und Elfenbeintöne, seine Farbakzente, seine Bücher, das Bild; und oben, unter dem Dach, wartete seine eigene Kammer darauf, daß er in seiner Arbeit fortfuhr wie in den ruhigen, fruchtbaren Tagen, bevor er Sally kennenlernte.

Jocelyn stand einen Augenblick da und betrachtete die Szene, die sich ihm bot. Er lächelte sein seltenes Lächeln, weil er so zufrieden war. Es war so ganz anders als an den Orten, an denen er seit seinem letzten Besuch hier hatte leiden müssen. Hier war es so ganz anders als in Pinners Lager hinter dem Laden, wo er sich vor Qualen verzehrt hatte; ganz anders als bei den Cupps, wo man ihn beleidigt hatte; anders als in der teuren Schäbigkeit des Thistle and Goat und anders als in den drei oder vier anderen gräßlichen und unbequemen Zimmern, durch die die Spur seiner Leidenschaft führte. Unmöglich, nicht zu lächeln oder gar zu lachen vor lauter Freude, wieder zu Hause zu sein. Er wußte, daß er seine Mutter sein ganzes Leben lang geliebt hatte, aber ihm war, als sei er sich bis zum heutigen Tag dessen nicht bewußt gewesen. Rasch ging er zu ihr hinüber und legte die Arme um sie. »Mutter, du darfst mich nie verlassen. Ohne dich schaffe ich es nicht. *Wir* schaffen es nicht. Wenn ich wieder nach Cambridge gehe – und ich werde ganz sicher zurückgehen –, mußt du mitkommen. Du wirst mit uns dort leben. Alles hängt von dir ab. Meine ganze Zukunft, mein ganzes Glück . . .«

Und Sally, über deren Kopf hinweg diese Worte gesprochen worden waren, saß stocksteif, denn Mrs. Lukes Hand lag immer noch auf ihrem Haar. Sie war es nicht gewohnt, daß man innerhalb der Familie seine Gefühle zeigte. Weil ihr der Satz vertraut war und ihr Mut machte, sagte sie noch einmal: »Was für ein Segen.«

*

Mrs. Luke wurde jedoch von Jocelyns Worten ernüchtert und an Mr. Thorpe erinnert. Während der Gefühlsstürme der letzten halben Stunde hatte sie überhaupt nicht mehr an ihn gedacht. Nun tauchte er klar und deutlich wieder auf; sehr klar, sehr deutlich und beängstigend nahe. An diesem Abend würde er nämlich nach dem Abendessen herüberkommen – er hatte zugestimmt, daß das Abendessen der Wiedervereinigung dienen sollte – und seine jungen Gäste abholen.

Jocelyn, wußte sie, hatte nicht die geringste Ahnung von seiner Existenz. Obwohl Mr. Thorpe in South Winch lebte, hatte er bis jetzt »nicht dazugehört«. Sein Wohlstand und seine offensichtliche Abneigung geistigen Dingen gegenüber – South Winch brauchte ihn nur anzuschauen und wußte schon Bescheid – trennte ihn von den anderen. Außerdem war da seine Frau gewesen. Wenn er also erwähnt wurde, was nur selten vorkam, dann lediglich mit mildem Desinteresse als der reiche Mann in dem großen Haus in der Acacia Avenue.

Nun mußte sie aber über ihn sprechen, und Jocelyns Worte machten es ihr schwer.

Mrs. Luke stand still, die Hand immer noch auf Sallys Haar, Jocelyns Arm noch um sie gelegt, während er ihr von den Plänen erzählte, die er in den vergangenen beiden Tagen gemacht hatte, seit ihm plötzlich ihre gemeinsame Zukunft vor Augen erschienen war. Wie sollte sie es nur anstellen, ihn dabei zu unterbrechen und Mr. Thorpe ins Spiel zu bringen? Dabei war sie ganz sicher, daß ihre Heirat mit Mr. Thorpe die Lösung für alle Probleme bot. Salvatia würde teuer werden, sehr teuer, wenn man den Gossengeruch gänzlich beseitigen wollte. Ihr eigenes Budget konnte nicht mehr gestreckt werden, und Jocelyn würde natürlich sein ganzes Geld für Cambridge brauchen. Ja – Mr. Thorpe, der am Anfang eine Zuflucht gewesen war, hatte sich nun zum Geschenk des Himmels entwickelt. Jocelyn würde das auch einsehen, wenn man ihm Mr. Thorpe nur richtig schmackhaft machte.

Aber wie sollte sie das nur anfangen – jetzt, da sie den süßen Balsam der Abhängigkeit und Liebe ihres Jungen in die Ohren geträufelt bekam, der in seinem ganzen Leben diesen Gefühlen noch nie so viel Ausdruck verliehen hatte wie in der vergangenen halben Stunde. Und doch war es nicht ihre Schuld, es war Jocelyns. Seine Heirat hatte Mr. Thorpe ins Spiel gebracht. Dennoch machte sie Jocelyn keine Vorwürfe, denn kein junger Mann – und schon gar nicht, wenn er so schönheitsliebend und phantasievoll war wie ihr Sohn – hätte Salvatia widerstehen können.

Sie stand stumm da und lächelte nervös. Sein Glück und seine Hoffnung mit Mr. Thorpe zerstören zu müssen schmerzte sie sehr. Ihr Lächeln wurde immer nervöser. Von allem anderen abgesehen, brachte ihre bevorstehende Heirat sie in eine peinliche Lage. Angesichts ihres erwachsenen Sohnes war ihr die Heirat furchtbar peinlich. Der Gedanke an ihre beinahe gerissene Sehne am vergangenen Abend . . . angenommen, Jocelyn glaubte, sie würde Mr. Thorpe aus einem anderen Grund als der damit verbundenen Vorteile heiraten, sie würde diese Ehe nicht nur widerstrebend eingehen . . . angenommen, Jocelyns Einstellung zu ihr ähnelte der Haltung Hamlets und er würde über sie die schlimmsten Dinge denken – aussprechen würde er sie nicht, das wußte sie.

»Wie herrlich das alles klingt«, sagte sie schließlich und nahm ihre Hand von Sallys Kopf, die sich dadurch gleich besser fühlte. »Wirklich ganz herrlich. Aber . . .«

»Nein, Mutter, es gibt kein Aber«, unterbrach Jocelyn. »Das ist beschlossene Sache.« Und unbesonnen, wie er in seinem Glück war, wandte er sich an Sally. »Nicht wahr, Sally, wir wollen doch, daß Mutter bei uns bleibt. Wir werden mit ihr zusammenleben, nicht?«

»Ja – und mit Vater«, sagte Sally, die ihre simplen Vorschläge hartnäckig verfolgte.

»Vater«, wiederholte Mrs. Luke gerührt. »Liebes Kind, dein armer Jocelyn hat keinen . . .«

»Mutter, du und ich, wir beide müssen uns mal in aller Ruhe unterhalten«, fiel Jocelyn hastig ein, weil er sah, daß Sally den Mund wieder öffnete. Sie sollte *nichts* sagen, am besten war es wirklich, wenn sie *überhaupt nichts* sagte. Je weniger sie sagte, desto besser für alle Beteiligten. »Du und ich. Unter vier Augen. Heute abend, wenn Sally . . .«

»Salvatia, Jocelyn. Bitte, bitte.«

». . . sich schlafen gelegt hat.«

»Aber weißt du, Jocelyn, mein Lieber«, sagte Mrs. Luke, während sie sich aus seiner Umarmung löste und ein bißchen von ihm abrückte. »Genau das geht nicht. Nicht hier. Nicht in diesem winzigen Haus. Man sollte es nicht glauben, aber hier gibt es wirklich keinen Platz – nicht für drei Leute. Deshalb wollte ich dir sagen« – sie nestelte an seiner Krawatte, den Blick fest darauf geheftet, so daß sie ihm dabei nicht in die Augen sah –, »was ich arrangiert habe. Ihr beide werdet nebenan untergebracht.«

»Nebenan, Mutter?« fragte Jocelyn völlig überrascht. Er konnte sich beim besten Willen nicht an die Leute von nebenan erinnern.

»Jedenfalls fast nebenan«, sagte Mrs. Luke und widmete sich gewissenhaft weiter seiner Krawatte. Sie hatte das furchtbar unangenehme Gefühl, rot zu werden. »In Abergeldie.«

»Abergeldie?« Jocelyns Frage klang wie ein Echo. Der Name sagte ihm nichts.

»Ich mache dir einen Vorschlag«, sagte Mrs. Luke, als habe sie plötzlich eine brillante Idee, inspiriert von dem kleinen Dienstmädchen, das mit einem Tablett, das doppelt so groß schien wie sie selbst, in der Tür stand. Beim Anblick der jungen Dame auf dem Stuhl ließ sie es beinahe fallen. »Nach dem Tee geht Salvatia in mein Schlafzimmer und ruht sich dort ein bißchen aus – nicht war, Salvatia? –, und du und ich werden uns in aller Ruhe unterhalten, mein lieber Jocelyn – nein, nein, Hammond, nicht dort; hier, ich habe den Tisch doch schon vorbereitet –, und ich erzähle dir alles über – wir brauchen drei Tassen, Hammond, nicht zwei –, und ich erzähle dir alles über . . .«

Aber sie konnte sich immer noch nicht überwinden, Mrs. Thorpe zu erwähnen, und sagte statt dessen wieder Abergeldie.

»Ist das ein Gästehaus?« fragte Jocelyn, dem das alles nicht gefiel.

»O nein – ein *Gästehaus* ist das nicht«, sagte Mrs. Luke fröhlich und strich zum Abschluß dieses Gesprächs über seine Krawatte.

*

Wie sollte sie ihm nur von Mr. Thorpe erzählen? Mit welchen Worten konnte sie, nachdem sie Salvatia nach oben und damit erst einmal aus dem Weg geschickt hatte, in Jocelyns Kopf so schnell wie möglich die Vorstellung erzeugen, die sie dort von einem guten, ehrenhaften und wohlhabenden Mann einnisten wollte, der sie achtete und schätzte und sie aus diesen Gründen zu heiraten beabsichtigte? Ein guter Mann, der ihnen allen einen soliden Hintergrund ermöglichen würde. Ein guter Mann, dessen Gefühle für sie – Mrs. Luke war ängstlich darauf bedacht, Jocelyn nicht auf die Idee zu bringen, es gäbe Leidenschaft zwischen ihr und Mr. Thorpe – wie die eines viel älteren Bruders waren.

Geistesabwesend und beunruhigt schenkte sie allen Anwesenden Tee ein, trank und bemerkte kaum, was Sally tat, die zum erstenmal in ihrem Leben mit einem Tisch konfrontiert war, an dem man nicht aufrecht sitzen konnte. Sie mußte Tasse und Untertasse, ihren Löffel und den Teller in ihrem Schoß unterbringen und war ununterbrochen dabei, etwas fallen zu lassen oder zu verschütten.

»Mutter, du wirst sehr viel Geduld haben müssen«, sagte Jocelyn verärgert, als Sallys Löffel zum drittenmal klappernd auf den gebohnerten Boden fiel. Es gab nur zwei Teppiche im Wohnzimmer, und die lagen weit auseinander.

Mrs. Luke lächelte, sagte »natürlich« und bekam von alldem wenig mit, weil sie in Gedanken mit Mr. Thorpe beschäftigt war.

Aber als die Tasse seitlich von der Untertasse glitt und umkippte, wobei Sallys Kleid ganz naß wurde und die Tasse zerbrach, schreckte sie hoch und vergaß für einen Augenblick Mr. Thorpe.

»O Mann«, rutschte es Sally vor Schreck heraus.

»Es macht wirklich nicht das geringste aus, Salvatia«, sagte Mrs. Luke. Sie mochte diese Teetassen ganz besonders gerne, und noch nie zuvor war eine davon zerbrochen worden. »Bitte versuche nicht, irgend etwas aufzuheben. Hammond wird das erledigen. Jocelyn, klingele bitte.« Natürlich war sie verärgert, weil ihr Service nun nicht mehr vollständig war, aber ihre Erziehung verbot ihr, bei solchen *contretemps** ihren Verdruß zu zeigen. Auf die eine oder andere Art mußte sie ihren Ärger jedoch loswerden, und deshalb fuhr sie an Sally gewandt fort: »Aber ich würde selbstverständlich niemals ›o Mann‹ sagen, wenn etwas Unerwartetes geschieht.«

»Is' recht«, murmelte Sally verstört; alles, was Jocelyn ihr beigebracht hatte, schien aus ihrem Hirn verschwunden.

»Auch würde ich«, bemerkte Mrs. Luke freundlich und sehr deutlich, »niemals ›is' recht‹ sagen.«

»Das habe ich ihr schon hundertmal gesagt«, sagte Jocelyn. Er wischte Sallys Kleid mit seinem Taschentuch ab.

»Stimmt«, murmelte Sally, die völlig den Kopf verloren hatte und nur noch ihre Sünden eingestehen und um Verzeihung bitten wollte.

»Auch das, liebe Salvatia, würde ich niemals sagen«, erwiderte Mrs. Luke noch freundlicher und noch deutlicher.

Also sagte Sally nichts, denn nun blieb ihr nichts mehr, was sie hätte sagen können.

* contretemps: Widerwärtigkeiten; hier: Unannehmlichkeiten (Anm. d. Ü.)

»Sie wird das alles ganz wunderbar lernen«, sagte Mrs. Luke zu Jocelyn, als sie wieder ins Wohnzimmer kam. »Ganz wunderbar.« Sie hatte Sally nach oben gebracht, sie ins Bett gesteckt und ihr erklärt, sie sei müde und müsse sich ausruhen.

Jocelyn hatte im Wohnzimmer gewartet. Jetzt, nachdem Sally nicht mehr störte, würden er und seine Mutter in Ruhe miteinander reden können.

»Mutter, du bist wunderbar«, sagte er.

»Jocelyn, mein Liebling«, lächelte sie. »Dieses Kind ist wunderbar. Oder wird es zumindest sein«, fügte sie hinzu, »wenn sie erst ordentlich . . .« geschrubbt worden ist, wollte sie eigentlich sagen, weil sie wieder an die Gosse dachte. Aber selbstverständlich sagte sie so etwas nicht, sondern suchte nach einem taktvolleren Ausdruck. »Wenn sie erst die richtige Anleitung hat«, vollendete Mrs. Luke schließlich ihren Satz.

»Das hört sich an, als ginge es um einen Dienstboten«, sagte Jocelyn, der in diesem Punkt empfindlich war. Er dachte an den Blechkoffer (den er in Truro losgeworden war), an die steifen Nachthemden (die er auch in Truro losgeworden war) und an viele andere Dinge, die sich in sein Gedächtnis eingebrannt hatten.

»Dienstbote? Du dummer Junge. Sie ist eine Herzogin, die aus Versehen falsch geboren wurde – die schönste Herzogin, die die Welt je gesehen hat. Niemals«, sagte Mrs. Luke sehr eindringlich, da sie die Lage fest in der Hand haben wollte, »niemals darfst du im Zusammenhang mit Salvatia je wieder so etwas denken, lieber Jocelyn, niemals.«

Er würde seiner Mutter besser nicht erzählen, daß Sally sich offensichtlich zu den Cupps hingezogen gefühlt und versucht hatte, mit ihnen Freundschaft zu schließen. Er würde auch nichts von dem schmutzigen Mechaniker in der Werkstatt in Truro erzählen, mit dem sie sich angefreundet hatte. Und auch von Mr. Pinner, vor dem Jocelyn einen so merkwürdigen Abscheu fühlte, daß die Erinnerung an diesen Mann ihn ernsthaft bedrückte, würde er kein Wort sagen. Über Mr. Pinner würde er einfach hinweggehen. Warum sollte er ihn überhaupt zur Sprache bringen? Warum sollte er Sallys Herkunft bis aufs I-Tüpfelchen genau schildern? Seine Mutter hatte selbst gehört, wie sie sprach, und konnte sich wohl ungefähr vorstellen, wie ihr Vater sein mußte. Es war besser, es bei der ungefähren Vorstellung zu lassen.

So gingen sie also zusammen in den Garten – wieder suchte Mrs. Luke instinktiv die Natur auf –, Jocelyn war fest entschlossen, das Gespräch nicht auf Mr. Pinner kommen zu lassen, und mit derselben Entschlossenheit bemühte sich Mrs. Luke, Mr. Thorpe endlich ins Gespräch zu bringen.

✳

Arm in Arm spazierten sie an dem Ort auf und ab, den Mr. Thorpe hartnäckig den Trockenplatz nannte, obwohl Mrs. Luke ihn immer wieder als Rasen bezeichnete. »Ihre Familie kommt aus Islington«, sagte Jocelyn.

»Aus den Vororten, genau wie wir«, erwiderte seine Mutter mit geradezu himmlischem Taktgefühl, wie Jocelyn fand.

Aber sie dachte gar nicht darüber nach, was er sagte und was sie antwortete; sie suchte nach einer Formulierung, mit der sie Mr. Thorpe einführen konnte. Und um noch einen Augenblick Aufschub zu erreichen – merkwürdig, wie nervös sie war –, blieb sie an der Mauerecke neben dem Küchenfenster vor der Kerria japonica stehen und fragte ihn, ob er nicht auch fände, daß sie dieses Jahr gut aussähe.

»Wundervoll«, erwiderte Jocelyn. »Ganz großartig.«

Er seufzte zufrieden ob ihres erstaunlichen, schier unendlichen Taktgefühls. Hatte sie nicht vom ersten Augenblick an die Situation erfaßt, ohne eine weitere Erklärung zu benötigen? Und jetzt ging sie über die Pinners hinweg, ohne eine einzige Frage zu stellen. »Aus den Vororten, genau wie wir.« In diesem Augenblick bewunderte Jocelyn seine Mutter wirklich.

»Beinahe perfekt«, sagte er und bewunderte die Kerria. »Wo immer du bist, wächst alles so, wie es soll. Wo du bist, ist Frieden und Ordnung, und alles hat seine *Richtigkeit*.«

»Die Ehe hat einen Schmeichler aus dir gemacht«, lächelte Mrs.

Luke und verschob das Gespräch über Mr. Thorpe noch ein bißchen.

»Sie hat mir bewußt gemacht, was für eine Mutter ich habe.« Jocelyn drückte ihren Arm.

»Jocelyn, Liebling. Das ist aber ein ungewöhnliches Ergebnis einer Ehe, findest du nicht?«

»Meine Ehe ist ja auch ungewöhnlich.«

»Ja«, erwiderte Mrs. Luke. Sie verschränkte die Arme. »Ja, ich glaube – wir sollten darüber reden.«

»Aber wir reden doch gerade darüber.«

»Ich meine, über die Zukunft.«

»Ich habe dir doch von meinen Plänen erzählt.«

»Aber ich dir nicht von meinen.«

»Deine Pläne, Mutter?«

Er wandte ihr den Kopf zu und schaute sie an. War sie nicht ziemlich rot geworden?

»Weißt du, Jocelyn«, begann sie mit merkwürdig veränderter Stimme. »Ich fühlte mich sehr elend. Sehr, sehr elend. Das darfst du nicht vergessen. Wirklich *sehr* elend.«

*

Mrs. Luke hatte Mr. Thorpe ganz anders ins Gespräch bringen wollen; wie deutlich ihr bewußt sei, daß er in ihrer augenblicklichen Lage die einzige Hoffnung sei, hatte sie sagen wollen, und ihn mit der Wertschätzung und dem Lob einführen, das einer einzigen Hoffnung gebührte. Und jetzt erwähnte sie ihn in einem Atemzug mit einer ernsten Erklärung über ihr eigenes Elend. Das war wirklich nicht der richtige Anfang. So etwas konnte Mr. Thorpe nur schaden. Außerdem war sie immer stolz darauf gewesen, vor Jocelyn in jeder Situation absolut ruhig und zufrieden zu erscheinen. Beherrschung, so hatte sie ihm von Kindesbeinen an gepredigt, zeige sich in unerschütterlicher Ruhe und orientiere sich an der großartigen Beschreibung der Liebe in Paulus' erstem Korintherbrief. Welchen Gefühlen sie auch ausgesetzt war, sie wurden nicht gezeigt. Aber sie hatte wirklich gerade eine schwere

Zeit hinter sich gebracht, eine sehr, sehr schwere Zeit, und ihre Nerven waren offensichtlich über jedes Maß strapaziert worden.

»Was ist los, Mutter?« fragte Jocelyn überrascht und beunruhigt. Hatte seine Mutter etwa spekuliert und verloren?

Mit großer Anstrengung nahm sie sich zusammen und versuchte zu lächeln. »Ich habe wirklich eine gute Neuigkeit«, sagte sie und setzte den Spaziergang fort. »Wir setzen uns jetzt unter die Zeder und ich werde dir . . .«

»Mutter, was ist denn nur los?« fragte Jocelyn noch einmal besorgt, als sie mitten im Satz abbrach; eine dunkle Vorahnung legte sich wie ein Schatten auf seine Seele. »Du willst doch nicht – du willst mich jetzt doch nicht im Stich lassen?«

»Ich werde dir mehr helfen als jemals zuvor. Genauer gesagt, wenn dieser . . .«, sie wollte unverhoffter Glücksfall sagen, konnte Mr. Thorpe dann aber doch nicht als Glücksfall betrachten. »Wenn dies nicht geschehen wäre, könnte ich nur wenig für Salvatia tun. Sie braucht . . .«

Hatte seine Mutter etwa spekuliert und gewonnen?

Aber Mrs. Luke erklärte nicht, was Salvatia brauchte, denn auf dem Weg zur Zeder gingen sie unter dem offenen Fenster des Schlafzimmers vorbei, in dem Sally untergebracht war. Sie hörten Stimmen, und die verblüffte Mrs. Luke stand wie angewurzelt.

Almond Tree Cottage war ein kleines, niedriges Haus, und die Fenster im ersten Stock lagen nicht allzu hoch über den Köpfen derer, die im Garten spazierengingen. Mrs. Luke stand immer noch verblüfft da und lauschte – mit wem konnte Sally sich denn nur unterhalten? Ihre Augen ruhten fragend auf Jocelyns Gesicht. Auch er hörte zu, aber mit weitaus weniger Erstaunen. Aus seiner bisherigen Erfahrung konnte er vermuten – eine sehr qualvolle Vermutung –, was da vor sich ging. Er nahm an, daß Sally wieder in ihre alten Gewohnheiten zurückfiel und mit dem Dienstmädchen fraternisierte.

Zuerst hörte man nur Gemurmel – eine Stimme, dann noch eine Stimme, dann zwei Stimmen gleichzeitig; Mrs. Lukes Gesicht zeigte echtes Befremden. Aber dann hörte man Sallys Stimme, die sich zu einem deutlichen, überraschenden Heulen steigerte. Sie hörten Sally sagen oder, besser gesagt, weinen: »O 'ammond – o 'ammond . . .«

Zweimal. Einfach so.

Daraufhin ließ Mrs. Luke plötzlich Jocelyns Arm los, eilte ins Haus und rannte die Treppe hinauf.

*

»Bist du krank, Salvatia?« fragte sie beim Öffnen der Schlafzimmertür.

Auf dem Bettrand saß Sally; ihre Füße, noch in Strümpfen, schleiften auf dem Boden, und neben ihr, ebenfalls auf dem Bettrand, saß das kleine Dienstmädchen. Mrs. Luke traute ihren Augen nicht. Die beiden hielten sich umarmt. Mrs. Luke hatte bisher noch nicht bemerkt, daß Hammond überhaupt Arme hatte. Nicht die Art Arme, die man um andere Menschen legen konnte; nicht die Art Arme, die etwas anderes konnte als Tabletts tragen und Fußböden wischen.

Es traf sie wie ein Schock. Wenn Salvatia krank wäre, gäbe es für Hammonds Arme eine Erklärung, eine Entschuldigung. Aber Salvatia war nicht krank; das sah Mrs. Luke sofort. Sie war bestimmt nicht krank, denn sie weinte, und Mrs. Luke hatte aus ihren Beobachtungen abgeleitet, daß Kranke gewöhnlich nicht zu weinen pflegen.

Das kleine Dienstmädchen sprang auf; mit rotem Gesicht stand sie ängstlich da, den Blick auf ihre Herrin gerichtet. Sally tat genau das Gegenteil – sie legte sich rasch wieder auf das Bett, zog die Bettdecke bis zum Kinn hoch und versuchte den Eindruck zu erwecken, als hätte sie sich nicht von der Stelle gerührt, seit die Dame sie ins Bett gepackt hatte. Sie schämte sich dafür, daß sie geweint hatte; alle waren gut und freundlich zu ihr, tätschelten sie und küßten sie sogar noch, nachdem sie die Tasse zerbrochen hatte, und sie weinte. Ihr Weinen war schrecklich undankbar, fand Sally. Aber sie schämte sich nicht dafür, den Arm um 'ammond gelegt zu haben. Freundlich war sie, und sie wußte offenbar sehr viel für ihr Alter; sie war sechs Monate jünger als Sally.

Ein bißchen scheu und abweisend war sie anfangs gewesen, hatte sich dann aber schnell an Sally gewöhnt, die sich so furchtbar allein und einsam fühlte. Als schließlich 'ammond – was für ein Name für ein Mädchen! – mit heißem Wasser für die Dame hereinkam, damit sie sich vor dem Essen waschen konnte, begann Sally, ermutigt von ihrem freundlichen Blick, ein Gespräch mit ihr. Es war genauso eine Erleichterung, wie mit dem jungen Mann in der Werkstatt zu reden; nur hatte sie mit ihm gelacht, und mit 'ammond weinte sie zu ihrer Schande und Verwirrung nur. Aber dann diese Dame . . . die konnte doch einen Hund zum Heulen bringen . . . würde bei ihnen wohnen und nie wieder weggehen . . . würde den ganzen Tag so tun, als ob sie lächelte, dabei war das gar kein Lächeln . . .

»*Ich* weiß es«, nickte das kleine Dienstmädchen ernst.

'ammond wußte wirklich eine Menge für ihr Alter.

*

Sally war sehr dankbar gewesen, als dieses furchtbare Teetrinken endlich vorbei war. Sie hatten tatsächlich versucht, ihr noch mehr Tee aufzudrängen und mit dieser wackligen Tasse-auf-dem-Schoß-Geschichte noch einmal anzufangen, aber ein zweitesmal würde ihr das nicht passieren. Sie war dankbar gewesen, als Mrs. Luke sie mit nach oben nahm und ihr sagte, sie müsse sich hinlegen und bis zum Abendessen ausruhen. Bis zum Frühstück am nächsten Morgen würde sie sich ausruhen, wenn sie das so wollten; bis zum Jüngsten Tag, wenn es sein mußte. Sie wollte kein Abendessen. Beim Abendessen wurden Gabeln benutzt, die waren schlimmer als Löffel. Und vielleicht mußte sie wieder herumsitzen und ihr Essen auf dem Schoß balancieren. Sie wollte nichts, nichts auf der Welt, außer irgendwo zu sein, wo die Dame nicht war. Die Dame hatte die Vorhänge zugezogen, Sally zugedeckt und ihr Haar zurückgestrichen. Dann hatte sie gesagt, der Schlaf würde ihr guttun, hatte sich über sie gebeugt und sie geküßt und war schließlich gegangen. Wie dankbar war Sally gewesen, endlich allein zu sein.

Hatte sie geküßt. Trotz Tasse, dachte Sally und lag genauso ruhig, wie man es ihr aufgetragen hatte. Sie dachte über die Erlebnisse dieses Nachmittags nach. In dieser Familie konnten sie die Küsserei einfach nicht lassen, dachte Sally, in deren Familie es nicht gegeben hatte, was bei den Pinners als »Geknutsche und Gefummel« bekannt und verpönt gewesen war. Die Pinners fummelten und knutschten nicht, und auch niemand von ihren Freunden und Bekannten tat so etwas. War auch gut so, dachte Sally wehmütig; wußte man doch, woran man war. Bei diesen Lukes hier, so dachte sie niedergeschlagen, wußte man ja nie, wo sie einen als nächstes küssen würden. Sie meinte das keineswegs respektlos; sie war nur nicht in der Lage, ihre Gefühle in andere Worte zu fassen. Aber diese Küsserei . . . Hände, Haar, Gesicht – die ließen wirklich nichts aus, wenn sie erst mal so in Fahrt waren. Damit hielten sie einen auf Trab, machten einen ganz kribbelig. Und Mr. Luke – *er* benahm sich hier ganz anders. Aber er benahm sich ja immer irgendwie anders. Diese Dame dagegen . . .

An diesem Punkt ihrer Überlegungen hatte Sally ihr Gesicht in dem Kissen vergraben. Zu ihrer Überraschung bemerkte sie, daß das Kissen naß war, und zwar von ihren eigenen Tränen. Dann schämte sie sich. Aber die Scham hinderte sie nicht am Weinen; nachdem sie einmal angefangen hatte, schien es von Minute zu Minute schlimmer zu werden. Und als das kleine Dienstmädchen mit dem heißen Wasser hereinkam, schluchzte sie bereits heftig.

*

Mrs. Luke war kurz angebunden, was das Dienstmädchen betraf. Sie sagte nur in diesem freundlichen Ton, der alle Dienstboten das Fürchten lehrte: »Hammond, ich bin sehr überrascht, daß Sie den Schlaf von Mrs. Jocelyn stören.«

Das kleine Dienstmädchen schlängelte sich mit hochrotem Kopf und niedergeschlagenen Augen flehend aus dem Zimmer.

Dann nahm Mrs. Luke Sally in Angriff. Sie setzte sich auf den Bettrand.

»Salvatia, meine Liebe«, sagte sie und legte ihre Hand an der

Stelle auf die Bettdecke, unter der sich ein Arm abzeichnete. Sie sprach zu dem abgewandten Gesicht. »Salvatia, meine Liebe . . .«

Sallys Tränen trockneten sofort, denn sie fürchtete sich viel zu sehr, um weiter zu weinen. Sie vergrub das Gesicht noch tiefer im Kissen und hielt die Augen fest geschlossen. »Vertraue dich niemals einem Dienstboten an, liebes Kind«, sagte Mrs. Luke freundlich. »Komm zu Jocelyn oder zu mir. Wir sind die passenden Gesprächspartner für dich, denen du dich mit all deinen kleinen Sorgen anvertrauen kannst. Oh, ich weiß, wie nervenaufreibend Flitterwochen für eine junge Frau sind. Man hat oft das Bedürfnis, sich auszuweinen, ohne eigentlich zu wissen warum. Ist es nicht so, Salvatia? Komm zu mir oder zu deinem Mann, wenn dir nach Weinen ist, aber sage nichts zu Hammond, was dir später leid tun könnte. Weißt du, Salvatia, du bist jetzt eine Dame, nicht wahr – eine erwachsene verheiratete Dame, und dein Platz ist bei deinem Mann und mir. Was, liebes Kind? Was hast du gesagt?«

Sally hatte jedoch gar nichts gesagt; sie hatte nur versucht, die bösen Ahnungen hinunterzuschlucken, die sie überkamen, als sie hörte, wo ihr Platz sei. Bei der Dame? Tät' mich nich' wundern, dachte sie, mehr und mehr von der Erkenntnis beunruhigt, daß Mrs. Luke ein ständiger Teil ihrer Ehe sein würde. Tät' mich nich' wundern, wenn ich da mehr abgebissen hab', wie ich kauen kann. Und sofort war sie darüber schockiert, daß sie so etwas überhaupt gedacht hatte. Gute Manieren waren nun einmal gute Manieren. Die mußte man im Innern genauso haben wie nach außen. Es war völlig nutzlos, »'tschuldigung«, »Verzei'ung« oder »Tut mir leid« zu sagen, wenn man innerlich unhöflich und grob war. Gott sah alles. Gott wußte alles. Und wenn man nur mit dem Mund höflich war und es nicht durch und durch ehrlich meinte, war man, sie erinnerte sich an die Worte ihres Vaters, ein Pharisäer.

Mrs. Luke betrachtete nachdenklich das *profil perdu** auf dem Kopfkissen, das kleine Ohrläppchen, den schönen Schwung der geröteten Wangen und das wirre, leuchtende Haar. Als Geste der

* profil perdu: (hier) abgewandtes Gesicht (Anm. d. Ü.)

Beruhigung und Ermutigung beugte sie sich hinab und küßte es. Und Sally, die versuchte, nicht weiter in das Kissen zu versinken, sagte sich: Geht schon wieder los.

»Warum hast du geweint, Salvatia?« fragte Mrs. Luke freundlich.

»Weiß nich'«, murmelte Sally und zog sich in die hinterste Ecke ihres Schneckenhauses zurück.

»Dann, meine Liebe, war es einfach töricht, nicht wahr? Ohne Grund zu weinen, noch dazu vor einem Dienstboten! Mit solchen Dingen schadest du deinem Ansehen, Salvatia. Und du mußt in Zukunft nicht nur an dein Ansehen denken, sondern auch an das von Jocelyn, deinem Mann.«

»Oje«, seufzte Sally lautlos. Sie hörte am Ton, daß ihr trotz der oberflächlichen Freundlichkeit gerade eine Lektion erteilt wurde – eine neue Art von Lektion, bei der sie große Schwierigkeiten hatte, ihr zu folgen und sie zu verstehen, so gewissenhaft sie auch zuhörte. Was von ihr und von Mr. Luke machte denn eigentlich ihr Ansehen aus? Was für 'n Glück für mich, daß ich nich' ein Baby zum Stillen hab', dachte sie, denn über Babys und das Stillen wußte sie genau Bescheid. Von der Dame da tät' mir glatt die Milch sauer werden.

Sofort erschrak sie darüber, daß sie so etwas gedacht hatte. Gute Manieren waren nun einmal gute Manieren. Die mußte man im Innern genauso haben wir nach außen. Denk nie was, was du nich' auch sagen tätst, hatte ihr Vater ihr eingeschärft; und wenn sie sich vorstellte, zu sagen, was sie gerade gedacht hatte!

O Gott, betete Sally im stillen; sie hatte jeden Sonntag vor Mr. Pinner ein Gebet auswendig aufsagen müssen, und Teile davon hatte sie behalten. Sende mir den 'eiligen Geist und reinige meine Gedanken und mein 'erz, denn ohne deine 'ilfe und Gnade bin ich verloren . . .

Mrs. Luke fiel es angesichts Sallys Schweigen schwer, fortzufahren – nicht etwa, weil sie nicht wußte, was sie sagen wollte. Es gab so viele und so wichtige Dinge zu sagen, daß sie nicht wußte, wo sie beginnen sollte. »Vielleicht ist es das beste, meine Liebe, wenn du dir die Augen mit dem schönen heißen Wasser auswäschst, das Hammond gebracht hat. Mach dich ein bißchen frisch und komme dann herunter. Was hältst du davon? Ist das nicht eine gute Idee? Hier oben ist es für dich zu langweilig. Aber wasch dir die Augen sorgfältig. Wir wollen doch nicht, daß Jocelyn sieht, daß wir geweint haben, nicht wahr, liebes Kind . . .«

Und während sie sich hinabbeugte, um Sally einen Abschiedskuß zu geben, hörte sie, wie unten im Flur laut und deutlich ihr Name gerufen wurde.

»Margery! Margery!« rief die Stimme. In ihr klang die fröhliche Beharrlichkeit eines Mannes, der verlobt ist und das Recht hat, sich im Flur seiner Verlobten fröhlich und beharrlich zu benehmen.

Edgar! Noch dazu Stunden zu früh.

*

»Oh, pst, pst«, flehte Mrs. Luke und eilte zu ihm nach unten.

»Pst, was?«

»Jocelyn . . .«

Sie warf einen ängstlichen Blick in den Teil des Flures, der zur Hintertür führte.

»Er ist da«, sagte Mr. Thorpe und flüsterte dabei kein bißchen. »Weiß ich doch. Hab sein – na ja, ein Auto kann man es ja wohl kaum nennen –, sein Gefährt vor dem Tor stehen sehen.«

»Aber ich hatte noch keine Zeit, ihm zu sagen . . .«

»Daß er ein Narr gewesen ist?« unterbrach Mr. Thorpe.

»Komm hier herein«, sagte Mrs. Luke, nahm seinen Arm und schob ihn ins Wohnzimmer. Sie schloß die Tür hinter ihnen.

»Hab' dir was mitgebracht«, sagte Mr. Thorpe. Er hielt ihr einen großen Fischkorb unter die Nase. »Lachs. Erste Qualität. Dachte, das wär was Feines für euer Nachtmahl – ein warmes Abendessen gibt es bei dir ja nicht. Bin extra früh aus der Stadt zurückgekommen, damit alles rechtzeitig hier ist.«

»Wie freundlich, wie freundlich«, murmelte Mrs. Luke zerstreut.

»Ist auch reichlich bemessen.« Mr. Thorpe schlug mit der Hand auf den Korb.

»Zuviel, viel zuviel«, murmelte Mrs. Luke. Sie war dabei nicht ganz sicher, ob sie von dem Lachs sprach.

»Zuviel? Aber ganz und gar nicht«, erwiderte Mr. Thorpe. »Ich knausere nicht gern.«

Als nächstes würde er seine Gabe auf den nächstgelegenen Stuhl legen, wußte sie, und sie in eine dieser kräftigen Umarmungen ziehen, bei denen es überall knirschte und knackte. Sie beugte sich vor und nahm ihm hastig den Korb ab. Sie konnte sich jetzt einfach nicht umarmen lassen, sie konnte es es wirklich nicht – nicht, während Jocelyn da draußen ahnungslos unter der Zeder saß.

»Laß doch den Korb«, sagte Mr. Thorpe. Er fand, daß er in der Angelegenheit mit dem Fisch ihre Anerkennung verdient hatte.

»Ich muß ihn sofort in die Küche bringen«, sagte Mrs. Luke, wobei sie seine weit offenen Arme umging. »Sonst ist er zum Essen nicht rechtzeitig fertig.«

»Wie? Kein Dankeschön, was?«

»Doch, doch – später.« Mrs. Luke schlüpfte in Richtung Tür. »Jocelyn weiß es noch nicht. Das mit uns, meine ich. Ich hatte noch keine Zeit . . .«

»Zeit, was? Hattest noch keine Zeit, ihm zu sagen, daß du mich geangelt hast?«

Mr. Thorpe zog seine Uhr heraus. »Fünf Minuten«, sagte er. »Zwei würden auch genügen, aber ich gebe dir fünf. Dann trab jetzt mal los, und komm in genau fünf Minuten wieder zurück. Wenn nicht, komm' ich dich holen. Trab mal los.«

Trab mal los . . .

Mrs. Luke ließ ihn bei geschlossener Wohnzimmertür zurück. Während sie mit dem schweren Korb in ihren zarten Händen den Flur entlangging, fragte sie sich, wie lange sie nach der Hochzeit wohl brauchen würde, um Mr. Thorpes Ausdrucksweise zu mildern. Es war so absurd, ihr zu sagen, sie solle lostraben. Sie und traben! Ausgerechnet sie, mit Sicherheit die würdevollste unter den Damen in South Winch! Es war so absurd, daß sie ihre Fassung wiederfand. Sie würde ganz bestimmt nicht traben. Sie würde auch auf emotionalem Gebiet nichts Derartiges tun. Sie würde weder traben noch hetzen, weder körperlich noch geistig. Sie lehnte es ab, sich von fünf Minuten und einer Uhr in Edgars Hand unter Druck setzen zu lassen. Er mußte sich wirklich auf ihr Niveau hinaufbegeben und nicht so selbstverständlich annehmen, daß sie sich auf seines hinunterbegeben würde. Und was für eine Art, von ihrer Hochzeit zu sprechen – zu behaupten, sie hätte ihn geangelt!

Durch Mr. Thorpes Worte einmal mehr zur Gelassenheit abgekühlt, ging sie mit etwas mehr als der üblichen Würde den Gang hinunter. An der Küchentür hielt sie dem kleinen Dienstmädchen den Korb hin, das nur widerwillig aus der dunklen Ecke mit der Spüle kam, und sagte nur: »Kochen Sie ihn.«

Mit hocherhobenem Kopf, so hoch, wie ihn jene trugen, die dem Unvermeidlichen entgegengehen, schritt sie hinaus in den Garten, überquerte den Rasen und ging auf die Zeder zu, unter der Jocelyn saß und auf sie wartete.

Sie brauchte hierfür eine von den fünf Minuten. Nach Ablauf weiterer vier würde Mr. Thorpe in den Garten kommen, um zu sehen, warum sie nicht zurückkehrte. Soll er doch, dachte Mrs. Luke mit dem Mut der Verzweiflung. Sie konnte das nicht in fünf Minuten erledigen. Sie konnte so etwas nicht auf Jocelyn abfeuern wie eine Pistole. Dummer Edgar.

*

»Nun, Mutter?« Jocelyn stand auf, als sie näher kam.

Er hatte geraucht, während er wartete, zufrieden damit, daß es nun in den fähigen Händen seiner Mutter lag, sich darum zu kümmern, was Sally angestellt hatte. Gleichzeitig wünschte er sich verzweifelt, sie hätte gar nichts angestellt. Diese Neigung, sich den Dienstboten anzuschließen, mußte seine Mutter abstoßen. Er selbst fand es abstoßend; um wieviel schlimmer mußte es dann für seine anspruchsvolle Mutter sein.

»Ich kann es mir schon denken«, sagte er, als sie sich neben ihn setzte.

»Nein«, sagte Mrs. Luke. »Du hast nicht die leiseste Ahnung.«

»Was hat sie denn angestellt, Mutter?« fragte er ernstlich beunruhigt und warf seine Zigarette weg.

»Salvatia? Nichts. Nichts Wichtiges. Das arme, liebe Kind. Ich wollte mit dir nicht über Salvatia reden, sondern über Mr. Thorpe.«

»Mr. Thorpe?«

»Ja. Abergeldie. Es gehört Mr. Thorpe. Deshalb werdet ihr dort einquartiert – weil es Mr. Thorpe gehört.«

»Aber warum sollten wir . . .?«

»Nun, Jocelyn«, unterbrach sie, »denke bitte stets daran, daß es sich bei Mr. Thorpe um den absolut zuverlässigsten, vertrauenswürdigsten, großartigsten, hingebungsvollsten Mann überhaupt handelt. Ich kann keinen Makel an seinem Charakter entdecken. Er ist geradezu übertrieben großzügig – wirklich, er übertreibt. Er hat die Gabe, ungeheuer freundlich zu sein. Ich kann dir wirklich nicht sagen, wie sehr ich ihn achte.«

Kalt und schwer lastete eine Vorahnung auf Jocelyns Seele.

Einen Augenblick schwiegen sie beide.

»Ja, Mutter. Und?« fragte er nach einer Minute.

»Und er ist reich. Sehr reich.«

»Ja, Mutter. Und?« sagte Jocelyn, als sie nicht weiterredete.

»Als ich deinen ersten Brief bekam, war ich natürlich sehr aufgewühlt«, fuhr Mrs. Luke fort. Sie starrte gerade vor sich hin.

»Ja, Mutter. Und?« sagte Jocelyn, denn sie hielt wieder inne.

»Alles schien in Scherben zu zerfallen – alles, woran ich geglaubt und worauf ich gehofft hatte.«

Nun entstand ein längeres Schweigen.

»Ja, Mutter. Und?« sagte Jocelyn schließlich. Er ließ seine Stimme so gelassen wie möglich klingen.

»Ich bin keine religiöse Frau, wie du weißt. Gott war mir kein Trost.«

»Nein, Mutter. Also?«

»Also habe ich – habe ich mich Mr. Thorpe zugewandt.«

»Ja, Mutter. Sicher.«

Bitterkeit erfüllte Jocelyns Seele. Ein schwarzer Nebel aus

Zorn, Eifersucht, Vertrauensverlust, verletztem Stolz und grausamster Enttäuschung hüllte ihn ein.

»Warum sagst du nicht gleich, daß du ihn heiraten wirst?« fragte Jocelyn. Er zündete sich eine weitere Zigarette an, wobei er wild entschlossen war, nicht zu zittern.

»Wenn du nicht geheiratet hättest, wäre das alles nicht passiert«, sagte Mrs. Luke.

»Sicher«, sagte Jocelyn sehr bitter und warf die angerauchte Zigarette weg. »Ja, sicher.«

Wieder Sally. Immer schien Sally die Ursache aller Probleme zu sein.

Beschämt dachte er dann: Mein Gott, was bin ich für ein gemeiner Schuft. Stumm saß er da, das Gesicht in den Händen vergraben, und sah nicht auf, während seine Mutter versuchte, ihm Mr. Thorpe so zu schildern, wie er ihn mit ihren Augen sehen sollte.

Mit ihrer leisen Stimme, dieser leisen, gebildeten Stimme, die Jocelyn so geliebt hatte, beschrieb sie Mr. Thorpe und seine Vorzüge. Sie war entschlossen, sich in diesem wichtigen, diesem entscheidenden Augenblick von nichts irritieren zu lassen, was Jocelyn sagte.

Er sagte jedoch gar nichts. Es war einfach zu entsetzlich, um irgend etwas dazu zu sagen. Seine Mutter, die während seines ganzen Lebens keine Anzeichen hatte erkennen lassen, daß sie wieder heiraten wollte, wollte ihn jetzt verlassen. Jetzt, da sie in einem Alter war, in dem man sie doch sicher als immun betrachten konnte, wie Jocelyn mit der Weisheit seiner zweiundzwanzig Lenze glaubte. Jetzt wollte sie sich einem völlig Fremden ausliefern und ihn, ihren Sohn, der sie brauchte – Gott wußte wie sehr –, der sie mehr brauchte als je zuvor, seinem Schicksal überlassen. Daß er diesen Thorpe mit aller Gewalt hassen mußte, schien ihm nur natürlich. Wer interessierte sich schon für sein verdammtes Geld? Warum sollte Sally – und darauf war seine Mutter die ganze Zeit herumgeritten – denn auf einmal eine kostspielige Angelegenheit werden? So wie seine Mutter es ausdrückte, war Geld, viel Geld nötig, jetzt, nachdem Sally auf der

Bildfläche aufgetaucht war. Ausgerechnet wegen Sally, die daran gewöhnt war, jeden Penny zweimal umzudrehen! Lehrer? Wozu brauchten sie Lehrer? Seine Mutter konnte sie unterrichten. Kleider? Warum? Was sie auch anzog, es schien ihre Schönheit anzunehmen. Das hatte er in dem Laden in London beobachtet, in dem er den Umhang gekauft hatte: Jedes verflixte Stück, das die Verkäuferinnen ihr anzogen, wurde sofort Teil ihrer Schönheit, sobald sie es trug. Da konnte es vorher so unscheinbar ausgesehen haben, wie man es sich nur vorstellen konnte. Und überhaupt: was für ein abstoßender Gedanke – eine Ehe. Oh, wie er allein den Gedanken daran schon haßte. Wie nichts anderes auf der Welt wünschte er sich, weit weg von den jämmerlichen Sorgen und Schwierigkeiten der Ehe zu sein, weit weg von jeder Frau, zurück in Cambridge in einem Labor, wo er sich in die bedeutenden, stillen Freuden der Forschung versenken konnte!

»Er ist im Wohnzimmer«, sagte Mrs. Luke, nachdem sie alles andere gesagt hatte, was ihr einfiel und wovon sie wünschte, Jocelyn solle es für wahr halten.

»Wer?« fragte Jocelyn.

»Ach, ich hatte befürchtet, du würdest dich ärgern«, sagte sie und legte die Hand auf seinen Arm. »Aber ich habe auch gehofft, daß du es verstehen würdest, wenn ich es dir erkläre, daß du die großen, die immensen Vorteile sehen würdest. Offensichtlich ist das nicht so«, sie seufzte, »oder du willst nicht. Also muß ich Geduld haben. Aber Mr. Thorpe wartet.«

»Wen interessiert das schon?« fragte Jocelyn, der den Kopf immer noch in den Händen hielt. Plötzlich wurde Mrs. Luke bewußt, daß Mr. Thorpe sehr still wartete. Die fünf Minuten mußten schon lange vorbei sein; sie saß bestimmt schon viermal so lange hier, und er war immer noch nicht gekommen, um sie – wie angedroht – zu holen. Sie kannte ihn als einen Mann, der absolut zu seinem Wort stand, und fand es sehr merkwürdig, daß er noch nicht aufgetaucht war.

»Lieber Jocelyn«, begann sie. Sie erinnerte sich noch gut an die Phasen ausgeprägter Halsstarrigkeit in seiner Kindheit, aus denen ihn nur äußerste Geduld und Freundlichkeit wieder hatten hervorlocken können. »Ich will dich jetzt nicht damit quälen, Mr. Thorpe kennenzulernen. Aber da er heute nacht euer Gastgeber sein wird . . .«

»Wird er nicht«, sagte Jocelyn. Er hielt den Kopf noch immer in den Händen, sein Blick war auf das Gras zu seinen Füßen geheftet.

»Aber mein *liebster* Junge . . .«

»Ich weigere mich, auch nur in seine Nähe zu kommen.«

»Aber es gibt hier *wirklich* nicht genug Platz für euch beide . . .«

»Es gibt London, und dort gibt es Hotels, nehme ich an.«

»O Jocelyn!«

Sie schaute ihn entsetzt an. Er bewegte sich nicht. Wieder legte sie die Hand auf seinen Arm. Er nahm keine Notiz davon. Sie wußte aus Erfahrung, daß er zumindest für die nächsten beiden Stunden wahrscheinlich keinem vernünftigen Argument zugänglich sein würde. Mit einem Seufzer stand sie auf und ließ ihn zurück.

Sie hatte es ihm gesagt; sie hatte getan, was sie tun mußte. Jetzt würde sie zu Mr. Thorpe zurückkehren.

Und sie kehrte zurück. Immer noch in peinvolle Gedanken versunken, öffnete sie die Wohnzimmertür leise und langsam. Mr. Thorpe saß auf dem Sofa und küßte Sally voller Wonne.

10

Folgender kurzer Dialog hatte sich zwischen ihm und Sally abgespielt, bevor er anfing, sie zu küssen:

»Herrje!« rief er, als sie plötzlich in der Tür stand.

»Wie bitte?« sagte sie zögernd. Sie war erstaunt, einen fremden alten Herrn zu finden, wo sie die Lukes erwartet hatte.

»Herrje ist schon richtig.« Er starrte sie an. »Weißt du, wer ich bin?«

»Nein, Sir.«

»Sir, was?«

Er ging einen Schritt nach vorne und schloß die Tür.

»Vater – ich bin Vater. Deiner. Dein Schwiegervater. Dasselbe wie ein Vater, nur besser«, sagte er. »Und was macht man mit einem Vater, was? Ihn küssen. Nett, dich kennenzulernen, Tochter. Küß mich.«

Sally küßte ihn; besser gesagt, sie hielt fügsam still, während er sie küßte. Schließlich hatte sie keinen Grund, an den Worten des alten Herrn zu zweifeln. Sein Verhalten erschien ihr lediglich als neue Variante des bei der Familie Luke üblichen Gefummels und Geknutsches. Auch wenn sie sich etwas darüber wunderte, mit welchem Feuereifer er seiner Beschäftigung nachging, so freute sie sich doch über sein zufriedenes Gesicht. Wenn nur alle glücklich wären, würde ihr nichts etwas ausmachen. Sie hatte nicht das Gefühl, daß die Küsse der Dame ein Ausdruck des Glücks waren. Und als Mr. Luke mit dem Küssen angefangen hatte, war er ihr dabei so glücklich vorgekommen wie ein Pferd, das mit dem Leichenwagen durchgegangen ist und nicht mehr anhalten kann. Schwiegervater dagegen war offensichtlich kreuzfidel. Außerdem war es besser, als reden zu müssen.

So kam es zu der Situation, in der Mrs. Luke die beiden vorfand.

»Mache mich gerade mit meiner neuen Tochter bekannt«, sagte Mr. Thorpe nicht ohne Verwirrung, als er sah, wie sie da stand und ihn beobachtete.

»Sicher«, sagte Mrs. Luke. Manchmal redete sie genau wie Jocelyn.

*

Mr. Thorpe dabei erwischt zu haben, wie er eine andere küßte, schmerzte Mrs. Luke. Sie mochte es nicht, wenn er sie küßte, aber es gefiel ihr noch viel weniger, wenn es sich um eine andere Frau handelte. Die ganze Sache war sehr schmerzhaft. Das Wort *erwischt* hatte schon etwas Unangenehmes. Sie fand es darüber hinaus höchst unangenehm, in eine Lage gebracht zu werden, in der es ihr überhaupt möglich war, jemanden zu erwischen. Was sie hier sah, verdrängte für einen Augenblick alles andere aus ihrem

Kopf. Edgar mußte unbedingt erfahren, daß man sich so nicht benahm. Keine Ehe konnte das aushalten. Wenn eine Frau sich nicht darauf verlassen konnte, daß ihr Mann sie nicht demütigte, worauf konnte sie sich dann noch verlassen? Und sich ausgerechnet Salvatia gegenüber so zu benehmen! Salvatia, die während des Semesters bei ihnen in Abergeldie leben sollte, damit Jocelyn in Cambridge ungehindert seine Laufbahn vorantreiben konnte . . . Dies war übrigens eine weitere von Mrs. Lukes schnellen Entscheidungen. Salvatia sollte bei ihnen leben, alle Vergünstigungen erhalten und alles lernen, was sie wissen mußte, um eine gute Ehefrau für ihn zu werden. Wie konnte auch nur einer dieser Pläne realisiert werden, wenn Edgars Neigung zum Küssen auch Salvatia einschloß? Natürlich war sie sich dieser Neigung bewußt gewesen, aber sie hatte angenommen, daß sie sich ausschließlich auf sie selbst konzentrierte.

Wenn die Situation für Mrs. Luke unangenehm war, so war sie beinahe genauso unangenehm für Mr. Thorpe. Sie gefiel ihm kein bißchen. Er wußte ganz genau, daß seine Umarmung genußvoll gewesen war und daß Margery das gesehen haben mußte. Diese verdammten Frauen, dachte er ungerechterweise.

Sally war die einzige Person, die kein unangenehmes Gefühl hatte. Sie war sich nicht bewußt, etwas anderes als Pflichtbewußtsein an den Tag gelegt zu haben, wischte ihr Gesicht mit einem großen, solide aussehenden Taschentuch ab und stellte dabei fest, daß ihr ganz schön warm war.

»Jocelyn ist im Garten, Salvatia«, sagte Mrs. Luke.

Sally betrachtete dies als reine Information, wußte aber nicht, warum man ihr das mitteilte. Und obwohl sie an den Augen der Dame erkennen konnte, daß sie darauf eine Antwort geben sollte, fiel ihr nichts ein, was sie hätte sagen können. Daher durchsuchte sie ihr *Répertoire* und sagte nach einer Weile: »Sieh mal einer an!« Dann rieb sie sich weiter das Gesicht ab.

»Willst du nicht zu ihm gehen?« sagte Mrs. Luke daraufhin mit betont deutlicher Aussprache.

»Is' recht«, erwiderte Sally hastig, denn die Augenbrauen der Dame wirkten plötzlich ganz bedrohlich. Auf dem Weg zur Tür stopfte sie das Tuch Meter für Meter wieder in ihre Tasche und glitt dann elegant hinaus.

»Ich mache mich auch auf den Weg«, sagte Mr. Thorpe energisch. Zum erstenmal fühlte er sich in Margerys Gegenwart unwohl. »Bin dann um Punkt zehn wieder da und hol die beiden ab ...«

»O bitte, warte einen Augenblick«, sagte Mrs. Luke und hob ihre Hand, als er sich auf die Tür zubewegte.

»Ich krieg' zuerst noch meine Standpauke gehalten, was?« Er hielt inne und zog die Schultern hoch, um diese über sich ergehen zu lassen.

»Was ist eine Standpauke, Edgar?« erkundigte sich Mrs. Luke freundlich; sie öffnete ihre klaren grauen Augen ein wenig weiter.

»O Gott, Margery, hör doch mit dem hochgestochenen Gequatsche auf«, sagte Mr. Thorpe. »Warum sollte ich das Mädchen nicht küssen? Sie ist schließlich meine Schwiegertochter. Oder wird es jedenfalls bald sein.«

»Wirklich, Edgar, es wäre sehr merkwürdig, wenn du sie nicht küssen wolltest«, erwiderte Mrs. Luke immer noch freundlich. »Jeder würde sie küssen wollen.«

»Na also«, sagte Mr. Thorpe schmollend, denn er wußte nicht nur, worauf Margery hinauswollte, sondern fand sie zum erstenmal nicht besonders gut aussehend. Mottenzerfressen, dachte Mr. Thorpe und musterte sie. Eine Dame natürlich, und so. Aber später mit einer mottenzerfressenen Dame schlafen zu müssen, erkannte er plötzlich, wäre nicht besonders amüsant. Man braucht schon eine rabenschwarze Nacht, damit aus der eine schöne Frau wird, dachte er taktlos. Aber er war so zornig, weil man ihn bei etwas erwischt hatte, was er nicht hätte tun sollen.

»Ich wollte dir sagen«, begann Mrs. Luke und ignorierte erst einmal, was sie gerade gesehen hatte, »daß ich es Jocelyn gesagt habe.«

Mr. Thorpe war ungeheuer erleichtert, daß sie die Sache mit der Küsserei nicht weiter verfolgte. Gar nicht so schlecht, die alte Marge ... In Gedanken nannte er sie Marge, aber nur in Gedanken, denn sie mochte den Namen nicht . . . gar nicht so schlecht, das alte Mädchen. Besser als Annie auf jeden Fall.

Ja, besser als Annie, aber nicht so gut – ah, um wieviel weniger gut – als junge Schönheit.

»Dann ist es ja gut«, sagte er, nun wieder fröhlich. »Ist immer das beste, wenn man gleich ausspuckt, was man zu sagen hat.«

Nein, Edgar war ein zu roher Diamant, fand Mrs. Luke, die vor diesem entsetzlichen Ausdruck zurückschreckte. Diesen hatte sie noch nie zuvor gehört. Würde das denn kein Ende nehmen?

»Er ist sehr verärgert«, sagte sie. Ihre Augenbrauen waren immer noch zusammengezogen, so hatte sie der letzte Satz von Mr. Thorpe verletzt.

»Verärgert, was? Verärgert ist er? Das gefällt mir«, sagte Mr. Thorpe hitzig, und seine Fröhlichkeit verschwand. Verärgert, weil seine Mutter eine wirklich gute Partie gemacht hatte? Verärgert, weil der reichste Mann weit und breit sie für den Rest ihres Lebens bei sich haben wollte? Dieser anmaßende, eingebildete Fatzke . . .

Mr. Thorpe fehlten die Worte, um seiner Meinung über Jocelyn Luft zu machen; es handelte sich jedenfalls um keine, die man in einem Wohnzimmer äußern konnte. Er nahm zumindest an, daß man diesen Raum hier Wohnzimmer nannte, obwohl er verdammt sein wollte, wenn auch nur ein Stück drin war, das diese Bezeichnung gerechtfertigt hätte. Nachdem er nun Sally gesehen hatte, hatten sich seine Gefühle für Jocelyn von geringschätziger Gleichgültigkeit zur Abneigung gewandelt. Man stelle sich nur vor, daß *er* sie gekriegt hatte – er, mit seinen lausigen fünfhundert im Jahr, mit denen er sie noch nicht einmal angemessen einkleiden konnte. Eine junge Schönheit wie diese sollte mit Diamanten behängt werden und niemals ihre Füße auf den Boden setzen, außer, um einem Rolls-Royce zu entsteigen.

»Es tut mir sehr leid, Edgar«, sagte Mrs. Luke. »Aber er sagt, er möchte deine Gastfreundschaft nicht annehmen.«

»Möchte nicht, was? Möchte nicht, wie? Das gefällt mir«, sagte Mr. Thorpe noch hitziger.

Daß seine gutmütige Bereitschaft, Marge aus der Klemme zu

helfen, und die ganzen aufwendigen Vorbereitungen, die er für die ersten Gäste seit Jahren hatte treffen lassen, so höhnisch zurückgewiesen wurden, verärgerte ihn nicht nur, sondern verletzte ihn auch. Und was würden die Dienstboten sagen? Er hatte sich so angestrengt, die Brautsuite mit allem zu füllen, was dem jungen Schnösel – der übrigens glaubte, seine Art von Grips sei die einzig bedeutende – zeigen sollte, daß er im Irrtum war. Grips, wirklich. Was nutzte einem der Grips, wenn man damit nicht genug verdienen konnte, um anständig Butter aufs Brot zu schmieren? Trocken-Brot-Grips, das hatte der kostbare junge Schnösel im Kopf. Brotkanten-und-Wasser-Grips. Grips? Pah!

Dieses letzte Wort sagte Mr. Thorpe laut; sehr laut sogar, und Mrs. Luke wich erneut zurück. Es bedrückte sie ganz eigenartig, wenn er »Pah« sagte.

»Und ich fürchte außerdem«, fuhr sie mit besonders freundlicher Stimme fort, »daß er, wenn er wüßte, daß du seine Frau geküßt hast – und wie du sie geküßt hast –, noch weniger Neigung verspüren würde.« Wenn man die Situation in Betracht zog, in der sie Edgar vorgefunden hatte, benahm er sich für ihren Geschmack ziemlich anmaßend.

»*Jetzt* haben wir's endlich!« brach es aus Mr. Thorpe heraus. Er schlug sich auf den Schenkel. »*Da* liegt also der Hund begraben!«

»Der Hund, Edgar?« Auch dieser Ausdruck war Mrs. Luke nicht vertraut.

»Bosheit«, sagte Mr. Thorpe.

»Bosheit?« wiederholte Mrs. Luke mit weit aufgerissenen grauen Augen.

»Weibliche Bosheit. Ich glaube kein Wort davon, daß er nicht bei mir wohnen will. Du hast das bloß erfunden, weil ich das Mädchen geküßt habe.«

Und in seinem Zorn wollte Mr. Thorpe von Mrs. Luke wissen, ob sie jemals gehört habe, daß die Hölle weniger schrecklich sei als ein verschmähtes Weib. Genau wie andere Männer, die wenig von Gedichten verstanden, kannte er doch dieses eine. Er nannte sie jetzt auch laut Marge, weil er keinen Grund mehr sah, es nicht zu tun.

»Mein *lieber* Edgar«, waren die einzigen Worte, die sie fand. Sie zog die Schultern bis zu den Ohren hoch, als könne sie damit die verbalen Schläge parieren. Nie zuvor war sie mit irgendeiner Form von Gewalt konfrontiert worden.

Sie wurde nicht zornig. Sie benahm sich würdevoll. Sie dachte daran, daß sie eine Dame war.

Jedoch schlug sie schließlich vor, es sei vielleicht besser, wenn er ginge, denn zum einen machte er mehr Lärm, als sie vetragen konnte – wirklich ein sehr lauter Mann, dachte sie, während sie zum Fenster glitt und es sanft schloß –; zum anderen war ihr eingefallen, daß Salvatia hinten im Garten Jocelyn erzählen könnte, wie Mr. Thorpe sie geküßt hatte. Jocelyn, der ohnehin schon aufgeregt war, könnte daraufhin ja in eine solche Erregung geraten, daß er zu ihr und Edgar ins Wohnzimmer stürmen würde.

Das wäre nicht wünschenswert, da war sie ganz sicher. Also schlug sie Mr. Thorpe vor zu gehen.

»Oh, ich bin *schon* unterwegs«, sagte Mr. Thorpe, der, anstatt sich eine Standpauke anzuhören, schließlich selbst eine gehalten hatte.

»Wir reden morgen in aller Ruhe darüber, lieber Edgar«, versuchte Mrs. Luke ihn zu besänftigen.

»Lieber Edgar, was?« gab Mr. Thorpe zurück, der sich durch schöne Worte in keiner Weise von der Überzeugung abbringen ließ, daß Marge sich für eine verschmähte Frau hielt und deshalb die schlimmsten Höllenweiber an Bosheit übertreffen würde. »Edgar hat wohl eher die Nase voll«, sagte er und verließ türenschlagend das Haus.

*

Mrs. Luke stand bewegungslos an dem Platz, an dem er sie zurückgelassen hatte. Was für eine unerwartete Wendung die Dinge genommen hatten. Wie gewalttätig Edgar doch war und wie grob! Ein verschmähtes Weib? Weibliche Bosheit? Solche Ausdrücke wären, auf sie angewandt, einfach nur lächerlich, aber von Edgar in Zusammenhang mit Salvatia geäußert, waren sie ganz besonders grob.

In Zusammenhang mit Salvatia! Bei diesem Gedanken hielt sie inne. Dies war alles wegen Salvatia geschehen. Vom Anfang bis zum Ende, von allen unangenehmen und schwierigen Ereignissen, die in den vergangenen paar Wochen stattgefunden hatten, war Salvatia die Ursache.

Aber sie durfte nicht ungerecht sein. Wenn Salvatia der Grund für ihre Verlobung mit Edgar gewesen war, so war sie nun der Anlaß für die Auflösung der Verlobung. Denn sicherlich, ganz sicher sogar, gab es jetzt nur noch eine Möglichkeit, nämlich die Verlobung zu lösen.

»Laß mich *nachdenken*«, sagte Mrs. Luke und preßte eine Hand auf die glühende Stirn.

Ja; sicherlich würde keine noch so große Geldsumme für den restlichen Edgar entschädigen. Sicherlich würde keine Summe, wie groß sie auch sein mochte, sie für den stündlichen Verdruß und die Unannehmlichkeit entschädigen, mit der falschen Sorte Mann leben zu müssen. Nein, nicht unbedingt mit der falschen Sorte, aber einer gänzlich anderen Sorte, korrigierte Mrs. Luke sich. Außerdem konnte sie Jocelyn und Salvatia durch eine Ehe mit Edgar gar nicht helfen, wenn Jocelyn sich nicht in seine Nähe begeben wollte und Salvatia es wegen seiner Verliebtheit nicht konnte. Diese Ehe würde nur die Kluft zwischen ihr und Jocelyn unüberwindlich werden lassen, und das zu einem Zeitpunkt, zu dem er sie mehr brauchte als je zuvor in seinem Leben. Und wie absurd, ausgerechnet *sie* als Furie zu bezeichnen, sie, die so ruhig und gelassen geblieben war. Der reine Blödsinn, sich vorzustellen, daß sie von weiblicher Bosheit getrieben werde! Also wirklich, sagte Mrs. Luke sich und zog bei der Erinnerung die Schultern wieder bis zu den Ohren hoch. Und dann waren da diese – nein, sie wandte ihre Gedanken von seinen Ausdrücken ab; sie konnte einfach nicht »ausspucken«, »Blech« und »pah« denken.

Sie ging zu ihrem kleinen Schreibtisch hinüber, um einen Brief an Mr. Thorpe zu schreiben, weil man in solchen Fällen am besten schrieb. Sie wollte keine Zeit verlieren, für den Fall, daß ihm der gleiche Gedanke gekommen war. Es war ihr wichtig, im Falle einer Trennung den ersten Schritt zu tun und selber zu verlassen, anstatt verlassen zu werden. Sie war gerade bis *Lieber Edgar, ich glaube, ich bin es dir schuldig* . . . gekommen, als Jocelyn mit funkelnden Augen im Türrahmen stand.

*

Im Garten hatte sich zwischen Sally und Jocelyn folgende Szene abgespielt: Sie war folgsam zu ihm hinausgegangen, wie man es ihr gesagt hatte.

»Tu, was man dir sagt«, hatten ihr Vater und Mutter immer beigebracht. »Dann kann dir gar nich' viel passieren.« Unschuldige Pinners. Zweifelhafte Lehre. Sie brachte Sally in eine Menge Schwierigkeiten, bevor sie überhaupt etwas getan hatte.

Sie ging also, wie man es ihr gesagt hatte, zu Jocelyn hinüber und setzte sich neben ihn unter die Zeder.

Er bewegte sich nicht und sah nicht auf; lange Zeit saß sie da und wagte wegen seines Gesichtsausdrucks nicht, etwas zu sagen.

Natürlich dachte sie, es handle sich wieder um seinen Magen, denn was könnte denn sonst die Ursache sein? Als sie ihn zum letztenmal gesehen hatte, lächelte er überglücklich und küßte die Hand seiner Mutter. Für Sally war es sonnenklar, daß es wieder einer dieser Anfälle sein mußte, unter denen auch ihr Vater so entsetzlich gelitten hatte und die bei den Pinners unter dem Namen Blähung bekannt waren. Genauso hatte ihr Vater immer gesessen, wenn es losging, hatte stirnrunzelnd ins Nichts gestarrt und dabei finster wie Tinte ausgesehen. Der einzige Unterschied bestand darin, daß Jocelyn seinen Kopf in den Händen hielt, während ihr Vater die Hände auf die Stelle legte, wo sich die Blähungen abspielten. Das war bestimmt so, weil Jocelyn ein Herr war, vermutete sie. Aber sobald das leichte Medikament, das ihr Vater in solchen Fällen immer genommen hatte, zu wirken anfing, ging es ihm besser; Sally fand es schade, daß sie sich zu sehr vor Gatte fürchtete, um ihm davon zu erzählen – wirklich schade, und bestimmt nicht richtig. Hatte sie nicht an ihrem Hochzeitstag in der

Kirche Gott geschworen, daß sie sich in Gesundheit und Krankheit um ihn kümmern würde? Und hier saß er nun und war krank, das war sonnenklar.

Also nahm sie schließlich allen Mut zusammen und erzählte es ihm.

»Mit dem Magen von Vater«, fing sie zaghaft an, »isses immer ganz genau so gewesen.«

»Was?« fragte Jocelyn. Diese überraschende Bemerkung hatte ihn aus seinen düsteren Gedanken gerissen; er drehte den Kopf und schaute sie an.

»Ihr 'abt denselben Magen«, sagte Sally. Sie erschrak vor seinem Blick, nahm aber weiter ihren Mut zusammen. »Du und Vater. Wie zwei Erbsen, so ähnlich sind die.«

Jocelyn starrte sie an. Was im Namen aller Absurditäten hatte Pinners Magen mit seinem zu tun?

»Sitzt dann genauso da, immer so, wenn es losgeht.« Sally trieb sich vorwärts.

»Würde es dir etwas ausmachen, dich klarer auszudrücken?« fragte Jocelyn mit eisiger Höflichkeit.

»Aber, Mr. Luke, nich' – bitte red nich' so«, flehte Sally. »Ich will dir bloß sagen, was Vater immer gemacht 'at, wenn die gekommen sind.«

»Wenn was kam, und wo?«

»Na, die Blä'ungen«, erwiderte Sally. »Es tät dir bestimmt besser ge'en, wenn du das nehmen tätst, was Vater immer genommen 'at. 'atte es immer ganz schlimm, wirklich. Und es tät dir besser . . .«

Ihre Stimme wurde immer leiser und verstummte schließlich ganz. Als Jocelyn sie ohne ein Wort ansah, konnt sie nicht mehr weiterreden, sosehr sie sich auch anstrengte.

Jocelyns Gedanken wurden noch düsterer, falls das überhaupt möglich war. Dies war also seine Gefährtin fürs ganze Leben – für sein *ganzes Leben*, sagte er sich. Allein und ohne Unterstützung würde er Jahr für Jahr mit ihr leben müssen. Ein Kind, und im Augenblick doch kein Kind. Eine Schönheit, und im Augenblick doch keine Schönheit. Aber bis zum Ende – jetzt, da seine Mutter ihn verlassen hatte – immer eine unverfälschte Pinner.

»In Blähungen ist ein h«, funkelte er sie an; es war ein undurchdringliches Funkeln. »Ich weiß zwar nicht, was das für eklige Dinger sein sollen, aber sie haben ganz sicher ein h.«

»'tschuldigung«, hauchte Sally demütig und schlug vor seinem Blick die Augen nieder.

Dann bemerkte er die ungewohnte Rötung in ihrem Gesicht – eine Seite war beinahe scharlachrot.

»Warum bist du so rot?« fragte er plötzlich.

»Ich?« fragte Sally. Der herrische Ton in seiner Stimme ließ sie aufschrecken. »Ach – *das*.«

Sie hielt ihre Hand an die glühende Wange. »Schwiegervater«, sagte sie.

»Was für ein Vater?« Jocelyn war so überrascht, daß es ihn aus seinem Brüten herausriß.

»Schwieger . . .«, erwiderte Sally. »Im 'aus drinnen. Der alte 'err im 'aus«, erklärte sie, als Jocelyn sie immer erstaunter anstarrte.

Thorpe? Der Mann, der sein Stiefvater werden würde? Aber warum . . .?

Etwas ganz, ganz Schreckliches durchzuckte sein Hirn. »Aber warum bist du denn so rot? Was hat das mit . . .«

Er brach ab und packte sie bei den Handgelenken.

»Tät sagen, der 'err 'at sich 'eute nich' rasiert«, vermutete Sally.

Als Jocelyn ihre Handgelenke losließ und aufsprang, sah sie ihm wieder zufriedener hinterher, während er ins Haus rannte. Geht ihm bald besser, dachte sie bei sich; auch ihr Vater war immer so gerannt, wenn die Blähungen sich lösen wollten.

*

Und sie hatte recht. Als sie Jocelyn beim Abendbrot wiedersah, ging es ihm recht gut. Sein Gesicht hatte sich wieder aufgehellt, er konnte etwas essen, und er küßte sie auf den Scheitel, als er an ihr vorbei zu seinem Stuhl ging.

Das is' also vorbei, dachte Sally. Sie war sehr erleichtert, hielt aber dennoch die Lider gesenkt und blieb wachsam und vorsichtig. Bei diesen Lukes wußte man nie, was als nächstes passieren würde. Sie saß am Tisch und tat besorgt ihr Bestes, um die mit den Gabeln und anderen Tücken dieser Mahlzeit verbundenen Gefahren zu bewältigen. Während der Mahlzeit kam und ging das kleine Dienstmädchen; sie war unabhängig, sie war frei, zu gehen, wohin sie wollte, sie war in der Lage, jeden Augenblick zu kündigen, wenn sie wollte. Sally verglich ihr eigenes Schicksal mit dem ihren und kam zu dem Ergebnis, daß 'ammond zweifelsfrei besser dran war. Und dann schämte sie sich, was für ein undankbares Mädchen sie war, so etwas nur zu denken, und beugte den Kopf tiefer über ihren Teller.

»Sitz gerade, liebes Kind«, sagte Mrs. Luke freundlich.

An diesem Abend wurde für Jocelyn das Bett auf dem Wohnzimmersofa gerichtet, und Sally schlief oben in dem winzigen, spartanischen Raum, in dem Jocelyn immer geschlafen hatte. Abergeldie wurde nicht mehr erwähnt. Auch wurde zum Abendbrot der Lachs von Mr. Thorpes nicht serviert, denn unter den gegebenen Umständen fand Mrs. Luke es taktlos, das Präsent des armen Edgar zu verspeisen. Also aß Hammond den Lachs. Danach rührte sie in ihrem ganzen Leben keinen Fisch mehr an.

Mrs. Luke nannte Mr. Thorpe jetzt in Gedanken den armen Edgar. Wenige Stunden zuvor galt er noch als Geschenk des Himmels. Er hätte eben Salvatia nicht küssen sollen. Aber eigentlich war es ein Segen, daß er es getan hatte, denn dadurch klärte sich, was bis dahin trübe und unklar gewesen war. Ohne seine Tat – und es war nicht nur allein das Küssen, sondern es war die Wonne, mit der er sich diesen Küssen widmete – wäre Mrs. Luke, das wußte sie, auf dem einmal eingeschlagenen Weg weitergestolpert, hätte an ihm ihre Pflicht erfüllt, hätte sich darum bemüht, daß alle Freunde und sie so glücklich wurden, wie es für alle am besten war. Wenn der arme Edgar nur so anständig gewesen wäre, wie man es in seinem Alter vernünftigerweise erwarten konnte! Sie war sicher, daß sie mit Jocelyn fertig geworden wäre, denn schließlich wurde sie schon sein ganzes Leben mit ihm fertig. Und nach der Hochzeit wäre sie zweifellos auch mit Edgar fertig geworden; aber was für ein hartes Stück Arbeit hätte sie leisten müssen, wie unermüdlich hätte sie daran arbeiten müssen, um ihm nur eine einzige seiner Eigenheiten abzugewöhnen, nämlich seine Sprache!

Die Wonne – anders konnte man es wirklich nicht nennen –, mit der er Salvatia geküßt hatte, ersparte ihr nun diese ganzen Anstrengungen. Ganz sicher war es unter ihrer Würde, einen Mann zu heiraten und mit ihm fertig zu werden, der mit Begeisterung andere Frauen küßte! So viel Geduld und Sanftmut konnte man nicht von ihr verlangen, und so etwas ließ sich auch keineswegs mit Wohlstand kompensieren. Das war einfach unmöglich. Sie war zu vielem bereit, aber dazu nicht. In der Beziehung fühlte sie wie die Frau des Kanonikus – sie hätte Mr. Thorpe jede Tat verziehen, solange er sie nicht mit solcher Begeisterung begangen hätte. Sie schrieb einen liebenswürdigen Brief – warum nicht? Warum sollte man so etwas nicht auch liebenswürdig beenden können? –, nachdem sie mit Jocelyn gesprochen hatte, der mit funkelnden Augen im Wohnzimmer aufgetaucht war. Das Gespräch hatte – von seiner Seite – sehr heftig begonnen, war mit Geduld – von ihrer Seite – fortgeführt worden und endete in gemeinsamem Frieden. Als sie sich schließlich zum Abendessen begaben, lag der versiegelte Brief – diese Art Brief sollte man wohl versiegeln – bereits im Briefkasten am Ende der Straße, und die vergangenen zermürbenden Wochen waren ausradiert, als hätte es sie nie gegeben.

Zumindest war es Mrs. Lukes feste Absicht, sie auszulöschen. Und während sie Jocelyn, der sich wieder beruhigt hatte, beim Essen zusah, das in nichts mehr an Mr. Thorpe erinnerte, dachte sie, der *Status quo ante** sei wieder vollständig hergestellt. Oh, glücklicher *Status quo ante*, dachte Mrs. Luke, deren Geist mit lateinischen Brocken wohlversehen war. Glücklicher *Status quo ante:* ihr Sohn war wieder eng mit ihr verbunden und weniger als je zuvor in der Lage, ohne sie auszukommen; im Gegenzug widmete sie jeden Augenblick ihres Daseins, jeden Atemzug und jeden Gedanken ihrem Sohn und all seinen Angelegenheiten. Kein Wölkchen trübte ihren gemeinsamen Himmel. Sie hatte ihn

* Status quo ante: Stand vor dem in Frage kommenden Ereignis (Anm. d. Ü.)

wegen Salvatias Wange rasch beruhigt. Mr. Thorpes Begrüßung, so erklärte sie ihm, sei völlig oberflächlich gewesen; sie habe das beobachten können. Aber das Kind hatte eine so zarte Haut, daß eben jede Berührung zu sehen sei.

»Du darfst sie niemals schlagen«, lächelte sie. »Man würde es wochenlang sehen.«

»O Mutter!« Auch Jocelyn lächelte; er war glücklich, weil sie ihn aus den Regionen des Zorns zurückgeholt hatte, von den schwarzen Orten, an denen Menschen einem das Herz brechen, nicht die Knochen, und dabei ihr eigenes Herz zerfleischen.

Ja, mit Jocelyn wurde sie fertig. Man brauchte dafür nur etwas Geduld und Taktgefühl. Niemals, niemals sollte er von Edgars Verliebtheit erfahren, genausowenig wie von Edgars anderen Schattenseiten. Sollte er doch Edgar als den freundlichen, zuverlässigen reichen Mann in Erinnerung behalten, der sie einmal hatte heiraten wollen und den sie ihrem Sohn zuliebe abgewiesen hatte. Sie brachte dieses Opfer für ihren geliebten Sohn freiwillig und voller Freude. So gab sie es Jocelyn zu verstehen, als die beiden im Wohnzimmer miteinander allein waren.

Die Wahrheit? Nein, es war nicht ganz die Wahrheit, gab sie zu, als sie ihr Abendessen einnahm, dieses karge, einfache Abendessen. All die furchtbar üppigen Delikatessen, unter deren Fülle sie so lange geächzt hatte, waren aus ihren Augen verbannt; ihr Blick ruhte zuerst zärtlich auf ihrem Jungen und dann mit einer erstaunten Bewunderung, die sich jedesmal erneuerte, sobald sie sie anschaute, auf seiner Frau, dieser Flamme der Schönheit. Nein; was sie Jocelyn im Wohnzimmer gesagt hatte, entsprach nicht ganz der Wahrheit, das gab sie zu, es war eine verstümmelte Version, die man Takt nannte. Oder, besser gesagt, nicht verstümmelt – dieser Augenblick legte eine Verunstaltung nahe –, sondern aufpoliert. Polierte Wahrheit. Wahrheit aufpoliert, so daß sie gerne akzeptiert wurde. War das denn nicht Takt? Näher an die Wahrheit heran wagte man sich im Gespräch mit Menschen, die man liebte, doch ohnehin nicht, oder? Sie konnten offenbar die volle Wahrheit nicht verkraften. Kinder waren sie. Und die Genies – sie lächelte stolz und zärtlich in die Richtung von Jocelyns dunklem Kopf, der über den Teller gebeugt war – waren die einfachsten Kinder von allen.

Ja, dachte sie; der *Status quo ante* war tatsächlich wiederhergestellt, und alles würde so sein wie früher. Der einzige Unterschied war Salvatia.

*

Noch bevor eine Woche vergangen war, strich Mrs. Luke das Wort »einzige« aus diesem Satz und neigte statt dessen – wieder einmal mit Wordsworth – dazu zu sagen: *Aber ach, welch Unterschied.* Es war schon erstaunlich, wie dieser sicherlich antiquierte Dichter immer wieder auftauchte. Und was Salvatia betraf – nun, wozu verfügte man über Intelligenz, wenn man sie nicht dazu einsetzte, um mit jemandem wie Sally fertig zu werden?

In dieser ersten Nacht nach der Versöhnung mit Jocelyn hatte Mrs. Luke fast die ganze Zeit wach gelegen und Pläne geschmiedet. Es war wichtig und unbedingt erforderlich, damit am nächsten Morgen fertig zu sein. Die Kopfschmerzen, die sie im Laufe des Abends verspürt hatte, wichen der zwingenden Notwendigkeit, klar zu sehen und zu denken. Vielles mußte durchdacht und entschieden werden. Manches davon war unerquicklich, wie die Frage der Lebenshaltung, da nun eine weitere Esserin satt werden mußte; anderes war schwierig, wie die Frage, wie sie South Winch in bezug auf Mr. Thorpe entgegentreten sollte. Sie grübelte und grübelte; dabei lag sie auf dem Rücken, die Hände hinter dem Kopf verschränkt, und starrte mit vor Konzentration gerunzelter Stirn in die Dunkelheit.

Gegen Morgen erkannte sie, daß sie South Winch wegen des armen Edgar genau das mitteilen würde, was sie auch Jocelyn gesagt hatte: Sie habe die Hoffnung auf eine Ehe aufgegeben, würde sie sagen, um sich ganz und gar ihrem Sohn und seiner Frau widmen zu können.

Sie würde auf Salvatia hinweisen, würde vorsichtig die Aufmerksamkeit auf das lenken, was sowieso niemandem entgehen konnte, wenn das Kind den Mund aufmachte: »Sehen Sie doch«, würde sie sagen, »wie sehr diese ungeschulte, außergewöhnliche Kleine mich braucht. Keine Mutter, keine richtige Erziehung, keine Vorstellung davon, was man im Leben braucht – wie könnte ich da nur an mich denken und sie selbstsüchtig ohne Hilfe und Führung zurücklassen? Ich finde, die jungen Leute haben ein Anrecht auf unsere Unterstützung.« Und dann würde sie noch hinzufügen, daß sie in ihrem ganzen Leben nicht vergessen würde, wie gut, wie fabelhaft Mr. Thorpe sich verhalten hatte.

Erneut aufpolierte Wahrheit. Und auf eine Weise aufpoliert, fürchtete sie, daß sie dabei Lorbeeren ernten würde, die ihr nicht zustanden. Aber was sollte sie tun? Man mußte den leichtesten und besten Weg finden, um aus Schwierigkeiten herauszukommen – am leichtesten und am besten für die, die man liebte.

Um jedoch Salvatia einzuführen und ihre eigenen Beweggründe zu erklären, mußte Mrs. Luke sie vorzeigen, mußte sie South Winch vorführen. Zu diesem Zweck würde sie eine Tee-Party geben. Ja, sie würde eine Party geben und alle einladen, die sie kannte – außer Mr. Thorpe natürlich.

Bis jetzt hatte Mrs. Luke nur wenige Partys veranstaltet; mit nur einem Dienstmädchen, fand sie, war der Aufwand zu groß. Außerdem waren diese teuren Partys Geldverschwendung und so gewöhnlich. Jeder, der nicht allzu arm war, konnte eine Tee-Party geben und eine Menge Leute einladen, die sich dann gegenseitig unterhielten.

Sie wählte den besseren Weg; sie lud eine Bekannte oder höchstens zwei auf einmal ein, damit sie mit ihnen bei einem einfachen, aber anregenden Tee einen wirklich intensiven Meinungsaustausch pflegen konnte. Natürlich mußten die Bekannten auch über Meinungen verfügen, sonst konnte man sie ja nicht austauschen. Aber jetzt würde sie eine richtige Party veranstalten, eine mit vielen Gästen und ohne Meinungsaustausch. Dabei würde sie Salvatia in ihrer ganzen Pracht South Winch präsentieren.

Die Party konnte jedoch frühestens in einer Woche stattfinden, weil sie zuerst Salvatia trainieren mußte. Eine Woche war nicht viel – im Gegenteil, es war erschreckend wenig. Aber mit intensivem Training glaubte Mrs. Luke dem Mädchen bis zum

Ende der Woche ausreichend Manieren beibringen zu können, um darauf aufzubauen.

Im Haus verborgen – und auf jeden Fall würden sie beide zuerst im Haus bleiben, um ein Zusammentreffen mit dem armen Edgar zu vermeiden –, würde sie jeden Tag ganz und gar der Aufgabe widmen, Salvatia in der Kunst des Schweigens zu unterrichten. Das war das einzige, was sie perfekt beherrschen mußte: Schweigen. Und ein Mädchen mit einem solchen Gesicht mußte nur wenige Worte sagen! Kein Grund, sich anzustrengen – ihr Gesicht sprach für sie. Ja, nein, bitte, danke – was konnte man damit nicht alles bewirken, wenn sie von diesem himmlischen Lächeln begleitet wurden? Wenn sie sich auf diese Wörter beschränkte, wenn sie darauf verzichtete, etwas anderes zu sagen, etwas aus ihrem jämmerlichen Wortschatz vor allem, dann müßte Mrs. Luke noch nicht einmal ein Wort über ihre mangelnde Bildung verlieren. Und wenn man ihr beibringen konnte, im richtigen Augenblick Sätze wie »Wie freundlich von Ihnen« und vielleicht »Ja, wir sind sehr glücklich verheiratet« auszusprechen, wäre ihr ein überwältigender Erfolg gewiß.

Aber gleich am Anfang der Ausbildung, mit der Mrs. Luke am nächsten Tag begann, mußte sie feststellen, daß dieser Satz gestrichen werden mußte. Arme Salvatia. Dem armen Kind war jedes Gespräch über ihre Hochzeit und die Ehe versagt, weil darin ein »h« vorkam. Wirklich traurig, wenn man so darüber nachdachte. Man konnte ihr relativ einfach beibringen, über Schmerz und Unglück zu sprechen, über Elend, Leid und Tod, aber es war unmöglich, so fürchtete Mrs. Luke, daß sie in einer Woche akzentfrei über Ehe und Hochzeit sprach.

Nun, Rom war auch nicht in einem Tag erbaut worden. »Wir müssen Geduld haben«, sagte sie und lächelte Sally an, die vor lauter Eile, zurückzulächeln, über sich selbst zu stolpern schien.

In Almond Tree Cottage herrschte nun geschäftiges Treiben. Die Party war für den Donnerstag der folgenden Woche geplant – bis dahin waren es noch acht Tage. Am Morgen nach seiner Ankunft schickte Mrs. Luke Jocelyn nach Cambridge, damit er dort die Angelegenheiten mit seinem College regelte und nach einem passenden Haus für sie drei Ausschau hielt, obwohl sie insgeheim dazu neigte, mit Sally in Almond Tree Cottage zu bleiben und Sally bei sich zu behalten. Aber es konnte nicht schaden, wenn er sich umsah, und so war er wenigstens für ein paar Tage aus dem Weg, falls Mr. Thorpe es für angebracht halten sollte, persönlich vorbeizukommen, statt zu schreiben. Nachdem sie also die nötigen Vorbereitungen getroffen hatte, wollte sie sich nun ausschließlich Sally widmen.

Aber Sally hatte beobachtet, daß Jocelyn Vorbereitungen traf, ohne sie abzureisen – sie traute zuerst ihren Augen nicht –, und konnte das nicht schweigend hinnehmen.

»Du wills' mich doch nich' 'ier allein lassen, Mr. Luke?« fragte sie entsetzt und ungläubig, als es schließlich so aussah, als habe er genau das vor.

»Nur zwei Tage, Liebling«, sagte Jocelyn. »Du wirst bei meiner Mutter sehr glücklich sein.«

»Aber – kann ich nich' mit dir mitkommen? Ich tät auch bestimmt keine Last sein. Ich – ich tät alles lieber tun wie . . .«

Sie sah über ihre Schulter. Mrs. Luke war jedoch in der Küche und gab ihre Anweisungen für den Tag.

». . . mit deiner Mutter glücklich sein und so«, vollendete sie flüsternd den Satz.

»Liebling, ich werde viel zuviel zu tun haben«, erwiderte Jocelyn. Er war mit ihrer Reaktion auf diese erste Trennung sehr zufrieden und hatte ihre letzten Worte nicht gehört, weil er gerade in den Mänteln stöberte.

»Vater is' doch da«, beharrte Sally ängstlich. »*Er* 'at bestimmt Platz für mich. Ich tät keine Last sein für niemand.«

»Liebling, es tut mir leid, aber das geht nicht.« Jocelyn war dankbar, daß er sie sicher bei seiner Mutter aufgehoben wußte, aber sie sah in ihrem offensichtlichen Trennungsschmerz so hinreißend aus, daß er sie in die Arme nahm und sie innig küßte.

»Nich' *küssen*«, erwiderte Sally. »Mitge'en will ich.«

»Wenn ich dich mitnehmen würde, meine Schöne«, flüsterte Jocelyn, dessen Leidenschaft durch die Umarmung erwachte, »würde ich dich ständig küssen, anstatt meine Angelegenheiten zu regeln.« Das stimmte zwar nicht, aber wenn er Sally in den Armen hielt, kam es ihm so vor. Außerdem war er schon eine ganze Nacht von ihr getrennt gewesen.

»Turteltäubchen – o ihr *Turtel*täubchen!« rief Mrs. Luke. Sie brachte ein Lächeln zustande, obwohl sie es eigentlich nicht schätzte, aus der Küche zu kommen und die beiden in inniger Umarmung anzutreffen. Dies alles spielte sich nämlich in dem Teil des Hauses ab, dem Mr. Thorpe die Bezeichnung Eingangshalle verweigerte.

Später, nachdem Jocelyn abgereist war, hakte sie Sally unter, die immer noch am Fenster stand und ihm hinterhersah, als könne es einfach nicht wahr sein, daß er sie zurückgelassen hatte. Mrs. Luke führte Sally in das kleine Eßzimmer im hinteren Teil des Hauses, weil sie dort ungestörter waren – sie mußte ja die möglichen Reaktionen von Mr. Thorpe in ihre Überlegungen einbeziehen –, und fing sofort an, ihre nächtlichen Pläne in die Tat umzusetzen. Sie nahm nicht nur mit Sallys Wörtern und ihrer Aussprache enorme Mühen auf sich, sie ließ wirklich nichts unversucht, »wie die alte Redensart lautet«, sagte sie und lächelte Sally an – denn warum sollte sie ihre Absicht verbergen? –, um deren Vertrauen und Liebe zu gewinnen.

Sally war zutiefst deprimiert. Sie wollte keine Liebe – Davon ’ab ich nun schon genug, dachte sie –, und sie hatte nicht die leiseste Ahnung, wo in ihr dieses Vertrauen sitzen sollte, von dem Mrs. Luke sprach.

Sally war wirklich zutiefst deprimiert. Bei ihren Bemühungen, »Honig« zu sagen, kamen ihr ständig wirre Gedanken über die Tatsache ins Gehege, daß Gatte sie verlassen hatte. Aus der Bibel wußte sie aber, daß eine der Hauptaufgaben eines Mannes war, seinem Weibe anzuhangen. Bis zum Tod, hieß es in der Bibel. Niemand war gestorben. Es hatte nichts mit anhangen zu tun, wenn er einfach nach Cambridge verschwand und sie hier im Stich und bei der Dame ließ. Und obwohl Gatte oft merkwürdig war, so war er doch bei weitem nicht so merkwürdig wie die Dame; auch wenn Sally sich oft vor Jocelyn gefürchtet hatte, gab es jetzt Augenblicke, in denen sie sich überhaupt nicht vor ihm fürchtete. Im Gegenteil – sie schien dann ziemlich gut mit ihm machen zu können, was sie wollte. Und sie war sehr zuversichtlich, daß sie eines Tages gut miteinander auskommen würden, nachdem sie sich erst einmal häuslich niedergelassen hatten und er jeden Morgen nach dem Frühstück zur Arbeit ging und sie alles sauber und ordentlich für ihn richtete, bis er abends zum Essen nach Hause kam. Ja, sie und Gatte würden sich irgendwo friedlich niederlassen. Und später, wenn sie erst ein Baby hatte – Sally dachte oft und gern an die Zeit, wenn sie ein Baby haben würde, mehrere Babys –, würden alle rundherum zufrieden sein. Alles, was sie zum Glücklichsein brauchte, war keine Dame, es waren ein paar Zimmer, Gatte, um ihre Pflicht zu tun, Gottes Wort und ab und zu ein Baby. Mehr verlangte sie nicht. Das war ihre Vorstellung von Glück. Und sie wollte in Ruhe gelassen werden.

Ru'e und Frieden sagte sie sich, während sie sich auf Mrs. Lukes Verlangen hin damit abquälte, mit ihr über die Gewohnheiten der Bienen zu sprechen. Sie hatte bisher nicht gewußt, daß Bienen überhaupt Gewohnheiten hatten. Sie war nicht sicher, ob sie überhaupt eine Biene erkennen würde, wenn sie eine sähe. In Islington gab es keine Bienen. Wespen dagegen – über Wespen wußte sie etwas. Rohe Zwiebeln mußte man drauftun, wenn man gestochen worden war . . . Ru'e und Frieden, sagte sie sich. »Mehr verlang' ich nich'. Und das 'ier is' weder noch.«

Mit Fleiß und unter Höllenqualen schwitzte sich Sally durch die zweitägige Abwesenheit von Jocelyn. Der Unterricht endete nicht damit, daß Papier und Tinte beiseite geräumt wurden, um mittags den gebratenen Kalbfleischklößchen und abends den pochierten Eiern Platz zu machen. Während des Essens ging er genauso unerbittlich weiter.

»Salvatia, meine Liebe, 'alt die Gabel nich' so . . .«, »Salvatia, Liebes, mach, wenn du am Trinken bist, nich' so 'ne Geräusche . . .« So hallten Mrs. Lukes Ermahnungen in Sallys ungeschulten Ohren wider. Und danach gingen die Belehrungen im Garten weiter, wo sie mit Mrs. Luke auf und ab gehen mußte, auf und ab, bis sich ihr der Kopf drehte. Niemals zuvor in ihrem Leben hatte Sally denselben Weg immer wieder auf und ab gehen müssen. Manchmal war sie direkt zu einem bestimmten Ort gelaufen und dann wieder nach Hause zurück; damit war es dann genug gewesen. Dieses Auf und Ab, und dann immer wieder umdrehen und wieder auf und ab war eine neue Erfahrung. Kein Ausweg in Sicht. Die Dame hielt sie am Arm gepackt. Bewegung nannte sie das. Und Unterhaltung! Nicht nur, daß sie selbst redete, sie versuchte auch immer wieder, Sally in ein Gespräch zu verwickeln. Bildung nannte sie das. Unterricht, sozusagen. Was diese Lukes immer mit ihrem Unterricht 'aben, dachte Sally und erinnerte sich an ihre Erfahrungen in St. Mawes. Und hier, durch das Küchenfenster, sah sie jedesmal im Vorübergehen 'ammond, die das Geschirr abwusch. Und frei war wie ein Vogel.

Der Garten war klein, und man mußte daher häufig wenden; Sallys Kopf, überanstrengt von der ständigen Aufmerksamkeit, die Mrs. Luke verlangte, drehte sich tatsächlich. Ihr Kopf . . . Am Abend dieses ersten Tages plauderte Mrs. Luke scheinbar liebenswürdig und ließ dabei Sally nicht aus den Augen. Blaß und schön, mit leichten Ringen unter den Augen, blickte sie auf ihren Schoß, damit sie nicht sehen mußte, wie die Dame sie beobachtete. Wie kam es nur, fragte sich Mrs. Luke, wie kam es nur, daß in einem so edlen kleinen Kopf mit so schön geschwungenen Brauen, in dem man ausreichend Raum für Intelligenz vermutete, augenscheinlich so gar nichts enthalten sein konnte?

Augenscheinlich. Mrs. Luke bemühte sich, keine voreiligen Schlüsse zu ziehen, aber zu diesem Zeitpunkt hatte sie Sally bereits einen ganzen Tag lang unermüdlich unterrichtet, war so geduldig gewesen und hatte sich dabei so klar und so unglaublich einfach ausgedrückt, daß sie schon beinahe glaubte, sie sei zur Lehrerin berufen. Und doch hatte sie bis jetzt keine Anzeichen wirklichen Verständnisses entdecken können. Guter Wille war da, viel guter Wille. Aber die *Auffassungsgabe* fehlte. Und natürlich, und das war ganz besonders beklagenswert, das Gehör. Diese »hs« – es wäre wirklich entmutigend gewesen, wenn sich Mrs. Luke nicht entschieden geweigert hätte, sich entmutigen zu lassen –, daß Salvatia so überhaupt nicht wußte, ob sie in einem Wort enthalten waren oder nicht. Sie hörte es einfach nicht.

»Magst du Musik, Salvatia?« Mrs. Luke stand auf, um Sallys Gehör am Klavichord zu erproben, einem Instrument, das sie selbst sehr schätzte, weil es nicht so groß war wie ein Klavier.

»Ja«, erwiderte Sally, die an diesem Tag auf reine Einsilber getrimmt worden war.

»Singst du auch, liebes Kind?«

»'ymnen«, sagte Sally.

»O liebes, *liebstes* Kind!« schrie Mrs. Luke auf. Sie zog die Schultern bis zu den Ohren hoch, denn nach all den Mühen und Anstrengungen des Tages war sie müde und vielleicht, ohne es zu wollen, ein bißchen weniger geduldig. »Wie buchstabierst du dieses arme, kleine Wort? Es ist solch ein winziges, kurzes Wort und kann auf keinen seiner Buchstaben verzichten . . .«

Und in der Küche, wußte Sally, saß 'ammond an ihrem geputzten Herd, hatte alles ordentlich für den nächsten Tag aufgeräumt und nähte. Und war frei wie ein Vogel.

Am Abend des dritten Tages kehrte Jocelyn nach Hause zurück. Er hatte kein passendes Haus gefunden und schien darüber deprimiert. Er sieht Salvatia sehr oft an, dachte Mrs. Luke – beinahe, als hätte er sie nie zuvor gesehen. Er sah sie tatsächlich so oft an, daß er kaum Augen oder Ohren für etwas anderes hatte.

Mrs. Luke gefiel das nicht.

Sicher war das Mädchen an diesem Abend ganz besonders schön und schien noch mehr als sonst diese flammende Ausstrahlung zu haben, aber man hätte doch angenommen, daß diese Äußerlichkeiten – wenn man erst einmal wußte, daß sie keine Anzeichen für innere Tiefe waren – für einen Mann wie Jocelyn kaum von Bedeutung sein konnten.

Ein kleiner, schmerzhafter Stich durchzuckte Mrs. Lukes Herz – Eifersucht konnte es natürlich nicht sein, denn allein das Wort war in diesem Zusammenhang schon lächerlich. Mehr als einmal fing sie einen Blick aus den Augen ihres Sohnes auf, während er auf seiner Frau ruhte; obwohl kein Mann sie je so angesehen hatte, erkannte sie ihn dennoch sofort. Es war ein Blick der Liebe. Der Blick brennender, ungeduldiger Leidenschaft. Sie war geliebt worden, aber nie auf diese Art, nie mit solch hingebungsvoller Anbetung.

Sally saß still, sprach nicht und rührte sich nicht, aber Freude zog über ihr Gesicht. Schön, dachte sie, daß Gatte wieder da war. Ohne ihn war es ziemlich gräßlich gewesen. War ja jetzt vorbei; tät nich' mehr vorkommen. Vergessen wir's, nahm sie sich vor.

In dieser Nacht, nachdem alle ins Bett gegangen waren, hörte Mrs. Luke vorsichtige Schritte auf den knirschenden Treppenstufen. Gegenüber von dem kleinen Treppenabsatz wurde die Tür des Zimmers leise geöffnet, in dem Sally schlief, jemand ging hinein und schloß die Tür leise hinter sich. Mrs. Luke gefiel das überhaupt nicht, und sie weinte sich in den Schlaf.

Am nächsten Morgen jedoch hatte Jocelyn sich wieder in den verwandelt, den sie kannte, und war vernünftig und distanziert. Sie sprachen über das Problem eines Hauses in Cambridge, und er stimmte mit seiner Mutter überein, daß er in neun Tagen seine Arbeit dort wiederaufnehmen und in seiner Freizeit Ausschau nach einem Haus halten würde. Seine Mutter würde Sally solange bei sich in Almond Tree Cottage behalten.

»Selbst wenn du ein Haus findest, mein Junge, denke bitte daran, daß wir es uns erst leisten können, nachdem ich dieses hier losgeworden bin.«

»Sicher, Mutter«, sagte Jocelyn – so vernünftig, so völlig distanziert.

»Und in der Zwischenzeit ist es das beste, wenn Salvatia bei mir bleibt.«

»Bei weitem das beste, Mutter«, sagte Jocelyn, dessen Gedanken mit neu erwachtem Eifer bei der Arbeit waren, bei zwei langen Monaten ungestörter Arbeit in seinen ruhigen Räumen in Austen's Court.

Sally war sehr überrascht festzustellen, daß Jocelyns Rückkehr nichts an ihren Unterrichtsstunden änderte. Sie gingen ganz genauso weiter; ihr kam es sogar vor, als würden sie von Tag zu Tag schlimmer. Und Jocelyn erschien zu den Mahlzeiten und kam nachts in ihr Zimmer, aber ansonsten vergrub er sich oben unter dem Dach oder machte nach dem Mittagessen seinen täglichen

Spaziergang, zu dem er sie nicht mitnahm. Nachts versuchte sie, ihn danach zu fragen, weil er ihr dann am ehesten antwortete; aber er flüsterte nur. »Pst – Mutter hört uns sonst.«

»Nich', wenn du flüsters'«, flüsterte Sally.

»Sie würde das Geflüster hören«, flüsterte Jocelyn.

Sally konnte nicht herausfinden, warum Mutter kein Geflüster hören sollte.

Nachts war Gatte also freundlich und liebevoll, und tagsüber tat er so, als wüßte er nicht, daß es sie gab. Gegen Abend taute er ein bißchen auf, aber ansonsten sprach er nur wenig, und seine Augen starrten auf irgendwas, das da gar nicht war. War das denn eine Gemeinschaft, hätte Sally genausogut fragen können, wenn sie in der Lage gewesen wäre, eine solche Frage zu formulieren. Aber selbst wenn sie die Frage hätte formulieren können, hätte sie sie doch nicht gestellt; dazu war sie zu sanftmütig und bescheiden.

Merkwürdig doch, wie lange die Sanftmütigen sanftmütig sind – bis zu dem Augenblick, in dem sie etwas tun, wovor sogar kühne Menschen zurückschrecken würden. Und genauso verhielt sich Sally, nachdem sich ihre Verzweiflung im Laufe der Woche immer mehr gesteigert hatte.

*

Langsam, aber sicher, indem sie Stück für Stück beim Essen und am Abend die Gesprächsfetzen zwischen Jocelyn und seiner Mutter aufschnappte, wurde Sally klar, was die beiden mit ihr vorhatten. Zuerst sollte eine Party stattfinden, eine große Party, bei der alle, die keine Herren waren, Damen sein würden. Sie sollte auch dabeisein, und dafür stopfte Mrs. Luke unaufhörlich ihr Hirn voll und feilte ausdauernd an ihren Manieren herum. Und dann, zwei Tage nach der Party, würde Jocelyn, der in der Kirche geschworen hatte, für sie zu sorgen, nach Cambridge verschwinden und dort den ganzen Sommer alleine verbringen, so als wäre er gar nicht verheiratet. Wie konnte er von Cambridge aus für sie sorgen? Für Sally war offensichtlich, daß so etwas unmöglich war. Sie selbst sollte in Almond Tree Cottage mit Mrs. Luke zurückbleiben, um erzogen zu werden, tauglich gemacht zu werden, innen gemästet zu werden, wie man Tiere außen mästet. Wozu? Sie hatte nicht Mrs. Luke geheiratet. War sie denn so, wie sie war, nicht in der Lage, für Gatte eine gute Frau zu sein und später eine gute Mutter für die Babys? Was konnte eine Frau denn mehr tun, als sich für ihn bereitwillig die Finger wund zu arbeiten? Sie konnte so gut kochen, wenn man sie nur ließ, und auch beim Flicken brauchte sie sich vor keiner anderen zu verstecken. Und was die Sauberkeit im Haus anging: hatte ihr ihre Mutter nicht eingeschärft, daß es keinen Gedanken an Ausruhen und Nähen gab, solange nicht das ganze Haus stäubchenfrei glänzte?

Mit steigendem Entsetzen und ständig wachsender Verzweiflung hörte Sally bei den Tischgesprächen zu. Sie hatte gelernt, nicht mehr zu sagen als »ja», »nein«, »danke« und »bitte« und hielt den Blick entweder starr auf ihren Teller gerichtet oder beobachtete voller Neid, wie frei die glückliche 'ammond kommen und gehen konnte, wobei es ihr jedesmal einen Stich versetzte. Sie selbst konnte nirgendwohin, ohne daß Mrs. Luke sich bei ihr einhakte oder ihr den Arm um die Schultern legte.

»Wir beide sind unzertrennlich«, pflegte Mrs. Luke Jocelyn anzulächeln, wenn es nach dem Essen Zeit war, die Örtlichkeiten zu wechseln, und sie Sallys widerstrebende Schultern umarmte oder ihren herabhängenden Arm nahm. »Nicht wahr, Salvatia?«

Und Sally schreckte hoch – eine merkwürdige Marotte hat sie sich da seit kurzer Zeit angewöhnt, dachte Mrs. Luke mißbilligend; hochzuschrecken, wenn man sie ansprach, egal, wie freundlich man war – und sagte hastig: »Ja.«

Eigenartig, dachte Mrs. Luke, der nichts entging, der aber die Fähigkeit zur richtigen Schlußfolgerung fehlte; eigenartig, wie schwierig es war, die Liebe und das Vertrauen des Mädchens zu gewinnen. Das Kind bemühte sich so eifrig, sie zufriedenzustellen, und sie selbst bemühte sich so eifrig, dem Kind zu helfen. Abends, nachdem man Sally gesagt hatte, sie sei sicher müde und wolle bestimmt zu Bett gehen – Sally hatte rasch gelernt, daß dies eine Aufforderung war, gute Nacht zu sagen und umgehend zu verschwinden –, sprach sie mit Jocelyn. Sie redete humorvoll und liebenswürdig über Sally und beschrieb ihre Bemühungen mit dem wundervollen Kind als Intensivkurs in Sachen Kultur und Bildung.

»Du wirst schon sehen, wie wundervoll sie sich auf unserer kleinen Party benehmen wird«, sagte sie. »Und was ich in ein paar Monaten aus ihr machen werde – nun, mein Lieber, ich verspreche dir, sie dir so zu übergeben, daß sie dir eine wirkliche Gefährtin sein wird und nicht nur . . .«, sie schauderte bei dem Gedanken an die knirschenden Treppenstufen, »einfach eine Ehefrau.«

Mrs. Luke war trotz unermüdlicher Anstrengungen keinen Schritt auf ihrem Weg vorangekommen, die Liebe und das Vertrauen zu gewinnen, die sie von Sally erwartet hatte. Zwei Abende vor der Party, als sie nach Sallys Rückzug mit Jocelyn allein war, gestand sie zögernd ein, daß es augenscheinlich bei dem Kind ganz erstaunliche und beunruhigende Widerstände gab.

»Du meinst, sie gehorcht dir nicht?« fragte Jocelyn sehr erstaunt.

»Nein, es hängt eher mit ihrem Verstand zusammen. Oder besser gesagt«, berichtigte Mrs. Luke, die Sally trotz der Enttäuschung über deren Auffassungsgabe immerhin noch eine Seele zugestand, »mit ihrer Seele. Es gibt da beunruhigende seelische Widerstände . . . Sie scheint sich zurückzuziehen. Und ich frage mich, wohin? Ein Kind wie dieses, mit einem – nun, mit einem zur Zeit ziemlich leeren Kopf. Wohin zieht sie sich zurück? Wohin geht sie, Jocelyn?«

In dieser Nacht ließ Jocelyn seiner Mutter Zeit, einzuschlafen. Als alles im Haus still war, schlich er sich die Treppe hinauf zu Sally, erfüllt von nichts als Liebe zu ihr. Sie machte ihm eine Szene. Er nannte es eine Szene; sie nannte es etwas erwähnen. Sie hatte sich dazu aufgerafft, ihm zu sagen, daß es falsch war, sie zu verlassen, denn mittlerweile wußte sie ganz sicher, daß er allein nach Cambridge gehen und sie zurücklassen wollte.

Eine Szene mit Sally! Jocelyn war so verblüfft und demzufolge auch so empört, als hätte sich sein Füllfederhalter zu ihm umgedreht und ihm erklärt, daß das, was er gerade mit ihm aufschreiben wollte, falsch war. Sally berief sich auf die Bibel, auf das Evangelium nach Markus, Kapitel zehn, Verse acht und neun, und erklärte, daß man die Worte nicht falsch verstehen konnte. Es sei nicht sein Weib, das der Mann verlassen müsse, sondern seine Mutter und seinen Vater, und er müsse sie verlassen, um seinem Weib anzuhangen, und sie beide sollten ein Fleisch sein. Sie fragte ihn sogar, wie er ihr anhangen könne oder ein Fleisch mit ihr sein könne, während er in Cambridge sei und sie in South Winch?

Es war bereits nach Mitternacht und stockdunkel. Er konnte ihr Gesicht nicht sehen und war deshalb nicht verzaubert. Außerdem hatte sie auf ihn gewartet und war nicht ins Bett gegangen. Sie saß angezogen auf einem Stuhl, und auch deshalb war er nicht verzaubert. Wenn man Sally weder sah noch sie berührte, war es ziemlich einfach, nicht verzaubert zu sein.

»Um Gottes willen, sei bloß leise«, flüsterte er, als er sich vom ersten Schock erholt hatte. »Weißt du denn nicht, daß Mutter uns sonst hört?«

Daran konnte Sally nichts ändern. Sie hatte endlich alles sagen müssen. Gott war auf ihrer Seite. Seine Gebote sollten gebrochen werden, und nichts weckte in Sally so die Tapferkeit, als wenn sie für Gottes Gebote eine Lanze brechen mußte. Außerdem verhinderte die Dunkelheit nicht nur, daß Jocelyn ihre Schönheit wahrnehmen konnte, sie bewahrte auch Sally davor, den eisigen, mißbilligenden Ausdruck in seinem Gesicht zu sehen, der sie sonst immer verstummen ließ. Und sie war verzweifelt. Abgesehen von der Frage, was nun richtig oder falsch war, spürte sie, daß sie unmöglich mit Mrs. Luke alleine bleiben konnte. Und da sie nun schon einmal Gottes Gebote erwähnt hatte, ging sie dazu über, ihn anzuflehen, sie mitzunehmen, gleichgültig, in welches Loch; oder er sollte sie zu ihrem Vater gehen lassen und sie dort besuchen, wann immer er Zeit hatte.

»Ich 'ab dir doch gesagt – ich 'ab dir doch neulich ers' gesagt«, sagte Sally und versuchte zu flüstern, aber ihre Stimme brach immer wieder aus, »wie du zwei Tage weg bist, daß mich das nich' gefällt. Und wochenlang schon gar nich'. Und *richtig* isses auch nich', Mr. Luke – es is' nich' *richtig*. Du mußt bloß bei Markus lesen . . .«

Jocelyn war völlig verblüfft. So redete Sally? Sally machte plötzlich Schwierigkeiten, hatte eine Meinung und fällte Urteile? Und dann kam sie auch noch mit der Bibel, als gehöre sie zum Küchenpersonal.

»Du verstehst das nicht«, sagte er, leise wegen seiner Mutter, aber in seiner Stimme lag so viel Zorn, als hätte er gebrüllt. »Woher auch? Was weißt du schon?«

»Ich weiß, was nich' ein Fleisch sein heißt«, beharrte Sally, der die Dunkelheit Mut machte.

Jocelyn zog seinen Hausmantel eng um sich; das hier hörte sich an, als würde ein Dienstbote sich Vertraulichkeiten herausnehmen.

»Das ist nicht der richtige Zeitpunkt für eine Diskussion«, flüsterte er voller Abscheu.

»Vielleicht sags' du mir dann die richtige Zeit«, erwiderte Sally, die genau wußte, daß sie wegen Mrs. Luke tagsüber nie mit ihm allein sein konnte. In der Dunkelheit, ohne sie zu sehen, hatte Jocelyn den Eindruck, irgendeine Frau aus der Unterschicht stünde ihm gegenüber und stemmte die Arme in die Hüften.

»Ganz sicher nicht um ein Uhr früh», sagte er frostig. »Ich werde wieder nach unten gehen. Ich bin nicht hochgekommen, um mir diesen empörenden Unsinn anzuhören.«

»Mr. *Luke*! Unsinn? Wo das Gottes Gebote sind, wo ich von rede? Bist du nich' mein Mann? Hast du nich' geschworen . . .«

Es klopfte an der Tür.

»Siehst du?« Jocelyn schreckte hoch; es brachte ihn völlig aus der Fassung, daß Mrs. Luke wußte, wo er war. »Du hast meine *Mutter* gestört.«

»Was gibt es denn, Jocelyn?« fragte draußen die besorgte Stimme seiner Mutter.

Er öffnete die Tür. Auch sie trug einen Hausmantel, und ihr langes Haar hing in dicken Zöpfen herab.

»Was gibt es denn, Jocelyn?« fragte sie wieder.

»Sally hat nur völlig den Verstand verloren«, sagte er kurz.

Dann stapfte er nach unten, beschämt, weil seine Mutter ihn oben erwischt hatte, zornig auf sich selbst, weil er sich schämte, und furchtbar böse auf Sally.

»Salvatia, liebster Jocelyn – denk doch daran«, rief Mrs. Luke ihm traurig hinterher.

»Du lieber Gott«, murmelte Jocelyn und schloß die Wohnzimmertür hinter sich. Er warf sich auf das harte, schmale Sofa, von dem er nur eine Viertelstunde zuvor voller Liebe aufgestanden war, um zu seiner Frau zu gehen.

Und in dem Zimmer darüber legte Mrs. Luke ihre Arme um Sally; taktvoll stellte sie keine Fragen und tat ihr Bestes, das Kind zu trösten und zu beruhigen. Aber wie kann man jemanden trösten und beruhigen, der sich wie ein harter, teilnahmsloser und durch und durch stummer Stein benimmt?

*

Der nächste Tag war ein Tag der Erklärungen. Mrs. Luke legte Sally geduldig und ausführlich die Situation dar. In einem Vieraugengespräch hatte Jocelyn seiner Mutter erzählt, was Sally in dieser Nacht zu ihm gesagt hatte. Es ist nicht fair, hatte sie danach zu ihm gesagt, das Kind über unsere Pläne im unklaren zu lassen. Selbst wenn sie nicht ganz in der Lage sei, alles zu verstehen, sollte man ihr doch wenigstens die Möglichkeit dazu geben, meinte Mrs. Luke.

Als der Frühstückstisch abgeräumt war und Jocelyn sich in seine Dachkammer zurückgezogen hatte, begab sich Mrs. Luke wie üblich mit Sally ins Eßzimmer und widmete den Morgen geduldigen Erklärungen.

Sally sagte nichts. Das machte es schwer für Mrs. Luke, herauszufinden, ob sie es verstanden hatte. Dabei war es doch so einfach; sie sprach über Jocelyns Arbeit, die übergeordnete Bedeutung seiner Arbeit, von der seine und Salvatias Zukunft und – wer wußte das schon – vielleicht sogar die der Welt abhängen würde; ihre gegenwärtige, aber zweifellos nur vorübergehende Armut, die es nicht erlaubte, ihm nach Cambridge zu folgen, bevor Almond Tree Cottage vermietet war; die Notwendigkeit, sie an langen, ungestörten Tagen zu unterrichten, ihr alles mögliche beizubringen, die ganzen kleinen und doch so unerläßlichen Dinge, die man als Ehefrau eines Herrn beherrschen mußte; und über die Unmöglichkeit, Jocelyn zu bitten, seine Räume im College aufzugeben und in irgendeinem unbequemen Notbehelf zu wohnen, da man sich zweifellos mit ihren augenblicklichen Mitteln kein besseres Quartier leisten konnte. Wäre Salvatia allein auf der Welt und hätte keine Menschenseele, zu der sie gehen könnte, hätte man natürlich ein solches Arrangement getroffen. Aber sie war ja nicht allein. Sie hatte die Mutter ihres Mannes und das Haus der Mutter ihres Mannes, wo sie Zuneigung, Verständnis und das herzlichste Willkommen fand.

»Nur noch ein bißchen Geduld, Salvatia, meine Liebe«, sagte Mrs. Luke. »All unsere kleinen Probleme werden sich bald ganz natürlich und wie von selbst lösen. Wir werden einen Mieter für dieses Haus finden, Jocelyn wird ein schönes Zuhause für uns in Cambridge finden, du wirst in der Zwischenzeit all die notwendigen Dinge gelernt haben, die du brauchst, um seine perfekte kleine Frau zu werden, und wir werden glücklich leben bis an unser Ende.«

War das nicht freundlich? Das war sogar sehr freundlich, dachte Mrs. Luke. Und war das nicht liebevoll? Das war sogar sehr liebevoll. Und doch sagte Salvatia kein einziges Wort.

Tatsächlich war Sally notwendigerweise stumm. Sie verfügte über zu wenige Wörter, um sich auf einen Disput mit Mrs. Luke einzulassen, und wußte, daß sie bereits bei dem Versuch in Tränen ausbrechen würde. Nach dem Essen, das Sally schweigend einnahm, schickte Mrs. Luke sie allein in den Garten hinaus, weil sie selbst an diesem Nachmittag einkaufen gehen und sich um die Kuchen für ihre Party kümmern mußte. Sally zog sich in einen Winkel des Gartens zurück, den man vom Haus nicht einsehen konnte, weil ein Gartenhäuschen dazwischenstand. Sie lehnte sich an den Eisenzaun, der Mrs. Lukes Besitz von dem Mr. Thorpes trennte, und schluchzte erbärmlich.

Mit beiden Händen hielt sie sich oben am Zaun fest, legte den

Kopf darauf und weinte immer mehr; für sie war nun klar, daß ihr Traum, einmal zwei Zimmer zu haben, und zwar ohne die Dame, nie in Erfüllung gehen würde und daß in der Zwischenzeit – es hatte gar keinen Sinn, die Augen vor den Tatsachen zu verschließen – Gatte sie verlassen würde. Sie hatte kein Geld, nur die fünf Schilling, die ihr Vater ihr als Hochzeitsgeschenk gegeben hatte – das war alles. Ein schönes Geschenk, aber bestimmt nicht genug, um ihr die Rückkehr nach Hause zu ermöglichen. Wenn sie nur zu ihm nach Hause gehen und Mrs. Luke entkommen könnte und dieser furchtbaren Mir-wird-schon-übel-wenn-ich-nur-dran-denke-Party! Später, wenn Gatte wieder auf seinem College war, konnte sie dort auftauchen und ihn überraschen, sich irgendwo ein Zimmer in der Nähe nehmen und still wie ein Mäuschen dort leben, ohne ihn zu stören oder bei irgend etwas zu unterbrechen; sie wollte nur nah genug sein, um sich noch verheiratet zu fühlen.

Sally wurde von Weinkrämpfen geschüttelt; selbst der Zaun bebte, an den sie ihren Kopf lehnte, diesen Kopf mit dem leuchtenden, zerzausten Haar, dessen Enden ihr in die Augen fielen und die naß und dunkel waren von ihrem Kummer. Sie konnte es nicht mehr ertragen. Hinter dem Gartenhäuschen konnte sie überhaupt nichts mehr ertragen. Doch was sollte sie tun? Mit fünf Schilling würde sie nicht weit kommen . . .

»Am Heulen, was?« sagte eine Stimme auf der anderen Seite des Zauns.

Mit einem jähen Ruck sah Sally auf und erblickte Schwiegervater.

11

Mr. Thorpe war daran gewöhnt, bei allen Unternehmungen in seinem Leben erfolgreich zu sein – außer im Fall von Annie, aber selbst sie war anfangs ein Erfolg gewesen. Er hatte eine Woche voll bitterer Gedanken verbracht.

Er war gekränkt, sogar tief gekränkt; und er verabscheute die

Art, in der Mrs. Luke sich vor ihm verborgen hielt, sich weigerte, ihn zu sehen, auch jede Erklärung verweigerte und ihn mit einem einzigen Brief abspeiste. Sie hatte nicht einmal reagiert, als er ihren Brief beantwortet hatte.

Er, der sich durchaus bewußt war, was er ihr alles zu bieten hatte, daß er ihr eine einmalige Chance bot, wurde der Tür verwiesen, wenn er vorbeikam. Es war, als ob alles, was er für sie getan hatte, die Zuneigung, die er ihr geschenkt hatte, die Präsente, mit denen er so großzügig gewesen war, überhaupt nicht existiert hätten. Vor ganz South Winch und vor seinem eigenen Haushalt war er gedemütigt worden. Doch der Schmerz ging tiefer: Er war freundlich, aber niemand wollte seine Freundlichkeit; er war großzügig, aber auch seine Großzügigkeit wollte niemand. Natürlich war er nun voller Groll; so sehr, daß er in dieser Woche nicht einmal regelmäßig in sein Büro gegangen war, sondern zu Hause herumgelungert und genörgelt hatte.

Die meiste Zeit hatte er sich auf dem Teil seines Besitzes herumgetrieben, der an die Wiese grenzte, welche Abergeldie von Mrs. Luke trennte. Beim Gang durch seine Koniferen konnte er, ohne selbst gesehen zu werden, alles beobachten, was sich auf ihrem erbärmlichen Fleckchen Erde abspielte. Hätte man ihm gesagt, daß ein solches Benehmen würdelos sei, hätte er erwidert, die Würde könne ihn mal. Es war nicht nur so, daß Mrs. Lukes mangelnde Dankbarkeit an seinem Herzen nagte, und er war nicht nur über alle Maßen verärgert, nun nicht die Frau zu bekommen, die er gar nicht mehr haben wollte – wer wollte schon eine eifersüchtige Frau mittleren Alters am Hals haben, wenn so viele schöne, junge Mädchen herumliefen? Er spürte darüber hinaus ein Sehnen – dieses einfache Sehnen, das er nicht mehr gespürt hatte, seit er als Jüngling zum erstenmal auf dem Weg zu seiner Liebsten gewesen war. Er sehnte sich danach, Sally wiederzusehen.

Er sah sie auch; immer jedoch hatte des Teufels Großmutter sie am Arm, wie er nun die Frau nannte, die noch vor kurzem seine Marge gewesen war. An diesem Mittwoch nachmittag ging Mr. Thorpe nach einem Imbiß zwischen seinen Koniferen spazieren.

Es war eine gute Wocher her, seit Mrs. Luke ihr wahres Gesicht gezeigt hatte. Was für ein Glück für ihn, daß er alles noch vor der Ehe bemerkt hatte und nicht erst hinterher, sagte sich Mr. Thorpe, der noch immer zornig war. Während seines Spaziergangs nährte er seinen Groll und warf dabei hin und wieder einen Blick auf das kleine Haus jenseits der Wiese, das so unbedeutend und schäbig war und dennoch eine so wichtige Rolle in seinem Leben zu spielen vermochte. Schließlich sah er die junge Schönheit allein aus dem Haus kommen, hinter das Gartenhäuschen gehen und weinen.

Ein paar Minuten lang blieb Mr. Thorpe stehen, wo er war, falls T. G. – so kürzte er der Bequemlichkeit halber den bösen Spitznamen ab, den er Mrs. Luke gegeben hatte – auftauchen sollte. Als aber nach einiger Zeit niemand mehr aus dem Haus gekommen war, nahm er an, die beiden Klugscheißer seien zu einem Spaziergang unterwegs und hätten die Schönheit dieses eine Mal alleine gelassen. Und nun war sie auch noch am Heulen. Was haben sie dem Mädchen bloß angetan, dieses saubere, eingebildete Ihr-anderen-seid-doch-bloß-Dreck-Pärchen, fragte sich Mr. Thorpe. Er kletterte vorsichtig über den Zaun, überquerte im Schutz eines Koniferengürtels ein Feld und gelangte ungesehen und ungehört zu Sally, die weinend am Zaun stand und den Kopf in beiden Händen hielt.

Wie freundlich er war. Und ein solcher Trost. Und wie klar seine Anweisungen waren, was sie tun sollte. Es war ziemlich einfach, mit Schwiegervater zu reden; er verstand gleich, was sie meinte.

Niemand hatte Sally gesagt, daß er nicht ihr Schwiegervater werden würde. Da die Lukes gegenüber Sally ihre Verhältnisse zu verschweigen pflegten, mußte sie annehmen, daß alles so war, wie er vorgab. Und Sally erinnerte sich an den Tag, als Mrs. Luke ins Wohnzimmer kam und er ihr sagte, er mache sich mit seiner neuen Tochter bekannt. Mrs. Luke hatte ihm nicht widersprochen.

Sally wußte, daß Jocelyns richtiger Vater tot war, und sie hatte zuerst angenommen, Mr. Thorpe sei Mrs. Lukes zweiter Mann.

Seit sie in Almond Tree Cottage angekommen war, befand sie sich jedoch in solcher Verwirrung, daß sie sich nicht einmal mehr darüber wunderte, warum er dann woanders wohnte. In den vergangenen paar Tagen hatte sie ihn nicht mehr gesehen und angefangen, sich halbherzig darüber Gedanken zu machen, ob Mrs. Luke ihn vielleicht noch nicht richtig geheiratet hatte, sondern nur beinahe. Es war sowieso egal. Er sagte, er sei ihr Schwiegervater, und für Sally genügte das. So ein netter alter Herr. Viel älter als ihr Vater. Könnte gut ihr Großvater sein, mit dem kahlen Kopf und dem grauen Schnurrbart.

Mr. Thorpes Freude, nein, die Wonne war ungeheuer, die er dabei empfand, der Schönheit helfen zu können und gleichzeitig diesen beiden Klugscheißern etwas zu geben, worüber sie sich das Maul zerreißen konnten. Das hieß nun wirklich, zwei Fliegen mit einer Klappe schlagen – und was für Fliegen! Er hörte sich geduldig an, was Sally mit ihrem Akzent hervorstammelte, beglückwünschte sie zu ihrer Idee, eine Weile bei ihrem Vater zu wohnen, und versicherte ihr, nirgendwo sei es so schön wie zu Hause. Er bot ihr an, daß er sie in einem seiner Autos sicher bis vor ihres Vaters Tür bringen lassen werde; er riet ihr, bei ihrem Vater zu bleiben, bis ihr Mann seine Pflicht tat, indem er für sie ein Heim schuf und mit ihr dort lebte. Er fragte sie, warum sie es hinnehmen sollte, bei Mrs. Luke zurückgelassen zu werden, die nichts anderes tün würde, als ihren Kopf mit Unsinn vollzustopfen ...

»Mögen Sie sie nich'?« fragte Sally erstaunt.

»Nein«, erwiderte Mr. Thorpe heftig.

»Aber Sie wollen sie doch 'eiraten?« fragte Sally noch erstaunter.

»Fällt mir nicht ein!« sagte Mr. Thorpe.

»Aber dann sind Sie nich' mein Schwiegervater«, sagte Sally, deren Erstaunen noch größer wurde.

»Doch, bin ich«, erwiderte Mr. Thorpe hastig. »Einmal Schwiegervater, immer Schwiegervater«, versicherte er ihr und wechselte eilig das Thema, indem er sie fragte, warum sie sich von ihrem Mann behandeln lassen sollte, als sei sie gar nicht verheiratet. Und mit welchem Recht der junge Luke meinte, er könne sich anders verhalten als alle anderen Ehemänner, von denen man so hörte. Skandalös, äußerte Mr. Thorpe, sie zurückzulassen. Schockierend. Unverständlich. Dabei war die Unterschrift ihres sogenannten Ehemanns unter den Heiratspapieren noch nicht einmal richtig trocken.

Genaugenommen sagte Mr. Thorpe laut und schön formuliert alles, was Sally selbst gedacht, aber nicht in Worte fassen hatte können.

Von Mr. Thorpe ermutigt und bestärkt – oder, besser gesagt, gedrängt und angetrieben –, unternahm Sally einen dieser verzweifelten Schritte, die so typisch für die besonders Sanftmütigen sind. Sie folgte genau Mr. Thorpes Anweisungen und stahl sich am folgenden Morgen – dem Tag, an dem die Party stattfinden sollte – um fünf Uhr früh aus dem Haus. Mr. Thorpe war durch seine Haushälterin bestens über die Party informiert und hatte versucht, sich mit dem Gedanken zu trösten, wie viele Pfund Erdbeeren und Pfirsiche und wie viele Liter Sahne er nicht hinschikken würde. Er bestand darauf, daß Sally dieser Party entfloh. Mit einer kleinen Tasche, den fünf Schilling, ihrem Kamm und ihrer Zahnbürste schlich sie mit angehaltenem Atem die Treppe hinunter, lauschte ängstlich, als sie an der geschlossenen Wohnzimmertür vorbeikam, hinter der Jocelyn schlief, und kletterte lautlos durch das Küchenfenster. Jocelyn war immer noch sehr böse auf sie und deshalb in dieser Nacht glücklicherweise nicht nach oben gekommen.

An der Straßenecke wartete Mr. Thorpes Wagen. Er selbst war diskret im Bett geblieben. Nur nichts überstürzen. Außerdem konnte er warten. Er wußte, wo er die Schönheit finden konnte, wenn die Zeit reif war, und das hatte er den verdammten Lukes voraus. Er hatte am Abend vorher seinem Chauffeur alle nötigen Anweisungen gegeben und konnte sich darauf verlassen, daß sie detailgetreu ausgeführt würden. Als Sally in den Wagen stieg, der außen viel schöner und innen viel weicher war, als sie es sich jemals hätte vorstellen können, fand sie nicht nur eine schöne Decke aus weichem Fell vor, die der aufmerksame junge Chauffeur ihr sorgfältig um die Beine legte, als sei sie die Queen; es gab außerdem einen Korb mit allem, was man zum Frühstück brauchte, sogar heißen Kaffee und eine große Schachtel Pralinen, die Mr. Thorpe ihr mit seinen Empfehlungen überreichen ließ. Dies alles gab ihr enorme moralische und physische Unterstützung. Sie fuhr sanft und wunderbar geborgen durch das schlafende South Winch und quer durch das erwachende London, an sonnenbeschienenen Feldern vorbei und durch üppig grüne Wälder, nach Essex, Cambridgeshire; ruhig und schnell lief der Wagen, dessen Schwingungen vertrauenerweckend waren und so ganz anders als die von Jocelyns Gefährt. Auf dieser Fahrt verlor sie das Gefühl, etwas Beängstigendes zu tun und vielleicht auch etwas Falsches. Konnte jemand, der ein solches Auto hatte und einen solch respektvollen und aufmerksamen Chauffeur, denn irgend etwas falsch machen?

Mr. Pinner raubte ihr diese Illusionen.

Viele Jahre lang hatte er kein so ruhiges Glück, solche Zufriedenheit und Wohlbefinden verspürt, wie in den vier Wochen, die er ohne Sally verbracht hatte. Alle im Dorf wußten von ihrer Heirat mit einem Herren, einem der Gelehrten aus Cambridge, und er war sehr, sehr stolz darauf. Sally war nicht nur heil und gesund in die Obhut eines anderen übergeben worden, sondern war gesellschaftlich aufgestiegen und jetzt eine Dame. Er hatte allen Grund, stolz auf sie zu sein, und keine Sorgen mehr. Nach vierzig Jahren konnte er jetzt zum erstenmal ohne Frauen leben. War es denn Sünde, fragte er sich ab und zu in Abwandlung von Gottes Wort, allein so glücklich zu sein? Er glaubte es nicht. Er hatte lange genug gedient. Vierzig Jahre war er in der Wildnis gewesen – genau wie die Israeliten, die wieder herausgekommen waren, genau wie er. Und die hatten schließlich auch noch was vom Leben gehabt, genau wie er auf seine ruhige, angenehme Art noch etwas vom Leben hatte. Kein Mann oder Vater hätte seine Frau und Tochter mehr lieben können, als er die seinen, oder hätte seine Pflicht besser erfüllen können. Sicher war es nicht falsch, wenn er sich jetzt, nachdem beide gut untergebracht waren, ein bißchen ausruhen wollte? Er liebte Sally, aber er war unter der Last der Verantwortung beinahe zusammengebrochen.

Vier Wochen lang hatte er nun das Leben genossen, und er hatte solchen Geschmack daran gefunden, daß er morgens nach dem Aufstehen bei der Aussicht auf die friedlichen Stunden, die vor ihm lagen, ein Liedchen trällerte. Dann kam der Tag, an dem er friedlich die Bonbongläser in seinem Schaufenster abstaubte, daran dachte, wie schön die Vögel an diesem Frühlingsmorgen sangen und daß er noch ein bißchen Hammelfleisch zum Mittagessen hatte, welches er mit Kapern zubereiten wollte. Plötzlich sah er einen riesigen geschlossenen Wagen die Hauptstraße entlangkommen, und zu seiner Verblüffung hielt dieser genau vor seinem Laden, und Sally stieg aus.

Mr. Pinner wußte genug über die Preise von Autos, um sicher zu sein, daß dieses nicht Mr. Luke gehören konnte. Solche Dinge kosteten mindestens das Doppelte von den fünfhundert, die Mr. Luke im Jahr hatte. Das Auto, auf das Sally so stolz gewesen war, beeindruckte ihn keineswegs. Im Gegenteil – es jagte ihm Angst ein. Und als der Chauffeur Sally eine Tasche gegeben hatte, den Wagen wendete und davonfuhr, einfach davonfuhr, während sie die Treppe zum Laden hinauflief, hatte er mehr Angst als je zuvor.

Was war geschehen? Nicht mal einen Monat verheiratet und alleine wieder da, nur mit einer Tasche!

»Ich komm 'eim«, rief Sally, als sie in der Eingangstür stand. Sie glühte noch voller Freude über die Fahrt, doch als sie das Befremden ihres Vaters bemerkte, spürte sie, wie ihre Temperatur etwas sank. »Meine Güte, Vater, du bis' aber klein«, fügte sie überrascht hinzu. Nachdem sie den langen Jocelyn und den breiten Mr. Thorpe betrachtet hatte, war sie erstaunt, wie wenig Mr. Pinner es gab. »Du mußt ja zweimal durch die Tür ge'n, daß ich dir einmal se'«, sagte sie.

»Mir reicht's, wenn du einmal durch die Tür komms'«, gab Mr. Pinner zurück. Er zog sich hinter den Ladentisch zurück, da er das Gefühl hatte, daß diese Worte irgendwie einen raffinierten einleitenden Tadel enthielten.

Er machte keine Anstalten, sie zu küssen. Er stand verschanzt hinter seinem Ladentisch und starrte zu ihr hoch, und da er sie eine Weile nicht gesehen hatte, staunte er erneut über ihre

Schönheit. Aber er freute sich nicht daran. Sie jagte ihm nur Angst ein, denn sie zerstörte seinen Frieden.

»Wo is' dein Mann?« fragte er furchtsam und streng.

»Oh – *der.*« Sally versuchte unbesorgt auszusehen und wurde rot. »Der is' mit seiner Mutter, da isser. Freus' du dich nich', daß ich 'ier bin, Vater?« fragte sie und versuchte, das Gespräch wenigstens für eine Weile von Ehemännern abzulenken. Sie preßte die Schachtel Pralinen enger an sich, weil die Schachtel ihr dabei half, sich an Schwiegervaters Ermutigung und an seine Zustimmung zu erinnern. Und er war doch ein Herr, oder? Und viel älter sogar als ihr Vater, also mußte er es doch wissen.

»Was du nich' sagst. Mit seiner Mutter isser«, sagte Mr. Pinner. Er ignorierte ihre Frage. »Wem sein Auto is' das gewesen?« fragte er.

»Das von Schwiegervater«, sagte Sally und umarmte ihre Pralinenschachtel.

»Was du nich' sagst. Und wer soll das nun wieder sein?«

»Der 'err, der Mr. Lukes Mutter 'eiraten wird – 'eiraten wollte.«

»Was du nich' sagst. Und da fährs' inner Zwischenzeit in sein Auto 'erum. Aha.«

»'at's mir doch nur gelie'en, damit ich 'eim kann.«

»Warum schickt er dich denn 'eim?« fragte Mr. Pinner. Er hatte sich auf die Knöchel seiner Hand gestützt, und seine blauen Augen leuchteten sehr. »Bis' du nich' da da'eim, wo dein Mann da'eim is'? Is' das etwa nich' das 'eim vonner ver'eiraten Frau?«

»Ich komm doch bloß auf Besuch«, stammelte Sally, der das Herz in die Hose gerutscht war. Ihr Vater hatte sie oft gescholten, aber sie hatte sich nie vor ihm gefürchtet. Nun entdeckte sie etwas in seinen Augen, das sie daran zweifeln ließ, den einzig richtigen Schritt getan zu haben, wie Mr. Thorpe ihr geraten hatte. »Ich komm bloß ein paar Tage, während Mr. Luke . . .«

»Weiß Mr. Luke, daß du 'ier bis'?« unterbrach ihr Vater.

»Noch nich'«, sagte Sally. »Aber ich . . .«

»Das is' genug«, sagte Mr. Pinner und hob die Hand. »Das is' wirklich genug. Brauchs' gar nich' mehr zu sagen. Du gehs' gleich wieder 'eim zu deinem Mann, mein Kind. Bis' 'ier an den falschen geraten. Ich nehm keine E'efrauen auf, die da'eim ausreißen.«

»Aber Vater . . .«, stammelte sie und konnte noch nicht richtig begreifen, daß sie mit ihrer Heimkehr bloß vom Regen in die Traufe geraten war. »'ör dir doch ers' mal an, warum ich 'ier bin . . .«

Wieder hielt er seine Hand hoch und unterbrach sie. Er brauchte nicht zuzuhören. Er konnte auch so sehen, daß sie ihrem Mann weggelaufen war, und das war gegen die weltlichen und die göttlichen Gebote.

Sally blieb jedoch hartnäckig. Sie legte ihre Tasche auf dem Ladentisch ab, hinter dem er sich immer noch eisern verschanzt hatte, sah ihm ins Gesicht und versuchte, ihm eine Vorstellung davon zu geben, was ihr zugestoßen war und was ihr noch Schlimmeres zugestoßen wäre, wenn sie dort geblieben wäre.

Er weigerte sich, sich etwas vorzustellen. Er stellte sich taub. Und er war lediglich empört, als sie, mittlerweile schluchzend, sagte, daß sie einfach nicht alleine mir Mrs. Luke bleiben könne, sie könne einfach nicht. Denn da, wo ein Mann glaubt seine Frau zurücklassen zu können, sagte Mr. Pinner, immer vorausgesetzt, daß es dort anständig zuging, da muß sie bleiben, bis er sie holt. Dies erklärte er Sally als ein Gesetz, von dem eine verheiratete Frau auf eigenes Risiko abwich. Vielleicht legte er es mit so viel Nachdruck dar, weil er wußte, daß er selbst kaum je den Mut aufgebracht hätte, Mrs. Pinner so etwas abzuverlangen. Selbst wenn er es getan hätte, sie wäre sicher nicht länger als fünf Minuten dortgeblieben.

Sally war verzweifelt. Was sollte sie nur tun? Nach allem, was sie seit ihrem letzten Aufenthalt hier erlebt hatte, kam ihr der kleine Laden vor wie das Paradies, ein Hafen des Friedens und der Seligkeit. Sie weinte und weinte. Sie konnte einfach nicht glauben, daß ihr Vater, der immer so gut zu ihr gewesen war, sie nicht für die zwei Tage aufnehmen wollte, bis Jocelyn nach Cambridge zurückkam.

Nicht einmal für eine Nacht hätte Mr. Pinner sie beherbergt. Er hatte eine Heidenangst vor Jocelyn, der seiner Frau sicher schon auf den Fersen war, ihm eine Szene machen und ihm die Schuld geben würde, wenn er sie auch nur ein bißchen ermutigte. Mit dem nächsten Zug mußte sie zurück zu ihrem Mann und ihre Pflicht tun. Der Bruch des Eheversprechens und die Mißachtung der Gebote des Neuen Testaments hatte Sally an Jocelyn so schockiert, und genau dies warf Mr. Pinner nun ihr vor. Es nützte ihr nichts, sich an die Hoffnung zu klammern, sich irgendwie rechtfertigen zu können und bleiben zu dürfen. Es nützte ihr nichts, unter Tränen zu sagen, daß im Evangelium nicht stand, was die Frau tun sollte, sondern nur, was der Mann zu tun hatte, denn Mr. Pinner erwiderte, daß kein Evangelium alles genau festlegen könne und auf jeden Fall, wenn es um die Sünde ging, nicht zwischen Männern und Frauen zu unterscheiden wäre.

Er brachte sie zu Fuß die drei Meilen bis zu dem kleinen Bahnhof. Die Tasche, die der ehrerbietige Chauffeur ihr bis zum Eingang hatte tragen wollen, trug sie nun selbst den drei Meilen langen Weg.

»Dumm, daß du das Auto so schnell wegfahr'n lassen 'ast«, bemerkte Mr. Pinner sarkastisch, als sie beinahe schweigend die Straßen entlangstapften.

Sally schluckte; zart nur, denn selbst ihr Schlucken war nur ein kleines Schlucken – ein kleines, sanftes, zartes Schlucken. Sie wußte nicht, was aus ihr werden würde, sie wußte es wirklich nicht. Zurückgehen in dieses furchtbare Haus und mitten in die Party platzen? Den Zorn aushalten, den berechtigten Zorn der Menschen, die sie schon in Angst und Schrecken versetzten, wenn sie freundlich zu ihr waren? Aus ihrem Kopf waren durch Mr. Pinners Entsetzen über das, was sie getan hatte, alle Argumente von Mr. Thorpe verschwunden. Sie glaubte, kein Bein zu haben, auf dem sie stehen konnte, und würde alles, beinahe alles, lieber tun, als sich schuldbeladen dem Zorn der Lukes auszusetzen. Aber was? Was könnte sie tun, wenn sie nicht zurückgehen wollte? Und wenn sie sich schon so elend gefühlt hatte, als sie noch brav und gehorsam gewesen war, wie sollte sie es jetzt ertragen, nachdem sie Unrecht getan hatte? Es schauderte ihr bei dem Gedanken an Mrs. Lukes' Benehmen, wenn sie wirklich zornig war. Und Mr. Luke erst, der das Recht hatte, sie sogar nachts nicht allein zu lassen . . .

Von Zeit zu Zeit schluckte Sally traurig, und hin und wieder gab sie einen leisen Schluchzer von sich, als sie an diesem Morgen schweigend neben dem unerbittlichen Mr. Pinner zum Bahnhof ging. Sie hatte nicht sehr lange im Bezirk Woodles gewohnt, aber als sie so über die friedlichen Straßen ging, war ihr, als läge ihr hier jeder Stock und jeder Stein am Herzen. Damit war sie vertraut. Das war Frieden. Das war Zuhause. Ihr Vater begleitete sie bis Cambridge, um sie sicher in den Schnellzug zur Liverpool Street zu setzen. Er kaufte ihr einen Fahrschein erster Klasse, weil er annahm, Mr. Luke wünsche das so, und weil es ihn auf eine düstere Art und Weise stolz machte. Außerdem trug er ihr auf, von der Liverpool Street ein Taxi nach South Winch zu nehmen.

Dann gab er ihr den Fahrschein und eine Pfundnote.

»Sind wohl nich' mehr als zehn Meilen da 'inaus«, sagte Mr. Pinner, der nie zuvor in seinem Leben Geld verschwendet hatte. Schon gar nicht ein ganzes Pfund für ein Taxi. Aber er versuchte, sich mit dem Gedanken zu trösten, daß es gut angelegtes Geld sei, wenn Sally damit heil wieder dort landete, wo sie hingehörte. Und obwohl er deprimiert war, fühlte er sich auch stolz, denn dies gab ihm ebenfalls eine Art düsterer Befriedigung.

»War ein teurer Tag für mich 'eute«, sagte er düster, aber stolz.

Sally schluckte.

Bis zum letzten Augenblick blieb er mit ihr im Wartesaal des Bahnhofs, da sie wie üblich unerwünschte Aufmerksamkeit auf sich zog; in Tränen aufgelöste Schönheit war noch viel auffälliger als Schönheit pur. Dann eilte Mr. Pinner mit Sally zum Anfang des Zuges und setzte sie in ein Abteil, in dem nur eine Dame saß – eine richtige Dame natürlich, dachte Mr. Pinner, der sie besorgt in Augenschein nahm, denn sonst würde sie kaum erster Klasse fahren.

»Verzei'ung, Madam«, sagte Mr. Pinner in seinem besten Krämertonfall und nahm den Hut ab. »Fahren Sie vielleicht nach London?«

Da der Zug vor London nicht mehr hielt, konnte die Dame nur

mit »Ja« antworten. Daraufhin bat Mr. Pinner sie, liebenswürdigerweise ein Auge auf seine Tochter zu haben. Sie sei zwar selbst eine verheiratete Dame – mit einem leichten Neigen des Kopfes nahm die Dame diesen Tribut an ihre offensichtlich seriöse Erscheinung zur Kenntnis, obwohl sie unverheiratet war –, kenne sich aber nicht besonders gut aus.

Als der Zug sich in Bewegung setzte, lehnte Sally sich zum Abschied aus dem Fenster. Die pure Verzweiflung stand ihr ins Gesicht geschrieben, so daß Mr. Pinner Mitleid mit ihr hatte; er streichelte ihre tränennasse Wange, lief ein paar Schritte neben dem Zug her und riet ihr, sich zu beruhigen.

»Was passiert is', is' passiert«, rief er dem Zug nach, um sie aufzumuntern.

*

Ja. Was geschehen war, war geschehen, dachte sie und wischte die Tränen weg, die ihre Wangen hinabliefen. Und sie schloß ihre Ehe mit Mr. Luke und seiner Mutter mit ein, denn mittlerweile betrachtete sie die beiden als Einheit.

Die Dame am anderen Ende des Abteils konnte ihre Augen nicht von Sally abwenden, sosehr sie sich auch bemühte – und sie bemühte sich wirklich darum, da sie Kummer nicht gerne sah. Nach einer Weile wagte sie, Mr. Pinners Rat zu wiederholen, wenn ihre Wortwahl auch mehr der der Lukes ähnelte. Die Stimme war voller Mitgefühl und das Gesicht freundlich, so daß Sally, anstatt sich zu beruhigen, noch viel heftiger schluchzte.

»O bitte, nicht«, sagte die Dame besorgt und setzte sich neben Sally. Sie hatte niemals zuvor einen solchen Tränenstrom gesehen und auch niemanden, der dabei noch so bezaubernd aussah. Wenn sie selbst weinte, was nur selten vorkam – wozu sollte es auch gut sein? –, verwandelte sich ihr Gesicht in eine aufgedunsene, unförmige Masse.

»Das dürfen Sie nicht, wirklich nicht«, bat sie. »Ihre Augen – das dürfen Sie Ihren Augen einfach nicht antun. Was ist denn los? Kann ich irgendwie helfen? Das tue ich gerne, wenn ich kann . . .«

Zu dem Zeitpunkt, als der Zug durch Bishops Stratford raste, hatte Sally ihr bereits alles erzählt – am Anfang noch schluchzend und unzusammenhängend, aber die Dame hatte etwas an sich, das Sally beruhigte. Sie war überhaupt nicht wie Mr. Thorpe, auch wenn sie eher seinen Standpunkt vertrat und nicht den von Mr. Pinner, und sie hatte sogar noch mehr Mitgefühl und Verständnis. Nach den Fragen zu schließlich, die sie Sally stellte, hätte man meinen können, daß sie die Lukes persönlich kannte, aber als Sally sich danach erkundigte, lachte sie und verneinte. Sie war ausgesprochen fröhlich und lachte mehrmals; dabei war sie freundlich und bedauerte alles, was Sally widerfahren war.

»Heute können Sie auf keinen Fall dorthin zurück«, sagte sie schließlich. Nicht, während die Party in vollem Gange ist . . .« Sie lachte und schüttelte sich bei dem Gedanken, denn Sally hatte ihr mit entsetztem Gesicht erzählt, daß auf der ganzen Party nur Damen und Herren sein würden, außer ihr selbst natürlich. »Sie kommen ein paar Tage mit zu mir, bis Ihr Mr. Luke nach Cambridge geht, und dann sehen wir, wie es weitergeht. Aber ich werde Sie nicht in die Klauen dieser Mrs. Luke zurückkehren lassen.«

Sie lehnte sich nach vorne und nahm Sallys Hand, lächelte freundlich und fröhlich und sagte: »Wollen Sie nicht für ein, zwei Tage mit zu uns kommen? Mein Vater ist zur Zeit nicht da, und ich habe das Haus für mich allein. Kommen Sie doch mit, bis wir uns überlegt haben, wie es weitergehen soll.«

Das hörte sich zu schön an, um wahr zu sein. Sally wurde rot. War sie etwa gerettet? In letzter Minute vor Grauen und Schande gerettet?

»Nur einen Tag oder zwei«, sagte ihre neue Freundin, die den Blick nicht von Sallys Gesicht abwenden konnte. »Bis Ihr Mann ein Plätzchen für Sie beide gefunden hat. Wir helfen ihm suchen. Ich gehe mit Ihnen und helfe Ihnen, etwas zu finden. Nein, es machts nichts, daß Sie weiter kein Gepäck haben, ich kann Ihnen alles borgen, was sie brauchen. Und wenn Sie wollen, schreiben wir ihm, daß Sie nicht bei seiner Mutter bleiben können und wollen. Meinen Sie nicht auch, das ist die beste Lösung? Meinen Sie nicht, Sally?«

Und die Dame lächelte und fragte, ob sie sie Sally nennen dürfe.

»Aber«, wandte Sally ein, denn sie wollte niemanden in Schwierigkeiten bringen, »aber mein Vater 'at gesagt, ich bin eine ausgerissene E'efrau, des'alb 'ab ich nich' bei ihm zu 'ause bleiben dürfen.«

»Oh, aber irgendwo müssen Sie doch bleiben. Und bei mir sind Sie genau am richtigen Platz, weil ich so angesehen und nicht verheiratet bin. Machen Sie sich keine Sorgen, meine Liebe. Wir müssen Ihren Mr. Luke wirklich zur Vernunft bringen. Ach, übrigens, hat er eigentlich keinen Vornamen?«

»So einen 'aben Sie bestimmt noch nie ge'ört«, sagte Sally ernst. Zu ihrer eigenen Verblüffung konnte sie mit dieser fremden Dame beinahe so gut reden wie mit Mr. Soper. »Fremdländisch, sag' ich.«

Ihre neue Freundin lachte wieder, als Sally ihr sagte, der Name sei Jocelyn. »Sie sind wirklich herrlich«, sagte sie, und in ihren glänzenden Augen tanzte das Lachen.

Sally mochte es, wenn man sie herrlich nannte. Es flößte ihr Zuversicht ein. In seinen rotohrigen Augenblicken hatte ihr Jocelyn viele solche Dinge gesagt, aber sie hatte nicht viel davon gehabt, weil sie am nächsten Tag offensichtlich nicht mehr galten. Diese Dame hier war ziemlich gut bei Verstand, ihre Ohren waren ganz normale, blasse Ohren, und was sie sagte, klang, als hätte es Bestand. Wie bitter nötig hatte Sally diese Zuversicht, nach allem, was Mr. Pinner ihr an diesem Morgen gesagt hatte!

»Jetzt kommen Sie mit mir«, sagte ihre Freundin und sprang auf, als der Zug in den Bahnhof Liverpool Street einfuhr. Ihre Augen, die wie kleine schwarze Murmeln aussahen, tanzten. »Und bitte, nennen Sie mich Laura. So heiße ich nämlich.«

Sie lehnte sich aus dem Fenster und winkte. Ein Chauffeur kam den Bahnsteig entlanggelaufen und hielt die Tür auf; ein Wagen wartete; und eine Minute später saß Sally im Wagen, noch einmal in Weichheit versunken, noch einmal mit einer schönen Felldecke über den Knien. Neben ihr saß ihre neue Freundin, die redete und lachte; ihr gegenüber eine junge, elegante Dame in

Schwarz, die aus dem Nichts aufgetaucht war und nicht beachtet wurde. Sie trug eine Tasche, schaute die ganze Zeit aus dem Fenster und lachte nicht und redete nicht.

Was für ein Tag, dachte Sally.

Als das Auto vor einem großen Haus auf einem riesigen Platz mit Bäumen in der Mitte hielt, ein Diener an der Tür erschien und Sally in der Eingangshalle noch einen weiteren sehen konnte und dann noch einen und noch einen, fürchtete sie sich eindeutig.

»O Maria . . .«, flüsterte sie und sank tiefer in die Polster.

»Nein – Laura«, lachte ihre neue Freundin und nahm ihre Hand; sie hakte Sally bei sich unter und führte sie die Stufen zum Haus hinauf und mitten hinein, sozusagen an die ersten richtigen Fleischtöpfe ihres Lebens.

*

Fleischtöpfe.

Sie hatte geglaubt, ihre Flitterwochen seien die Flitterwochen der Fleischtöpfe gewesen; sie war sicher gewesen, Almond Tree Cottage müsse deren Heimat sein; aber jetzt sah sie erst die richtigen: Fleischtöpfe *in excelsis**.

»Hüte dich vor den Fleischtöpfen«, hatte ihr Vater gesagt, als er ihr an einem Sonntag nachmittag die Taten der Kinder Israels erklärte. Und sie war so vorsichtig, so gottesfürchtig, so zurückgezogen aufgewachsen, daß sie niemals diese Literatur des Luxus, die Epen des Überflusses in den Händen gehalten hatte, mit denen die Armen und Knappgehaltenen so reichhaltig versorgt wurden. Diener und Kleider, Landsitze und Villen in der Stadt, reichhaltiges Essen, Schmuck und Herzöge blieben außerhalb ihrer Vorstellungskraft. Sie hatte ihre Bibel gelesen und ein paar Kinderbücher ihrer Mutter, in denen die Leute traurig und gut und krank waren und mit Sätzen auf den Lippen starben, die sie zum Weinen brachten. Nichts in diesen Büchern regte sie an zu

* in excelsis: unübertrefflich, ausgezeichnet (Anm. d. Ü.)

träumen. Das Leben, glaubte sie, war eben so, außer für die Glücklichen, die wie sie freundliche Eltern hatten und ein nettes Hinterzimmer, in dem man nach getaner Arbeit sitzen und nähen konnte. Da gab es natürlich die vornehmen Leute; sie wußte wohl, daß es sie gab, aber sie wußte nichts Genaues. Bis sie eine Luke wurde und sich von ihnen umzingelt sah; und wie furchteinflößend sie das gefunden hatte – mit einer 'ammond, die beim Essen alles herumreichte, und mit Tee an einem Tisch, an dem man nicht richtig sitzen konnte!

Jetzt aber, als ihre neue Freundin sie an dem regungslosen Diener vorbeizog, durch die große Eingangshalle mit dem Marmorfußboden und den Säulen, wurde ihr bewußt, daß Almond Tree Cottage im Vergleich zu dem hier nur eine winzige kleine Klitsche war. Das hier war eindrucksvoll. Mehr noch – es war furchterregend. So stellte sie sich eine Kathedrale oder ein Museum vor, aber nicht einen Ort, an dem Menschen ihre Hände wuschen oder laut sprachen.

Sie hielt inne, als sie in einen Raum geführt werden sollte, in dem sie sich nie würde wohl fühlen können und in dem in großer Entfernung wieder einer dieser Tische stand, an denen man nicht richtig sitzen konnte. Es war zum Tee gedeckt.

»Vielleicht«, murmelte sie der Dame namens Laura zu, »vielleicht, wenn es I'nen nich' ausmacht, ge' ich doch besser –« Um nicht unhöflich zu sein, hatte sie sich dazu überwunden, sich mit einem nervösen Lächeln vor einem dieser Herren in Schwarz zu verbeugen, der herumstand und ihren Blick aufgefangen hatte. Er hatte nicht die geringste Reaktion gezeigt; sein Gesicht war genauso regungslos geblieben wie das aller anderen, und diese Abfuhr hatte sie fürchterlich in Verlegenheit gebracht.

»Kommen Sie«, war alles, was Laura dazu gesagt hatte. Über ihre Schulter hatte sie demselben Herrn in Schwarz zugerufen, er solle dafür sorgen, daß für Mrs. Luke ein Zimmer gerichtet würde.

»Sehr wohl, Mylady«, hatte er höflich und samtweich erwidert.

Er war also ein Diener, und Laura war eine dieser Ladys, dieser adeligen Damen, die Sallys Eltern ab und zu voller Ehrfurcht erwähnt hatten, die man immer mit ihrem Titel anreden mußte und die, wie Mr. und Mrs. Pinner erklärten, die Vornehmsten waren.

»Vielleicht«, murmelte Sally wieder schwach, »tu' ich besser, was Vater gesagt 'at, und nehm ein Taxi . . .« Der Gedanke, unter die Vornehmsten geraten zu sein, machte sie nervös.

»Wenn Sie das wirklich wollen«, sagte Laura. »Aber lassen Sie uns zuerst Tee trinken. Und denken Sie nur an diese Party! Die ist gerade in vollem Gange. O Sally – könnten Sie das ertragen?«

Sally setzte sich auf den Stuhl, den Laura für sie hervorzog. Sie setzte sich folgsam, aber nur auf die Kante; ihre langen, schlanken Beine waren seitlich untergeschlagen, wie bei jemandem, der sich nicht wohl fühlt. Nein, sie konnte es nicht ertragen, zu der Party zurückzukehren. Und sie konnte auch nicht warten, bis die Party vorüber war, und dann Mrs. Luke entgegentreten. Das war mehr, als Leib und Seele verkraften konnten.

Da dies nun einmal so war und sie wußte, daß ihr Vater sie nicht wollte, konnte sie nur bleiben, wo sie war, bis Gatte am Samstag nach Cambridge fuhr. Sie mußte dankbar sein, daß diese freundliche Dame sie aufnahm, sie mußte sich mit dem ganzen Marmor und den Dienern abfinden und ihr Bestes tun, sich ordentlich zu benehmen. Es war ja nur für ein paar Tage, denn gleich, wenn Gatte in Cambridge war, würde sie ihm folgen, wie es sich für eine Ehefrau gehörte. Sie war auf die Füße gefallen, versicherte sich Sally in ihrer Unruhe. Dennoch saß sie nur auf der Kante des Stuhles, und mit den großen Bildern, die von enormen Wänden auf sie herabstarrten, fühlte sie sich ganz besonders unwohl.

»Erzählen Sie mir noch ein bißchen von den Lukes«, sagte Laura fröhlich. Sie stellte einen kleinen Tisch vor Sally, auf dem ihre Tasse und ihr Teller reichlich Platz hatten und nichts verschüttet oder verkleckert wurde. »Ich finde sie so lustig.«

»Lustig?« wiederholte Sally mit offenem Mund.

Sie starrte Laura an. Lustig? Die Lukes?

»'ab noch nie nich' von 'nem lustigen E'emann ge'ört«, erwiderte Sally sehr leise und ließ den Kopf hängen.

»Vielleicht ist es nicht ganz das richtige Wort«, meinte Laura.

»Aber ich glaube, das ist die Einstellung, die man ihnen gegenüber einnehmen sollte.« Dann schwieg sie einen Augenblick. Mit der Teekanne in den Händen und den Blick auf Sallys Gesicht geheftet, fuhr sie fort: »Sie wissen, daß Sie eine Schönheit sondergleichen sind?«

Darauf zuckte Sally zusammen, denn genau so hatte es auch mit Mrs. Luke angefangen. Genau wie damals sagte sie eilig: »Ich kann's nich' ändern.«

»Ändern?« wiederholte Laura verblüfft.

»Mit ›O Mann, bist du schön‹ fangen die Leute immer an«, sagte Sally beunruhigt. »Und am Schluß sind sie immer böse. Es is' ja nich' so, daß ich was dazu kann.« Mit Tränen in den Augen sah sie zu ihrer neuen Freundin hoch. Es wäre mehr, als sie auf leeren Magen vertragen könnte – seit dem Frühstück in Mr. Thorpes Wagen hatte sie nichts mehr gegessen –, wenn Laura jetzt auch noch böse auf sie wäre.

Wirklich ein ausgesprochenes Glück, daß Laura nicht im Traum auf etwas Derartiges gekommen wäre.

*

So war Sally durch Zufall vom Fuß der gesellschaftlichen Leiter ganz nach oben geschoben worden, denn Laura war die unverheiratete Tochter eines Herzogs. Er war so alt, daß er bereits die Erinnerung an alles, was er je angerichtet hatte, überlebt hatte. Schließlich war er zu einer allgemein respektierten Persönlichkeit geworden. Dreiundneunzig würde er bald werden; ein gesegnetes Alter. Sein ältester Sohn, der zukünftige Herzog, war fünfundsechzig – auch ein gesegnetes Alter für etwas, was noch in der Zukunft lag. Er war ein Marquis, hatte Sally gerade erstaunt gelernt, als Laura beim Tee versuchte, sie mit ihrer Familiengeschichte ein bißchen zu zerstreuen. Sally konnte nicht verstehen, warum der älteste Sohn kein Herzog war. Wenn Pinners Pinners zeugten, warum dann nicht auch Herzöge Herzöge?

Aber Laura meinte, das könne man nicht erklären, und erzählte schnell weiter.

Der alte Herzog hatte dreimal geheiratet, und Laura war das Produkt dessen, was die Franzosen so hübsch »das dritte Bett« nannten. Alle Betten, das erste, zweite und dritte, waren längst verschwunden, und aus dem dritten, dem besonders fruchtbaren, waren Laura, ihr Bruder Charles und ihre verheiratete Schwester Terry die einzigen Überlebenden. Das zweite Bett war unfruchtbar gewesen; das erste hatte den Erben hervorgebracht und drei mittlerweile hochbetagte Damen, die alt genug waren, Lauras Mütter zu sein. Sie befanden sich in unterschiedlichen Stadien des Rückzugs aus dem öffentlichen Leben und waren über ganz England verstreut. Eine war die Witwe eines Bischofs, die andere die eines Ministers, und die dritte wollte die Witwe eines Klubmitgliedes werden, eines ausgezeichneten Bridgespielers, der nie vor dem Morgengrauen nach Hause kam.

»Warum nich'?« fragte Sally. Die Etikette schien zu verlangen, daß sie immer dann etwas sagte, wenn ihre neue Freundin eine Pause machte.

Aber Laura meinte wieder, das könne man nicht erklären, und erzählte schnell weiter.

Das lebhafteste Bett war das, dem sie selbst entstammte, und ihr Blutdruck war schon immer höher gewesen als ihr zuträglich war. Außer natürlich in den letzten Jahren des Ersten Weltkrieges, als unaufhörliche harte Arbeit in Verbindung mit einem Speisezettel, der praktisch nur aus gekochtem Fisch bestand, ihn auf ein angenehmes Maß reduziert hatte. Ihr Blutdruck trieb sie in die Exzesse. Sie mußte immer etwas tun, fand es unmöglich, stillzusitzen. Lebenskraft tanzte in ihren schwarzen Augen und sprudelte aus ihr heraus, während sie redete wie ein Wasserfall. Sie war jetzt fünfunddreißig, rund und untersetzt, schnellfüßig und schlagfertig, und in der Vergangenheit hatte sie Wohltätigkeitsfeste organisiert, Modeschöpfer aufgebaut, Hutgeschäfte geführt, Grundstücksverwaltungsgesellschaften ins Leben gerufen, Krankenhausbetten gestiftet, die Künste gefördert, Genies entdeckt und vier Liebhaber gehabt.

Vier sind nicht viele, dachte sie, wenn man sie an den Stapeln maß, die ihre Schwester Terry durchgeackert hatte. Lauras Liebhaber waren gekommen und gegangen, wie das bei Liebhabern so war, und es hatte ihr nicht viel bedeutet, weil es ihnen auch nichts bedeutet hatte. Etwas an ihr war zu geladen für die Liebe. Sie schien in den Armen ihrer Liebhaber zu knistern. Das brachte sie alle so aus der Fassung, daß sie lieber andere Frauen geheiratet hatten.

Seit langer Zeit schon hatte sie sich gelangweilt, unglaublich gelangweilt, und als sie Sally kennenlernte, hatte sie bereits alles gesehen, alles schon einmal dargestellt, alles gehört und alles ausprobiert. Und die Aussicht, das gleiche immer wieder zu sehen, darzustellen, zu hören oder auszuprobieren, bis ihre Gelenke krachten und ihr das Haar ausfiel, langweilte sie bis ins Mark.

Die drei Frauen ihres Vaters waren alle Töchter von Millionären gewesen, deren Stolz darin bestand, ihnen ihr ganzes Geld zu hinterlassen. Das Vermögen ihres Vaters, der schon immer reich gewesen war, wuchs dadurch auf eine unvorstellbare Größe. Überall in England hatte er seine Finger im Spiel. Der Krieg hatte ihm weitere Reichtümer eingetragen, da er Kohleminen besaß. Laura dachte sich, daß so viel Reichtum abstoßend sei, verschrieb sich dem Sozialismus und triefte vor Parolen. Aber was immer sie auch tat, was immer sie auch war, ihre Hauptaufgabe bestand darin, sich um ihren Vater zu kümmern, damit er seine letzten Jahre in Frieden verbringen konnte. Sie hatte ihn für einen oder zwei Tage in Cambridge gelassen, wo sie Ostern verbracht hatten, und war nach London geeilt, weil sie an einem Wohltätigkeitsball teilnahm, dessen Schirmherrin sie war. Und außerdem mußte sie zu einer Theaterpremiere, da sie den Autor des Stückes gefördert hatte; und zu einem Basar der Black and Blue-Liga, deren Aufgabe es war, Ehefrauen in Not zu helfen; und zu einem Konzert eines jungen Violinisten, bei dessen Ausbildung sie geholfen hatte; und während sie in dem leeren Abteil zwischen Crippenham und Cambridge gesessen hatte – der Schnellzug hielt in Crippenham, wenn der Herzog anwesend war –, dachte sie darüber nach, wie langweilig das alles war.

Wozu sollte das alles gut sein? Sollte man Wohltätigkeit nicht ganz anders angehen? War ein Basar nicht im Grunde etwas Verwerfliches? Brauchten Ehefrauen mehr Unterstützung als Ehemänner? Und dann dieses dumme Abendessen, das nach der Premiere bei ihr stattfand und zu dem auch der Autor kommen würde. Und die Hauptdarstellerin. Und Streatley, ihr älterer Bruder, der glaubte, die Hauptdarstellerin zu verehren. Und Terry, ihre Schwester, die glaubte, daß der Autor sie verehrte. Und Charles, ihr jüngerer Bruder, der sicher war, niemanden zu verehren. Und ein oder zwei andere, darunter ein Theaterkritiker. Wie schrecklich, wenn das Stück ein Reinfall wurde und nachher alle in einem Raum zusammengepfercht waren, einschließlich desjenigen, der es geschrieben hatte.

Das Leben ist schon verrückt, hatte sie gedacht, als der Zug in Cambridge einfuhr. Wir laufen in einem Käfig immer im Kreis, und nichts ändert sich. Nur unsere Haare werden dabei immer grauer.

»Aber dann«, sagte sie und lehnte sich vornüber; ihre Augen tanzten und funkelten, als sie Sally ansah, die mittlerweile mit dem Tee fertig war; »aber dann ging die Tür auf, und Sie kamen herein. Zu schön, Sally. Wundervoll. Geradezu göttlich. Und kein einziges ›h‹ in ihren ganzen herrlichen Konstruktionen.«

»Wie bitte?« sagte Sally, die das nicht ganz verstanden hatte.

*

Sie hatte von allem, was Laura da heruntergerasselt hatte, nur hier und da ein Wort aufgeschnappt, und während sie ein Sandwich nach dem anderen aß, kam sie tief in ihrem Herzen zu dem Schluß, daß es sich bei diesem Exemplar der Vornehmen um ein verrücktes Huhn handelte. Ein freundliches und liebevolles, aber doch ziemlich verrücktes Huhn. Trotz des ausgezeichneten Tees – den besten, den sie jemals bekommen hatte; er stach sogar den in Truro aus und war deutlich besser als der bei den Lukes –, trotz der beruhigenden Wirkung des Essens – sie hatte seit fünf Uhr morgens nichts mehr bekommen –, trotz Lauras Freundlichkeit und Fröhlichkeit fühlte Sally sich unwohl.

Sie sollte nicht hier sein. Sie hätte nicht mit Laura mitgehen dürfen. Es war nur für zwei Tage, aber in zwei Tagen konnte man genug falsch machen. Was würde ihr Vater sagen, wenn er sie sehen könnte, der sie im Moment in einem Taxi glaubte, bezahlt von seiner Pfundnote? Was würde Mrs. Luke sagen? Was sagte Mrs. Luke eigentlich? Denn was Mr. Luke sagte, machte nicht so viel aus. Denn noch ehe er alles gesagt hätte, wäre Sally schon bei ihm in Cambridge und würde das tun, was man von einer Ehefrau erwartete. Natürlich mußte auch er das tun, was man von einem Ehemann erwartete, und sie nicht wegschicken zu seiner Mutter – das war nur fair, oder? fragte sich Sally ängstlich.

Laura führte sie etliche Treppen hoch, von denen jede nach Marmor aussah, und in einen Raum, den Sally für ein Schlafzimmer hielt. Sie vermutete es jedenfalls, weil ein Bett drinstand; ansonsten hätte sie es nicht erkannt. Sie wurde immer unruhiger, als Laura sich an einen Tisch setzte und anfing, mit Leuten zu telefonieren, die jemanden mit Schuhen und Kleidern zur Anprobe für eine junge Dame vorbeischicken sollten, die die Sachen an diesem Abend tragen sollte.

Sally hörte alarmiert zu. Unmöglich, nicht zu ahnen, daß sie diese junge Dame war; unmöglich, nicht zu ahnen, daß es eine Party geben würde und sie dabeisein sollte. War sie nur Mrs. Lukes Party entflohen, um sich für eine andere einfangen zu lassen? Würde Laura, die so viel Verständnis für ihren Wunsch gehabt hatte, nicht an dieser einen Party teilzunehmen, sie etwa in eine andere hineinstürzen?

Während Laura telefonierte, stand Sally verängstigt und mit schlechtem Gewissen vor dem brennenden Kaminfeuer – das kam alles nur davon, daß sie ihrem Vater nicht gehorcht hatte – und fragte sich, ob es noch eine Rettung für sie gab. Laura hatte sie vor Mrs. Luke gerettet, aber wer würde sie vor Laura retten? Laura lebte mitten in Marmor. Sie hatte Diener, die ihr auf den leisesten Wink gehorchten, und brachte die Herren in Schwarz dazu, alles zu tun, was sie wollte. Und die elegante junge Dame, die auf dem kleinen Sitz im Auto gesessen und aus dem Fenster gesehen hatte, krabbelte gerade auf Lauras Geheiß mit dem Mund voller Stecknadeln um Sally herum und machte irgendwas an einem Unterrock von Laura, den Sally an diesem Abend anscheinend anziehen sollte.

Als Laura mit dem Telefonieren fertig war, eilte sie munter zu ihrer neuesten Entdeckung herüber, die ohne Kleid und Hut dastand, während der Unterrock einen Abnäher bekam.

»Das einzige, was Sie tun müssen, Sally, ist, sich zu amüsieren. Oh, Sie süßes, *süßes* Ding«, brach es noch aus ihr heraus. Sie klatschte vor Entzücken in die Hände, denn mit jeder Lage, die man Sally auszog, wurde sie noch schöner.

Sich amüsieren? Sie, eine verheiratete Frau? Wie das denn? dachte Sally.

»Sagen Sie, was Sie wollen, tun Sie, was Sie wollen.« Laura machte vor lauter Bewunderung Stielaugen. »Machen Sie sich wegen nichts und niemandem Gedanken. Kümmern Sie sich nicht um ›hs‹ oder solchen Unsinn. Sagen Sie einfach, was Ihnen in diesen schönen, herrlichen Kopf kommt, und amüsieren Sie sich.«

In Gegenwart der jungen Dame, die auf dem Fußboden herumkrabbelte, blieb Sally stumm. Laura dagegen redete, als sei sie gar nicht da. Als Sally jedoch einen Augenblick mit Laura allein war, protestierte sie sanft.

»Da 'ätt' ich auch gleich zu die andere Party ge'en können und tun, was mein Vater gesagt 'at, wenn ich zu 'ne Party muß«, sagte sie.

»Oh, aber das ist keine Party«, versicherte Laura eilig, denn Sally ließ eindeutig den Kopf hängen. »Wir gehen ins Theater. Sie sehen sich doch sicher gern ein Stück an, oder? Natürlich tun Sie das. Ich glaube einfach nicht, daß irgendeine Frau das nicht mag.«

Ja, Sally sah sich gerne ein Theaterstück an. Sie war noch nie zuvor im Theater gewesen, und der Gedanke heiterte sie auf. Und Laura erwähnte das anschließende Essen mit keinem Wort. Warum sollte man alles ausplaudern?

*

Sie gingen also zur Premiere von Mr. Gillespies neuem Stück. Sally war erstaunt, als Laura, das Dienstmädchen, die Dame von Paquille und deren beider Assistentinnen mit ihr fertig waren und sie baten, in den Spiegel zu schauen.

»Bin ich das?« fragte sie mit offenem Mund und großen Augen, denn was sie da sah, hätte eine große Dame sein können. »Bin ja 'alb nackt«, fügte sie zweifelnd hinzu.

Laura war jedoch auch nackt, und da an ihr mehr dran und deshalb auch mehr nackt war, nahm Sally an, es habe so seine Richtigkeit. Aber sie fragte sich, was wohl ihr Vater sagen würde, wenn er sie so sehen könnte. Ach du meine Güte, schauderte sie und dachte rasch an etwas anderes.

Sie hatten sie in eine Wolke blauen und grünen Tülls gehüllt. Ihre Schönheit war berauschend. Weder Laura noch die Dame vom Bekleidungsgeschäft Paquille hatten je zuvor so etwas gesehen, und sie hatten das meiste gesehen, was es an Schönheiten gab. Selbst das Dienstmädchen, eine Meisterin im Unterdrücken von Äußerungen, zeigte Begeisterung. Die Dame von Paquille hängte Sally das Cape um, das zu dem Kleid gehörte, und Sally hüllte sich in sein Grün und Silber ein. Sie sah aus wie eine weiße Blüte in einer schlanken, grünen Hülle, und Laura tanzte beinahe vor Vergnügen bei der Vorstellung, was Terry sagen würde, die daran gewöhnt war, um so vieles schöner zu sein als alle anderen. Und Charles, der immer behauptete, es gäbe keine wahre Schönheit! Und Streatley, der sagte, die Frauen von heute könnten den Schönheiten seiner Jugend nicht das Wasser reichen. Und all die anderen.

Einen solchen Fund, einen solchen Fang hatte Laura noch nie gemacht, nie solches Glück gehabt. Das mißgünstige Vergnügen, das Laura bei dem Gedanken empfand, wie ihre Verwandten reagieren und welch aufregende Folgen das alles haben würde, war um so erstaunlicher, weil sie diesen Verwandten im tiefsten Inneren ihres Herzens hingebungsvoll zugetan war.

*

Drei Minuten bevor der Vorhang für Mr. Gillespies neues Stück hochging, folgte Sally Laura in die Proszeniumsloge. Unter den Operngläsern, die Sally dabei verfolgten, war auch das von Terry. Sie saß mit dem jungen Mann vorne im Parkett, der zu der Zeit gerade mit ihr ging, wie die Pinners das genannt hätten. Auch er schaute Sally an.

»Lauras neueste Errungenschaft«, bemerkte Terry, als sie sich nach einem langen, ungläubigen Blick auf den erstaunlichen Inhalt der Loge wieder an ihn wandte. Laura war für ihre aufeinanderfolgenden Entdeckungen jeglicher Art bekannt – Heilige, Genies, zerlumpte Arbeiter –, von denen jede einzelne nach kurzer Popularität verschwand und nie wieder gesehen wurde.

Auf dem Gesicht des jungen Mannes lag beim Anblick von Sally jedenfalls die Art von Ausdruck, die jede Begleiterin verärgern mußte. Terry, die während jeder ihrer Affären absolut monogam war, gefiel dieser Ausdruck ganz und gar nicht.

»Wer ist sie?« fragte ihr junger Freund.

»Keine Ahnung«, erwiderte Terry und zuckte die Schultern.

Der Vorhang ging auf, und die Lichter gingen aus, und Sally verschwand in der Dunkelheit. Als sie wieder sichtbar wurde, saßen Lord Streatley und Charles Moulsford bei ihrer Schwester in der Loge. Sie sprachen mit Sally. Sie lächelte höflich. Das Haus hatte keine Augen mehr für etwas anderes.

»Wer ist sie nur?« fragte Terrys junger Freund erneut, diesmal wärmer und mit mehr Nachdruck.

»Am besten fragst du sie selbst«, erwiderte Terry patzig.

»Gut, mache ich.« Er stand auf und verließ sie. Zu diesem Zeitpunkt hatte sie mit ihm schon sechs Monate in trauter Zweisamkeit verbracht, und er wünschte sich seit geraumer Zeit, sie möge ihn weniger lieben.

Die anderen drei Akte des Stückes spielten im schönen Sommerwetter, und der strahlende Sonnenschein auf der Bühne strahlte auch Sally in ihrer Loge an. Das Haus hatte nur noch Augen für sie. Mr. Gillespies Stück wurde demzufolge ein Reinfall. Niemand rief ihn am Ende auf die Bühne, das bißchen Applaus wurde geistesabwesend gespendet, und am nächsten Morgen druckte die führende Tageszeitung ein oberflächliches Resümee der, wie es unfreundlicherweise hieß, angeblichen Handlung, das mit dem lapidaren Satz endete: »Mr. Gillespie muß einen neuen Versuch machen.«

Es war ein merkwürdiger Abend. Die Schauspieler fingen gut an, wirkten aber im Verlauf des Stückes immer blutleerer. Mr. Gillespie hatte sich in der Loge über der Lauras in der dunkelsten Ecke verkrochen, und nur wilde Begeisterung hätte ihn dort herauslocken können. Er konnte sich nicht erklären, was mit seinen Schauspielern los war. Die hatten gleich am Anfang gemerkt, daß niemand Notiz von ihnen nahm, und nachdem sie die Ursache dafür entdeckt hatten, legte sich ein Fluch auf sie, dessen verheerende Wirkung im Laufe des Abends immer deutlicher wurde. Am Ende herrschte beinahe völlige Blutleere, und Mr. Gillespie, der vor dem Schlußvorhang aus dem Theater floh, um nichts mehr zu sehen und zu hören, um so weit wie möglich weg zu sein, um weder Schauspieler noch Intendant oder Regisseur zu treffen, um aus seinem Gedächtnis zu löschen, daß er jemals Stücke geschrieben hatte, daß er je gehofft, geglaubt, geträumt oder gar Ambitionen gehabt hatte – dieser Mr. Gillespie lief schnurstracks zu seiner adligen Freundin Laura Moulsford, die so freundlich und ermutigend gewesen war und ihn für diesen Abend eingeladen hatte. Lachend hatte sie ihm versprochen, die Lorbeeren bereitzuhalten.

Lorbeeren! Der arme Mr. Gillespie wollte nur noch seinen Kopf in ihrem Schoß verbergen. Der Gedanke schmerzte ihn, wie fröhlich er gelacht hatte, wie sicher er gewesen war. Er hatte sich am Erfolg des ersten Stückes orientiert, und dieses, sein zweites, war zwanzigmal besser und mußte deshalb ein zwanzigmal so großer Erfolg werden.

Ohne Sally wäre es auch so gewesen. Eine Dreiviertelstunde wartete Mr. Gillespie einsam in der Bibliothek von Goring House; so lange hatte es gedauert, Sally von den Menschentrauben zu lösen, die sich um sie gebildet hatten. Als sie schließlich mit Laura und ihren Brüdern hereinkam, war ihm sofort klar, was geschehen war. Und genau wie Mr. Soper ihr trotz der Kränkung das Stew nicht mißgönnt hatte, so konnte auch Mr. Gillespie ihr trotz seines gebrochenen Herzens nicht übelnehmen, daß sie seine Lorbeeren geerntet hatte.

Er wurde sehr rot und beugte sich tief über ihre Hand, als Laura ihn vorstellte. »Ich lege ihnen mein Versagen zu Füßen und sonne mich darin«, murmelte er, denn so sprach Mr. Gillespie nun einmal.

Nervös und befremdet, aber mit unerschütterlicher Höflichkeit, sagte Sally: »Wie bitte?«

*

Sie blieb den ganzen Abend über bei ihrem »Wie bitte?«.

Sally fand es sehr schwierig, allem zu folgen, was die Leute zu ihr sagten. Sie waren freundlich und offensichtlich darum bemüht, daß sie sich wohl fühlte, aber ihre Sprache war merkwürdig. Genau wie die von Mr. Luke übrigens, nur daß er bis auf wenige Augenblicke nicht so freundlich war. Nein, sie konnte Mr. Luke nicht als freundlichen Mann bezeichnen, aber andererseits war er auch ihr Gatte, und die waren nun einmal nicht freundlich. Allerdings benahmen sich die Herren auf der Party so ziemlich alle so, als wären sie gerne ihr Gatte. Das hieß, es gab erstaunliche und unmißverständliche Ähnlichkeiten zwischen der Art, wie sie sie ansahen und mit ihr sprachen, und der Art, wie Jocelyn gesprochen hatte, während er noch um sie warb. Sogar zwei Lords waren anwesend. Wer hätte gedacht, daß Lords sich so vergessen würden? Sie wußten schließlich, daß sie verheiratet war und daß es die reine Sünde war, sie so anzusehen, als würden sie ihr Gatte werden. Und in der Zeitung waren sie immer so schön und groß drin, hielten Reden und weihten Krankenhäuser ein! Sally war sehr schockiert. Einer von ihnen war sehr alt; er konnte, entschied sie, nicht mehr weit von seinem letzten Atemzug entfernt sein. Hätte er nicht besser daran getan, etwas dagegen zu unternehmen, statt spätabends auf eine Party zu gehen und sich wie ein Gatte aufzuführen?

Das einzige, was sie an der ganzen Party beruhigend fand, war

Jocelyns Abwesenheit. Sie hatte den Eindruck, daß sie auf einer Party am besten alleine zurechtkam, ohne daß er sie beobachtete und zornig wurde. Niemand von diesen Leuten hier war zornig oder störte sich an ihrer Art zu sprechen; im Gegenteil, es schien ihnen zu gefallen, und sie lachten – außer einem, dem jüngeren Lord, der den ganzen Abend still wie ein Monument herumsaß. Letzten Endes gab es einem ein bestimmtes Gefühl der Freiheit, wenn man ohne seinen Gatten unterwegs war. Nachdem sie einen kleinen Schluck Champagner getrunken hatte – einen winzig kleinen nur, denn er schmeckte ihr nicht, weil er sie an verdorbene Brause erinnerte –, nahm dieses Gefühl noch zu. Sie konnte dem, was die Herren immer wieder zum Ausdruck brachten, mit der gleichen sanften Geduld, vermischt mit Bedauern, zuhören, mit der sie bei einem Besuch im Zoo das Verhalten der Affen betrachtet hatte. Sally hatte die gleichen Schwierigkeiten, Lauras Verwandte zu verstehen, wie bei den Affen. Vermutlich konnte man sie gar nicht verstehen. Aber selbst sie, erinnerte sie sich, waren Geschöpfe Gottes.

»Gottes Geschöpfe«, hatte Mr. Pinner an jenem Tag im Zoo gesagt, als sie nach einer Erklärung für das Benehmen der Affen gefragt hatte. Wenn das so ist, gab es keinen weiteren Grund zur Sorge.

Laura hatte das gute Herz einer Mouldsford, auch wenn sie das in Augenblicken der Erregung manchmal vergaß. An diesem Abend hatte sie Gewissensbisse und dachte bald darüber nach, ob es richtig gewesen war, Sally zu entführen, oder ob sie sie, wenn sie sie schon entführte, nicht besser in Cambridge versteckt hielte, bis sie sie zu ihrem Mann brachte.

Doch Sally wurde zu einem viel größeren Erfolg, als Laura gedacht hatte. Streatley war in sie vernarrt, Charles hatte sich endlich verliebt, Mr. Gillespie verehrte sie und verzieh alles, der Theaterkritiker war albern, Terry war empört, und die Hauptdarstellerin war so wütend geworden, als sie Sally in der Loge gesehen und erkannt hatte, warum sie und das Stück ein Reinfall waren, daß sie die Teilnahme an dem Essen verweigert hatte.

Was für ein Erfolg, dachte Laura und sah sich an ihrem Tisch um. Der freie Platz war von der unerwartet erschienenen Frau von Lord Streatley eingenommen worden, die nicht wollte, daß Streatley sich unbeaufsichtigt mit der Hauptdarstellerin zum Narren machte. Sie war gekommen, um nach dem Rechten zu sehen, und mußte feststellen, daß ihre Aufsicht an ganz anderer Stelle nötig war als erwartet. Was für ein *Erfolg*, dachte Laura und schämte sich plötzlich.

»Du tust gut daran, dich zu schämen«, sagte ihr Bruder Charles nach dem Essen. Die beiden waren gute Freunde, und sie hatte ihn zur Seite genommen und ihm anvertraut, daß sie sich schämte. »Du bist eine kleine Närrin, Laura. Du siehst niemals über deinen eigenen Tellerrand hinaus. An deiner Stelle würde ich versuchen, ein paar gute Absichten über Bord zu werfen.«

»Aber sie war so unglücklich«, versuchte Laura sich zu rechtfertigen.

»Das hätte dich nicht im geringesten gestört, wenn sie häßlich gewesen wäre«, sagte Charles.

»Bin ich wirklich so schlimm?« fragte Laura.

»Absolut«, erwiderte Charles. Er war verärgert, weil Sally ihn so irritierte.

Unglücklicherweise irritierte Sally alle ohne Ausnahme. Hier war eine vereinte und liebevolle Familie, in der die drei jüngeren ihrem so viel älteren Bruder beinahe kindliche Zuneigung entgegenbrachten, alle vier waren voller Wärme und Leidenschaft, was sie zwar immer wieder in Situationen brachte, die Terrys Ehemann und Streatleys Frau mißfallen könnten, aber keinen Augenblick ihre geschwisterliche Liebe und Loyalität minderte. Keiner von ihnen würde absichtlich einen anderen verletzen. Alle vier waren gutmütig und taten, was in ihrer Macht stand, um andere glücklich zu machen. Laura war wirklich gütig; Theresa war wirklich freundlich; Charles war wirklich selbstlos; und Streatley war wirklich so liebevoll, daß er auch mit fünfundsechzig noch mehrere Frauen gleichzeitig lieben konnte, einschließlich seiner eigenen.

Wie ärgerlich war es also zum Beispiel für Charles, der seinen Bruder so schätzte und dessen ständige Affären mit milder Unvoreingenommenheit betrachtet hatte, daß er nun plötzlich mit ihm konkurrierte. In Konkurrenz mit Streatley! Nicht nur, daß er mit ihm konkurrierte, er sagte sich auch noch, sein Bruder sei ein alternder Esel. Charles war entsetzt, daß er Streatley für einen alternden Esel hielt, aber um wieviel größer war sein Entsetzen, als er gleich danach feststellte, daß er ihn am liebsten erwürgen würde. Und zwar wegen der Art, wie er Sally ansah. Dadurch begannen Charles' Finger in dem Wunsch zu jucken, seinen Bruder zu erwürgen.

Und wie ärgerlich für Lady Streatley, mit anzusehen, wie sich ihr ältlicher Ehemann wieder einmal zum Narren machte. Er hatte sich schon so oft wegen Frauen zum Narren gemacht, daß man annehmen sollte, sie habe sich mittlerweile daran gewöhnt. Weit gefehlt. Sie regte sich immer wieder auf wie beim erstenmal. Diesmal war es ganz besonders schlimm, denn dieses Mädchen war beinahe noch ein Kind. Sollte er sich nicht gründlich schämen?

»Du solltest den Ausdruck auf deinem Gesicht sehen«, murmelte sie ihm bissig zu, als sie nach dem Essen aufstanden und sich um das Kaminfeuer setzten.

»Was geht dich mein Gesicht an«, knurrte er und sah sie wütend an. Daß sie bissig wurde und er knurrte und sie wütend ansah, war für Lady Streatley besonders schmerzhaft, denn sie war die liebenswürdigste unter den Frauen und wußte, daß er von Natur aus der freundlichste unter den Männern war.

Und wie ärgerlich für Terry, die ihren jungen Freund Robert so treu und zärtlich liebte! Sie mußte mit ansehen, wie er ihre Existenz völlig vergaß und auf dem Boden saß, einer anderen zu Füßen, seinen verzückten Blick unerschütterlich auf ein Gesicht fixiert, das nicht das ihre war. Er hatte darauf bestanden, mit ihr zu Lauras Party zu kommen, obwohl sie es anfangs abgelehnt hatte, ihn mitzunehmen. Er war jedoch so wild entschlossen, daß er ihr versicherte, sie würde ihn niemals wiedersehen, wenn sie ihn nicht mitnähme. Und Terry, die sich wie viele liebende Frauen vor ihr von dieser Drohung einschüchtern ließ, gab nach und verbrachte den ganzen Abend in einem Zustand hochgradiger Empörung.

Sie war jedoch über Laura empört – Laura, ihre Schwester, die sie immer so sehr geliebt hatte und die das hier arrangiert hatte, um ihnen allen einen Streich zu spielen. Sie vergab Robert – sie waren in einem Stadium angelangt, in dem sie ihm ständig vergab und er ständig hoffte, sie möge ihm nicht vergeben. Was konnte er schon dafür, wenn diese raffinierte junge Frau aus den Slums ihn mit allen Mitteln zu betören versuchte? Es war alles Lauras Schuld. Terry hätte nie gedacht, daß in ihrer gutmütigen Schwester ein Hang zu solch mutwilliger Bosheit steckte. Welcher Teufel hatte sie nur geritten? Erst putzte sie das Mädchen heraus und ruinierte damit Jack Gillespies Stück, und dann lud sie alle hierher ein, damit sie sich zum Narren machten ...

»Ich hoffe, du bist mit deiner widerwärtigen Party zufrieden«, sagte sie, während sie am Kamin lehnte und mit grimmiger Abscheu den Kreis um Sally beobachtete. Sally dagegen warf dieser schönen dunklen Dame, die wie eine Rose gekleidet war, ab und zu heimlich einen scheuen Blick zu. Sie mußte die schönste Frau auf der ganzen Welt sein, aber so wie Sally es einschätzte, ging es ihr an diesem Abend wohl nicht sehr gut. Wahrscheinlich hatte sie etwas Falsches gegessen.

»Ich bin überhaupt nicht zufrieden«, fauchte Laura. »Bei Gott, ich wünschte, ihr würdet alle nach Hause gehen.«

Genau das war es, was keiner übers Herz bringen konnte. Die Stunden vergingen, und Lauras Party dauerte immer noch an. Die Männer waren nicht in der Lage, sich von Sally loszureißen. Sie gerieten über jede ihrer Äußerungen von neuem in Entzücken; dabei sagte Sally sowenig wie möglich, konnte aber ab und zu nicht umhin, eine direkte Frage zu beantworten. Die beiden Frauen, Terry und ihre gekränkte Schwägerin, waren eisern entschlossen, so lange wie die Männer zu bleiben.

»Wenn sie nicht so schön wäre«, sagte Lady Streatley leise zu der empörten Terry, »würden sie an diesem gräßlichen Dialekt bestimmt nichts finden.«

Gerade war brüllendes Gelächter erklungen – Streatley brüllte am lautesten –, als die müde und befremdete Sally auf eine Frage geantwortet hatte.

»Sie fänden es unterträglich«, sagte Terry knapp.

»Aber weißt du«, erwiderte Laura, die böse auf Terry war, »sie ist wirklich mit Abstand das schönste Geschöpf, das je einer von uns gesehen hat.«

»Ach, ich sehe schon, daß sie sehr schön ist«, sagte die arme Lady Streatley, die Streatley sieben Kinder geboren hatte und nun auch nicht mehr die Frau darstellte, die sie einmal gewesen war.

»Wenn man so etwas mag«, sagte Terry, die in ihrem Ärger primitiv wurde.

»Was ganz offensichtlich so ist«, meinte Laura gehässig und warf einen Blick auf die Gruppe der Verliebten.

»Männer sind ja solche Narren«, sagte Terry.

»Kleine Kinder«, sagte Lady Streatley.

Charles war in allem das Gegenteil von seinem Bruder. Er war schlank und braun, gutaussehend und knapp über dreißig. Jedesmal, wenn sein Bruder an diesem Abend gelacht hatte, war Charles ernst geblieben, denn er war nicht nur anspruchsvoll, sondern auch mitfühlend, und Sallys Akzent amüsierte ihn nicht. Es gefiel ihm nicht, daß sie unabsichtlich zum Amüsement der anderen vier verliebten Esel beitrug. Nur einmal hatte er sie für eine oder zwei Minuten für sich, als sie die Stühle umgruppierten, um Platz für ein Tablett mit Getränken zu haben.

»Ich glaube«, hatte Charles bei dieser Gelegenheit leise gesagt, »Sie sind innen genauso wunderschön wie außen.«

»Ich?« fragte Sally müde und überrascht – zu diesem Zeitpunkt war sie bereits todmüde –, denn sie hatte nicht gedacht, daß man einen Körper von innen nach außen wenden konnte. »Bin ich nich' ganz rot?«

»Rot?« wiederholte Charles, der ihr zuerst nicht folgen konnte. Unangenehm berührt sagte Charles, dem die robuste Freude Streatleys fehlte, hastig: »Ich meine Ihre Seele. Sie ist genauso wundervoll und schön wie Ihr Gesicht. Sicher haben Sie niemals andere als ganz wundervolle Gedanken . . .«

Und dann murmelte er noch, daß er hoffe, ihr Mann liebe sie so, wie sie es verdiente. Warum um alles in der Welt er solche Trivialitäten von sich gab, konnte er sich auch nicht erklären, und er ärgerte sich darüber.

»So viel Liebe 'ab'n Sie noch nie nich' gese'en«, sagte Sally ernst, die diesen Herrn nicht so unangenehm fand wie die anderen.

»Ja, das kann ich mir vorstellen«, sagte Charles wieder hastig. Und dann wollte er wissen, ob ihr Mann nicht sehr unglücklich sei, wenn er nicht wüßte, wo sie ist.

»Unglücklich? Weiß ich nich'«, sagte Sally. Sie zog die Augenbrauen etwas zusammen, denn sie hatte in Zusammenhang mit ihrem kurzen und vorübergehenden Rückzug nicht an Unglück gedacht. »E'er isser böse.«

Charles stellte irritiert fest, wie gerne er diese Augenbrauen küssen würde. »Böse?« fragte er ungläubig. »Böse auf Sie?«

»Is' ziemlich oft böse, der Mr. Luke«, sagte Sally und senkte den schönen kleinen Kopf. Charles betrachtete dies als Zeichen einer reizenden, aber unangebrachten Ergebenheit. »Außer«, fügte Sally in ihrem Bestreben, genau zu sein, hinzu, »außer, wenn er mit dem O-Sally-Getue anfängt.«

Damit war das Gespräch beendet. Charles konnte nicht mehr. Er fühlte sich elend. Er brauchte nicht zu fragen, was sie mit »O-Sally-Getue« meinte. Er konnte es sich vorstellen. Schaudernd bemerkte er, daß sich zu dem Bedürfnis, Streatley zu erwürgen, nun auch noch die Sehnsucht gesellte, Sally zu retten – sie zu packen und wegzutragen, sie weit wegzubringen vom Einfluß jeder Kränkung und jeder Weltlichkeit, sie an einem sicheren Zufluchtsort zu verstecken, zu dem nur er Zugang hatte.

12

Das war jedoch nicht möglich; aber er konnte sie am nächsten Tag mit dem Wagen abholen und ein paar Stunden mit ihr aufs Land fahren – weg aus London und weg von den Annäherungsversuchen, die Streatley sicher unternehmen würde. Wie jeder andere auch, der sie bei Laura anträfe.

Am nächsten Tag war Freitag, und sein Chef, einer der führenden Köpfe des Kabinetts, dem Charles der ergebenste und eifrigste Privatsekretär war, verreiste übers Wochenende. Charles hatte frei. Er ging in seinem Zimmer auf und ab – es war ihm unmöglich, zu Bett zu gehen – und beschloß, früh am nächsten Morgen selbst zum Haus seines Vaters zu fahren – ohne seinen Chauffeur – und zuvor Sally abzuholen, bevor es ein anderer tat. Einen ganzen Tag lang würde er mit ihr allein sein. Ein Tag. Ein Tag war doch sicher nicht zuviel, was er von ihrem Leben beanspruchte?

Charles war verliebt. Wie hätte es auch anders sein können? Er verliebte sich in sie in diesem ersten Augenblick, als er die strahlende Schönheit in Lauras Loge sah. Seine Liebe hatte die kurze Konversation im Theater überdauert, wenn sie auch einen Hauch von Qual annahm. Zur Leidenschaft wurde sie jedoch, als Sally schließlich Lauras Party beendete, weil sie plötzlich in einem Ohnmachtsanfall vom Stuhl glitt und zusammengekrümmt vor ihm auf dem Boden lag; ihre Augen waren geschlossen, der Mund leicht geöffnet, die Arme ausgebreitet. Die Handflächen zeigten in rührender Hilflosigkeit nach oben.

Alle waren losgestürzt, um zu helfen, und er hatte tatsächlich Streatley mit der bösen Absicht zur Seite gestoßen, ihm weh zu tun. Der Gedanke war ihm unerträglich, daß diese großen, haarigen Hände, die von hundert Affären besudelt waren, das Kind berühren könnten. Er selbst hatte sie auf seine Arme genommen, die Treppe hinaufgetragen und auf ihr Bett gelegt. Laura war ihm gefolgt.

»Ich *schäme* mich deiner«, hatte er Laura zugeflüstert, als er sich umdrehte und den Raum verließ, schockiert über die brutale Ausbeutung eines erschöpften Kindes.

»Aber ich schäme mich doch, ich schäme mich . . .«, hatte Laura ihm aufgewühlt geantwortet. Sie war zur Klingel gelaufen und hatte verzweifelt nach dem Dienstmädchen geläutet. Sally liegt auf dem Bett wie eine zusammengefaltete Blume, dachte Charles, den die Leidenschaft zu poetischen Vergleichen trieb, und sie war in ihrer Bewußtlosigkeit zumindest im Moment sicher vor dieser kreischenden, zerrenden und grabschenden Welt.

Am nächsten Morgen erschien Laura pünktlich um neun zum Frühstück, denn gleichgültig, wie spät sie zu Bett ging, ihre lebensssprühende Ruhelosigkeit trieb sie aus dem Bett, sobald es richtig hell geworden war. Auf Landsitzen war sie deshalb ein unbeliebter Gast. Als sie das Eßzimmer betrat, war Charles bereits dort; er stand mit dem Rücken zum Kaminfeuer.

»Wie sehr mußt du mich lieben«, bemerkte sie sarkastisch, denn sie hatte schlecht geschlafen und war dementsprechend gelaunt.

»Im Moment liebe ich dich kein bißchen«, erwiderte Charles.

»Möchtest du denn ein Frühstück?«

»Nein«, sagte Charles.

»Könnte es Sally sein, die du möchtest?«

»Ja.«

»Sieh mal einer an«, sagte Laura und schenkte sich eine Tasse Kaffee ein.

»Wie geht es ihr?« fragte Charles nach einer Pause. Er ignorierte ihre Albernheit.

»Ach, ziemlich gut. Sie war letzte Nacht nur müde.«

»Müde! Das kann ich mir vorstellen«, sagte Charles streng. »Ich wollte sie fragen, ob ich sie zu einer Spazierfahrt aufs Land einladen darf. Ich habe die Absicht, sie für ein paar Stunden deiner Meute zu entreißen.«

»Und sie zu retten, meinst du.« Laura stand mit dem Rücken zu ihm und kaute.

»Genau«, sagte Charles. Er war wütend.

»Ich nehme an, Tom« – Tom war der Vorname von Lord Streatley – »wird auch bald hier sein und sie retten wollen«, bemerkte Laura und warf einen Blick aus dem Fenster. Sie sah Charles Wagen, aber keinen Chauffeur. »*Er* wird seinen Chauffeur sicher auch nicht mitbringen. Willst du auch?« fragte sie und hielt die Kaffeekanne hoch.

»Du kannst ein ganz schönes Biest sein, wenn du dir Mühe gibst«, sagte Charles.

»Schließlich hast du mich letzte Nacht ausgeschimpft, weil *ich* sie gerettet habe, und heute kommst du an und . . .«

Laura brach ab und trank rasch noch etwas Kaffee. Sie wollte sich nicht wirklich mit Charles streiten; sie hatten sich noch nie gestritten. Genaugenommen, hatte sie überhaupt noch nie mit einem Familienmitglied Streit gehabt, ehe Sally aufgetaucht war. Daß sie heute morgen knurrig war, lag daran, daß sie zum erstenmal seit Jahren schlecht geschlafen hatte, weil sie ein schlechtes Gewissen hatte und sich Sorgen machte. Aber eigentlich war sie tief im Inneren ihres Herzens dankbar, daß Charles ihr Sally abnahm. Sie hatte an diesem Tag so viel zu erledigen, hatte so viele wichtige Termine. Wenn sie Sally mitnähme, würde sie damit alle sofort aus der Fassung bringen, und wenn sie sie zu Hause ließe, wäre sie eine leichte Beute für Streatley. Die anderen, die auf Beutefang aus waren, konnte man durch eine einfache Anweisung an die Dienstboten fernhalten, aber nicht ihren eigenen Bruder. Und Streatley war, wenn er sich erst einmal sinnlos verliebt hatte, eine rücksichtslose Kreatur. Es gäbe nur noch mehr Ärger und Unglück für seine arme Frau Kitty – und Gott weiß, was Sally alles zustoßen konnte!

Wenn Sally den Tag schon mit einem der beiden verbringen mußte, war Charles bei weitem die bessere Wahl. Aber was für ein Jammer, dachte Laura, während sie den Eindruck erweckte, sich intensiv mit ihrem Frühstück zu beschäftigen, daß ich sie nicht dahin habe zurückkehren lassen, wo sie hingehört. Es machte überhaupt keinen Spaß, mit ihrem Lieblingsbruder Charles zu streiten, und es gefiel ihr nicht, daß er aussah, als hätte er kein Auge zugetan. Außerdem würde Sally ein Kind bekommen. Zumindest hatte sie das Laura in der vergangenen Nacht erzählt. Sally leitete ihr Wissen aus vergleichenden Beobachtungen ab, die sie an sich selbst gemacht hatte – als sie in Ohnmacht gefallen war und ihr anschließend so übel wurde, daß sie sich übergeben mußte – und an einer gewissen Mrs. 'ooper, die in Islington ihre Nachbarin gewesen war. In jedem Frühjahr, sieben Jahre hintereinander, war Mrs. 'ooper in Ohnmacht gefallen und hatte sich anschließend übergeben. Und sicher wie das Amen in der Kirche, hatte Sally Laura schwach zugemurmelt, hat es in jedem dieser Jahre an Weihnachten ein Baby gegeben.

»*Ich* brauch' keinen Dokter nich'«, hatte sie geflüstert und mit ihrer kalten Hand Lauras Arm festgehalten. Denn nachdem sie

Sally endlich hatte ausziehen und ins Bett legen können, war Laura über Sallys Übelkeit so erschrocken, daß sie zum Telefon eilen und ihren Arzt anrufen wollte.

»Aber, meine Liebe«, hatte Laura gesagt und sich über sie gebeugt, wobei sie ihr mit raschen, besorgten Bewegungen das Haar aus der feuchten Stirn strich, »er gibt Ihnen etwas, damit es Ihnen wieder bessergeht.«

»Tut er nich'«, hatte Sally geflüstert und sie mit einem schwachen, stolzen Lächeln angesehen. »Weil, ich bin nich' krank. *Ich* weiß, was los is'. Das is' ein Baby.«

Und dann hatte sie Laura, die sich dazu ganz weit hinunterbeugen mußte, um überhaupt etwas zu verstehen, von Mrs. 'ooper erzählt.

Laura wußte nicht viel über ungeborene Babys, aber sie war davon überzeugt, daß jede Frau in einem solchen Fall bei ihrem Mann sein sollte. Sie konnte nicht ganze Familien entführen; sie hatte nur mit einem einzigen Mitglied der Familie Luke gerechnet. Und während der wenigen Stunden, die von dieser Nacht noch übrig waren, nachdem sie Sally mit einem glückseligen Gesichtsausdruck hatte einschlafen sehen, warf sich Laura völlig zerknirscht in ihrem eigenen Bett hin und her.

Wann würde sie endlich lernen, sich rauszuhalten? Wann würde sie lernen, ihre Spontaneität zu zügeln und plötzlichen Versuchungen zu widerstehen? Bis dahin hatte sie es noch nicht einmal versucht. Die Vorstellung, was Sallys unglücklicher junger Ehemann jetzt fühlen mußte, und natürlich auch seine Mutter, die das nicht verdient hatte, auch wenn sie eine unangenehme Person sein mochte – diese Gedanken verursachten Lauras von Natur aus gütigem Herzen die größte Pein.

Sie würde das wiedergutmachen, o ja, das würde sie. Sie würde Sally am Samstag selbst nach Cambridge bringen, wenn sie ihre Termine in London hinter sich hatte, sie würde Zimmer für sie finden, dem jungen Mann alles erklären und ihn um Verzeihung bitten. Vielleicht konnte sie ihm auch erzählen, wie sehr Sally sich vor seiner Mutter fürchtete, und vielleicht konnte sie ihn davon überzeugen, daß es besser war, nicht mit seiner Mutter zusammenzuleben. Laura hatte festgestellt, daß die Ansichten der Tochter eines Herzogs meistens überzeugend wirkten, auch wenn sie das als Mitglied der Labour Party mit Scham und Bedauern erfüllte. Aber an diesem Tag wollte sie sich nicht um die Wiedergutmachung kümmern, denn sie hatte einfach zu viel zu tun. Sie konnte den Lukes auch nicht einfach ein Telegramm schicken und ihnen sagen, wo Sally sich aufhielt, denn das würde sie haufenweise auf den Plan rufen, und auch dafür hatte sie an diesem Tag einfach keine Zeit. Lauras Absichten waren bewundernswert, ihre Verwirklichung verzögerte sich jedoch.

»Kommt sie denn nicht herunter?« fragte Charles schließlich, denn Laura, die mit dem Rücken zu ihm saß und vorgab, ihr Frühstück einzunehmen, hatte kein Wort mehr gesagt.

»Sie frühstückt gerade oben«, sagte Laura.

»Warum hast du mir das nicht gleich gesagt?« fragte er ärgerlich.

»Weil ich ein kleines Biest bin und das gründlich.«

Charles ging zur Klingel hinüber.

»Nein – nicht klingeln«, sagte Laura und sprang auf. »Ich gehe selbst nach oben und sage ihr Bescheid.« Sie ging zur Tür, zögerte, kam zu ihm zurück und legte ihre Hand auf seinen Arm.

Er zog den Arm weg.

»Charles – bist du so böse auf mich?« fragte sie.

»Du hast dich einfach schändlich benommen«, sagte er voller Abscheu. »Du würdest wirklich jeden opfern, nur um deinen Freunden eine Attraktion zu bieten.«

Laura schaute ihn an. Es stimmte; es hatte zumindest gestimmt. Aber sie würde es nie wieder tun, sie würde ein neues Kapitel aufschlagen – morgen, wenn sie ihre ganzen lästigen und wichtigen Termine absolviert hatte.

»Du hast dieses Kind geopfert«, begann Charles. Er war zutiefst empört, wenn er an die bewußtlose Gestalt auf dem Fußboden dachte.

»Paß auf, daß *du* sie nicht opferst«, unterbrach Laura. Und als Charles sie anstarrte, viel zu zornig, um etwas zu sagen, fügte sie hastig hinzu: »Ach, Charles, laß uns doch nicht streiten, Lieber.

Ich bin sicher, daß du gut auf sie aufpassen wirst. Ich gehe und hole sie. Fahr langsam, hörst du – und bring sie heil zurück. Morgen bringe ich sie zu ihrem Mann.«

*

Tief im Inneren wußte Charles, daß dies das einzig Richtige war. Sally hätte niemals von ihrem Gatten getrennt werden dürfen, und da es nun geschehen war, sollte man sie zu ihm zurückbringen. Sofort. Nicht morgen, sondern sofort. Es kannte die näheren Umstände nicht und wußte nur, was Laura ihm gestern abend nach dem Essen erzählt hatte. Sie hatte Sally in einem Zug aufgelesen, in Tränen aufgelöst, weil ihr Vater sie zu ihrer gräßlichen Schwiegermutter zurückschickte, und Laura hatte sie mit nach Hause genommen, um sie zu trösten und damit sie sich ein bißchen erholen konnte; aber es war klar, daß Lauras Verhalten unentschuldbar war. Wenn überhaupt jemand sicher und geborgen zu Hause sein sollte, dann war es Sally. Jemand mußte sie dorthin bringen, ohne eine Minute zu verlieren. Es war schändlich von Laura, es noch einen Tag und eine Nacht hinauszuschieben, während sie ihre albernen Termine wahrnahm. Nachdem sie sich so schlecht benommen hatte, sollte sie keine Stunde zögern, alles wieder in Ordnung zu bringen.

Charles war sehr erregt über Lauras Verhalten. Doch obwohl er alles wieder hätte zurechtbiegen können, indem er Sally an diesem Morgen schnurstracks zu den Lukes zurückbrachte, unternahm er nichts. Weil er dazu nicht in der Lage war. Er war verliebt.

Es gibt einige Dinge, zu denen man als Verliebter nicht fähig ist, dachte Charles, der seinen Zustand durchaus erkannte und ihn eingestand. Er konnte die Angebetete nicht einem Rohling übergeben. Luke war ein Rohling. Bestimmt war er das, nach allem, was Sally am Abend zuvor erzählt hatte. Er war entweder böse – böse auf diesen kleinen Engel! –, oder er brach in das O-Sally-Getue aus. Ein kalter Schauder lief Charles den Rücken hinunter. Bei dem Gedanken wurde ihm richtig übel, denn er war ein zartbesaiteter junger Mann, und das sowohl im Herzen wie im Magen. Seine Vorstellungskraft war manchmal einfach zu lebhaft. *Seine* Hand würde es nicht sein, die sie einem jungen Rohling übergab; seine Hand würde sie auch keinem alten Rohling übergeben, entschied er plötzlich, als der Butler mit den eindringlichen Worten »Lord Streatley wünscht Mrs. Luke am Telefon zu sprechen« auf die Treppe geeilt kam, wo Laura ihn und Sally gerade verabschiedete. Als er die Nachricht hörte, startete er sofort den Motor und fuhr los, noch ehe Laura etwas sagen konnte. Neben ihm saß Sally, in Lauras Pelz eingehüllt, und sah im hellen Sonnenschein noch schöner aus, als er sie von der vergangenen Nacht in Erinnerung hatte. Wenn es jemals ein Kind des Lichts und der Anmut gegeben hatte, dachte Charles, dann ist sie es; voller Lieblichkeit und Fügsamkeit und Vertrauen. Sollte er sie etwa zurückbringen in das Haus seiner Schwester, damit deren feine Freunde und sein älterer Bruder, dieser alte Schürzenjäger, sich einen weiteren Abend über sie hermachen konnten?

Niemals, sagte sich Charles und steuerte den Wagen nach Crippenham.

*

In Crippenham lebte sein Vater. Welcher Zufluchtsort könnte für Sally sicherer sein als sein Vater? Er war beinahe dreiundneunzig, und er war taub. Ein ehrwürdiges Alter; ein günstiger Umstand. In diesem Fall wirklich günstig, denn der Herzog hatte, genau wie Charles, wenig Vergnügen an der Sprechweise der Unterschicht. Außerdem war er in Crippenham alleine, bis Laura am nächsten Tag zurückkommen würde, weil niemand je nach Crippenham eingeladen wurde. In Crippenham verbrachte er seinen jährlichen Erholungsurlaub, und niemand wagte auch nur den Versuch, seine behütete Ruhe zu stören.

Charles meinte, dies sei nicht nur der einzige, sondern auch der ideale Ort. Hier konnte Sally zurückgezogen und im verborgenen gehalten werden, bis Laura – nicht er; er könnte so etwas nicht tun – sie dorthin zurückbrachte, wo sie hingehörte. Hier wäre sie sicher vor Streatleys Annäherungsversuchen, denn er konnte Sally nirgendwohin folgen, wo sein Vater war; der alte Herr hatte eine ausgesprochene Abneigung gegen die vier Früchte seiner ersten Ehe und zeigte dies auch deutlich. Also hätte er selbst Sally zumindest einen ganzen Abend und wenigstens einen Teil des nächsten Tages für sich.

Außerdem würde es Laura recht geschehen. Sie würde einen Schreck bekommen und sich Gedanken machen, was wohl passiert sein mochte, wenn sie nicht zurückkehrten. Und damit, meinte Charles, würde sie genau das bekommen, was sie verdient hatte. Unter dem Vorwand, Sally zu beschützen und ihr zu helfen, war sie durch und durch selbstsüchtig und grausam gewesen. Charles war erstaunt, wie heftig seine Gefühle gegen Laura waren, für die er immer Freundschaft empfunden hatte. Er ging diesen Gefühlen jedoch nicht auf den Grund, genausowenig, wie er seinen anderen Gefühlen auf den Grund ging. Dazu gehörten auch die Gefühle, die ihn überkamen, als er Sally gleich nach der ersten Kurve fragte, ob es ihr warm genug sei. Sie sah scheu zu ihm auf, dankte ihm höflich und lächelte dabei. Seit dem gestrigen Abend bedurften diese Gefühle keiner Analyse mehr. Gemischte und starke Gefühle waren es. Und es war ihm ein Rätsel, warum er bereits so früh am Tag – es war kurz nach halb zehn – den Wunsch verspürte, Sally zu küssen.

Das war natürlich nicht die richtige Einstellung für einen Retter. Er fuhr schweigend. Er konnte sich nicht erinnern, daß er jemals um halb zehn morgens eine Frau hatte küssen wollen, und der Gedanke irritierte ihn.

Sally schwieg natürlich auch. Es war nicht ihre Sache zu reden, ohne gefragt zu werden; und sie saß da und wunderte sich ein bißchen, daß sie überhaupt heute in einem Auto unterwegs war. Laura war zu ihr ins Schlafzimmer gekommen und hatte gesagt, ihr Bruder sei da und wolle sie mitnehmen, damit sie etwas an die frische Luft käme. Täte ihr gut, hatte Laura gemeint. Sally hatte noch nicht die Erfahrung gemacht, daß frische Luft für irgend etwas gut war, aber passiv wie ein Postpaket hatte sie sich auf die Reise schicken lassen. Sie wußte nicht, warum sie denn mit diesem Lord auf eine Spazierfahrt gehen sollte, meinte aber, diese Art, den beängstigenden Tag unter den Vornehmen zu verbringen, sei auch nicht schlechter als andere. So hatte sie es jedenfalls nur mit einem von ihnen zu tun, und wenigstens war es nicht der große Alte mit den haarigen Händen.

Verrücktes Volk, diese Vornehmen, dachte Sally. Schienen zu Hause nichts zu tun zu haben; schienen ihre Zeit damit zu verbringen, irgendwo anders hinzugehen. Zappeliges Volk. Bei der Vorstellung, wie ihr eigenes Leben sein würde, wenn sie sich erst in den Zimmern in Cambridge eingerichtet hatten, wie sie alles für das Baby vorbereiten würde, wie sie saubermachen und es für ihren Mann gemütlich machen würde, wurde es Sally ganz warm ums Herz. Laura hatte ihr versprochen, bei der Suche nach einer Bleibe zu helfen und sie zu Mr. Luke zu bringen. Mr. Luke würde jetzt nicht mehr böse sein, dachte Sally – er würde sich zu sehr über das Baby freuen. Und Laura wußte wohl auch genau, wo sie ihn finden würden, und hatte ihr versichert, daß er nicht mehr mit seiner Mutter zusammenleben wollte. In Sallys Augen war auch Laura verrückt, aber gut. Sally fühlte sich nach dem Ereignis der vergangenen Nacht ganz besonders wie eine verheiratete Frau und bereits sehr mütterlich. Wegen der frohen Erwartung eines Babys fühlte sie sich so hoch über die unverheiratete Weiblichkeit erhoben, daß sie Laura sogar im geheimen nachsichtige Zärtlichkeit entgegenbrachte. Nettes Mädchen, dachte Sally.

*

Sie aßen in Thaxted zu Mittag. Es war erst halb zwölf, und Charles war es gelungen, den Weg von etwa vierzig Meilen auf ganze drei Stunden auszudehnen. In Thaxted gab es eine wunderschöne Kirche, in der er sich eine Weile mit ihr aufhalten konnte, denn er wollte nicht vor dem Tee in Crippenham ankommen, und Crippenham lag nur neun Meilen hinter Cambridge, abseits der Straße nach Ely, zwischen Waterbeach und Swaffham Prior.

Bis nach Thaxted war Charles von einem erschreckend starken Bedürfnis erfüllt, Sally für immer allein für sich zu haben. Er hatte keine Vorstellung, wie er das anfangen sollte, aber er war erfüllt von diesem Wunsch. Schweigend saß sie neben ihm, schöner, als er sie sich jemals hätte erträumen können – und wie oft und wie sehnsüchtig hatte er davon geträumt, wie schön eine Frau wohl sein konnte! Rührend, schutzlos inmitten einer rüde stoßenden, räuberischen Ellenbogengesellschaft, wie ein Kind mit einer kostbaren Perle in der Hand unter Armen und Hungrigen. Er liebte sie leidenschaftlich. Mit jeder Meile wuchs Charles' Leidenschaft. Er sah sie von der Seite an, jedesmal wieder mit Herzklopfen vor Staunen. Er wob sie in Träume ein; er hatte Visionen von Fensterflügeln und gefährlichen Meeren und sah sie dahinter: beschützt, behütet, von ihm allein angebetet. Seine Seele war erfüllt von Poesie, er schwebte über sich selbst, er dachte in Klängen; ganz England sang.

Aber in Thaxted änderte sich dieses Gefühl, und er begann zu glauben, Sally sollte besser dort sein, wo sie hingehörte. Und abends, als er in Crippenham im Garten saß und wieder darüber nachdachte, war er davon überzeugt.

In Thaxted bestellte Charles das beste Essen, das er bekommen konnte – Sally lief schon beim Zuhören das Wasser im Mund zusammen –, und zeigte ihr die Kirche, während das Essen zubereitet wurde. Sie zeigte höfliches Desinteresse. Die raschen Bewegungen eines großen, kurzgeschorenen Mannes in einer Soutane, der geschäftig hin und her eilte und dabei jedesmal eine Art Knicks machte, wenn er den Mittelgang passierte, interessierten sie mehr als Charles' Ausführungen über die klare, schlichte Schönheit des Gebäudes. Es war so ähnlich, als wolle man einem Hund etwas zeigen. Charles war sich dessen nicht bewußt, aber Sally zeigte ein solch naives Unverständnis angesichts der Schönheit von Thaxted Church und der Besonderheiten der Landschaft, die sie an diesem jubilierenden Aprilmorgen durchfuhren, daß sich Charles im Unterbewußtsein an die intellektuelle Beschränktheit eines Hundes erinnert fühlte. Aber um wieviel schöner war sie als alles andere, dachte er; wie hinreißend sah sie in Lauras Chinchillacape aus, hier, wo die erhabenen Gedanken der Kirchenbauer ihren Hintergrund abgaben – Gedanken, die in die zarten Grau-, Silber- und Rottöne dieses schönen, großen Raumes eingeflossen waren.

Der Mann in der Soutane unterbrach sofort seine Beschäftigung, als er Sally erblickte. Er schaute sie einen Augenblick an, kam dann herüber – den Blick auf ihr Gesicht geheftet – und bot eine Führung durch die Kirche an. Eine kleine Gruppe Amerikaner löste sich auf und strömte auf sie zu, und eine wie eine Nonne gekleidete Frau unterbrach ihr Gebet und machte gerade Anstalten, sich heranzuschlängeln.

Charles verließ mit Sally die Kirche.

Thaxted ist ein ruhiger Ort, und er spazierte mit ihr durch die Straßen, bis das Essen fertig war. Doch Thaxteds Straßen, die anfangs sehr ruhig waren, blieben es nicht. Für Charles völlig unerklärlich – keine zwei Frauen konnten verschiedener sein –, schienen die Einwohner von Thaxted Sally für Mary Pickford zu halten; er hörte, wie darüber getuschelt wurde. Hielten sie ihn dann etwa auch für diese Person, die seines Wissens als Doug bekannt war?

Er flüchtete mit Sally ein zweites Mal

Vielleicht konnten sie genausogut im Gasthof warten? Er mußte jedoch einen Extraraum für ihr Mittagessen mieten, weil so viele Leute kamen, die auch zu Mittag essen wollten. Sally verspeiste eine große Portion Reineclaudenkuchen mit Sahne und trank viel Himbeerlimonade dazu. Charles fürchtete, die Himbeerlimonade habe noch nie eine echte Himbeere gesehen und sei nicht gut für Sally, und auch die Reineclauden seien nicht frisch, sondern aus dem Glas, aber Sally sagte, sie schmeckten ihr. Dann trank er Kaffee und Sally Tee. Irgendwie hatte er herausgefunden, daß Sally Tee nach dem Essen liebte, und mit wachsender Besorgnis beobachtete er, in welcher Stärke und Menge sie ihn zu sich nahm. Das war der Augenblick, in dem Sally auftaute und anfing zu reden.

Ach, hätte sie nur geschwiegen. Ach, wäre sie für immer stumm geblieben, wunderbar, geheimnisvoll, göttlich.

Wenn Sally erst einmal auftaute, lag es nicht in ihrer großzügigen Natur, damit wieder aufzuhören. Sie taute und taute, und

Charles wurde immer bedrückter. Lord Charles – so redete man ihn an, hatte sie am Abend zuvor gelernt – war offensichtlich aus demselben Holz geschnitzt wie Laura; er war freundlich. Hatte sie zu einem so wunderbaren Essen eingeladen. Und er hatte sich an diesem Tag mehr wie ein Herr benommen, nicht wie jemand, der ein Gatte werden wollte. Nach dem Reineclaudenkuchen wurde sie langsam mit ihm warm, und als sie beim Tee angelangt war, hatte sie großes Vertrauen zu ihm.

»Sie sind nett, wirklich«, sagte sie mit ihrem bezaubernden Lächeln, als er ihr ganz gegen seine Überzeugung eine weitere Kanne Tee anbot.

»Sind das nicht alle?« fragte Charles.

»Tun ihr Bestes«, erwiderte Sally nachsichtig. »Aber auch nich' jeder. Wenn ich ers' mal anfangen tät zu erzählen . . .«

Zu diesem Zeitpunkt war Charles bereits abgekühlt. Die Himbeerlimonade und die vielen Tassen mit starkem Tee hatten ihn befremdet. Dieses vollkommene Mädchen, dachte er, sollte auch in der Wahl ihres Essens wählerisch sein, sollte instinktiv Eingemachtes ablehnen und kein Bedürfnis nach einem Nachschlag offenkundig zweitklassigen Gebäcks haben. Aber sie war ja noch sehr jung. In Eton hatte er selbst solchen Fraß noch gern gegessen. Schließlich war sie ja gerade erst so alt wie er damals.

Er fand Entschuldigungen für sie; und da es ihm wichtig erschien, mehr über sie zu erfahren, als Laura ihm am Abend vorher erzählt hatte, ermutigte er sie zum Reden: »Erzählen Sie doch.«

Und das tat Sally. Sie erzählte von allen und über alles: ihre überhastete Heirat innerhalb von zwei Wochen mit dem ersten Mann, der vorbeigekommen war, ihre Rückkehr aus den Flitterwochen nach South Winch, die Entschlossenheit ihrer Schwiegermutter, sie von ihrem Mann zu trennen, ihre Flucht zu ihrem Vater, unterstützt von ihrem Schwiegervater, die Zurückweisung ihres Vaters und ihre Absicht, sich ihrem Mann am nächsten Tag in Cambridge anzuschließen, ob er es wollte oder nicht. In kurzer Zeit wußte er darüber so viel, wie er verkraften konnte.

Er konnte nicht viel verkraften. Es ging nicht nur um die Art, wie sie es sagte, es ging auch darum, was sie sagte. Charles, den zuerst nur ihre Sprache deprimiert hatte, deprimierten nun die Fakten. Er rutschte unruhig auf seinem Stuhl herum. Er rauchte eine Zigarette nach der anderen. Sein dünnes, braunes Gesicht war gerötet, und er sah bekümmert aus. In dieser merkwürdigen, fehlerhaften und auch noch viel zu farbigen Sprache, die er so sehr mißbilligte, zeichnete sie ihm ein Bild ihres Lebens, das ihm wie reine Ausbeutung vorkam und darin gipfelte, daß seine Schwester sich übermütig ins Spiel gemischt hatte. Dieses Kind, dieses hilflose Kind, das jedem gehorchen, überall hingehen, alles tun würde, was man ihr sagte – in Charles Augen wurde sie zum bedauernswertesten Geschöpf auf Erden, während er ihr zuhörte und sie aushorchte. Jeder, so schien es, griff zuerst gierig nach ihr und wollte sie dann wieder loswerden. Jeder, auch er. Ja, auch er hatte gierig nach ihr gegriffen unter dem heuchlerischen Vorwand, ihr helfen zu wollen. Und jetzt wollte auch er sie – nein, nicht loswerden, das schien ihm gefühllos, ein zu brutaler Ausdruck, aber sie übergeben, sie weiterreichen, sie zu diesem schrecklichen jungen Luke zurückschicken, der ihr selbst entkommen wollte und sie seiner Mutter überließ. Was das Kind für einen Mut hatte! Sicher, es war der Mut der Unwissenden, aber dennoch war dieses Mädchen für Charles ein liebenswertes Ding, das sich vor nichts fürchtete; nicht vor Unbequemlichkeit und nicht vor harter Arbeit, wenn sie nur bei ihrem Mann in den eigenen vier Wänden sein durfte. Charles stellte fest, daß dies Sallys einziger Wunsch war und daß ihr einziger Ehrgeiz darin bestand, sich für diesen widerlichen jungen Mann die Finger wund zu arbeiten, wie sie das nannte.

Sally kannte keinen Grund, warum sie nicht jedem, der es hören wollte, alles erzählen sollte. »Mr. Luke«, sagte sie, »Mr. Luke, der glaubt, der kann sich noch kein Zu'ause für mich nich' leisten.«

»Dann hätte er Sie nicht heiraten sollen«, entfuhr es Charles, der zornig auf den jungen Rohling war.

»'at wohl nich' anders gekonnt«, sagte Sally. »'at wohl so sein müssen. Er 'at . . .«

»O ja, natürlich«, unterbrach Charles ungeduldig, denn er

wollte nichts über Jocelyns Gefühle hören. »Natürlich, natürlich. Was für eine dumme Bemerkung von mir.«

»Fünf'undert Pfund 'at er im Jahr«, fuhr Sally fort. »Wo ich doch mi'm Sixpence doppelt soweit komm' wie die meisten andern. Weiß gar nich', was er 'at.«

Sie wußte es wirklich nicht, denn Sally teilte Mr. Pinners Meinung, daß fünfhundert Pfund im Jahr ein Vermögen seien.

»Soll mal einer schlau draus werden«, fügte sie nach einer nachdenklichen Pause noch hinzu.

Nun, dachte Charles, die Familie Mouldsford hatte sich schlecht benommen, und unter dem Deckmantel des Mitgefühls und der Hilfsbereitschaft hatten Laura und er sich besonders niederträchtig betragen, aber sie würden jetzt ganz sicher alles wiedergutmachen. Bei Gott, das würden sie. Er wollte Sally zuerst aus reinem Eigennutz nach Crippenham bringen, um sie für sich zu haben, aber ganz offensichtlich war Crippenham genau der richtige Ort, an dem ihr geholfen werden konnte.

Es lag nicht weit von Cambridge entfernt und damit in bequemer Reichweite des jungen Luke. Außerdem wohnte Charles' Vater dort, der für seines hohes Alter noch rüstig war und hitzig genug, um einem Studenten – oder was immer dieser Luke auch war – die Gottesfurcht beizubringen. Mit dreiundneunzig loderte in dem alten Mann natürlich kein Feuer mehr, aber es gab noch genug Funken, die sich beim Anblick eines guten Pferdes oder einer schönen Frau zur Glut vereinten. Charles mußte ihm Sally nur zeigen, um ihn auf ihre Seite zu ziehen. Er hörte zwar nichts mehr, aber er sah noch gut, und welche Kombination könnte bei Sally denn günstiger sein?

Nach dem Essen fuhren sie weiter. Charles' Kopf war klar; so klar sogar, daß er in Thaxted ein Telegramm an Laura aufgab und ihr mitteilte, daß sie nach Crippenham fuhren. Er wollte nicht mehr, daß sie sich sorgte. Denn, so dachte Charles, nur jene, die selbst im Unrecht waren, wurden zornig und ließen andere darunter leiden. Er dachte nicht länger entzückt an das Unrecht, das er gerne mit Sally begehen würde. Seine anspruchsvolle Seele konnte die Sprachbarriere nicht überwinden, die zwischen ihnen lag. Ohne »hs« konnte Charles nicht leidenschaftlich lieben. Wenn es keine »hs« gab, fiel die Leidenschaft in ihm zusammen und starb. In Sallys Fall war sie in dem Gasthof von Thaxted gestorben, als sie das Mittagessen beendeten. Eigentlich war er dafür dankbar, so unangenehm dieses Gefühl auch im Augenblick noch sein mochte. Denn was hätte nicht alles noch geschehen können, wenn Sally weiter geschwiegen oder nur mit »ja« und »nein« geantwortet hätte? Wenn sie ihm nur dieses Lächeln gezeigt hätte, das ihre Grübchen zum Vorschein brachte und in ihren schönen Augen tanzte? In diesem Fall, fürchtete Charles, wäre er verloren gewesen. Aber sie hatte begonnen zu sprechen, und damit war er gerettet. Obwohl er sie immer noch liebte – kein Mann konnte Sally anschauen, ohne sie zu lieben –, fühlte er nun eine andere Art der Liebe für sie: eine freundliche, sanfte Art, gepaart mit wachsender, fast mütterlicher Sorge um ihr Wohlergehen. Nach ihrem Aufenthalt in Thaxted fand Sally in Charles' Augen und in seinem Benehmen keinen Hinweis mehr darauf, daß er ein Gatte werden wollte.

Deshalb war sie überrascht, als er auf der Weiterfahrt fragte, ob sie nicht lieber die Nacht bei seinem Vater auf dem Land verbringen sollten, anstatt in das laute London zurückzukehren. Laura hielt sich in London auf; warum sollte Sally also weit weg von ihr untergebracht werden? Noch dazu bei seinem Vater. Sie würde auf noch mehr Vornehme treffen, die ihr fremd waren, wo sie doch gerade erst angefangen hatte, sich an die zu gewöhnen, die sie schon kannte. Sicher würde ihr der Vater dieser ganzen Vornehmen noch mehr Angst einjagen als die anderen.

»Wie bitte?« sagte sie deshalb und sah dabei so alarmiert aus, daß Charles ihr lächelnd erklärte, sein Vater sei gerade in der Nähe von Cambridge, und das sei eine günstigere Ausgangsposition für die Wohnungssuche, die Laura ihr für den nächsten Tag versprochen hatte.

»Er ist ziemlich harmlos«, versicherte ihr Charles, denn ihr Gesichtsausdruck hatte sich nicht geändert. Wenn sie in die Nähe von Cambridge fuhren, waren sie sicher auch in der Nähe von Woodles. Was wäre, wenn ihr Vater sie entdecken würde?

»Er ist dort ganz allein, bis Laura morgen zurückkommt«, erklärte Charles. »Unsere Gesellschaft wird ihn aufheitern. Er ist dreiundneunzig.«

Dreiundneunzig? »O Mann«, sagte Sally höflich. »Dann isser wirklich ganz schön alt. Armer, alter Mann«, fügte sie voller Mitgefühl hinzu. Im Kreise der Pinners war man alten Menschen immer sehr aufmerksam zugetan.

Den Rest der Fahrt über schwieg sie, weil sie versuchte, ihre wirren und undeutlichen Gedanken zu ordnen, die alle zu melden schienen, daß sie überhaupt nicht sein durfte, wo sie sich gerade befand. Wenn sie überhaupt irgendwo sein sollte, dann bei ihrem Mann, und mit jeder Stunde, die verging, versank sie tiefer und tiefer in Sünde.

Steck bald bis zum 'als drin, sagte sie sich ergeben und unglücklich. Sie wünschte sich sehr, es sei schon einen Tag später, sie sei wieder heil und gesund mit Mr. Luke vereint und sie wäre diese freundlichen, aber eigensinnigen Vornehmen ein für allemal los.

13

Während der Wagen mit Charles und Sally immer näher kam, saß der Herzog ahnungslos in seinem einfachen Arbeitszimmer und nahm einen einfachen Nachmittagstee zu sich, der ihm von einem einfachen Hausmädchen serviert worden war. Nicht daß es an diesem Hausmädchen etwas auszusetzen gab, aber sie gehörte nicht zu seinen ständigen Dienstboten.

Es gab kein festes Personal in Crippenham. Es gab dort kaum etwas, außer dem Herzog. Seit Jahren lebte er in der Überzeugung, daß diese jährlichen vierzehn Tage der Ruhe, die er aus der Abwechslung schöpfte, sein Leben verlängerten. Jedes Jahr nach Ostern fuhr er nur mit Laura hierher, weil es ein kleines Haus war und ein häßliches Haus und ein einsames Haus, für das nur sprach, daß es das genaue Gegenteil jedes anderen Besitzes der Mouldsfords war.

Nur Charles durfte kommen und gehen, wie er wollte; nur er durfte es wagen, unangemeldet in die heilige jährliche Zeremonie der Lebensverlängerung einzubrechen. Obwohl er schon dreiundneunzig Jahre alt war, wollte der Herzog weiterleben. Er liebte das Leben, und er hatte seinen Spaß daran, Streatley warten zu lassen. Streatley und die anderen Kinder aus seiner ersten Ehe – absurd, dachte er, diese vier alten Knochen als Kinder zu bezeichnen – waren bei ihrem Vater unbeliebt. Er hatte sich nie besonders viel aus ihnen gemacht, und im lebhaften Alter von siebzig war er richtig böse auf sie geworden, denn er mußte feststellen, daß die Existenz von Kindern, die stark auf die fünfzig zugingen, ihn älter erscheinen ließ, als er sich fühlte. Nun, da sie selbst beinahe Siebziger waren, noch dazu alte Siebziger, und er, wie er hoffte, keinen Tag älter aussah als vor dreißig Jahren, war er noch zorniger auf sie als je zuvor. Er gab zu, daß andere Leute mit dreiundneunzig alt sein mochten, aber nicht er; er war die Ausnahme. Er fühlte sich nicht alt, und er sah nicht alt aus, wozu also das ganze Gerede über das Alter? Die Presse schrieb nie über ihn, ohne ein »ehrwürdig« einzufügen; die Leute taten, als sei er taub, obwohl er doch genauso gut hörte wie jeder andere, solange man ihm nichts vornuschelte, und Laura half ihm ständig beim Aufstehen, als sei er ein verdammter Invalide. Wo immer er einen Schritt gehen wollte, wurde ihm ein Arm angeboten; wenn er ins Oberhaus kam, eilte sofort irgendein Offizieller zu Hilfe – meistens war es dieser Idiot Chepstow, der selbst schon achtzig war; und an jedem seiner Geburtstage überschlugen sich die Zeitungen mit ihren widerwärtigen, erstaunten Glückwünschen. Konnte ein Mann nicht über neunzig sein, ohne daß er ständig sein Alter unter die Nase gerieben bekam?

Von seinen Nachkommen liebte er die jungen – Laura, Terry und Charles, und von diesem lebhaftem Trio war Charles ihm der liebste. Als er daher von seinem Kümmelkuchen aufblickte und seinen Letztgeborenen hereinkommen sah, nicht nur völlig unerwartet, sondern auch noch in Begleitung einer jungen Frau, war er zwar überrascht, aber nicht verärgert; und als sie nahe genug waren, erkannte er die ungeheure Schönheit der jungen Frau;

seine Überraschung wurde zu einer angenehmen Überraschung; einer sehr angenehmen; tatsächlich sogar zu einer äußerst angenehmen.

Er starrte Sally einen Augenblick an, ohne zu hören, was Charles sagte, und rappelte sich dann hoch. Jünger als seine drei jüngsten . . . viel, viel jünger als seine drei jüngsten . . . Jugend, ach Jugend . . . reizende, liebreizende Jugend . . .

Charles wollte ihm helfen, wurde aber zur Seite gestoßen. Der arme alte 'err, dachte Sally und nahm ihn am Arm, als er fast das Gleichgewicht verloren hätte und in Gefahr war, wieder in seinen Sessel zurückzufallen.

»Verheiratet?« fragte der Herzog, der nach dieser Anstrengung außer Atem war, und sah Charles an.

Charles schüttelte den Kopf.

»'türlich bin ich ver'eiratet«, sagte Sally hitzig.

»Er meint uns beide«, erwiderte Charles.

»Uns beide?« wiederholte Sally schockiert.

»Aber ihr werdet noch heiraten«, sagte der Herzog und sah zuerst sie und dann Charles an. Sein Gesicht war rot vor Freude.

Charles schüttelte wieder den Kopf und lachte.

»Aber der Herzog lachte nicht. Er starrte ihn eine Minute lang an. »Du Narr«, sagte er dann.

»Ich 'ab schon einen E'emann«, sagte Sally empört.

»Er hört Sie nicht«, sagte Charles. »Er ist ziemlich taub.«

»Was hat sie gesagt?« fragte der Herzog. »Sprich deutlich, mein Kind – nein, nicht schreien«, fügte er hinzu, obwohl Sally weit davon entfernt war zu schreien und noch nicht einmal den Mund geöffnet hatte. Der arme, alte Herr, dachte sie und sah ihn mit stummem Mitgefühl an; kaum zu glauben, daß er tatsächlich der Vater von irgend jemandem war.

Der Herzog gab ihr eine trockene, kalte Hand.

Als wie wenn man 'nem Grabstein die 'and gibt, dachte Sally. Sie hatte ein solches Mitleid mit allem, was so alt war, daß sie sich gar nicht vor ihm fürchtete.

»Nun trinken Sie mal schön brav Ihren Tee, solang er noch

'eiß is'«, sagte sie mit einer schmeichelnden Stimme, als würde sie einem Kleinkind gut zureden.

Charles schaute sie verblüfft an. Beinahe jeder hatte Angst vor seinem Vater. Sally erinnerte ihn an das kleine Kind bei Jesajah, das furchtlos seine Hand in die Schlangengrube hielt.

»Was hat sie gesagt?« fragte der Herzog und schaute sie entzückt an.

»Vater, das ist Mrs. Luke – eine Freundin von Laura«, schrie Charles. »Und ich habe sie hergebracht . . .«

»Schreib es auf, mein Kind«, sagte der Herzog. Er beachtete Charles gar nicht, zog Sally in einen Sessel neben seinem und schob ihr mit alten, zitternden Händen Papier und Bleistift hin. »Schreib auf, was du zu mir gesagt hast.«

Charles wurde unruhig. Er war sicher, daß Sally nichts aufschreiben konnte. Konnte sie auch nicht, denn ihre geschriebenen Wörter waren noch unvollkommener als die gesprochenen. Es hätte sie in Verlegenheit bringen können, daß der Herzog ihr Bleistift und Papier zum Schreiben in die Hand drückte, wenn sie nicht aufgrund seines hohen Alters und seines offensichtlichen Verfalls davon ausgegangen wäre, daß er nicht ganz beieinander sei, wie sie es im stillen nannte. Der arme, alte Herr, dachte sie voller Mitleid. Was da vor ihr so schwer im Sessel saß, schwer atmete und sie so freundlich anblinzelte, dachte Sally, deren Vergleiche zwangsläufig aus dem häuslichen Bereich stammten, das waren nur die Überreste; es war, wie wenn man freitags die Überreste vom Sonntagsessen hatte – nichts Besonderes, aber man mußte damit zufrieden sein. Nein, vor dem armen, alten Herrn mußte sie sich nicht fürchten. Er war mehr wie ein Baby.

»Nun trinken Sie mal schön brav Ihren Tee, solang er noch 'eiß is'«, sagte sie wieder und schob vorsichtig Bleistift und Papier zur Seite. »Tut Ihnen gut«, ermunterte sie ihn. »Schöne Tasse Tee, tut Ihnen gut.«

»Er kann Sie nicht hören, wissen Sie?« sagte Charles. Sallys Haltung ließ ihn wieder aufatmen. Aber mit welchem Selbstvertrauen, dachte er, konnte etwas so Anmutiges an den mürrischsten, verstimmtesten Menschen herangehen. Sein Vater war weder mürrisch noch verstimmt; es schien nur so, und er erschreckte die Leute damit. Und wenn er sah, daß sie sich vor ihm fürchteten, faßte er eine Abneigung gegen sie und erschreckte sie mehr als je zuvor.

Der Herzog beobachtete jede von Sallys Bewegungen mit entzückter Aufmerksamkeit. Als sie ihre Hand auf die Teekanne legte, um zu sehen, ob sie noch heiß war, dachte er, sie wolle selbst gerne Tee und sagte Charles, er möge klingeln und mehr Tee bestellen. In der Zwischenzeit nahm er gehorsam die Tasse, die sie ihm reichte, ohne den Blick von ihrem Gesicht abzuwenden. Er war noch immer zu sehr von ihrer Schönheit bezaubert, als daß er darüber nachgedacht hätte, welche der alteingesessenen Familien Englands diesen perfekten jungen Sproß wohl gezeugt haben konnte. Da er kein Wort von dem hören konnte, was Sally sagte, nahm er an, diese zartgliedrige Gestalt mit den schlanken Fesseln – er gehörte der beinahe ausgestorbenen Generation an, die einer Frau zuerst auf die Füße schaute – sei eine von seinesgleichen. Ihre Hände sind im Vergleich zur Makellosigkeit ihres Gesichtes ziemlich rot, dachte er, als sie gerade die Handschuhe auszog und sie zu einer ordentlichen Kugel zusammenrollte; aber ihre Form zeigte die gute Abstammung, wenn auch die Nägel . . .

Der Herzog war wirklich außerordentlich verblüfft, Sallys Nägel zu betrachten.

Charles zog einen Stuhl heran, setzte sich ganz nahe zu seinem Vater und fing an zu erklären. Er war entschlossen, die Aufmerksamkeit des alten Herrn zu erringen, und schrie ihm ins Ohr, daß er Lauras Freundin, Mrs. Luke, von London, wo sie bei Laura in Goring House gewesen war, hierher nach Crippenham zum Übernachten gebracht hatte, weil es hier ruhiger war und sie sich nicht wohl gefühlt habe . . .

»Mit *mir* is' alles in Ordnung«, unterbrach Sally, die mit höflicher Aufmerksamkeit zugehört hatte.

»Aber mein liebes Kind – Sie sind in Ohnmacht gefallen«, protestierte Charles mit normaler Lautstärke und hob abwehrend die Hand.

»Sprich lauter«, sagte der Herzog ungeduldig.

»'türlich bin ich umgefallen«, sagte Sally zufrieden.

»Was hat sie gesagt?« fragte der Herzog.

»Ja – und Sie waren eine halbe Stunde lang bewußtlos«, erwiderte Charles.

»Stimmt. Und übergeben 'ab ich mich«, sagte Sally stolz.

»Übergeben? Sie haben sich auch noch übergeben? Daran sehen Sie doch, wie krank . . .«

»Sprich lauter, sprich lauter«, sagte der Herzog gereizt. Aber Sally sagte nichts mehr und lächelte Charles nur nachsichtig an.

»Was hat sie gesagt?« fragte der Herzog, der sich kein Wort aus diesem liebreizenden Mund entgehen lassen wollte.

»Sie hat gesagt«, schrie Charles, »daß es ihr wieder recht gutgeht.«

»Natürlich tut es das«, sagte der Herzog, starrte ihr Gesicht an und vergaß ihre Fingernägel. »Man kann doch sehen, wie gut es ihr geht. Man sieht doch, wie schön sie ist.«

O nein, dachte Sally. Jetz' fängt *er* auch noch an.

*

Sally hätte diesen Nachmittag und Abend sicher als Triumph empfunden, wenn sie für so etwas überhaupt empfänglich gewesen wäre. Aber sie zählte nur die Stunden bis zum nächsten Tag, bis sie Jocelyn treffen, sich mit ihm häuslich niederlassen und ihre Pflichten in Angriff nehmen konnte. Crippenham wurde ihr samt und sonders zu Füßen gelegt, und der Herzog beklagte sich, daß sie ausgerechnet in dieses Haus gekommen sei, wo er, wie er befürchtete, nicht einmal annähernd für ihre Bequemlichkeit sorgen konnte. Es gab in Crippenham nämlich nur ein Badezimmer. Für den Herzog schien das eine Katastrophe zu sein, und Sally hörte sich mit nachsichtigem Befremden an, wie ausgiebig er sich dazu äußern konnte.

»Da reitet er ziemlich drauf rum, der arme alte 'err, was?« sagte Sally zu Charles. Dann beugte sie sich zum Ohr des Herzogs – Charles staunte über die furchtlose Vertraulichkeit dieser Geste – und versuchte, ihm zu erklären, daß doch erst morgen Samstag war und sie morgen abend sowieso in Cambridge sein würde und daß es daher gar keinen Grund für ihn gäbe, sich aufzuregen.

»Was?« sagte er Herzog.

»Sie sagt, daß es ihr nichts ausmacht«, brüllte Charles. Er hatte die Taubheit seines Vaters schon oft als sehr anstrengend empfunden, aber wie froh war er jetzt darüber! Erst morgen, Samstag ... Charles verstummte. Heute war Freitag. Konnte es sein, daß sie sich seit dem vergangenen Samstag ...?

Der Herzog jedoch wußte nur das über Sally, was seine Augen ihm sagten, und er lag ihr zu Füßen. Schließlich ging sie nach oben in Lauras Zimmer, gemeinsam mit der Haushälterin, die Anweisung hatte, Mrs. Luke die Sachen von Lady Laura zur Verfügung zu stellen. Crippenham verfügte nicht über Gästezimmer, man hatte nur je ein Zimmer für den Herzog, Laura und Charles. Die anderen sechs oder sieben Schlafzimmer waren unmöbliert und blieben verschlossen. Als Sally gegangen war, ließ sich Charles bei seinem Vater nieder, um ihm so viel über Sally zu erzählen, wie er für angemessen hielt. Niemand außer Laura konnte sich dem Herzog besser verständlich machen. Der alte Mann hörte eifrig zu; eine Hand hinter dem Ohr, sog er jedes Wort ein und stellte Fragen, die zeigten, wie scharfsinnig er noch sein konnte, wenn ihn etwas wirklich interessierte.

Es gefiel ihm gut, daß Sally vor ihrer Schwiegermutter weggelaufen war, und er wertete das als Zeichen eines feinen, temperamentvollen Charakters. Wer ihr Vater sei, wollte er wissen.

Charles sagte, sein Name sei Pinner.

Der Herzog wollte dann wissen, ob es sich um einen der Worcestershire Pinners handelte, und Charles sagte, er wisse es nicht.

Der Herzog kramte in seinen umfangreichen Erinnerungen und stieß schließlich auf einen Pinner, der mit ihm in Christchurch gewesen war und der eine Dartmoor geheiratet hatte, eine blonde, gutaussehende Frau. Vermutlich die Großmutter des Mädchens.

Charles neigte nur den Kopf.

Der Herzog erkundigte sich dann, wer, wenn man von diesem jugendlichen Ehemann in Ananias absah, die Lukes denn eigentlich seien; denn außer bei dem Kerl in der Bibel, meinte der Herzog, sei ihm dieser Name wohl noch nie untergekommen.

Charles erwiderte, er wisse nur, daß sie in South Winch lebten.

»Was?« schrie der Herzog auf. »Hat sie unter ihrem Stand geheiratet?« Der Gedanke regte ihn so auf, daß er Charles eine Weile lang nur stumm anblinzelte. Wenn doch sein lieber Sohn sich dieses wundervolle Geschöpf gesichert hätte, dann hätte er in Ruhe sterben können. Schlimmer wurde das Ganze dadurch, daß nicht nur sein Sohn sie verpaßt hatte, sondern daß sie eine Mesalliance mit irgendeiner obskuren Familie aus den Vororten eingegangen war.

»Auf mein Wort, Charles«, sagte er nach einer Weile des enttäuschten Schweigens. »Es ist ein Jammer. Wirklich ein Jammer.«

Er tauchte wieder in seinen Erinnerungen unter, meinte, es sei ein Glück, daß der arme Jack Pinner schon tot war, denn kein Mann hätte einen ausgeprägteren Familiensinn gehabt als er, und es hätte ihm das Herz gebrochen zu wissen, daß seine Enkelin einen solchen Fehler begangen hatte.

Er konnte sich nicht trösten. Er hatte niemals in seinem langen Leben eine dieser jungen Frau vergleichbare Schönheit gesehen. Daß sie am Beginn einer vielversprechenden Laufbahn beispiellosen Glanzes und Erfolges ihre angestammten Kreise verlassen und sich mit den Vororten eingelassen hatte, schockierte ihn wirklich. Könige zu ihren Füßen und ihr Name in ganz Europa klingend – so stellte sich der Herzog das richtige Umfeld einer solchen Schönheit vor.

»Tz, tz«, sagte er, und seine Hände auf dem Knauf seines Stokkes zitterten stärker als gewöhnlich. »Tz, tz, tz. Was hat ihre Mutter nur dazu gesagt?«

»Ihre Mutter ist tot«, sagte Charles.

»Ihr Vater dann eben. Jack Pinner war kein Narr. Ich frage mich, warum sein Sohn – wo steckt der eigentlich? Ich habe gehört, die Worcestershire-Ländereien seien nach dem Krieg verkauft worden . . .«

Charles sagte, daß er nicht wisse, wo ihr Vater sei. Zwar hatte Sally ihm gesagt, der Laden ihres Vaters sei in Woodles, aber davon hatte Charles noch nie gehört. Es war auch auf keiner Karte eingezeichnet, und so konnte er sagen, er wisse es nicht, ohne zu lügen.

Der Herzog schien jedoch plötzlich von dem dringenden Bedürfnis erfüllt zu werden, den tadelnswerten Sohn seines alten Freundes aufzuspüren und ihm die Meinung zu sagen. Charles war entsetzt, denn es konnte nichts Gutes dabei herauskommen, wenn man Mr. Pinner aufspürte. Sally, so wußte er, war ängstlich darum bemüht, daß ihr Vater ihren Ungehorsam nicht herausfand. Auch wenn Charles Laura dafür verantwortlich machte und nicht Sally, nahm er nicht an, daß Mr. Pinner das ebenso sehen würde. Außerdem, überlegte Charles, war es wichtig, daß sein Vater Sally weiter für eine der Worcestershire-Pinners hielt, da er schon immer eine tiefverwurzelte Abneigung gegen ungebildete Frauen gehabt hatte.

Charles hielt es deshalb für erstrebenswert, seinen Vater und Mr. Pinner nicht zusammenzubringen. Der alte Mann sah Sally erst vor dem Abendessen wieder, denn sie war oben in ihrem Zimmer geblieben, bis die schockierte Haushälterin sie geholt hatte. Für die Haushälterin war es eine völlig neue Erfahrung, daß jemand Seine Hoheit auch nur eine Minute warten ließ, nachdem der Gong ertönt war. Mit Bedauern hörte Charles, wie der alte Herr Sally fragte, wo ihr Vater sei.

»Der?« Sally wurde blaß vor Schreck, aber ihre Natur und ihre Erziehung zwangen sie zu einer ehrlichen Antwort. »Der is' in Woodles, ja, da isser.« Ach du meine Güte, fügte sie im stillen hinzu, die wollen ihm doch nich' sagen, wo ich bin?

»Was hat sie gesagt?« fragte der Herzog Charles.

Charles folgte seinem Vater, der an Sallys Arm ins Eßzimmer schlurfte, und brüllte mit äußerlicher Ruhe und innerem Bedauern: »Sie sagt, er ist in Woodles.«

»Woodles? Woodles?« wiederholte der Herzog. »Nie gehört. Ist das in Worcestershire?«

Sally schüttelte den Kopf. Sie wußte nicht, wo Worcestershire war, aber sie war ziemlich sicher, daß Woodles nicht darin war –

»*Ich* 'ab keine Ahnung, wodrin das is'«, sagte sie. Wie immer an die nackte Wahrheit gebunden, fügte sie hinzu: »'ier in der Nä'e, jedenfalls.«

»Was hat sie gesagt?« wollte der Herzog wissen und drehte sich wieder zu Charles.

Charles fühlte sich verpflichtet, ihre Antwort korrekt wiederzugeben, da sie ja zuhörte; er tat es mit wachsendem Bedauern. »Sie sagt, es ist nicht weit von hier.«

»Was für ein Glück«, sagte der Herzog. »Und wie merkwürdig, daß ich nicht wußte, daß er ganz in der Nähe ist.« Nachdem er sich auf seinen Stuhl am Kopf der Tafel gesetzt hatte, wobei das Hausmädchen den einen und sein Diener den anderen Arm hielt, fügte er hinzu: »Ich würde mit deinem Vater gerne mal ein Wörtchen reden, meine Liebe.«

Sally wurde noch blasser.

»Dein Großvater war einer meiner ältesten Freunde«, fuhr der Herzog fort. Er hatte Schwierigkeiten, seine Serviette aufzufalten, so sehr zitterten seine Hände.

»Ich 'ab keinen Großvater«, erwiderte Sally beunruhigt, denn sie hatte noch nie zuvor von einem gehört.

»Was hat sie gesagt?« fragte der Herzog.

»Sie sagt ...«, begann Charles widerstrebend – wie konnte er dem alten Mann sagen, was sie von sich gegeben hatte? »Wissen Sie«, murmelte er Sally zu, »Sie *haben* einen Großvater – oder hatten. Sie müssen einen haben. Jeder hat Großväter.«

»Was? Was?« Der Herzog wurde ungeduldig. »Schick heute abend eine Botschaft hinüber, Charles, und sag ihm mit meinen Empfehlungen, daß ich Pinner sehr gerne sehen möchte. Sag ihm, ich bin zu alt, um zu ihm zu kommen, vielleicht wäre er so freundlich und käme zu mir. Irgendwann morgen. Du kannst ihm sagen, daß sein Vater mit mir in Oxford war, wenn du willst, und daß ich gerade erst gehört habe, daß er in der Nachbarschaft wohnt. Sag ihm, seine Tochter ...«

»Bloß nich' – nein, tun Sie bloß nich' so was«, bat Sally Charles mit schwacher Stimme.

»Was hat sie gesagt?« fragte der Herzog.

»Hältst du es für richtig, deinen Grundsatz zu brechen, niemanden hier zu empfangen?« brüllte Charles. Zu Sally fügte er hinzu: »Sie hätten ihm das mit Woodles nicht erzählen sollen.«

»Aber er 'at mir doch *gefragt*«, sagte Sally gequält.

»Sie sind nicht verpflichtet, jedem alles zu erzählen«, erwiderte Charles.

»Aber wenn sie mir doch *fragen* . . .«, sagte Sally, den Tränen nahe.

Der Herzog wurde plötzlich böse. »Ich hasse dieses Genuschel«, schimpfte er. »Warum um alles in der Welt kannst du nicht lauter sprechen, Charles?«

Charles sprach lauter. »Heute abend können wir keine Botschaft schicken, Vater«, brüllte er. »Wenn du dir hier kein Personal hältst, kannst du auch keine Botschaften schicken.«

»Dann kannst du morgen persönlich hingehen«, sagte der Herzog.

»Bloß nich' – tun Sie bloß nich' so was«, flehte Sally erneut.

»Und bring ihn gleich mit«, sagte der Herzog.

»Ich glaube, Mrs. Luke möchte ihren Vater lieber nicht sehen«, brüllte Charles.

»Stimmt«, nickte Sally heftig. Es klang furchtbar – den eigenen Vater nicht sehen wollen. Wie schnell ich sündigen tu', dachte sie und ließ den Kopf hängen.

Der alte Herr schien das nicht so zu sehen, denn er lehnte sich zu ihr herüber, sah sehr zufrieden aus, tätschelte ihre Schulter mit der zittrigen Hand und sagte, sie habe ganz recht. Recht? Der arme, alte Herr, dachte Sally – konnte nicht einmal mehr gut und böse unterscheiden.

Der Herzog beugte sich erneut zu ihr hinüber, tätschelte ihre Schulter und lächelte breit. Solch ein Temperament – rannte ihrer Schwiegermutter davon und schlug aus, wenn sie ihren Vater treffen sollte –, gefiel ihm gut. Sie hatte ihren Stolz, diese liebreizende, edle kleine Dame, und sein ganzes Leben lang hatte er nur die Frauen bewundert, die ihren Stolz hatten.

»Du brauchst ihn nicht zu treffen, mein Kind«, sagte er. »Ganz recht, ganz recht, wenn du das nicht willst.« Und gerade als sie dankbar aufseufzen wollte, fügte er hinzu: »Aber *ich* werde ihn treffen. Ich muß wirklich ein Wörtchen mit ihm reden.«

Merkwürdig, dachte Charles, daß er unbedingt mit Sallys Vater reden wollte. Um wieviel besser, um wieviel nützlicher wäre es doch, mit ihrem Mann zu reden oder mit ihrer Schwiegermutter.

*

Sally aß nur widerstrebend zu Abend, denn sie wußte mittlerweile, daß man bei Lukes und Herzögen ganz anders mit Messer und Gabel umging, als sie es gewohnt war. Außerdem spürte sie die ganze Zeit den Blick des Herzogs auf sich ruhen. Sein Blick ruhte jedoch nur auf ihrem Gesicht, das nun, ohne den Hut, seine ganze Aufmerksamkeit in Anspruch nahm. Er registrierte überhaupt nicht, was sie mit den Händen machte. Nach dem Essen, also nach den kleinen Tassen mit klarer Brühe und den gegrillten Koteletts mit mehligen Kartoffeln, die in Crippenham während der schlichten Zeit der Zurückgezogenheit als Abendessen serviert wurden, ging Charles zum Rauchen in den Garten.

Es war ein kleiner Garten, in dem es nur ein Stück ungepflegtes Gras gab, ein paar Sträucher, einen oder zwei Bäume und in einer Ecke das verriegelte Vier-Zimmer-Häuschen, das sein Vater für Terry, Laura und ihn vor fünfundzwanzig Jahren hatte bauen lassen, damit sie dort Haushalt spielen konnten. Seit Jahren war es nicht mehr genutzt worden; ein Objekt schwermütiger Erinnerung, dachte Charles jedesmal, wenn er in den Garten ging und es dort sah, von Schlingpflanzen umwuchert. Ein Relikt seiner Jugend, eine Erinnerung daran, daß man alt wurde.

Unterhalb dieser schweigenden Mauern ging er auf und ab und dachte nach. Ab und zu, angelockt vom Licht des vorhanglosen Fensters in seines Vaters Arbeitszimmer, überquerte er das Gras und schaute einen Augenblick fasziniert auf das Bild, das sich ihm bot: die beiden Gestalten hell erleuchtet, der zusammengekrümmte alte Mann mit dem großen, im Licht glänzenden Schädel, und er redete und redete; das zarte Mädchen, den Kopf in göttlicher Liebenswürdigkeit und Geduld geneigt, und sie hörte zu, obwohl ihr kleines Engelsgesicht eindeutig von Kummer getrübt war. Sie hatte Angst vor ihrem Vater, so viel wußte Charles.

Das brauchte sie aber nicht. Wenn der alte Mann darauf bestand, Pinner zu sehen, dann würde er schon selbst hinausfahren müssen, denn Charles würde ihn bestimmt nicht holen. Charles schätzte Mr. Pinner überhaupt nicht – wie konnte man seine Tochter abweisen, noch dazu eine solche Tochter, wenn sie Zuflucht suchte! Auch wenn er Pinner nicht mochte, teilte er doch die Meinung seines Vaters, daß man mit dem Mann ein Wörtchen reden müsse, jedoch sagte ihm die Weisheit, daß man Mr. Pinner am besten gänzlich in Ruhe ließ. Die Lukes waren diejenigen, mit denen man sprechen mußte. Mit den Lukes mußte man sich beschäftigen. Die Lukes . . .

Ja, in welche Bahnen sollte er das Gespräch mit seinem Vater lenken, nachdem ihr bewundernswerter Gast zu Bett gegangen war? Tief in Gedanken versunken, spazierte er den Pfad unter den geschlossenen Fensterläden des verlassenen Häuschens auf und ab. Es war ihm klar, daß nur sein Vater Sally wirklich helfen konnte. Laura war zwar mit allem versorgt, was sie wollte, und das mehr als ausreichend, aber sie hatte kein eigenes Einkommen und konnte nur moralische Unterstützung geben. Er selbst konnte keinen Finger rühren, ohne damit sofort einen Skandal auszulösen. Sein Vater aber konnte es; und sein Vater, beschloß Charles, sollte es auch tun. Charles schaute wieder durch das Fenster und dachte, daß auch ein so hohes Alter noch Entschädigungen bot: Man konnte zum Beispiel Sally helfen. Sein Vater war geradezu abstoßend reich. Es wäre ein Klacks für ihn, ihr auf die Beine zu helfen. Sicher, es gab keinen erfindlichen Grund, warum er das tun sollte, aber manchmal – großer Gott, konnte ein Mann nicht ab und zu aus dem engen Kreis der Vernunft ausbrechen, sich außerhalb der rechtlichen Ansprüche begeben, die vorsichtig dosierte Mildtätigkeit vergessen, sich nicht wie ein Geschäftsmann benehmen, mit Traditionen brechen, Rechtsanwälte schockieren und einmal in seinem Leben etwas Verrücktes und Schönes tun, einfach so, ohne Grund?

Charles warf seine Zigarette weg und unternahm, mit den Händen in den Hosentaschen, ein paar schnelle Schritte durch den kleinen Garten, aufgeregt und aus seiner üblichen Ruhe gebracht. Selbst wenn der alte Herr nicht mehr für sie unternähme, als seine Erholungskur ein paar Stunden zu unterbrechen, mit ihr nach Cambridge zu fahren und sich dort mit ihr sehen zu lassen, damit man wußte, daß sie unter seinem Schutz stand – das würde schon genügen, um jedes Hindernis aus ihrem Weg zu räumen außer einem einzigen, nämlich der Armut des jungen Luke. Sein Vater kannte den Direktor von Ananias; sein Vater kannte jeden. Sie alle hörten auf ihn, wenn er etwas sagte. Der leisesten Andeutung eines Wunsches wurde entsprochen. Natürlich war es bedauerlich, daß man einen Mann deshalb beachtete, weil er reich und ein Herzog war, aber bei Gott, dachte Charles, wie verdammt gut es jetzt in den Kram paßt.

Er lief rasch in dem kleinen Garten hin und her. Er mußte seinem Vater die Situation erklären. Zur Not würde er die ganze Nacht aufbleiben, bis er es verstanden hatte. Er würde ihm alles erzählen, was Sally ihm erzählt hatte, und alles hinzufügen, was seiner Meinung nach etwas bewirken könnte, und nur Mr. Pinner aus dem Spiel lassen und die Tatsache, daß die Stärken dieses bezaubernden, reizenden Mädchens weder in der Konversation noch in der Korrespondenz lagen. Sein Vater mußte die Lukes an die Hand nehmen; er mußte selbst den Wunsch dazu entwickeln. Takt, Geschick und Urteilsvermögen – die wären unerläßlich, und Charles würde die ganze Nacht aufbleiben und sich darauf vorbereiten. Man mußte Mrs. Luke in ihre Schranken verweisen. Und dieser unangenehme junge Mann, der es wagte, so aufzubrausen, mußte endlich begreifen, wieviel Glück er mit dieser Frau hatte. Diese Lukes . . .

Plötzlich stand Charles ganz still.

Diese Lukes . . .

Merkwürdig, aber die Worte hatten in seinen Ohren wie ein Schmerzensschrei geklungen.

Er befand sich am unteren Ende des Gartens, dort, wo er in einem Graben endete; auf der anderen Seite erstreckten sich flache, unbebaute Felder, die durch Hecken und Ulmenreihen voneinander getrennt waren, schwärzer als die Nacht. Die Luft roch nach feuchtem Gras. Der Himmel war wunderschön und voller

Sterne. Friede lag über den Feldern; sie schienen in Schweigen gebettet. Das einzige, was er hörte, war der Ruf eines Frosches in der Ferne. Warum also war ihm, als hätte . . .

Charles stand bewegungslos.

Diese Lukes . . . wie sehr mußten sie seit gestern gelitten haben!

Wie ungewöhnlich, daß er daran nicht eher gedacht hatte.

14

Wenn Mrs. Luke später von dieser Zeit sprach, pflegte sie sie eine *mauvais quart d'heure** zu nennen und zu lächeln. Aber in ihrem Herzen lächelte sie niemals, wenn sie daran dachte.

Sie vergaß nicht, wie sie am Morgen von Sallys Flucht zum Frühstück heruntergekommen war, noch ahnungslos, daß irgend etwas geschehen war, zufrieden, weil es ein so schöner Tag für ihre Party war, und zufrieden mit dem schönen Kleid, das sie bei Harrods bestellt hatte, damit die Kleine es auf der Party tragen sollte. Die Aussicht, sie einem geblendeten South Winch zu präsentieren, erregte sie, und mit der erstaunlich unbekümmerten Zuversicht eines Menschen, dem ein Schicksalsschlag bevorsteht, war sie irgendwie überzeugt gewesen, daß ihre wunderschöne Schwiegertochter sich einwandfrei benehmen und die ganze Sache ein großer Erfolg werden würde. Das Schicksal hatte jedoch schon ausgeholt, und das Verschwinden ihrer Schwiegertochter war nicht der einzige Schlag, der sie treffen sollte, sondern nur der Auftakt zu einem weiteren: Sie würde ihren Sohn aufgeben, ihm ein für allemal entsagen müssen.

Auch Jocelyn kam gutgelaunt zum Frühstück herunter. Nach einigen Nächten voller Störungen hatte er geschlafen wie ein Stein.

»Sally ist spät dran«, sagte er schließlich.

»Ja, das ist sie wirklich«, sagte seine Mutter. »Du wirst sie heute

* mauvais quart d'heure: (hier) bange Minuten (Anm. d. Ü.)

nachmittag doch hoffentlich nicht Sally nennen, mein Lieber?« fügte sie hinzu und reichte ihm seinen Kaffee.

»Tut mir leid, Mutter. Nein. Ich werde daran denken.«

Kurz darauf bemerkten sie Sallys Verschwinden.

Eine oder zwei Stunden später wurde ihnen klar, daß Sally nicht einfach unerklärlicherweise zu einem Morgenspaziergang unterwegs, sondern ganz verschwunden war. Womit, fragte sich Mrs. Luke und preßte ihre kalten Handflächen gegeneinander, womit habe ich das verdient?

Eine Zeit der Qual begann, eine Zeit des Kummers und der Sorge; der anfängliche Ärger verflog rasch und ging in diese ständig wachsende, gräßliche Angst über, die Mrs. Luke im nachhinein eben als *mauvais quart d'heure* bezeichnete.

Es dauerte eine Weile, bevor sie und Jocelyn davon überzeugt waren, daß es sich nicht nur um einen Morgenspaziergang handelte. Sie klammerten sich an diese Hoffnung, obwohl sie Sallys mangelnden Unternehmungsgeist kannten. Aber wieviel Unternehmungsgeist würde erst dazu gehören, dachten sie und schauten sich mit ängstlichen Augen an, das zu tun, was sie ganz offensichtlich getan hatte?

»Aber warum? Warum nur?« fragte Mrs. Luke immer wieder und preßte die kalten Handflächen aneinander.

Jocelyn sagte nichts.

Um elf, als klar wurde, daß sie nicht zurückkehren würde, ging er hinaus und holte seinen Wagen.

»Sie ist zu ihrem Vater gegangen«, sagte er.

»Aber warum? O Jocelyn – warum?«

»Wir haben sie unglücklich gemacht«, sagte er mit entschlossenem Gesicht und zog seine Handschuhe an.

»Unglücklich?«

»*Ich* auf jeden Fall. Ich habe mich benommen wie ein Schwein – doch, das habe ich«, sagte er und drehte sich zu seiner Mutter um. »Und es nützt gar nichts, wenn du mir sagst, es wäre nicht wahr – es *ist* wahr.«

Er fuhr davon und ließ sie am Tor zurück, wo sie wieder ihre kalten Handflächen aneinanderpreßte und ihm mit aufgerissenen Augen hinterherstarrte.

Seine Rückkehr war jedoch noch schlimmer als seine Abfahrt. Es war schon nach sechs, als er nach Hause kam, müde und durstig, gerade rechtzeitig zum schäbigen Ende der furchtbaren Party.

Mrs. Luke hatte keine Möglichkeit gesehen, die Party abzusagen. Als ihre Gäste pünktlich um halb fünf eintrafen – oh, wie widerwillig sie sie empfing –, begierig, Jocelyns Braut kennenzulernen, erzählte sie ihnen, ihre Schwiegertochter habe leider an diesem Morgen zu ihrem Vater fahren müssen, der plötzlich krank geworden sei

Nach langem, quälendem Grübeln war sie zu dem Entschluß gekommen, daß sie nicht behaupten sollte, Sally sei krank. Früher oder später würde Hammond sie sonst verraten. »Ein alter Mann«, sagte die arme Mrs. Luke deshalb. »Und sehr anfällig für – anfällig für . . .«

Wofür war er denn nun anfällig? Mrs. Lukes Gehirn wollte nicht richtig arbeiten. Ihre Lippen, die zu einem ausdauernden Gastgeberinnenlächeln gezwungen wurden, zitterten. Sie wollte weinen. Wie sehr wünschte sie sich jetzt, alleine in einer Ecke sitzen und weinen zu können.

Dann kam Jocelyn zurück. Die Walkers waren immer noch da, auch Miss Cartwright und die alte Mrs. Pugh. Warum gingen sie denn nicht? Warum blieben sie und blieben und gingen einfach nicht nach Hause?

Sie alle hörten den Wagen. Sie alle wußten, daß er es war, denn sein Wagen machte viel mehr Lärm als jeder andere, und außerdem hatte Mrs. Luke ihnen erzählt, daß er selbst seine Frau an diesem Morgen zu ihrem kranken Vater gefahren hatte.

»Ah, jetzt bekommen wir Neuigkeiten«, sagte der Kanonikus fröhlich. Er glaubte nicht, daß die wahrscheinlich leichte Erkrankung des nahezu unbekannten Vaters einer unbekannten jungen Dame Anlaß für ernsthafte Besorgnis bot. »Bestimmt sind es gute Nachrichten, und Jocelyn hat seine Frau wieder mitbringen können.«

»Ich gehe nachsehen«, sagte Mrs. Luke, stand rasch auf und rannte beinahe aus dem Zimmer.

»Was gibt es doch für Elend auf der Welt«, sagte die alte Mrs. Pugh kopfschüttelnd. »Was für ein Elend.«

»Meinen Sie den Vater?« fragte Mrs. Walker.

»Wer *ist* der Vater?« fragte Mrs. Cartwright.

»Das weiß man nicht«, erwiderte der Kanonikus.

»Wirklich nicht?« fragte Mrs. Cartwright.

»Pst«, sagte der Kanonikus und hob eine Hand.

Draußen vor dem offenen Fenster hörten sie Jocelyns Stimme. Mit angehaltenem Atem hörten sie, wie er seine Mutter fragte: »Und? Wann ist sie zurückgekommen?«

*

Er war bei Mr. Pinner gewesen. Er hatte sich angehört, was Mr. Pinner zu sagen hatte. Der Mann hatte sich korrekt verhalten, hatte seine Pflicht getan und Sally umgehend nach Hause geschickt. Aber dort war sie nicht angekommen.

Furcht lastete auf Jocelyns Seele und auf der seiner Mutter – eine Furcht, die zehnmal größer war als am Morgen, eine solche Furcht, daß sie kaum von den Walkers, Mrs. Cartwright und der alten Mrs. Pugh Notiz nahmen. Geistesabwesend verabschiedeten Jocelyn und seine Mutter sich von ihnen; sie hatten beide keine Ahnung, was ihre Gäste gesagt hatten. Die Abenddämmerung verging, und die Nacht kam. Es wurde später und später. Sie saßen am Fenster, lauschten und hielten Ausschau und hatten das Fenster dabei weit offen, damit ihnen auch nicht der leiseste Schritt auf dem Weg entging. Sie saßen in fast völliger Stille, denn sie fürchteten sich zu sehr, um zu sprechen.

Dieses Kind – irgendwo da draußen in der Dunkelheit – dieses wunderschöne, einfältige Kind, allein in London – Sally, die nur irgendwo autauchen mußte, um die Massen anzulocken – Sally, so vertrauensvoll, so willig, jedem zu gehorchen . . .

Aber was tat man nur in so einem Fall? Wohin sollte man gehen? Was konnte man tun, außer schweigend im Dunkeln zu warten und so intensiv zu lauschen, daß man dabei fast das Atmen vergaß?

Durch Jocelyns Kopf drifteten Bruchstücke von dem, was Mr. Pinner ihm erzählt hatte.

»'ab ihr gesagt, sie soll mit'm Taxi fahren . . .«

»Ein ganzes Pfund 'ab ich ihr gegeben . . .«

»War falsch, den Wagen wieder wegzulassen, grundfalsch . . .«

Den Wagen? Welcher Wagen?

»Mutter«, sagte er plötzlich. »Welchen Wagen?«

»Welchen Wagen denn, mein Liebling?«

»Sie ist in einem Wagen dort angekommen. Ihr Vater hat das gesagt. Ich habe vergessen, es dir zu erzählen.«

»In einem Wagen?«

Mrs. Luke stand rasch auf. Er auch. Sie schaltete das Licht ein, und es schien auf ihre blassen Gesichter, die einander anstarrten. Er hatte den Wagen bis eben völlig vergessen.

Ohne ein weiteres Wort ging sie in den Flur hinaus, schnappte einen Mantel, warf ihn sich um, verließ das Haus, bevor er etwas sagen konnte. »Warte hier«, rief sie über die Schulter zurück. »Warte hier – vielleicht kommt sie . . .«

Ein Wagen. Wessen Wagen, wenn nicht Edgars? Hatte Edgar . . .? War Edgar etwa . . .?

Nein, nein. Unmöglich. Sie war allein bei ihrem Vater angekommen, und der Wagen hatte sie dort nur abgesetzt.

Aber Edgar mußte wissen – er könnte ihr sagen . . .

*

Der Butler hatte sie nicht einlassen wollen, als er auf ihr Läuten öffnete und sie mit wildem Blick, ohne Hut und mit dem Mantel über der Schulter vor der Tür stehen sah; er wußte, daß ihr Verhältnis mit seinem Herrn beendet war. Aber was kümmerte sie schon ein Butler? Sie stürmte einfach an ihm vorbei und ging direkt in die Bibliothek – diese schöne Bibliothek mit den türkischen Teppichen und dem vielen Leder, die sie so gut in Erinnerung hatte. Und dort saß, genau wie sie erwartet hatte, Mr. Thorpe.

Er saß in einem Sessel vor dem großen Holzfeuer, und neben ihm, auf einem kleinen Moorish-Tisch, standen sein Kaffee und sein Brandy. Er hielt die Abendzeitung in den Händen und hatte eine große Zigarre im Mund. Er sah kein bißchen umglücklich aus, und er sah auch nicht aus, als sei er noch verärgert. Im Gegenteil, er wirkte glücklich und zufrieden. Aber dieser Ausdruck änderte sich, als er beim Geräusch der Tür den Kopf umwandte und Mrs. Luke erkannte.

»Edgar«, sagte sie und kam rasch auf ihn zu; mit zitternden Fingern hielt sie Jocelyns Mantel oben am Hals zusammen. »Wo ist Salvatia?«

Es hatte keinen Zweck, sie anzustarren, als sei sie ein Geist, obwohl er zuerst dachte, es müsse sich um einen solchen handeln. Diese bleiche Frau mit den zerzausten Haaren sah nicht wie seine gutgekleidete, damenhafte Margery aus, das Objekt seiner unangebrachten Liebe. Es hatte keinen Zweck, sie mit offenem Mund anzustarren, ihr nicht zu antworten und dann mit Bedacht aufzustehen und demonstrativ zur Klingel hinüberzugehen, denn sie registrierte das alles nicht. Sie redete einfach weiter; Salvatia sei nicht bei ihrem Vater, der sie am Morgen sofort nach South Winch zurückgeschickt habe, und sie sei auch nicht nach Hause gekommen. Ob er wisse, wo sie sei.

Nun war es an Mr. Thorpe, sich zu ängstigen. Nicht bei ihrem Vater? Nicht nach Hause gekommen?

Er sah Mrs. Luke an. Was hatte er getan? Was, wenn das alles stimmte, hatte er nur getan? Anstelle der angenehmen Vorstellung, Margery und ihrem eingebildeten Sohn eins auszuwischen, und der noch viel angenehmeren Vorstellung, Sally heimlich und bequem bei ihrem Vater besuchen und sich mit ihr bis zu beinahe jedem beliebigen Grad anzufreunden, sah er nun etwas anderes. Während er noch Mrs. Luke anstarrte, hatte er ein Bild vor Augen, das ihn wirklich ängstigte: das Bild der jungen Schönheit, die ziemlich schutzlos durch London irrte.

Was hatte er nur getan?

Aber Mr. Thorpe war ein Mann der Tat. Es war nicht seine Art, die Hände zu ringen und zu hoffen oder etwa Zeit zu verlieren, indem er gestand, sich abscheulich benommen zu haben, und Margery um Verzeihung bat. Zwar tat er beides, aber in kurzen, sparsamen Worten, und innerhalb von fünf Minuten war er in Almond Tree Cottage, innerhalb von zehn Minuten war sein Wagen dort, und innerhalb einer Stunde war er mit Jocelyn bei Scotland Yard – mit Jocelyn, der nicht einmal Zeit gehabt hatte, auf Mr. Thorpe wütend zu sein; Jocelyn, der an nichts anderes dachte, als Sally zu finden und zu retten.

Auch Mr. Thorpe sagte nicht viel zu Jocelyn. Auf dem Weg nach London blickte er auf seiner Seite des Wagens durch die Fenster. Seine längste Bemerkung bestand in seinem Bedauern über die Tatsache, daß man es sich nicht abgewöhnen könne, erst zu handeln und dann zu denken. Mehr konnte er an Entschuldigung nicht hervorbringen. Er hatte Jocelyn großes Unrecht angetan, das wußte er, aber er brachte es nicht fertig, es ihm einzugestehen. Bei der Mutter war es etwas anderes; irgendwie war es einfacher, einer Frau Abbitte zu leisten. Reue wallte in Mr. Thorpe auf, aber sie blieb ihm im Halse stecken. Sie kam ihm nicht über die Lippen.

»Äußerst bedauerlich, was?« wiederholte er wie jemand, der keine Antwort erwartete.

»Es ist so furchtbar *dunkel*«, sagte Jocelyn nur. Bleich und elend hatte er sich in der anderen Ecke zusammengekauert.

*

Scotland Yard nahm die Personalien auf.

»Die Kosten spielen keine Rolle«, sagte Mr. Thorpe.

»Ich habe kein Geld«, warf Jocelyn ein.

»Aber ich«, erwiderte Mr. Thorpe. An den Beamten gewandt, fuhr er fort: »Sie müssen sich unbedingt sofort auf die Suche machen – *sofort*, verstehen Sie? Machen Sie mal voran. Es ist keine Zeit zu verlieren. Wenn Sie sie gesehen hätten, wüßten Sie, was ich meine – was?« Er drehte sich zur Bekräftigung zu Jocelyn um, der nur fröstelte.

Dieses riesige Gebäude hier, die vielen Polizisten, die sie getroffen hatten, das ständige Weiterreichen von einem Beamten zum nächsten, überall nichts als Polizeibeamte, nur Polizeibeamte. Ihm wurde bang ums Herz. Was hatte das alles mit Sally zu tun? Er brachte kein Wort heraus. Sein Mund war wie ausgetrocknet. Ihm war übel.

»Aufgeregt«, sagte Mr. Thorpe vertraulich zu dem Beamten. »Der Ehemann. Ist ja klar.«

Der Beamte nickte und fing an zu telefonieren.

»Ich halte Sie auf dem laufenden«, sagte er mit dem Hörer am Ohr zu Mr. Thorpe. »Sie brauchen hier nicht zu warten. Wo kann ich – sind Sie das, Williams? Einen Augenblick – wo kann ich Sie telefonisch erreichen?«

Er notierte den Namen des Hotels, den Mr. Thorpe ihm nannte, denn Mr. Thorpe war entschlossen, London nicht ohne Sally zu verlassen, und wenn er zehn Jahre bleiben mußte. Mit geistesabwesendem Blick neigte der Beamte den Kopf zum Zeichen, daß das Gespräch beendet war; er sprach dabei schon in raschem Tempo mit der Person am anderen Ende der Leitung.

»Kommen Sie«, sagte Mr. Thorpe und legte die Hand auf Jocelyns Arm.

Er brachte ihn ins Hotel, ins Carlton. »Da kennen sie mich«, sagte Mr. Thorpe, der sich im ersten Jahr seines Witwerdaseins, bevor er es für angemessen hielt, um Mrs. Luke zu werben, des öfteren von der guten Küche des Carlton hatte verwöhnen lassen. Und so fand sich auch Mrs. Luke im Carlton wieder, denn Jocelyn, der genau wie Mr. Thorpe unbedingt in der Nähe von Scotland Yard bleiben wollte, machte sich Sorgen um seine Mutter, die sie allein in Almond Tree Cottage zurückgelassen hatten. Mr. Thorpe schickte ihr seinen Wagen und ließ auch gleich das nötige Gepäck holen. Er konnte sich einfach nicht vorstellen, am nächsten Morgen im Carlton mit der Smokingjacke zu erscheinen, die er in Abergeldie jeden Abend wegen des Butlers anzog.

*

Mrs. Luke kam um ein Uhr morgens an. Bis dahin hatte Mr. Thorpe eine Suite mit drei Schlafzimmern und einem Wohnzimmer gemietet.

»Ich habe kein Geld«, sagte der unglückliche Jocelyn, als er das bemerkte.

»Aber ich«, erwiderte Mr. Thorpe.

»Ich weiß nicht, warum . . .«, fing Jocelyn an, der vor der wachsenden Last der Verpflichtungen zurückschreckte.

»Aber *ich*«, schnitt Mr. Thorpe ihm das Wort ab.

Mrs. Luke sollte niemals das rosafarbene Wohnzimmer im Carlton vergessen, denn hier riß sich Jocelyn, der wie wahnsinnig auf und ab lief, für immer von ihr los. Was hatte sie auch anderes getan, als ihm zu helfen versucht? Was hatte sie sein ganzes Leben lang getan, als ihn geliebt und ihm zu helfen versucht?

»Das hatten wir schon zur Genüge – das hatten wir wirklich schon zur Genüge«, tobte Jocelyn, als sie den schwachen Versuch unternahm, sich zu verteidigen.

Sie gab bald auf. Sie sagte bald überhaupt nichts mehr, weinte leise, und Tränen fielen unbeachtet auf ihre gefalteten Hände.

Zuvor jedoch, während der Wagen nach South Winch unterwegs war, um sie abzuholen, besann sich Mr. Thorpe klar und unausweichlich auf seine Pflicht. Er lud Jocelyn ins Wohnzimmer ein und bestellte für beide Whiskey und Soda. Den Whiskey trank er allein, während Jocelyn in einem niedrigen Sessel ausgestreckt lag, den Kopf auf der Brust, und ins Nichts starrte. Erst dann fühlte sich Mr. Thorpe in der Lage, seine Pflicht zu tun.

Das tat er dann auch. Mit einigen kurzen Sätzen beschrieb er, in welcher Verfassung er Sally zufällig am Zaun gefunden hatte und daß die Vorstellung, den ganzen Sommer mit seiner Mutter verbringen zu müssen, für Sally unerträglich gewesen sei, weil sie eben seine Mutter nicht ertragen konnte. Sie fürchtete sich vor ihr. Hatte eine Todesangst. Konnte sie einfach nicht ertragen.

An dieser Stelle erwachte Jocelyn aus seiner Betäubung und sah Mr. Thorpe unter schweren Lidern erstaunt an.

»Sie konnte meine Mutter nicht ertragen?« sagte er in erstauntem Ton. Sein Mund blieb offen, so verblüfft war er.

»Genau«, erwiderte Mr. Thorpe und trank mehr Whiskey.

Dann sagte er Jocelyn, er sei kein großer Redner, und erklärte ihm mit einigen weiteren kurzen Sätzen, daß es unnatürlich war, wenn eine Ehefrau bei ihrer Schwiegermutter lebte statt bei ihrem Mann, daß seine Frau das gespürt und gewußt habe, daß sie darüber hinaus ausschließlich mit der Bibel erzogen worden sei und vom übrigen Leben nichts wisse und daß sie zutiefst schockiert von dem gewesen sei, was sie als seine Mißachtung der göttlichen Gebote wertete.

»Aber meine Mutter hat es doch nur . . .«, sagte Jocelyn.

»Das Mädchen sieht rot, wenn es um Ihre Mutter geht, ja, das tut sie«, unterbrach Mr. Thorpe.

»Aber *warum*?« Jocelyn saß jetzt aufrecht; seine Augenbrauen zogen sich in schmerzhaftem Erstaunen zusammen.

»Fragen Sie doch nicht *mich*«, sagte Mr. Thorpe und trank mehr Whiskey.

Dann sagte er Jocelyn in einer dritten und letzten Ansammlung kurzer Sätze – er hatte dann alles gesagt, was zu sagen war, und mehr konnte der junge Mann ohnehin nicht ertragen –, daß, falls – nein, *wenn* seine Frau wieder da wäre, er dafür sorgen müsse, daß seine Mutter so weit und so dauerhaft wie möglich entfernt sei. Jocelyn sah zu diesem Zeitpunkt aus wie ein Häufchen Elend, so daß Mr. Thorpe den armen Teufel ein bißchen tröstete und ihm auch verriet, daß seine Frau nur so lange habe verschwinden wollen, bis er in Cambridge sei. Dort habe sie ihn treffen und in ein paar Zimmern in seiner Nähe wohnen wollen. Sie sei nicht vor ihm davongelaufen, sondern vor seiner Mutter.

»Alles, was das Mädchen wollte«, sagte Mr. Thorpe und ließ seine whiskeyschwere Faust auf den Tisch donnern, »war eine kleine Wohnung, in der Sie sich auch mal aufhalten. Ein richtiges Prachtmädchen. Und wenn sie so häßlich wäre wie die Nacht, wäre sie immer noch ein Gewinn für jeden Mann. Aber sehen Sie sie doch an – *sehen* Sie doch hin, sag' ich Ihnen!«

»Ach, gehen Sie doch zum Teufel!« schrie Jocelyn und sprang auf. Mehr konnte er nicht ertragen. »Gehen Sie doch zum Teufel, Sie – wie können Sie es wagen, wie können Sie es nur wagen, da *Sie* doch . . .«

Er kam mit erhobenen Armen auf Mr. Thorpe zu, als wolle er ihn schlagen; aber dann fielen die Arme plötzlich herab. Er wandte sich um, lehnte sich an den Kaminsims, und mit dem Kopf auf den Händen begann er zu schluchzen.

*

Charles Moulsford hatte also recht; die Lukes litten. Auch Mr. Thorpe litt, denn es war alles seine Schuld. Es erstaunte ihn, wie leicht und rasch er sich von einem offensichtlich wirklich anständigen Mann in einen genauso offensichtlichen Übeltäter verwandelt hatte. Daß er etwas Schlechtes getan hatte, vielleicht sogar etwas, was nicht mehr gutzumachen war, war klar. Und doch hatte alles so harmlos angefangen. Er hatte dem Mädchen nur helfen wollen, zu ihrem Vater zu kommen. Eine solche Tat rechtfertigte nicht diese ungeheure Strafe. Mr. Thorpe hatte das Gefühl, das Schicksal behandele ihn ungerecht. Wenn all die plötzlichen Eingebungen und Unbesonnenheiten in seinem Leben so bestraft worden wären, wo wäre er dann heute?

Aber das stand ja nun nicht zur Debatte. Diese furchtbare Sache war passiert, und es war sein Fehler. Ohne ihn hätte sie nicht ausreißen können. Die Verantwortung bedrückte ihn so, daß er, als Jocelyn mit erhobenen Armen auf ihn zukam, beinahe hoffte, er werde ihn tatsächlich schlagen. Als der arme Teufel dann statt dessen weinend zusammenbrach, war Mr. Thorpe sehr unglücklich. Vielleicht war es nicht besonders taktvoll gewesen, was er ihm da gesagt hatte. Vielleicht war er ungeschickt gewesen. Mit dem Whiskey war das so eine Sache. Er hatte doch bloß . . .

Dann erschien Margery auf der Bildfläche, mit bleichem Gesicht und großen, verängstigten Augen. Sie sah ihren Sohn weinend am Kaminsims, und – jedenfalls fand Mr. Thorpe, daß er die Sache mit dem Heimzahlen doch ein bißchen übertrieben hatte. Er mußte zu seinem Entsetzen feststellen, daß er in seinen eigenen Augen kein anständiger Mann mehr war.

Er ging in sein Schlafzimmer und ließ die beiden allein. Er hörte nicht, was sie zueinander sagten, aber er konnte hören, daß Jocelyn sehr viel redete. Der arme Teufel konnte gar nicht mehr aufhören; er redete und redete.

Mr. Thorpe setzte sich hin und fing an, Pläne zu machen. Unaufhörlich hatte er dabei diese Stimme im Ohr. Er hatte das Mädchen verloren, er würde sie auch wiederfinden. Wenn Scotland Yard sie zuerst fände, um so besser, aber er würde nicht so lange stillsitzen und warten. Am nächsten Morgen würde er auf eigene Faust losziehen. Zuerst würde er Margery nach Hause bringen, die hier nichts ausrichten konnte, wie er unschwer an den Geräuschen hörte, die durch die Tür drangen. Dann würde er Jocelyn schnappen, der mit seiner Raserei hier auch nichts ausrichtete, und ihn nach Cambridge schicken. Es bestand immerhin die Möglichkeit, daß das Mädchen doch noch in der Lage war, ihre Pläne in die Tat umzusetzen, und ihn dort treffen wollte. Er selbst würde auf dem schnellsten Weg zu ihrem Vater fahren.

Pinner war der Mann, bei dem man anfangen mußte. Pinner und Woodles. Sie hatte gesagt, sein Name sei Pinner und er lebe in Woodles. Woodles? Komischer Name, dachte Mr. Thorpe und versuchte, sich damit ein bißchen aufzuheitern. Was er da durch die Tür hörte, war alles andere als heiter. Der arme Teufel raste wie ein Irrer, und das Objekt seiner Raserei war seine Mutter. Mr. Thorpe fürchtete, es sei ungeheuer taktlos von ihm gewesen, dem jungen Mann zu sagen, daß Sally seine Mutter nicht ertragen konnte. Er fühlte sich bei dem Gedanken sehr unwohl, noch dazu, da er diese Geräusche hörte. Und in der Zwischenzeit wurde es später und später – und wo war nur dieses Mädchen?

Es gab so viele mögliche Antworten auf diese Frage, und sie waren alle so unangenehm, daß Mr. Thorpe nicht ruhig in seinem Sessel sitzen bleiben konnte. Drei Uhr. Vierzehn Stunden, seit sie zum letztenmal gesehen worden war . . .

Er stand auf und wanderte herum. Nebenan, so konnte er hören, tat Jocelyn das gleiche. Nein – zum Kuckuck, dachte Mr. Thorpe, nachdem er der unermüdlichen Stimme eine Weile zugehört hatte, so durfte er mit seiner Mutter nicht weiter umspringen. Das ging nun schon seit ein paar Stunden so. Schön und gut, Jocelyn war untröstlich; schön und gut, er war nicht recht bei Sinnen, aber so durfte er einfach nicht . . .

*

Mr. Thorpe öffnete die Wohnzimmertür und ging hinein. Da rannte Jocelyn im Zimmer herum – hin und her, auf und ab; man konnte schon vom Zusehen ganz nervös werden. Worte strömten unaufhörlich aus ihm heraus, und sein Gesicht zuckte; und dort saß seine Mutter, die ihn nur wortlos anstarrte. Tränen strömten über ihre Wangen.

Nein – verdammt nochmal –, es gab für alles Grenzen . . .

»Sie halten jetzt mal den Mund, was?« sagte Mr. Thorpe bestimmt zu dem wahnsinnigen jungen Mann. »Ich wette, Sie haben längst alles gesagt, was zu sagen war. Macht es auch nicht besser, was Sie da tun.«

»Ich sage nur meiner Mutter – ich mache es ihr ein für allemal klar«, tobte Jocelyn, der vollständig die Kontrolle über sich verloren hatte. »Wenn ich Sally wiederfinden sollte, dann wird meine Mutter sich nicht mehr zwischen uns drängen, nicht, solange *ich* lebe. Und sie wird *niemals* ihren Fuß . . .«

»Ach, seien Sie doch still. Das wissen wir doch alles schon, nicht wahr, Margery? Wer drängt sich denn zwischen Sie, Sie junger Narr? Na, kommen Sie, weinen Sie doch nicht«, sagte Mr. Thorpe, ging zu Mrs. Luke hinüber und legte den Arm um sie. Es kam ihm ganz natürlich vor. Um ein Haar hätte er sie geküßt. Gewohnheit. Man kann Gewohnheiten nicht ablegen.

Aber Mrs. Luke schien nicht einmal zu bemerken, daß er da war. Ihre Augen, aus denen immer noch ununterbrochen und unbemerkt die Tränen liefen, waren auf Jocelyn fixiert.

»Er ist so müde – so müde«, flüsterte sie immer wieder. »O mein Liebling – du bist so *müde.*«

*

Am nächsten Tag war nun Mr. Pinner an der Reihe, sich zu ängstigen. Und das tat er ausgiebig. Er hatte einen ganz furchtbaren Tag. Es fing um die Mittagszeit an, als derselbe Wagen vor seinem Laden vorfuhr, der Sally gebracht hatte, und ein stämmiger älterer Herr mit rotem Gesicht und borstigem Schnurrbart ausstieg, den Laden betrat und eine halbe Stunde mit Mr. Pinner verbrachte.

Und was für eine halbe Stunde; aber sie paßte ganz genau zu dem Leben, dem er jetzt plötzlich ausgeliefert zu sein schien. Am Tag zuvor war erst Sally dagewesen, und dann Mr. Luke, und jetzt war dieser Herr da. Mr. Luke war rasch beschwichtigt gewesen und hatte nur wieder nach Hause gewollt; dieser stämmige Herr dagegen kam herein und richtig zur Sache. Nach dieser halben Stunde kam Mr. Pinner sich vor, als sei sein Innerstes nach außen gekehrt worden und als könne er nie wieder in den Spiegel schauen.

Denn Sally war nicht zu Hause angekommen, und das war alles seine Schuld. Das waren die Tatsachen; der Herr hatte ihm das so berichtet. Furchtbar, furchtbar, dachte Mr. Pinner und versank tiefer als je zuvor in seinen Hosen. Die erste Tatsache war schon schlimm genug, aber die zweite war für Mr. Pinner noch viel schlimmer. Verantwortung, schon wieder – während er doch geglaubt hatte, er wäre das ein für allemal los, wenn er Sally ordentlich verheiraten würde!

Zuerst hatte er versucht, sich dagegenzustemmen und den Kopf hochzuhalten; höflich – gute Manieren waren immer wichtig – hatte er gesagt: »Verzei'en Sie, Sir, sind Sie vielleicht der 'err, den meine Tochter mit Schwiegervater gemeint 'at?«

Und als der Herr nach einer Minute erwiderte, das sei er, erklärte Mr. Pinner ihm, daß er in diesem Fall die Verantwortung für ihr Verschwinden trage, weil er es war, der ihr den Wagen geliehen hatte, mit dem sie ihren Mann verlassen hatte.

War es denn nicht so? Jeder hätte das angenommen, aber bevor Mr. Pinner auch nur blinzeln konnte, wurde der Spieß umgedreht, und der Herr teilte ihm mit, daß es einzig und allein seine Schuld sei, weil er sie nicht selbst bis zur Haustür gebracht habe, wie es seine Pflicht und Schuldigkeit gewesen wäre.

Mr. Pinner fühlte sich von Natur aus schuldig, wenn man es ihm nur laut genug sagte, und erkannte sofort, daß der Herr recht hatte. Furchtbar. Schrecklich. Man stelle sich das vor. Ja, wirklich – eine solche Tochter. Ja, wirklich – *jede* Tochter, aber eine solche, einmalige. Nein, wirklich nicht – er wußte auch nicht, warum er das getan hatte.

Und je länger Mr. Thorpe ihn über die Details auf dem Bahnhof ins Kreuzverhör nahm, desto verantwortungsloser wirkte Mr. Pinners Verhalten. Denn bei Mr. Thorpes bohrenden Fragen war sich Mr. Pinner beinahe sicher, daß die Dame im Abteil gar keine Dame gewesen war, sondern etwas ganz anderes, etwas Furchtbares und Sündiges, und daß sie Sally mit an einen Ort genommen hatte, von dem man nicht spricht. Er erinnerte sich an ihre schwarzen Augen, an rollende Augen . . .

»Rollend, was?« sagte Mr. Thorpe, der schon nach Mr. Pinners Worten schnappte, sobald sie sich zitternd auf seinen Lippen andeuteten.

Ja – rollend. Und dreist hatte sie auch ausgesehen, dreist, und geantwortet hatte sie, wie aus der Pistole geschossen. Gar nicht wie Mr. Pinner sich eine sittsame Frau vorstellte. Ja, und das Abteil hatte nach Parfüm gerochen, jetzt fiel es ihm wieder ein – und ja, er wagte zu behaupten nach billigem Parfüm. Und gepudert war sie, im Gesicht – das war ihm noch aufgefallen, nachdem der Zug weg war.

Durch die Art des Verhörs übertrugen sich Mr. Thorpes Befürchtungen auf Mr. Pinner. Am Ende dieser halben Stunde war er genau wie Mr. Thorpe davon überzeugt, daß Sally in die Hände von jemandem gefallen sei, für den Mr. Thorpe einen Ausdruck benutzte, mit dem Mr. Pinner sich für keinen Preis der Welt die Lippen besudelt hätte. Dann verfluchte Mr. Thorpe ihn und fragte, was für ein Vater er eigentlich sei. Mr. Pinner wünschte sich zu diesem Zeitpunkt bereits sehnlichst, überhaupt kein Vater zu sein, und flehte Mr. Thorpe zitternd an, Gott nicht zu lästern. Mr. Thorpe ging.

»Was mach' ich denn jetz' wohl am besten?« fragte Mr. Pinner. Er folgte ihm hinaus zur Treppe; er war so bedrückt, daß er sich trotz dessen entsetzlicher Formulierungen an Mr. Thorpe klammerte.

»Sie? Was können *Sie* schon tun? Sie hätten Ihre verdammte ...«

»Sir, Sir ...«

Er stieg in den Wagen, und Mr. Pinner hörte ihn zu dem Chauffeur sagen, er solle wie der Teufel nach London zum Bahnhof Liverpool Street fahren. Blitzartig schien die Straße wie leergefegt, und Mr. Pinner war allein.

*

An diesem Nachmittag fuhr auch Mr. Pinner zum Bahnhof Liverpool Street – ein besorgter kleiner Mann mit ängstlichen blauen Augen und in Sonntagskleidung. Er konnte nicht einfach in seinem Laden bleiben und darauf warten, ob er etwas Neues hören würde oder nicht. Er mußte etwas tun. Er mußte Fragen stellen. Niemand würde ihm sagen, ob Sally wieder da war oder nicht, wenn er sich nicht selbst darum kümmerte. Sie würde ihm eines Tages vielleicht eine Zeile schreiben, aber so sehr hatte sie es auch wieder nicht mit dem Schreiben, und außerdem war er streng zu ihr gewesen.

»Ich glaub', du 'ast mich nich' lieb«, hatte sie bitterlich geschluchzt, als er sie so ausgeschimpft hatte und sie nicht bei sich behalten wollte. Sie liebhaben? Er liebte sie von Herzen. Sie war alles, was er auf der Welt hatte. Wenn diesem Kind irgendwas passiert war ...

Schüchtern blieb er bei einem Gepäckträger stehen und stellte seine Fragen. Der Träger hatte es eilig, starrte ihn nur an und rannte davon. Er versuchte es bei einem Schaffner, der sehr laut »Was?« brüllte, über ihn hinweg den Bahnsteig musterte, mit einer grünen Flagge winkte, auf den Zug sprang und verschwand.

Er versuchte es bei einem anderen Gepäckträger, bei vielen Gepäckträgern; und schließlich, schüchterner und zaghafter als je zuvor, sprach er einen Bahnsteigschaffner an.

Niemand hatte Zeit für Mr. Pinner. Seine Hosen sprachen gegen ihn. Genau wie sein Hut und alles, was er sagte und tat. Der Bahnsteigschaffner, der eine Abneigung gegen Schäbigkeit und Unterwürfigkeit hatte, ignorierte ihn. Er wußte sehr wohl, von wem Mr. Pinner sprach, denn der ganze Bahnhof verfolgte aufmerksam das Kommen und Gehen der herzoglichen Familie, und jeder hatte am Tag zuvor Lady Laura mit der jungen Dame gesehen. Schon nach Mr. Pinners ersten Worten wußte der Bahnsteigschaffner, worauf er hinauswollte, aber er sah nur an seiner langen Nase hinab auf den kleinen Mann mit dem geröteten Gesicht und den Korkenzieherhosen und schwieg. Einem solchen Individuum Informationen über die herzogliche Familie geben? Nie und nimmer.

Und doch war derselbe Bahnsteigschaffner nur eine oder zwei Stunden zuvor Wachs in den behandschuhten Händen von Mr. Thorpe gewesen und hatte sich mit den Worten verabschiedet:

»Vielen Dank, Sir. Nicht der Rede wert. Keine Ursache, Sir. Ja – eine wirklich außergewöhnliche junge Dame, in der Tat, Sir. Lady Laura wollte für ein paar Tage nach Goring House, wie der Chauffeur mir sagte. Sehr verbunden, Sir. Ja, Sir – Lady Laura Moulsford. Das ist richtig, Sir – die Tochter des Herzogs von Goring.«

Genau derselbe Bahnsteigschaffner hatte all das geäußert, und zu Mr. Pinner sprach er kein einziges Wort. Er musterte ihn nur entlang seiner langen Nase, und als der kleine Mann sagte, er sei der Vater der jungen Dame, sah er ihn noch glasiger an als zuvor. Mr. Pinner schämte sich so, daß er unmöglich weiter hier stehenbleiben und Fragen stellen konnte, auf die er keine Antwort erhielt. Er lungerte noch eine Weile unsicher in der Nähe des Bahnsteigschaffners herum, denn irgend etwas sagte ihm, daß dieser Mann Licht in das Dunkel um Sallys Verschwinden bringen könnte, wenn er nur wollte. Nach einer Weile verließ er kummervoll, aber ohne Groll den Bahnhof.

Er fand sich schließlich in South Winch wieder. Er war irgendwie dorthin getrieben worden, ohne zu wissen, was er tun oder wohin er als nächstes gehen sollte. Er konnte den Gedanken nicht ertragen, einsam in seinem Laden zu sitzen, ohne daß ihm jemand Bescheid sagte. Anfangs hatte er es sich so schön und so friedlich vorgestellt, unabhängig und endlich allein zu sein, aber es war nun doch anders. Er vermißte seine Frau. Niemand kümmerte es, was er tat, egal, ob es richtig oder falsch war. Niemand.

In South Winch suchte er den Lebensmittelladen auf statt des Postamtes, um Jocelyns Adresse zu erfahren, weil ihn der Geruch des Schinkens und der Korinthen seine Einsamkeit weniger spüren ließ. Er folgte der Wegbeschreibung des Lebensmittelhändlers, fand die Straße und das Haus und öffnete das Gartentor mit zitternder Ehrfurcht. An der Tür fragte er schüchtern, ob er mit Mr. Luke sprechen könne. Dem kleinen Dienstmädchen war seine Art der Kleidung vertraut, und sie fragte höflich, ob es auch Mrs. Luke sein dürfe. Das wäre sogar besser, schlug sie vor, weil Mrs. Luke zu Haus sei und Mr. Luke nicht. Tatsächlich bot sie ihm Mrs. Luke sozusagen an, drängte sie ihm auf – eine Dame, die er sonst unter keinen Umständen gestört hätte.

Mr. Pinner fand sich schließlich gegen seinen Willen in einem wunderschönen Wohnzimmer wieder. Am Feuer saß eine Dame, die sich in die Kissen zurücklehnte, als sei sie müde.

Zuerst dachte er, sie würde schlafen, und er fühlte sich sehr unwohl, aber dann wandte sie den Kopf und sah ihn an.

Eine blasse Dame. Eine sehr blasse Dame; ihr Gesicht bestand fast nur aus Augen.

»Bitte um Entschuldigung, Madam«, sagte Mr. Pinner und wünschte, er wäre nicht gekommen.

Die Dame sah ihn weiter an. Sie bewegte sich nicht. Ihre Hände hingen über den Rand der Lehne, als sei sie müde. Sie drehte nur den Kopf, ansonsten rührte sie sich nicht.

»Es is' wegen Sally, Madam«, sagte Mr. Pinner. »Ich war so in der Nä'e, und da 'ab ich gedacht . . .«

Er unterbrach sich, denn es wurde ihm klar, daß er gar nicht so richtig wußte, was er gedacht hatte.

Die Dame beugte sich in ihrem Stuhl nach vorne. »Wissen Sie, wo sie ist?« fragte sie hastig.

»Nein, Madam. Wissen Sie's?« fragte Mr. Pinner.

»Nein«, sagte die Dame mit merkwürdiger Stimme; sie ließ den Kopf hängen.

Mr. Pinner stand herum und fühlte sich wirklich furchtbar.

»Sind Sie ihr Vater?« fragte sie nach einer Minute.

»Stimmt, Madam«, sagte Mr. Pinner.

Da stand sie auf und kam zu ihm herüber.

»Sie sind bestimmt sehr unglücklich«, sagte sie und schaute ihn an.

»Stimmt, Madam«, erwiderte Mr. Pinner.

Sie streckte die Hand aus; ihre Augen ruhten auf seinem Gesicht.

Er schüttelte ihr respektvoll, aber ohne Begeisterung die Hand.

»Sie sind ja ganz kalt«, sagte sie.

»Stimmt, Madam«, erwiderte Mr. Pinner.

»Kommen Sie doch zum Feuer, und wärmen Sie sich auf«, sagte sie. Und bevor er noch Zeit hatte zu überlegen, was er als nächstes tun sollte, saß er schon auf der Kante eines niedrigen Stuhles, den die Dame für ihn herangezogen hatte, wärmte seine Knie und schwieg.

Die Dame plauderte ein bißchen. Sie ließ ihm guten heißen Tee kommen, und während er trank, plauderte sie ein bißchen. Und dann sagte sie, sie sei sicher, sie bekämen bald gute Neuigkeiten, und er brauche sich keine Sorgen zu machen, weil sie sicher sei . . .

Dann schwieg auch sie, und sie saßen beide einfach nur da und schauten ins Feuer. Komisch, dachte Mr. Pinner, daß es ihm gleich besser ging, nur weil er ruhig hier sitzen konnte und wußte, daß der Dame auch alles sehr leid tat. Eine freundliche Dame, eine gute Dame. Was meinte Sally bloß damit, daß sie sie nicht ertragen könnte und er sie sicher auch nicht, wenn er sie kennen würde? Die Dame sah allerdings sehr krank aus, aber das war nach Mr. Pinners Meinung das einzige, was nicht in Ordnung war. Halbtot, dachte Mr. Pinner.

Nachdem er eine Weile bei ihr gesessen hatte, fand er wieder Mut, in seinen einsamen Laden zurückzukehren. Sie versprach ihm hoch und heilig, ihn sofort zu benachrichtigen, wenn es etwas Neues gab, und sagte ihm noch einmal, er brauche sich keine Sorgen zu machen, alles würde wieder gut. Er ging getröstet nach Hause.

Und auch sie fühlte sich irgendwie getröstet, als sie ihm hinterhersah, wie er zum Tor trottete; sie war nicht mehr ganz so einsam, nicht ganz so verloren.

*

In der Zwischenzeit hatte Mr. Thorpe gegessen und sich frisch gemacht, stand auf den Stufen von Goring House und fragte nach Lady Laura Moulsford.

»Lady Laura ist außer Haus«, sagte der Diener hochmütig, denn als Mr. Thorpe das Wort Moulsford hinzugefügt hatte, wußte er sofort, daß er nicht zu »Unseren Kreisen« gehörte. Es nützte ihm nichts, daß ein Wagen auf ihn wartete, daß er einen Pelzmantel trug und Wildlederhandschuhe. Er gehörte einfach nicht zu »Unseren Kreisen«. Der Diener warf den Kopf in den Nacken und musterte Mr. Thorpe, wie der Bahnsteigschaffner im selben Augenblick Mr. Pinner musterte.

»Außer Haus, was?« sagte Mr. Thorpe. »Wann ist sie zurück?«

»Sie hat sich nicht dazu geäußert«, sagte der Diener, immer noch mit zurückgelegtem Kopf.

»Sie haben hier eine junge Dame zu Gast, eine Mrs. Luke. Ist sie da?«

»Mrs. Luke ist außer Haus«, sagte der Diener und begann, die Tür zu schließen.

»Ist überhaupt jemand zu Hause?« fragte Mr. Thorpe. Er wurde ärgerlich.

»Die Familie ist außer Haus«, sagte der Diener; er wollte die Tür ganz schließen, als Mr. Thorpe nah an ihn herankam und ihn verfluchte. Und da Mr. Thorpe ein hitziges, jähzorniges Temperament hatte, verfluchte er ihn gründlich. Der Diener hörte die vertrauten Worte, die ihn nicht nur stark an Lord Streatley erinnerten, sondern auch an die verschiedenen Sergeants, unter denen er im Krieg gedient hatte. So unterschiedlich sie auch ausgesehen hatten, angehört hatten sie sich alle gleich. Er nahm an, es müsse sich doch um einen von Lady Lauras Freunden handeln, und begann, die Tür wieder zu öffnen. Mr. Thorpe nutzte die Chance, sagte etwas über Lakaien, was dem Diener neu war, und stürmte fluchend an ihm vorbei in die Marmorhalle, die Sallys bescheidene Seele so hatte erschauern lassen.

Der Butler erschien. Wo der Diener hochmütig war, war der Butler verbindlich. Er hatte einiges von dem gehört, was Mr. Thorpe gesagt hatte. In der festen Überzeugung, es müsse sich um einen Freund der Familie handeln, kam er aus seinem Wohnzimmer in die widerhallende Eingangshalle geeilt.

Lady Laura sei zum Essen hiergewesen, habe das Haus aber wieder verlassen; Mrs. Luke sei mit Lord Charles – wer zum Teufel war *das* schon wieder, dachte Mr. Thorpe – im Wagen nach Crippenham unterwegs, wo sie über Nacht bleiben würden. Ihre Ladyschaft habe ein Telegramm von Seiner Lordschaft diesbezüglich erhalten und werde selbst am nächsten Morgen nach Crippenham fahren.

»Wo ist Crippenham?« fragte Mr. Thorpe.

Der Butler war überrascht. Bis zu diesem Augenblick hatte er Mr. Thorpe für einen Freund von Lady Laura gehalten, wenn auch für einen, der sich selten sehen ließ.

»Der Sitz Seiner Hoheit in Cambridgeshire«, sagte der Butler nun mit *hauteur**. »Seine Hoheit residiert dort zur Zeit.«

Herrje! dachte Mr. Thorpe. Hat gleich den Herzog persönlich erwischt, die Kleine. Er mochte Sally dafür noch lieber als zuvor.

*

An diesem Punkt begann Mr. Thorpe, der sich bisher so gut benommen hatte, sich weniger gut zu benehmen. In dem Augenblick, in dem der Druck der Angst nachließ, also in dem Augenblick, in dem er nicht mehr litt, stumpfte er für die Leiden der

* hauteur: Hochmut (Anm. d. Ü.)

Lukes ab. Anstatt ihnen sofort mitzutelen, was er herausgefunden hatte, behielt er es für sich; er hütete sein Geheimnis, und erst Stunden später würde er jedem von ihnen ein Telegramm schikken mit den Worten: *»Bin ihr dicht auf den Fersen.«*

Das reicht, dachte Mr. Thorpe, nun wieder kreuzfidel. Und schon konnte er sich nicht mehr vorstellen, daß irgend jemand auf der Welt nicht kreuzfidel war. Das reicht, damit es den beiden bessergeht. Wenn er ihnen mehr sagte, würden sie sofort nach Crippenham eilen und dem Herzog in das gesellige Beisammensein hineinplatzen. Das Ganze mußte jetzt erst mal eine Weile köcheln, sagte sich Mr. Thorpe. Sally sollte bei ihrem Herzog freie Bahn haben, ohne daß ihre Verwandten sich einmischten und sie unterbrachen.

Was für ein Mädchen, dachte Mr. Thorpe und schlug sich aufs Knie – er war gerade im Wagen auf dem Weg in seinen Klub –, was für ein Mädchen! Sie mußte nur ein paar Herzögen begegnen, und schon lagen sie ihr wie Kegel zu Füßen. Von ihrer Schönheit einmal abgesehen, was für ein Feuer, was für ein Mut, was für ein Elan und was für Reserven! Diese wunderbare *dénouemant** war die ganze Aufregung wert gewesen. Heil und gesünder als je zuvor. Ein prächtiges Mädchen; auch er hatte sofort gesehen, wie prächtig sie war, genau wie der Herzog, und hatte ihr zu Füßen gelegen. Dieses Mädchen, dachte Mr. Thorpe, der langsam glaubte, daß sie sich trotz eines Hemmschuhs wie Jocelyn zu Triumphen erheben würde, könnte alles tun, alles, was Sterblichen möglich ist – es gab keine Beschränkung für das, was ihr möglich war. Begeistert rief er Scotland Yard an. Später, nachdem er seinen Tee eingenommen und eine Partie Bridge gespielt hatte, verschickte er die Telegramme.

Dann ging er in aller Ruhe nach Hause. Es mußte alles ein bißchen köcheln . . . Man mußte alles ein bißchen auf sich beruhen lassen. Still und leise ging er nach Hause, nach Abergeldie, ohne Mrs. Luke zu verständigen. Ihre Ängste, überlegte er, waren durch das Telegramm ausreichend gemildert; man mußte nun

* dénouemant: Auflösung (Anm. d. Ü.)

alles ein bißchen köcheln lassen ... Er machte einen kleinen Spaziergang zwischen seinen Sträuchern und Büschen, nahm ein heißes Bad, zog sich an, aß und trank dazu einen *Cordon Rouge* von 1911, und anschließend setzte er sich mit einem Seufzer der Zufriedenheit an das Feuer in seiner Bibliothek.

Er rauchte und dachte nach. Das einzige, was er bei dieser ganzen Angelegenheit bedauerte, war der primitive Name, mit dem er Lady Laura in Pinners Anwesenheit bedacht hatte. Aber während er so rauchte und nachdachte, kam es ihm keinen Augenblick in den Sinn, das Verhalten der Familie Moulsford zu verurteilen oder auch nur zu kritisieren. So merkwürdig es anmuten mochte, wenn man das ungehörige Verhalten dieser Familie bedachte, aber Mr. Thorpe war damit völlig zufrieden.

15

Das Wetter in Crippenham war am nächsten Morgen sehr gut. London und South Winch lagen im Nebel, aber in Cambridgeshire strahlte die Sonne. Der Herzog wachte mit einem merkwürdigen Gefühl jugendlichen Eifers auf und wollte schnell aufstehen und nach unten gehen. Er wußte, daß er nichts mehr schnell tun konnte, aber das merkwürdige war, daß er es seit Jahren noch nicht einmal mehr gewollt hatte. Nun plötzlich wollte er wieder, und allein der Wunsch war genauso angenehm wie bemerkenswert.

Er hatte die ganze Nacht nachgedacht oder, besser gesagt, Charles Gedanken, die dieser so eindringlich vor ihm ausgebreitet hatte, einsinken lassen, so daß sie nunmehr untrennbar mit seinen eigenen verbunden waren. Er hatte so viel nachgedacht, daß er erst gegen fünf Uhr morgens eingeschlafen war. Aber dann hatte er tief und fest geschlafen, und als er aufwachte, erhellte die Sonne sein Zimmer, und er spürte diesen merkwürdig angenehmen Eifer, aufzustehen und aktiv zu werden.

Am Abend zuvor, als Charles aus dem Garten hereingekommen war und seinen bezaubernden Gast zu Bett geschickt hatte, war er sehr böse gewesen. Mürrisch hatte er sich angehört, was sein Sohn erklärte und darlegte; mürrisch nicht etwa, weil es ihn nicht interessierte, sondern einfach und allein, weil es ihm in dem Augenblick, als das Mädchen den Raum verließ, schien, als sei das Licht ausgegangen. Das Licht und das Feuer. Sie hätte Charles nicht zu gehorchen brauchen. Warum sollte sie Charles gehorchen? Sie hätte noch ein bißchen bei ihm bleiben können, hätte ihn mit dem Anblick ihrer Schönheit und Jugend wärmen können. In dem Augenblick, in dem sie ging, fühlte er sich alt und kalt, wieder in dem Zustand, in dem er vor ihrer Ankunft gewesen war, zurückgeworfen auf Alter und Teilnahmslosigkeit und, so energisch er das auch dementierte, in tödliche Kälte.

So also, dachte der Herzog, überrascht von dem Unterschied, den die Anwesenheit seines Gastes ausmachte, war es David gegen Ende ergangen. So etwas wurde am Sonntag nicht in der Kirche vorgelesen, aber er wußte aus den eigenen, intensiven Bibelstudien in seiner Kindheit, daß man David, als er alt war, in Decken hüllte. Er hatte jedoch keine eigene Wärme mehr, und nur eine junge Person namens Abisag von Sunem war durch ihre Nähe in der Lage, ihn zu wärmen. So nahe wie Abisag David mußte Sally ihm gar nicht kommen; vielleicht lag es daran, daß er noch nicht so alt war wie David, aber allein ihr Anblick weckte seine Lebensgeister. Während Charles redete, dachte der Herzog an David und fühlte sich benachteiligt, weil ihm sein bescheidener, wirklich bescheidener Wunsch, Sally einfach anzusehen, nicht mehr länger erfüllt und sie um zehn ins Bett geschickt wurde.

Er war also böse und gab vor, nichts zu verstehen und im übrigen sich nicht im geringsten zu interessieren. Aber er hatte Charles sehr wohl verstanden und in der Nacht einen Entschluß gefaßt. In seinem Alter konnte man sich mit Entschlüssen nicht mehr allzuviel Zeit lassen. Wenn er sich dieses wunderschöne junge Geschöpf sichern wollte, mußte er sich beeilen. Charles hatte von helfen gesprochen, aber bedeutete »helfen« durch die sich daraus ergebenden Verpflichtungen nicht auch »sichern«?

Er klingelte eine halbe Stunde früher als gewöhnlich nach seinem Diener. Er wollte aufstehen, wieder zu ihr gehen, sie ansehen, neben ihr sitzen und ihre süße Jugend um sich spüren. Allein der Gedanke an Sally ließ ihn sich glücklicher und munterer fühlen, als er seit Jahren gewesen war. Ein Blick auf Sally, eine Minute mit Sally, war besser als vierzehn Tage Ruhe und Diät auf Crippenham. Sie war so freundlich und so intelligent und so schön, und sie lauschte ganz offensichtlich jedem seiner Worte mit dem größten Interesse und wurde kein einziges Mal zappelig oder schläfrig, wie es heutzutage die Gewohnheit der meisten anderen Leute war. Mit ihr war es, als säße er in der Sonne; als säße er an einem Frühlingsmorgen in der Sonne, und überall um ihn herum wären Frische, Blumen und Hoffnung.

Nachdem der Herzog diesen neuen Lebensquell entdeckt hatte, wollte er ihn natürlich nicht mehr verlieren. Im Gegenteil, es war eine feste Absicht, mit aller ihm noch innewohnenden Stärke und Hartnäckigkeit in Sallys Nähe zu bleiben. Wie gut, daß sie arm war und er ihr helfen konnte. Denn wenn sie ihm ihr ganzes Glück verdankte, mußte sie ihm doch gestatten, oft in ihrer Nähe zu sein. Charles hatte gesagt, es sei gänzlich neu und erstrebenswert, einmal etwas Uneigennütziges zu tun. Der Herzog bezweifelte jedoch, daß es überhaupt möglich war, etwas Uneigennütziges zu tun, sosehr man es sich auch wünschte. In Sallys Fall war es gänzlich undenkbar. Was immer er tat, was immer er ihr schenkte, er würde weit mehr zurückbekommen, denn durch ihre Freundschaft und vielleicht Liebe, auf jeden Fall aber durch ihre Gegenwart, gab sie ihm das Leben.

»Komm in den Garten hinaus, mein Kind«, sagte er, nachdem man ihm heil die Treppe hinuntergeholfen hatte – die Treppe war immer wieder ein Abenteuer –, und hakte sich mit zitternder Hand bei ihr unter. »Ich möchte dein Haar in der Sonne sehen, wenn ich mit dir rede.«

Vorsichtig führte Sally ihn nach draußen. Der arme, alte 'err, dachte sie und machte sich nichts aus dem, was er sagte. Ihr Haar, ihre Augen, das ganze *Oh, bist du aber schön*-Getue, das sie sonst so satt hatte und vor dem sie sich fürchtete, machte ihr bei ihm, den sie den 'erzog nannte, gar nichts aus. Er war nur ein armer, alter

Herr, ein greises und beinahe hilfloses Baby, für das sie Mitleid und mütterliche Gefühle empfand. Er saß in dem sonnigen, geschützten Stuhl, in den sie ihn gesetzt hatte, sah sie mit wäßrigen Augen an und nahm ihre Hand. Und als er ihr dann erzählte, er werde ihr Crippenham schenken, und daß seine einzige Bedingung sei, daß er oft hierherkommen und seine Ruhekur machen dürfe, lächelte und nickte sie lieb und freundlich und nickte auch zu allem anderen, was er noch sagte.

In Sallys Ohren klangen die Äußerungen des Herzogs wie das Gebrabbel eines Babys, und sie sah darin auch nicht mehr Sinn und maß ihnen auch nicht mehr Bedeutung bei. Ihr Crippenham schenken? Der arme, alte Herr. Wußte nicht mehr, wovon er redete, der arme Kerl. Sie ertrug ihn geduldig; sie tätschelte seinen Arm; und sie wünschte von Herzen, Laura möge sich beeilen und bald kommen und sie zu ihrem Gatten bringen.

Sally sehnte sich jetzt so danach, Jocelyn wiederzusehen, als würde sie ihn leidenschaftlich lieben. Er war ihr Gatte. Er war der Vater des Babys. Ihr Platz war an seiner Seite. Sie hatte jetzt genug von dieser Fleischtopf-Geschichte. Sie hatte Heimweh nach Dingen, die ihr vertraut waren – nach einfachen, simplen Dingen, Pflichten, die sie kannte. Freundlich, ja; so freundlich wie nur was waren die Vornehmen zu ihr, und sie meinten es ja gut; aber sie hatte jetzt wirklich genug davon. Es war nicht richtig, zumindest nicht richtig für sie, in solchem Luxus zu leben. Was hätte ihr Vater wohl gesagt, wenn er sie nachts in Lauras Schlafzimmer gesehen hätte, inmitten von all diesen silbernen Flaschen und Bürsten und Spitzen und dieser Seide. Und sie in einem dünnen, seidenen Nachthemd, das die Farbe ihrer Haut hatte und in dem sie pudelnackt aussah. Was hätte er wohl gesagt, wenn er sie im Bett hätte frühstücken sehen, als wäre sie krank – und was für ein Frühstück! Fleischtöpfe, hätte er gesagt; Fleischtöpfe. Und sicher hätte er gesagt, glaubte Sally, deren Glaube an die Bibel größer war als ihre Kenntnis des Inhalts, daß sie ihren Gatten für einen Haufen Fleischtöpfe verkauft habe.

Das ist kein Leben für mich, das ist kein Ort für mich, dachte sie. Sie hielt den Kopf gesenkt, und die Sonnenstrahlen spielten zauberhafte Spiele mit ihrem Haar, während der Herzog redete. Ungeduldig zeichnete sie mit der Fußspitze Muster in den Kies. Sie hörte kaum zu. Ihre Ohren waren auf Lauras Ankunft ausgerichtet. Sie sehnte sich nach dem Ende dieser Zeitverschwendung, sie sehnte sich nach einem eigenen Zuhause, danach, sich endlich um Gatten zu kümmern und auf das Baby vorzubereiten. »Samstag is' 'eute«, überlegte sie. In ihren Augen lag ein solch liebreizender Ausdruck, daß der Herzog fest glaubte, es sei sein Geschenk, daß sie so glücklich machte. »Wir täten vielleicht Fleischpastete zu Mittag essen, oder wir 'ätten Fisch . . .«

Mit einem Seufzer erwachte sie aus diesem schönen Traum. »'ätte mich nie nich' mit denen einlassen sollen. Kommt davon, wenn man seine Flicht nich' tut.«

Entschuldigend schaute sie den Herzog an, denn sie hatte seine Existenz einen Moment lang völlig vergessen. Außerdem hatte sie gerade ein paar sehr undankbare Gedanken gehabt. Der arme, alte 'err – redete immer noch davon, ihr Crippenham zu schenken. Crippenham? Lieber würde sie im Buckingham-Palast putzen als in diesem großen, furchterregenden Haus – oder, wenn sie so drüber nachdachte, sogar im Gefängnis.

Es war wie ein schlechter Traum, daß sie hier festsaß, daß der Morgen verging und daß sie nicht durch seine Taubheit dringen konnte. Um elf war sie ganz bleich vor lauter Unglück und konnte es kaum noch ertragen. Würde sie etwa gute Manieren gute Manieren sein lassen und noch einmal die Beine in die Hand nehmen müssen? Diesmal wäre da kein freundlicher Schwiegervater, der ihr seinen Wagen lieh; diesmal würde sie laufen müssen – den ganzen Weg laufen, und wenn sie dort ankam, würde sie Jocelyn allein vorfinden. Und der alte Herr redete weiter und weiter über Crippenham und daß er es ihr schenken würde mit allem, was dazugehörte . . .

»Er is' nich' mehr wie 'n Schatten von sich«, sagte sie sich verzweifelt. »Sitz' 'ier rum wie 'n Ölgötze. Was weiß er schon, was 'ne ver'eiratete Frau für Flichten 'at?«

»Wo ist Charles?« fragte der Herzog.

Sally schüttelte den Kopf. Sie hatte an diesem Morgen noch kein Lebenszeichen von ihm entdeckt.

»Er soll meinen Anwalt herholen. Keine Zeit zu verlieren«, sagte der Herzog. »Du sollst das Haus mit allem Drum und Dran bekommen, mein Kind – genau so, wie es ist – mit Dienstboten und allem.«

Dienstboten und allem? Der arme, alte Herr. Sie wüßte noch nicht mal, was sie mit denen anfangen sollte. Sie und Dienstboten? Mit denen hier konnte man nicht mal richtig warm werden, sosehr sie sich auch bemüht hatte. Sie nannten sie Madam. Sie und Madam? Ach du meine Güte, dachte Sally und wich vor diesem gräßlichen Gedanken entsetzt zurück.

»Es ist ein ziemliches Loch und deiner nicht würdig«, sagte der Herzog. »Aber wir können noch mehr Badezimmer einbauen lassen, und es wird genügen, bis wir etwas finden, was dir besser gefällt. Charles hat mir gesagt, daß du sehr überstürzt geheiratet hast und zur Zeit noch kein Zuhause hast. Er hat auch gesagt, daß du in der Nähe von Cambridge wohnen mußt, weil dein Mann studiert. Und er hat gesagt, und da stimme ich ihm voll und ganz zu, mein Kind, daß du nicht direkt in Cambridge wohnen solltest, sondern etwas außerhalb. Irgendwo, wo du nicht so oft gesehen wirst, also etwas im verborgenen. Nun, ich meine wirklich, daß Crippenham trotz seiner Nachteile genau diese Voraussetzungen erfüllt. Und ich möchte es dir schenken, mein Kind – als mein Hochzeitsgeschenk für dich, und du sollst hier glücklich werden und Segen über das Haus bringen und es mit deiner Anwesenheit verschönern.«

Soweit also der Herzog.

Der redet was zusammen, dachte Sally und zitterte vor Ungeduld, endlich wegzukommen.

*

Charles, nach dem der Herzog geschickt hatte, war nirgends aufzutreiben. Er war in South Winch. Er war bei Tagesanbruch aufgebrochen, und von dem Augenblick, in dem sein Vater aufwachte, bis zu dem Moment, in dem seine Abwesenheit bemerkt wurde und sein Vater wissen wollte, wo er sei, stand Charles im Wohnzimmer von Almond Tree Cottage. Sein Blick war gespannt auf die Tür gerichtet, und er wartete auf Mrs. Luke.

Er hatte nicht schlafen können, weil er sich so viele Gedanken über sie machte. Irgendwie war ihm in den Sinn gekommen, daß sie noch mehr als ihr Sohn unter Sallys Verschwinden leiden würde und daß sie sicher Angst hätte. Sie wußte bestimmt, dachte Charles, daß das Mädchen vor ihr davongelaufen war und daß sie für alles die Schuld bekommen würde, was Sally zustieß. Zwei ganze Tage und Nächte mußte diese unglückliche Frau Höllenqualen gelitten haben. Charles verstand nicht, wieso er nicht früher daran gedacht hatte. Sein und Lauras Benehmen waren tatsächlich unverzeihlich. Das wenigste, was er jetzt tun konnte, sagte er sich, als er die ganze Nacht wach lag, bestand darin, ohne Verzögerung nach South Winch zu fahren, Mrs. Luke aus ihrem Elend zu erlösen und sie um Vergebung zu bitten.

Sie war im Garten, als er ankam. Das kleine Dienstmädchen starrte auf die Karte, die er ihr für ihre Herrin übergeben hatte; sie sagte, sie würde Mrs. Luke holen, und führte ihn ins Wohnzimmer. Dort wartete er mit den Büchern, den hellen Kissen, dem Tiepolo und zwei verwelkten Tulpen, in deren Vase das Wasser beinahe gänzlich verdunstet war. Während er wartete, kämpfte er mit einem Gefühl, das er in Anbetracht der Fakten höchst verachtenswert fand. Es war das Gefühl, er sei auf einem Pfad der Barmherzigkeit und bringe Linderung – als sei er irgendwie ein Wohltäter.

Streng sagte er sich, daß er eigentlich nichts fühlen dürfe außer Scham; streng versuchte er, den Funken unangebrachter Selbstzufriedenheit zu unterdrücken. Laura und er hatten sich in dieser Angelegenheit keine Lorbeeren verdient. Sie waren alle beide unverantwortlich und selbstsüchtig gewesen. Er wußte es, er gab es zu. Und doch glühte er innerlich; sein Blick war starr auf die Tür gerichtet, und er war so aufgeregt, als würde er gleich ein ganz besonders großzügiges, unerwartetes Geschenk vergeben.

Dann wurde die Tür geöffnet, und Mrs. Luke kam herein. Er war sicher, daß es Mrs. Luke war, denn niemand sonst konnte so unglücklich aussehen. Der Funke erlosch sofort, und das Gefühl der Scham und Reue überwältigte ihn.

»Es geht ihr gut«, sagte Charles schnell. Er wollte, daß dieser Ausdruck in ihren Augen sofort verschwand. »Sie ist bei meinem Vater. Sie fährt heute nach Cambridge zu Ihrem Sohn. Sie war die ganze Zeit über bei uns . . .«

Er ging zu ihr, nahm ihre Hand und küßte sie.

Sein Gesicht war von Qual und Reue gerötet. Immer noch ihre Hand haltend, sah er in ihre Augen, unter denen dicke, dunkle Ringe lagen. »Wenn es nicht so lächerlich wäre«, sagte er, »würde ich gerne vor Ihnen auf die Knie fallen und Sie um Vergebung bitten.«

*

Und während Charles in South Winch war, war Laura in Cambridge und beschäftigte sich mit Jocelyn. Genau wie Charles war ihr bewußt geworden, wie sehr die Lukes leiden mußten. Genau wie er war sie von dem Gedanken besessen und konnte nicht fassen, daß sie nicht früher daran gedacht hatte. Aus irgendwelchen unerfindlichen Gründen, vielleicht aus Instinkt, hatte sie mehr Mitgefühl mit Jocelyn als mit seiner Mutter. Nach einer zweiten schlaflosen Nacht, in der sie vom Bild eines unglücklichen jungen Ehemanns verfolgt und gequält wurde, fuhr sie ernüchtert mit dem ersten Zug nach Cambridge. Sie hatte nur noch den Wunsch, ihn aus seinem Elend zu erlösen und um seine Vergebung zu bitten.

Jocelyn saß untätig und vornübergebeugt in einem Korbstuhl, der typisch war für das Mobiliar vieler junger Männer in Cambridge; sein unberührtes Frühstück war noch über den Tisch verteilt. Seine dünnen Hände umfaßten die Knie so fest, daß die Knöchel weiß hervortraten, seine Ohren waren gespitzt, damit ihm nicht das leiseste Geräusch auf der Treppe entging, und seine Augen lagen aus Schlafmangel tief in den Höhlen. Nachdem er

Mr. Thorpes Telegramm bekommen hatte, saß er den ganzen Nachmittag und den Großteil der Nacht so da, wartete und lauschte. Obwohl seine Mutter ihn nicht religiös erzogen hatte, sprach er vielleicht zum erstenmal in seinem Leben so etwas wie ein Gebet. Schließlich hörte er die Schritte einer Frau den Austen Court überqueren und an seiner Hausecke zögern. Dann kamen sie langsam die Treppe herauf und zögerten im ersten Stock wieder.

Alles Blut in seinem Körper schien ihm in den Kopf zu steigen und dort zu pulsieren. Sein Herz klopfte so laut, daß er die Schritte kaum noch hören konnte. Er rappelte sich aus seinem Stuhl hoch und lauschte, versuchte, sich zu beruhigen. Würden sie noch weiter heraufkommen? Ja – sie kamen herauf. Ja – das mußte Sally sein. Sally – *oh, oh, Sally!*

Er flog zur Tür, riß sie auf und sah – Laura.

»Es ist in Ordnung«, schnaufte sie, denn die Treppe war steil, und sie war füllig. »Ich komme – wegen Sally – gucken Sie mich nicht . . .« sie hielt inne, um zu Atem zu kommen. »Gucken Sie mich nicht – so enttäuscht an. Es geht ihr gut. Wenn Sie – oh, diese *Treppe* . . .«. Sie preßte die Hand auf ihre Brust, die sich heftig hob und senkte. »Wenn Sie – mit mir kommen – ich bringe – Sie zu ihr . . .«

Als sie oben ankam, taumelte sie an ihm vorbei in sein Zimmer, ließ sich in den Korbstuhl fallen und atmete ein oder zwei Minuten schwer.

Aber wie schwierig fand sie es dann, mit ihm umzugehen. Jocelyns Reaktionen waren immer heftig, und er benahm sich ganz anders als seine Mutter, die im gleichen Augenblick in der gleichen Lage war und von einem Moulsford um Vergebung gebeten wurde. Anstatt ihr zu vergeben oder, wie Laura sich ausgemalt hatte, bei dem Gedanken, Sally bald wiederzubekommen, so entzückt zu sein, daß ihm alles andere gleichgültig war, stritt er sich mit ihr. Sie war verblüfft; sie war gewohnt, daß jeder ihrer kleinen Fehler von allen, die nicht ihren Kreisen angehörten, verziehen und übersehen wurde. Nun war sie also hier und tat etwas, was sie noch nie zuvor getan hatte, nämlich einen jungen Mann um Vergebung zu bitten, und er wollte ihr nicht vergeben! Im Gegenteil, er beschimpfte sie. Beschimpfte sie! Sie, Laura Moulsford. Sie wußte, daß die unten denen oben viel verziehen, und hatte dies oft als Vorgehen mißbilligt, das manchmal den Fortschritt hemmt. Nun aber, als ihr das Gegenteil widerfuhr, gefiel es ihr nicht im mindesten.

»Was haben Sie nur für einen garstigen Charakter!« rief sie schließlich, nachdem Jocelyn ihr zehn Minuten lang ununterbrochen gesagt hatte, was er von ihr hielt. Er lehnte dabei am Kaminsims, und seine blitzenden Augen funkelten empört auf sie herab. »Jetzt bin ich froh für das, was ich getan habe, anstatt es zu bedauern. Wenigstens mußte Sally Sie zwei Tage lang nicht ertragen.«

»Wenn Sie sich jetzt auch noch über mich lustig machen wollen . . .«, fing Jocelyn an und machte einen raschen Schritt nach vorn, als wolle er diese fette, kleine, ungeheuer aufdringliche Fremde packen und schütteln. Das ist so typisch für ihn, würde seine Mutter sagen. Verliert Zeit mit einem Wutanfall, anstatt sich so schnell wie möglich zu Sally bringen zu lassen.

Aber Laura, die seine Eigenarten nicht kannte, war erstaunt.

Dann nahm er sich zusammen. »Ich fluche eigentlich gar nicht über Sie, sondern über mich«, sagte er.

»Dagegen ist nichts einzuwenden«, lächelte Laura.

»Ich habe wirklich ein garstiges Temperament.«

»Das sehe ich«, erwiderte Laura.

Trotz seines Zorns war er nach diesen zwei Tagen der Angst im Inneren ganz weich und verletzt. »Glauben Sie«, fragte er, denn diese korpulente Fremde hatte etwas sehr Mütterliches, wenn sie lächelte, »glauben Sie, daß ich jemals darüber hinwegkomme?«

»Vielleicht, wenn Sie sich anstrengen – sich sehr anstrengen.«

»Aber – hören Sie, mir ist gleichgültig, was Sie sagen – was hatten Sie für ein *Recht*, meine Frau einfach mitzunehmen?«

»Jetzt fangen Sie ja schon wieder an.«

»Nimmt meine Frau einfach mit, schlägt zwischen mir und meiner Mutter alles in Stücke . . .«

»Oh, *oh* . . .«, unterbrach Laura, hielt sich die Ohren zu und beugte den Kopf vor dem Sturm.

Es dauerte noch weitere zehn Minuten, bevor sie ihn aus seinem Zimmer heraus- und in ein Taxi hineinbekam.

»Wir haben zwanzig Minuten verloren«, sagte sie und schaute auf die Uhr. »Sie haben zwanzig Küsse versäumt, die sie hätten bekommen können . . .«

»*Um Gottes willen*, machen Sie sich nicht über mich lustig!« schrie Jocelyn, griff nach ihrem Arm und schob sie ohne viel Federlesens ins Taxi.

Laura wurde auf ihren Sitz geschleudert, aber es machte ihr nichts aus. Sie wußte, daß sie Schlimmeres verdient hatte. »Aber was soll man mit einem Geschöpf wie Ihnen denn sonst tun?« fragte sie.

Und während sie auf dem Weg nach Crippenham waren, erklärte sie ihm sehr ernst, daß der eigentliche Fehler darin bestehe, daß Sally unter Stand geheiratet hatte.

»Unter Stand?« wiederholte Jocelyn und starrte sie an.

»Das ist doch offensichtlich, oder?« sagte Laura. »Engel sollten nur andere Engel heiraten und sich nicht zu Verbindungen herablassen mit ganz gewöhnlichen . . .«

Na, ich will verdammt sein, wenn ich gewöhnlich bin, dachte Jocelyn. Und wer zum Teufel ist *sie* schon?

». . . Jähzornigen . . .«, fuhr Laura fort.

»Ich bin furchtbar jähzornig«, gab er zu.

». . . Eingebildeten . . .«

»Ich schwöre, ich bin nicht eingebildet«, sagte er.

»Ach, nein?« erwiderte Laura, wandte ihm den Kopf zu und betrachtete ihn forschend mit glänzenden, spöttischen Augen.

Und dann sah sie den Wagen ihres Vaters, leise und schnell wie ein Pfeil, der dem Taxi entgegenkam.

»Anhalten!« rief sie, sprang auf die Füße und zwängte so viel von sich aus dem Fenster, wie nur möglich war. »Das ist mein Vater – ja, und Sally. Anhalten, bitte *anhalten!*« schrie sie und wedelte wie verrückt mit den Armen.

*

Das Schicksal hatte entschieden, daß Jocelyn und Sally in der Mitte der Straße kurz hinter Waterbeach wiedervereinigt werden sollten, wo die Straße zu Lydiatts Farm abzweigte. Der Herzog war so in seine liebreizende Freundin vernarrt und so bestrebt, ihr zu helfen, daß er seinen Grundsatz gebrochen hatte, während seiner Zeit in Crippenham das Haus nicht zu verlassen. Er brachte Sally selbst nach Ananias, um sie persönlich ihrem Gatten zu übergeben. Anschließend wollte er mit dem Rektor zu Mittag essen. Ein solches Mittagessen hatte es nie zuvor gegeben, denn der Herzog verabscheute die politische Einstellung des Rektors und der Rektor die des Herzogs. Aber was tat man nicht alles, um ein gutes Wort für das junge Paar einzulegen?

Dies alles hatte der Herzog an diesem Morgen arrangiert, bevor er nach unten gegangen war. Sein verblüffter Diener übermittelte die Nachricht per Telefon und erhielt als Antwort heuchlerische Freudenbekundungen von seiten des Rektors, denn wenn man von der politischen Einstellung absah, war der Rektor nicht mehr erpicht auf einen tauben Gast als jeder andere. Gerade als Sally, der auf dem Stuhl im Garten langsam die Geduld und Ergebenheit schwand, überlegte, ob sie nicht einfach aufspringen und die Beine in die Hand nehmen sollte, tauchte das Hausmädchen auf. Als sie ganz dicht herangekommen war, stand sie still, öffnete den Mund sehr weit und brüllte, daß der Wagen vor der Tür stehe. Der Herzog tätschelte noch einmal dankbar Sallys Hand und bat sie, sie möge ihren Hut holen und mit ihm zu ihrem Gatten fahren.

Und so trafen sie sich dann hier – das Taxi und der Rolls-Royce, Laura und Jocelyn, Sally und der Herzog. Und auf der Seite von Waterbeach, wo es nach Swaffham Prior ging und ein krummes Schild auf Lydiatts Farm zeigte, erstrahlte die langweilige, leere Straße an diesem Tag für einen Augenblick vor Glück.

»Anhalten! Anhalten!« rief Laura und winkte wie verrückt.

»Sally! Oh – *o Sally!*« schrie Jocelyn, stand ebenfalls auf und versuchte ebenfalls – hinter Laura – zu winken.

Der Chauffeur erkannte Laura und hielt so schnell an, wie er konnte. Auch das Taxi hielt mit quietschenden Bremsen. Jocelyn sprang aus der einen Tür, Laura aus der anderen, und beide rannten los.

»Na so was«, sagte Sally, die nicht wußte, was geschehen war. Sie drehte den Kopf und sah erstaunt auf die beiden Gestalten, die auf sie zugerannt kamen. »Na so was«, sagte sie und vergaß, daß der Herzog taub war. »Da *is'* ja Mr. Luke . . .«

Im nächsten Augenblick war Jocelyn schon bei ihr, auf dem Trittbrett des Wagens, und lehnte sich hinein. Mit beiden Armen zog er sie an sich, drückte sie an sein Herz und küßte sie, als gäbe es außer ihnen beiden niemand auf der Welt.

»Sally – o mein *Liebling!* O Sally – oh, o *Sally!*« rief Jocelyn und bedeckte sie zwischen den einzelnen Wörtern mit Küssen. »Wie konntest du nur – warum hast du denn – o ja – ich weiß, ich weiß – ich war so gemein zu dir – aber ich werde es nie wieder tun – ich schwör's, bei Gott, ich schwör's . . .«

»Sag das nich', Mr. Luke«, konnte Sally sagen, obwohl sie beinahe erstickte. »Fang nich' damit an . . .«

Sie zog den Kopf weg, besann sich auf die guten Sitten und stellte ihn vor.

»Mein Gatte«, sagte sie. Sie schaute dabei über seinen Arm, der um ihren Hals lag, auf den alten Mann neben sich. »Der 'erzog«, sagte sie und wandte sich wieder Jocelyn zu, der die Vorstellung gar nicht wahrnahm, der gar nicht hörte, denn in dem Moment, in dem sie ihm den Kopf wieder zuwandte – oh, ihr göttliches, göttliches kleines Gesicht! –, fing er wieder mit dem Küssen an.

Laura, die gerade angeschnauft kam, stellte sich auf der anderen Seite des Wagens aufs Trittbrett und schrie ihrem Vater, der immer alles verstand, was sie ihm sagte, ins Ohr: »Das ist Jocelyn Luke, Vater – Sallys Gatte.«

»Das dachte ich mir schon«, sagte der Herzog.

16

Das Ende dieser Geschichte ist nur der Anfang von Sallys Geschichte, nichts als eine Einleitung, denn es ist nicht anzunehmen, daß in ihrem Leben weiter nichts geschehen ist. Das Ende dieser Geschichte besteht darin, daß sie mit Crippenham so verfuhr, wie man ihr sagte, und wäre der Herzog jünger als dreiundneunzig gewesen, hätte es einen Skandal gegeben.

Aber nach dem Neunzigsten gibt es nur noch wenige Skandale. Das schlimmste, was man von den Lukes behauptete, war, sie hätten Macht über den alten Mann, aber niemand, der Sally sah, glaubte das. In dem Augenblick, in dem jemand Sally erblickte, erklärte sich das Verhalten des Herzogs von selbst, und nach fünf Minuten in ihrer Gesellschaft war jedem sonnenklar, daß sie gar nicht in der Lage war, Macht über jemanden auszuüben. So jung, so scheu, so ergeben – es war absurd, zu glauben, daß sie jemals so etwas wie Hintergedanken gehabt hatte. Auch ihr Ehemann nicht; es war unmöglich, sich vorzustellen, daß dieser schweigsame Gelehrte, der selbst noch so jung und ziemlich scheu war – oder sehr schlecht gelaunt –, Ränke schmiedete. Im Gegenteil, es schien ihm gar nicht zu behagen, was da geschehen war, und er zeigte darüber weder Freude noch Dankbarkeit. Aber niemand dachte lange über Jocelyn nach. Er war nur ein düsterer junger Mann in Cambridge, einer, den die erstaunliche Schöne des Herzogs geheiratet hatte.

Sally tat mit Crippenham also, was man ihr auftrug. Es wurde ihr geschenkt, und sie nahm es. Oder, besser gesagt, es wurde ihres, denn sie zeigte in dieser Angelegenheit völlige Passivität. Aber sie verfügte über eine unerwartete schlichte Zielstrebigkeit, die sich später beunruhigend entwickeln sollte, und sie bestand darauf, in das Vier-Zimmer-Haus in einem Winkel des Gartens zu ziehen, das vor vielen Jahren für Laura und Charles zum Spielen gebaut worden war.

Dieser eine Punkt stand für sie felsenfest; und auch wenn sie alle Überredungsversuche freundlich und liebenswürdig über sich ergehen ließ, blieb sie doch unerschütterlich bei ihrem Entschluß.

Der Herzog ließ also das kleine Haus mit allen nur erdenklichen Geräten ausstatten, die ihr die Arbeit erleichtern sollten, die sie aber nie benutzte, weil sie im unverrückbaren Glauben an die Muskelkraft aufgewachsen war. Er baute zwei Badezimmer ein, eines für sie und eines für Jocelyn; der Herzog legte auf diese Badezimmer sehr großen Wert und bestand hartnäckig darauf, und Sally konnte daraus nur schließen, daß diese Vornehmen das Waschen wohl ziemlich häufig nötig hatten. Pharisäer mußten sie sein, dachte sie im geheimen. Sahen nach außen sauber aus wie noch was, als ob man das Mittagsmahl auf ihnen essen könnte, aber offensichtlich war das alles nur Zurschaustellung und Schwindel.

Der Herzog machte sich am Anfang viele Gedanken, fand sich dann aber mit Sallys Entscheidung ab. Er erklärte es sich mit Marie-Antoinette. Sie hatte ihr Trianon. Auch sie hatte, genau wie Sally, das einfache Leben getestet. Er tröstete sich damit, das kleine Haus Klein Trianon zu nennen, was Sally sich geduldig gefallen ließ. Zu Jocelyn – der über die merkwürdige Wendung in seinem Leben so gelähmt war, daß Sally ihm gegenüber gesprächig werden konnte, ohne daß er sie korrigierte oder ihr widersprach – sagte sie allerdings, daß sie sich so viel Geduld gar nicht zugetraut hätte. Eines Tages, so glaubte der Herzog ganz fest, würde das wundervolle Kind erwachsen werden und wäre ihr Trianon leid. Und dann, wenn sie in das große Haus ziehen wollte, sollte sie ihr Versailles bereit finden, und so ganz anders, als es vorher war.

Deshalb hielt sich der Herzog unter dem Vorwand, nach den Umbauarbeiten zu sehen, fast ausschließlich in Crippenham auf, und wäre er jünger als dreiundneunzig gewesen, hätte es einen Skandal gegeben . . .

Jocelyn jedoch, der sich nach der wilden Freude und großen Erleichterung der Wiedervereinigung mit Sally als Dauergast eines Herzogs wiederfand, wußte nicht, ob er erfreut oder verärgert sein sollte. Die Probleme, die Sally und er gehabt hatten, waren natürlich gelöst, aber er zweifelte, ob er diese Probleme nicht doch vorgezogen hätte. Er rieb sich die Augen. Das war absurd. Das hatte keine Beziehung zum richtigen Leben, zu einem Leben voll harter Arbeit und ständigem Fortschritt in seinem Kloster in Ananias. Auch verstand er dieses ganze Durcheinander nicht. Der Herzog war so unverrückbar davon überzeugt, Sally habe unter ihrem Stand geheiratet, daß Jocelyn Schwierigkeiten hatte, es nicht selbst zu glauben. Der Herzog beeindruckte ihn. Er hatte niemals zuvor einen Herzog kennengelernt, war noch nicht einmal in die Nähe eines Herzogs gekommen. An diesem ersten Nachmittag, als er mit den Rolls-Royce nach Crippenham gebracht wurde, hatte er zwischen dem Mittagsimbiß und dem Tee im Arbeitszimmer des alten Mannes gesessen. Dort machte der Herzog ihm stundenlang ernste Vorwürfe, er habe Sallys Jugend und Unerfahrenheit und Mutterlosigkeit ausgenutzt, um sie zu einer Ehe zu überreden, die eine gesellschaftliche Katastrophe für sie sei. Selbst wenn er gewollt hätte – und Jocelyn wollte ganz sicher nicht –, hätte er dem Herzog nicht von Mr. Pinner erzählen können, weil er im wahrsten Sinne des Wortes auf taube Ohren stieß. Dort im Arbeitszimmer hatte der alte Mann gesessen, mit finsterem Blick und lauter, ernster Stimme, und ihn Stunde um Stunde angedonnert. Und dort hatte Jocelyn gesessen, jung, hilflos, still, Schweißperlen auf der Stirn, und hatte sich unter anderem angehört, welch glanzvolle Zukunft Sally beschieden gewesen wäre, wenn er sie nicht in diese Ehe gelockt hätte. Der Herzog war davon so überzeugt und so empört, daß Jocelyn langsam glaubte, es könne etwas an seinen Worten dran sein. Er kam sich immer mehr wie ein Schuft vor. Er fragte sich, ob es wohl in den Augen des alten Mannes einen Unterschied zwischen ihm und Pinner gab? Oder gab es in den Augen der anderen irgendeinen Unterschied? Bessere Ausbildung; das war alles. Aber das, was der Herzog unter Familie verstand, hatte Jocelyn genausowenig wie Pinner vorzuweisen, und wenn Pinner auf eine vernünftige Schule gegangen wäre, so wie Jocelyn, und anschließend Cambridge absolviert hätte – nein, für Pinner paßte Oxford besser –, hätte er wahrscheinlich eine ziemlich gute Figur gemacht. Wenn nicht als Wissenschaftler, dann in einem anderen Bereich; vielleicht wäre er ein hervorragender Geistlicher geworden.

Stumm und schwitzend saß er da, und sein Schuldgefühl wurde

immer größer. Selbst wenn er hätte widersprechen können, hätte er es nicht getan, denn der Herzog löste in ihm ein Gefühl der Demut aus.

Die Demut hielt jedoch nicht lange an. Nach einer Phase des Erstaunens machte sie einer Art Groll Platz, der sich wiederum in die wachsende Überzeugung verwandelte, daß er zu einem Handlanger wurde. Er, der alles hätte erreichen können, wenn man ihn in Ruhe gelassen hätte.

Das gefiel ihm natürlich nicht. Aber wie sollte er daran im Moment etwas ändern? Sally würde ein Baby bekommen. Sie mußten irgendwo leben. Das Ganze war ein Geschenk des Himmels. Und doch – Sally, die er hatte formen wollen, formte nun ihn. Unbewußt natürlich; sie ließ keine solche Absicht und kein Bedürfnis erkennen. Und wozu formte sie ihn? dachte Jocelyn, wenn er jeden Tag zwischen Cambridge und Crippenham unterwegs war, zwischen Arbeit und Familienleben, zwischen dem merkwürdigen Gefühlstaumel am einen Ende und dem Frieden und der Selbstachtung am anderen. Mit zusammengezogenen Brauen wendete er im Geist alles hin und her, was ihm in den kurzen Wochen, seit Sally zu seinem Leben gehörte, widerfahren war. Sie formte ihn zu einem Handlanger.

Ja. Genau das.

Waren alle Ehemänner Handlanger?

Wahrscheinlich, dachte Jocelyn.

*

Auch Mrs. Luke reagierte auf die Moulsfords mit Demut. Ihre jedoch hielt an. Sie fand sie ständig verwirrend. Außerdem gab es nichts zu tun. Jocelyn war gegangen; sie hatte ihn für immer verloren. Sie wußte, daß er nie wieder in die alte Abhängigkeit von ihr zurückkehren würde. Und wenn er schon gehen mußte, wenn sie ihn schon verlieren sollte, gab es niemanden, an den sie ihn lieber verlieren würde als an den Herzog von Goring. Denn sicher war das ein glänzender, ein ausgezeichneter Verlust.

Als sie sich nach dem Besuch von Lord Charles wieder gefangen hatte – der Lord war auf seltsame Weise attraktiv, fand sie –, als sie sich ein bißchen von der durchlebten Qual erholt hatte und sie sich nicht mehr so krank fühlte, konnte sie ihre *mauvais quart d'heure* leicht vergeben. Die Moulsfords überhäuften ihren Sohn mit Wohltaten. Sie räumten alle seine Schwierigkeiten aus dem Weg. An diesem Morgen, an dem sie so unglücklich war, hatte sich Lord Charles als äußerst freundlich und mitfühlend erwiesen und ihr erzählt, daß sein Vater, der Herzog, die Absicht habe, dem jungen Paar zu helfen.

»Wissen Sie, mein Sohn hat dieses Jahr den Rutherford-Preis erhalten«, hatte sie gesagt.

»Das weiß ich«, hatte er auf seine charmante, beflissene Art geantwortet und hinzugefügt, wie sehr sein Vater an der Karriere begabter junger Männer interessiert sei, vor allem in Cambridge, und daß er half, wo er nur konnte. Wer würde unter solchen Umständen nicht vergeben?

Mrs. Luke vergab.

Es blieb allerdings die Tatsache, daß sie nun allein war, und sie konnte sich nicht vorstellen, wie ihr Leben ohne Jocelyn sein würde. Denn wie, fragte sie sich, konnte man ohne Sinn und Zweck leben, ohne wie auch immer geartete *raison d'être**? Wie lebte man weiter, wenn man nicht mehr gebraucht wurde?

In diesem Jahr kam der Frühling spät, und er war kalt. Die Tage zogen sich dahin, einer schien leerer als der andere. Sie hatten überhaupt keinen Inhalt; es gab keinen Grund, warum man morgens überhaupt aufstehen und sich für einen solchen Tag anziehen sollte – saftlose, kraftlose, tote Tage. Sie versuchte sich mit dem Gedanken zu trösten, daß sie zumindest nicht mehr niedergeschlagen und gedemütigt war, daß sie den Kopf hoch tragen und South Winch ins Gesicht sehen konnte – stolzer sogar als je zuvor –, aber selbst das hatte seinen Reiz verloren. Dennoch durfte sie nicht klagen. Allen Müttern widerfuhr das früher oder später, dieses Loslassen, diese endgültige Trennung. Und keiner, glaubte sie fest, war es auf so prachtvolle Weise widerfahren wie

* raison d'être: Daseinsberechtigung (Anm. d. Ü.)

ihr. Sie durfte nicht klagen. Sie mußte sehr dankbar sein. Sie *war* sehr dankbar. Genau wie Toussaint l'Ouverture – wieder einmal Wordworth – hatte sie bedeutende Verbündete, sagte sie sich am Ende jedes leeren Tages, wenn sie an den einsamen, kühlen Frühlingsabenden an ihrem Feuer saß. Nur waren ihre Verbündeten zum Glück ganz anderer Natur als die des armen Toussaint. So hoch man auch theoretisch Jubel und Höllenqualen und Liebe und den unbezwingbaren menschlichen Geist einschätzen mochte, ihr waren die Moulsfords lieber.

Aber waren sie das wirklich?

Ein dunkler kleiner Zweifel schlich sich in ihre Gedanken. Die Wochen vergingen, und der Zweifel wurde immer dunkler. Unsichtbare Moulsfords; Moulsfords – liebenswürdig und ausgesprochen freundlich, wenn man sie traf, aber man traf sie nie; Moulsfords – beinahe vertraulich im Umgang; Moulsfords, die sagten, sie kämen vorbei, und dann nicht kamen; die Moulsfords – gütig und freundlich, aber immer irgendwo anders. Waren sie auf lange Sicht so belebend, so befriedigend, so elementar *erfüllend* wie Toussaints Jubel und Höllenqualen? Nur als Gegenstand vorsichtiger, zurückhaltender Konversation in South Winch, das seltsamerweise zwar voller Ehrfurcht zur Kenntnis nahm, was Jocelyn geschehen war, ihr selbst jedoch deutlich weniger freundlich gesonnen war als früher.

Ach, man mußte etwas *spüren*; etwas Konkretes, etwas Heftiges. Alles, alles, jeder Zorn, jeder Schmerz, jeder Kummer, jede Verbitterung, alles, was einen schmerzhaft ins Leben zurückstieß, war besser als diese grauenhafte Betäubung, diese leere, tödliche, dauerhafte, abgestandene Ruhe eines toten Gewässers . . .

Eines Abends nach einem verregneten Tag stand sie eine Weile am Wohnzimmerfenster und schaute in den tropfenden Vorgarten, wo der Mandelbaum am Tor im grauen Zwielicht wie ein halbnackter Geist zitterte. Dann wandte sie sich um, ging zu ihrem Schreibtisch und schrieb eine Nachricht an Mr. Thorpe. Sie fragte, ob er nach dem Essen nicht zu einem Plausch herüberkommen wolle als Zeichen, daß sie immer noch gute Freunde und Nachbarn sein könnten. Als sie fertig war, unterschrieb sie mit Margery, ohne Luke, klingelte nach dem kleinen Dienstmädchen, schickte sie damit nach Abergeldie und trug ihr auf, die Antwort gleich mitzubringen.

»Denn schließlich«, sagte sie sich, während sie wartend am Feuer stand und dabei mit einer kalten Hand langsam über die andere strich, »schließlich hat er *unbezahlbare* Qualitäten.«

Elizabeth von Arnim

Die sieben Spiegel der Lady Frances
Ullstein Buch 30292

Fräulein Schmidt und Mr. Anstruther
Briefe einer unabhängigen Frau
Ullstein Buch 30314

Vera
Ullstein Buch 30335

Liebe
Ullstein Buch 30349

Sommer ohne Gäste
Ullstein Buch 30360

Die englische Reise
Ullstein Buch 30371

Die Farm im Jasmin
Ullstein Buch 30372

Die Glücksammlerin
Ullstein Buch 30374

Das Geheimnis der Schwestern
Ullstein Buch 30375

Priscilla und das Haus in Devon
Ullstein Buch 30376

Als gebundene Ausgabe:

Jenseits des Meeres
Ullstein 06734

Elizabeth auf Rügen
Ullstein Buch 30228

Vater
Ullstein Buch 30272

Ullstein